HEYNE <

W0338001

Das Buch

Tief verborgen im üppigen Grün der schottischen Highlands leben die letzten Drachenkönige: mächtige Krieger, die in der Lage sind, ihre Gestalt zu wechseln. Ihre Aufgabe ist es, die Menschen vor den Feen und ihren dunklen Kräften zu beschützen. Doch inzwischen glauben die Menschen nicht mehr an Magie, und die Drachenkönige haben sich von ihnen abgewandt. Auch die hübsche Kneipenbesitzerin Sammi Miller ahnt nichts von dieser geheimnisvollen Welt – bis sie eines Tages auf der Flucht vor der Mafia Unterschlupf bei ihrer Halbschwester Jane sucht, die mit einem Drachenkönig verheiratet ist. Dort begegnet Sammi dem Drachenkrieger Tristan, der schwört, sie vor ihren Verfolgern zu beschützen. Sammi fühlt sich sofort zu dem atemberaubend schönen Mann hingezogen, und zum ersten Mal seit dem Tod ihrer Mutter kann sie sich einer anderen Person gegenüber öffnen. Doch Tristan trägt ein dunkles Geheimnis aus seiner Vergangenheit mit sich herum, und obwohl auch er sich Hals über Kopf in Sammi verliebt, hat der toughe Drachenkrieger Schwierigkeiten, sich seine Gefühle einzugestehen. Doch dann wird Sammi von den Dunklen Feen entführt, und Tristan muss alles auf eine Karte setzen, um die Frau, die er liebt, zu retten …

Die Autorin

Donna Grant wurde in Texas geboren und ist dort aufgewachsen. Ihre Leidenschaft fürs Reisen führte sie jedoch auch nach Mexiko, Jamaika und Schottland. Ihre zweite große Leidenschaft ist das Schreiben übernatürlicher Liebesgeschichten, mit denen sie regelmäßig eine Platzierung auf den amerikanischen Bestsellerlisten schafft. Die Autorin lebt mit ihrer Familie in Texas. Der erste Band aus Donna Grants *Drachenkönige*-Reihe, *Dunkle Flammen*, ist bereits im Heyne Verlag erschienen.

Mehr über Autorin und Werk erfahren Sie auf:
www.donnagrant.com

DONNA GRANT

FLAMMENTÄNZER

Roman

WILHELM HEYNE VERLAG
MÜNCHEN

Titel der amerikanischen Originalausgabe
FIRE RISING
Deutsche Übersetzung von Ingrid Klein

Der Verlag weist ausdrücklich darauf hin, dass im Text enthaltene externe Links vom Verlag nur bis zum Zeitpunkt der Buchveröffentlichung eingesehen werden konnten. Auf spätere Veränderungen hat der Verlag keinerlei Einfluss. Eine Haftung des Verlags ist daher ausgeschlossen.

MIX
Papier aus verantwortungsvollen Quellen
FSC® C014496

Verlagsgruppe Random House FSC® N001967

2. Auflage
Deutsche Erstausgabe 08/2016
Redaktion: Uta Dahnke
Copyright © 2014 by Donna Grant
Copyright © 2016 der deutschsprachigen Ausgabe by
Wilhelm Heyne Verlag, München,
in der Verlagsgruppe Random House GmbH,
Neumarkter Straße 28, 81673 München
Printed in Germany
Umschlaggestaltung: Nele Schütz Design, München,
unter Verwendung von shutterstock/Yeko Photo Studio
Satz: Christine Roithner Verlagsservice, Breitenaich
Druck und Bindung: GGP Media GmbH, Pößneck

ISBN: 978-3-453-31775-8

www.heyne.de

Für euch –
das Abenteuer geht weiter …

Prolog

Mai 2014
Rose and Crown Pub
Oban, Schottland

Sammi wischte gerade den hochglanzpolierten Bartresen ihres Pubs ab, als die Eingangstür aufgerissen wurde und Daniel hereingestürzt kam. Verwundert registrierte sie den gehetzten Ausdruck und die Schweißperlen auf seinem Gesicht. Als er die Tür hinter sich schloss und sie ängstlich und zugleich mit einem Ausdruck des Bedauerns und des schlechten Gewissens ansah, wusste sie, dass etwas sehr Schlimmes passiert war.

»Was ist los?«, fragte sie vorsichtig.

Daniel schlängelte sich zwischen den Tischen hindurch, als wüsste er nicht recht, ob er sich beeilen oder sich Zeit lassen sollte auf dem Weg zu ihr hinter den Tresen. Seine Blicke schossen hin und her, und sein Gesicht war stark gerötet. »Wir müssen verschwinden. Sofort.«

»Ich habe eben erst geschlossen.« Sammi nahm sich ein Glas, hielt es unter einen Zapfhahn und ließ es halb voll laufen mit dunklem Bier, bevor sie den Hahn abdrehte und das Glas zum Mund führte. Sie genehmigte sich mehrere Schlucke und grübelte dabei über das merkwürdige Gebaren ihres Ex-Geliebten nach.

Ihre Affäre war heftig – und kurz – gewesen. Sie wusste, dass Daniel weder der Typ für dauerhafte Beziehungen war noch derjenige, mit dem sie eine hätte haben wollen. Nicht dass so ein Mann überhaupt existierte.

Oder dass sie irgendjemanden so nah an sich heranlassen würde.

Aber er hatte eine tolle Nase für alles Geschäftliche. Selbst, als ihre kurze Affäre bereits im Abklingen begriffen war, festigte sich ihre Freundschaft noch, bis Daniel einfach zum Geschäft gehörte, ein Teil davon geworden war. Seine Verbindungen zu Händlern und Lieferanten reduzierten ihre Kosten um ein Drittel, sodass sie viel mehr einsparte, als sie für möglich gehalten hätte.

»Sammi, es ist mein Ernst«, sagte er eindringlich, seine Stimme tiefer als sonst, während er nach ihrem Arm griff.

Sie wich ihm aus und stützte einen Ellenbogen auf den Tresen, warnte ihn mit einem Blick, ja nicht den Versuch zu unternehmen, sie zu zwingen. Ihr klangen die Ohren noch von den abendlichen Geräuschen, und bei dem Gedanken an das Hummer-Sandwich, das in der kleinen Küche hinten im Pub auf sie wartete, lief ihr das Wasser im Mund zusammen.

»Erst will ich wissen, was hier los ist.«

»Verdammt. Wir haben keine Zeit.« Er fuhr sich mit einer Hand durch sein schütteres dunkles Haar und fluchte laut. »Wir müssen auf der Stelle von hier abhauen.«

»Erst muss ich noch die Fußböden wischen, was eigentlich deine Aufgabe gewesen wäre laut unserem Arbeitsplan. Du weißt doch? Der Arbeitsplan, den ich letzte Woche aufgehängt habe? Und dem du zugestimmt hast? Wenn du dich hier öfter blicken ließest, wüsstest du, wo er hängt. Nebenbei bemerkt, was ist eigentlich damit? Du hast dich sehr rar gemacht in letzter Zeit.«

Er schluckte schwer und blickte nervös zur Tür. »Ich erzähle dir alles, sobald wir unterwegs sind. Geh und pack eine Tasche, so schnell du kannst.«

Sammi hätte beinahe ihr Bier durch die Nase ausgeprustet, so absurd fand sie diese Aufforderung. »Was?«, fragte sie ungläubig, nachdem ihr Husten sich gelegt hatte. »Warum muss ich eine Reisetasche packen?«

»Sie kommen, Sammi. Wir müssen verschwinden!«, schrie Daniel jetzt geradezu. »Auf der Stelle!«

Eine böse Ahnung beschlich sie. »Wer kommt? Ich rühre mich nicht von der Stelle, ehe du mir das sagst, also spuck's aus.«

Er legte beide Hände flach auf den Tresen und ließ den Kopf hängen, als lastete das Gewicht der Welt auf seinen Schultern. »Ich war ein Idiot. Ich … ich habe mich mit einigen schlimmen Leuten eingelassen als Jugendlicher. Ich hatte nicht wirklich eine andere Wahl. Jeder in meiner Familie arbeitet irgendwie für sie. Und ich habe weiter für sie gearbeitet, weil die Arbeit sehr gut bezahlt wurde. Und dazu war es auch noch leicht verdientes Geld.«

»Was waren das für Leute?«, fragte sie zögernd. Sie war sich nicht sicher, ob sie es wirklich wissen wollte. Sie stellte ihr Glas ab, spähte hinüber zur Tür, die Daniel geschlossen hatte, und ihre Befürchtungen wuchsen.

»Ihre Namen spielen keine Rolle. Sie gehören zum organisierten Verbrechen.«

Das Blut gefror ihr in den Adern bei seinen Worten. »Was hast du für sie gemacht?«

»Geld gewaschen. Durch den Pub.«

»*Meinen* Pub?« Sie fühlte sich, als hätte jemand sie in den Magen geboxt. Der Mann, dem sie vertrauensvoll die Buchführung ihres Lokals überlassen hatte, hatte Geld für die Mafia gewaschen. Diese Vorstellung war viel zu abwegig, einfach unbegreiflich.

Daniel hob den Kopf, seine blauen Augen blickten sie schuldbewusst an. »Wir haben beide davon profitiert. Dafür habe ich gesorgt.«

»O Gott.« Es wurde von Minute zu Minute schlimmer. Sie ahnte es zwar bereits, fragte aber nichtsdestotrotz: »Was genau hast du gemacht?«

Daniel stieß sich vom Tresen ab und nahm ihre Hände in seine. »Ich habe etwas von ihrem Geld abgezweigt. Nur ganz wenig, Sammi, aber ich wollte sichergehen, dass du ausgesorgt hast. Du hattest echt zu kämpfen mit dem Pub, nachdem deine Mum gestorben war, ganz zu schweigen davon, dass ich den Pub zur Geldwäsche genutzt habe. Es war das Mindeste, was ich für dich tun konnte.«

Ihr fehlten die Worte. Der Mann, der vor ihr stand, der Mann, mit dem sie ihr Bett und ihr Geschäft geteilt hatte, war ihr plötzlich vollkommen fremd. Allerdings versetzte die Tatsache, dass er Angst hatte, sie in höchste Alarmbereitschaft.

»Sie haben herausgefunden, dass du Geld gestohlen hast, stimmt's?«

Er nickte steif. »Ich hätte mich vor zwei Stunden mit ihnen treffen sollen.«

»Du hättest? Du meinst, du hast es nicht getan?« Sie konnte ihn nur total schockiert anstarren.

»Weißt du, was die mit Leuten, die ihnen Geld stehlen, anstellen?«

Sammi blickte sich um in ihrem Pub, als die Erkenntnis sie mit voller Wucht traf. Sie hatte Geld zusammengekratzt, und mit ein wenig zusätzlicher Unterstützung vonseiten ihrer Mutter hatte sie es vor fünf Jahren geschafft, den Pub zu kaufen. Er war ihr Leben. Das dunkle, glatte Holz der Bar, die Schnapsflaschen, die aufgereiht in den Regalen standen, und die Essensdüfte, die von hinten aus der kleinen Küche drangen, waren die einzigen Dinge, auf die sie sich jeden Tag aufs Neue freute.

Sie würde sie verlieren. Wegen eines Idioten, dem sie vertraut hatte. »Ich habe genug Filme gesehen, um das zu wissen.«

»Sie werden mich aufspüren. Du darfst nicht hier sein, wenn es so weit ist. Sie werden … Du willst gar nicht wissen, was sie dir antun werden.«

Nein, das wollte sie wirklich nicht. Aber genauso wenig hatte sie vor, ihren Pub aufzugeben. Er gehörte ihr, und sie würde um ihn kämpfen. Dazu musste sie allerdings zunächst einmal am Leben bleiben. »Wir lange werden wir wegbleiben?«

Daniel runzelte die Stirn, und seine dunklen Brauen verdüsterten seinen Blick. »Wir werden nie wieder zurückkehren. Sie haben einen langen Arm. Wenn wir zu lange an einem Ort bleiben, schnappen sie uns. Keine Kreditkarten, keine Handys. Wir müssen verschwinden und uns neue Identitäten verschaffen.«

Der Raum um sie herum begann zu schwanken, da ihr Leben derart aus den Fugen geriet. Als sie heute Morgen aufgewacht war, hatte sie noch vorgehabt, morgen hinunter zu den Docks zu gehen, um die beste Auswahl an den frischesten Meeresfrüchten ganz Schottlands zu haben.

»Mein gesamtes Geld liegt auf der Bank.«

»Wir können es nicht riskieren«, sagte Daniel. »Nimm mit, was du hier hast. Wir müssen improvisieren. Ich habe etwas Geld im Lagerhaus versteckt. Du weißt schon, in dem, das ich unter falschem Namen gekauft habe.«

Sie wusste, von welchem er redete, aber sie konnte sich nicht vorstellen, dorthin zu gelangen, ohne dass die Mafia sie vorher zu fassen kriegte. Und wie sollte sie überleben ohne ihre Kreditkarten, ihr Bankkonto oder ihr Handy? Der Gedanke daran, auf der Flucht zu sein, erschreckte sie, verunsicherte sie zutiefst.

Verwirrte sie.

»Na los«, sagte Daniel, während er sie zu der Pendeltür schob, die zu dem nicht öffentlich zugänglichen Bereich hinter dem Schankraum des Pubs führte.

Sammi warf einen Blick in die hell erleuchtete Küche und auf das Hummer-Sandwich, das auf einem weißen Teller auf der Arbeitsfläche aus Edelstahl auf sie wartete. Aber statt dorthin ging sie nach rechts, an der Tür ihres Büros vorbei und die Treppe hinauf, die zu ihrer Wohnung führte.

Es bestand keine Notwendigkeit, Licht anzumachen. Die Straßenlampen sorgten für ausreichend Helligkeit, sodass sie ihren Weg zu ihrem Schlafzimmer deutlich sehen konnte.

Um drei Uhr morgens war Oban am ruhigsten. Wie viele Male war sie von den Schreien der Möwen geweckt worden, wenn ein Schiff anlegte? Wie viele Drinks hatte sie den Einwohnern von Oban eingeschenkt?

All das würde sie jetzt hinter sich lassen. Es war so ungerecht. Vielleicht würde sie einfach nicht gehen. Daniel war derjenige, der das Geld geklaut hatte. Er war derjenige, hinter dem sie her waren.

»Wem will ich etwas vormachen?«, fragte sie sich selbst.

Bevor die sie näher überprüfen würden, wäre sie wahrscheinlich schon tot, schon erschossen worden. Auch wenn sie vorgäbe, von nichts zu wissen, würden die sie mit Sicherheit nicht einfach gehen lassen.

Sie wollte nicht sterben, also tat Sammi, was sie tun musste – wie immer. Sie zog eine Tasche unter ihrem Bett hervor, öffnete mehrere Schubladen und wollte schon Kleidungsstücke hineinstopfen, als sie einen Wagen vorfahren hörte.

Sammi eilte auf die Seite ihres Lofts, die zum Parkplatz hin lag, und drückte sich neben dem Fenster an die Wand. Sie zögerte sekundenlang, bevor sie vorsichtig durch die durchsichtigen goldenen Gardinen spähte.

Sie sah einen Lexus SUV und drei vierschrötige Männer, die einen großen, elegant gekleideten Mann flankierten, der offenbar ihr Anführer war.

Er hielt inne, um sein Anzugjackett zuzuknöpfen, und blickte hinauf zu ihrem Fenster. Sie konnte nicht viel über ihn sagen, außer dass er dunkle, glatte Haare hatte.

»Mist. Mist, Mist, Mist«, murmelte sie, während sie sich duckte und, so schnell sie konnte, zurückwich vom Fenster.

Sie musste hinunter zu Daniel, damit sie durch die Hintertür fliehen konnten, bevor …

Ihre Gedanken wurden abrupt dadurch unterbrochen, dass die Tür des Pubs krachend gegen die Wand schlug. Jetzt gab es keine Möglichkeit mehr zu entkommen. Sammi stand auf der obersten Treppenstufe. Ihr Herz pochte geradezu unerträglich langsam.

Dies war die Nacht, in der sie sterben würde. Die Erkenntnis ließ ihr das Blut in den Adern gefrieren. Sie blickte zum Telefon, wünschte sich, dass sie Jane zurückgerufen hätte, wie sie es vor ein paar Stunden noch vorgehabt hatte.

Jane, ihre Halbschwester, die vor zwei Jahren so unverhofft und überraschend in ihr Leben geplatzt war. Es war unmöglich gewesen, Jane nicht zu mögen. Egal, wie sehr Sammi sich dagegen gewehrt hatte; sie hatte Jane näher an sich herangelassen als irgendjemand anderen, nachdem ihre Mutter gestorben war.

Sammi wurde durch Daniels Schmerzensschrei aus ihren Gedanken gerissen. Der Adrenalinstoß sorgte dafür, dass sie sich flach an die Wand presste für den Fall, dass jemand die Treppe hochsah.

»Du hättest dich lieber hüten sollen, mir mein Geld zu stehlen«, drang ein kultivierter englischer Akzent zu ihr hinauf. »Ich wäre möglicherweise nachsichtiger gewesen, wenn du meiner Aufforderung gefolgt wärst.«

»Au … ich«, sagte Daniel und keuchte heftig. »Ich wollte Ihnen die jüngste Abrechnung des letzten Postens bringen, den ich gewaschen habe.«

»Wie viel hast du dieses Mal genommen?«

Sammi zuckte zusammen, als Daniel zögerte.

»Danny«, sagte der Mann, in dessen Stimme eine Andeutung von Bosheit und etwas noch Finstereres lag. »Ich würde vorschlagen, dass du mir antwortest.«

»Ich ha-habe nur zehntausend genommen.«

»Und was hast du mit meinem Geld gemacht?«

Das Geräusch von sich nähernden Fußschritten veranlasste Sammi, sich noch weiter von der Treppe zurückzuziehen. Sie bekam Daniels Antwort nicht mit, da sie sich voll und ganz auf ihren potenziellen Verfolger konzentrierte.

Mehrere angespannte Minuten verstrichen, bis der Mann sich wieder entfernte. Sammi atmete erleichtert aus, aber als Daniel erneut aufschrie, wusste sie, dass sie hier verschwinden musste.

Sie befeuchtete ihre Lippen, während sie die Entfernung bis zu den Fenstern links und rechts von ihrem Bett abschätzte. Wenn sie es bis dahin schaffte, könnte sie am Fallrohr der Regenrinne hinunterrutschen. Aber eben nur wenn.

»Wo ist Miss Miller?«, fragte der Anführer.

Sie fing an, seinen kultivierten Tonfall zu hassen.

Daniel antwortete nicht. Einen Moment später hörte sie das unmissverständliche Geräusch eines Faustschlags, der seinen Körper traf. Daniel hustete, und sein pfeifender Atem verriet ihr, dass der Schlag ihn in den Bauch getroffen hatte.

»Ich frage dich noch einmal, Danny. Wo ist Miss Miller?«

»Sie hat nichts hiermit zu tun«, antwortete er.

Sammi schloss die Augen, als sie hörte, wie ein weiterer Faustschlag ihn traf.

»Richte seinen Stuhl auf, Fabian«, befahl der Anführer.

Ein Stuhl schrappte über den Fußboden, dann herrschte erneut Stille. Sammi hatte die wildesten Vorstellungen von dem, was dort unten gerade vorging.

»Danny?«

»Sie ist nicht hier«, bellte Daniel wütend. »Sammi hat sich ein paar Tage frei genommen.«

Sie hörte ein Schnauben. »Du meinst, du hast sie weggeschickt, damit du dich ihr gegenüber nicht rechtfertigen musst, richtig?«

»Was immer Sie sagen, Mr. …«

Daniels Ausführungen wurden von einem weiteren Treffer unterbrochen. Sammi machte die Augen wieder auf und spähte erneut hinüber zu den Fenstern. Ihr lief die Zeit davon. Die Männer würden Daniel nicht glauben. Sie würden das gesamte Haus durchsuchen. Wenn sie die Sonne noch einmal aufgehen sehen wollte, konnte sie hier keinesfalls bleiben.

Sie holte tief Luft und stieß sie wieder aus, als sie durch die offene Tür stürmte. Sie hatte in erster Linie an Schnelligkeit gedacht, und nicht an Verstohlenheit. Ein Fehler, wie sie umgehend bemerkte, als eine Bodendiele unter ihrem Fuß knarrte. Sie erstarrte und hörte im selben Moment, dass der Anführer jemanden auf die Suche nach oben schickte.

Sammis Hände zitterten, als sie versuchte, das Fenster zu öffnen. Das Adrenalin hielt sie zwar aufrecht, aber vor Panik war sie ungeschickt.

Sie bekam das Fenster auf, als der erste Schläger die Treppe hinauflief. Da sie kein Licht anhatte, konnte er sie nicht sehen, was ihn aber nicht daran hinderte, einige Schüsse in den Raum abzufeuern – von denen ihr einer gefährlich nahe kam.

Als er nach dem Lichtschalter tastete, hatte sie das Fenster so weit hochgeschoben, dass sie sich hindurchzwängen konnte. Sie klammerte sich mit beiden Beinen und einer Hand an das Fallrohr, sodass sie mit der anderen Hand das Fenster wieder herunterziehen konnte, bis es beinah geschlossen war.

Das Glück war auf ihrer Seite, weil erst in diesem Augenblick das Licht anging.

Sammi hörte Stimmen von der Vorderseite des Pubs und rutschte, getrieben von ihrer Furcht, schnell an dem Rohr hinunter. Sie landete hart auf dem Boden und verstauchte sich ihren Fußknöchel. Nach einem hastigen Blick zurück über ihre Schulter zwängte sie sich nahezu geräuschlos zwischen leeren Kisten hindurch und floh geradewegs ins Wasser, als die näherkommenden Fußschritte lauter wurden.

Obwohl es über dem Wasser stockdunkel war, presste sie sich so eng wie möglich an die Kaimauer aus Angst, entdeckt zu werden. Sie waren da, warteten nur darauf, dass sie ein Geräusch machen und sich verraten würde, aber sie dachte nicht im Traum daran.

Sammi zitterte im kalten Wasser, von Entsetzen gepackt. Jeden Augenblick könnte ihr Leben ausgelöscht werden, enden, bevor sie auch nur eins ihrer Ziele erreicht hatte.

Sie kamen bis zum Rand des Kais, wo sie stehen blieben und das schwarze Wasser absuchten. Die Stille war am schwersten zu ertragen. Sammi betete stumm, dass sie reden, dass sie irgendetwas sagen würden, um die Stille zu durchbrechen.

Ihr Wunsch wurde erfüllt, als sie anfingen, mehrere Salven abzufeuern, und die Kugeln um sie herumpfiffen wie kleine Raketen. Es kam ihr wie Stunden vor, bis der Anführer seine Männer zurückrief und sie verschwanden. Sammi wartete, bis sie hörte, dass der Motor des SUVs angelassen wurde. Erst dann traute sie sich langsam aus dem Wasser.

In dem Moment flog ihr Pub in die Luft.

Die Wucht der Explosion schleuderte Sammi zurück ins Meer. Durch die Wasseroberfläche konnte sie die Flammen erkennen, die in den dunklen Himmel schossen. Und als sie anfing wegzuschwimmen, spürte sie ein Stechen in ihrer Schulter.

Sie durchbrach die Oberfläche und holte keuchend Luft, versorgte ihre brennenden Lungen mit Sauerstoff. Menschen rannten nun dort oben hin und her, schrien durcheinander, während sie versuchten, das Feuer zu löschen, damit nicht auch noch der Rest der Straße in Flammen aufging.

Sammi schwamm weiter am Kai entlang, nur weg von ihrem Pub, und erklomm schließlich schwankend eine der Leitern, die an Land führten. Erst als sie oben angelangt war, tastete sie nach ihrer Schulter, und die Berührung sorgte dafür, dass sie zischend die Luft einsog.

Sie ballte ihre Hände zu Fäusten, unterdrückte einen Fluch. Als sie ihre Handflächen betrachtete, stellte sie fest, dass sie bluteten und aufgeschürft waren.

Noch hielt das Adrenalin die Schmerzen in Schach, aber die würden nicht mehr lange auf sich warten lassen. Sie musste unbedingt einigen Abstand zwischen sich und Oban legen, bevor die Schmerzen voll zuschlugen.

1

Einen Monat später …

»Hallo, Schwesterherz, ich bin's.«

Sammi verdrehte die Augen angesichts ihres viel zu fröhlichen Tonfalls, während sie ihre Fahrt in dem vierten gestohlenen Wagen fortsetzte. Das würde nie im Leben klappen. Jane sollte schließlich annehmen, dass es sich um einen spontanen – und kurzen – Besuch handelte.

Wenn ihre Halbschwester Wind davon bekäme, dass sie in Schwierigkeiten war, würde Jane versuchen, ihr zu helfen. Und das war das Letzte, was Sammi wollte.

Andererseits musste sie sich unbedingt ein bisschen ausruhen. Richtig ausruhen. Nicht so wie in den vergangenen vier Wochen, in denen sie immer nur stundenweise geschlafen hatte. Es hatte einfach nirgendwo einen Ort gegeben, an dem sie sich sicher genug gefühlt hätte, um sich den Schlaf zu holen, den ihr Körper für seine Heilung gebraucht hätte.

»Jane. Ich bin's«, versuchte es Sammi erneut mit einem strahlenden Lächeln, das allerdings schnell verschwand, als sie sich aufstöhnend eingestand: »Ich kriege den lockeren

Tonfall einfach nicht hin. Sie wird mich auf der Stelle durchschauen.«

Nichts war leicht gewesen, seit sie geflohen war. Sie hatte sich nicht getraut, ihre Kreditkarten zu benutzen, weil sie befürchtete, dass die Mafia sie aufspüren könnte. Aus dem gleichen Grund hatte sie kein Bargeld von ihrem Bankkonto abgehoben. Aber wenigstens hatte Daniels Geld an der von ihm genannten Stelle gelegen. Nur dadurch hatte sie bisher überlebt.

Sie hatte sich darauf verlegt, Autos zu stehlen, die sich besser zum Verschrotten denn als Transportmittel geeignet hätten. Aber sie sollte sich nicht beklagen. Der Schrotthaufen, den sie gerade fuhr, schaffte immerhin fünfzig Meilen pro Stunde, ohne liegenzubleiben.

»Bring mich bitte bis nach Dreagan, alte Rostlaube, dann fackele ich dich auch nicht einfach ab.«

Als wollte er Sammi kundtun, dass sie ihn keinesfalls in der Gewalt hatte, stotterte der 1982er Morris Marina erst mal, bevor der Motor langsam wieder auf Touren kam.

Sammi dachte nicht weiter über das Auto nach, sondern wieder über eine Begrüßung, die nicht Janes Misstrauen erregen würde. Sie hatte bereits zwei weitere Szenarien durchgespielt, als sie die Fahrt schließlich verlangsamte, da sie sich der Abbiegung näherte, die Jane ihr vor ungefähr einem Jahr beschrieben hatte. Damals hatte sie Sammi zu der geplanten Party nach ihrer Hochzeit mit Banan eingeladen.

Eine weitere Einladung, die Sammi unter irgendeinem Vorwand nicht angenommen hatte. Was für ein Mensch war sie eigentlich, dass sie log und nicht zur Hochzeitsfeier ihrer Schwester ging?

Sie wusste zwar nicht, wieso sie sich an die Beschreibung

dieser Abbiegung erinnerte, da sie im Pub während des Telefonats Bestellungen entgegengenommen hatte, aber irgendwie wusste sie, dass es die richtige war. Und sie war sehr dankbar.

Sammi fuhr mit gedrosselter Geschwindigkeit die lange, kurvenreiche Straße entlang, die auf beiden Seiten von Gebirge flankiert war. Einmal meinte sie, jemanden oder etwas erspäht zu haben im dichten Wald, aber es war wohl Einbildung gewesen. Ihre Fantasie spielte sowieso verrückt seit jenem Vorfall – wie sie es inzwischen nannte – in Oban.

Sammi spürte, wie die Anspannung in ihren Schultern etwas nachließ, als Dreagan Industries in Sicht kam. Jane hatte sie mehrmals eingeladen, aber sie hatte es nie geschafft, ihren Pub zu verlassen. Jetzt, da sie den spektakulären Anblick in sich aufnahm, wünschte Sammi sich, dass sie es getan hätte.

Sie parkte den Wagen und sah sich nach dem Wohnhaus um. Jane lebte auf dem Gelände, aber alles, was Sammi sah, waren Gebäude, die dazu dienten, Dreagans berühmten Whisky herzustellen.

Mehrere Minuten lang sog sie einfach den Anblick der weißen Häuser mit ihren roten Dächern in sich auf, die Geräusche der Brennerei und die Stille, die ein Teil von Dreagan selbst zu sein schien, bis sie schließlich den Wagen verließ.

Jane hatte ihr erzählt, dass Dreagan über sechzigtausend Morgen groß war. Und soweit Sammi bisher sehen konnte, gab es nicht ein einziges Fleckchen, das ihr nicht den Atem verschlagen hätte.

Zum ersten Mal seit über einem Monat spürte sie nicht das Kribbeln im Nacken, fühlte sie sich nicht beobachtet. Ein Blick rundum bestätigte ihr, dass es keine verdächtigen

Autos gab, keine zwielichtigen Männer, die ihr möglicherweise gefolgt waren.

Vielleicht könnte sie hier endlich zur Ruhe kommen. Und sei es auch nur für ein paar Tage. Länger würde sie keinesfalls bleiben, es nicht riskieren, die Mafia geradewegs zu Jane zu führen. Ganz zu schweigen davon, dass Janes Ehemann, Banan, es sicher nicht begrüßen würde, wenn Kriminelle hier eindringen und die Schönheit Dreagans zerstören würden.

»Sind Sie auch hier, um sich um den Job zu bewerben?«

Sammi zuckte zusammen, aufgeschreckt von der Stimme hinter ihr. Die Bewegung zerrte an ihrer nur schwer heilenden Wunde, sodass sie ihren linken Arm mit der rechten Hand stützte. Sie drehte sich um und erblickte eine junge Frau mit schimmerndem schwarzem Haar, das ihr über die eine Schulter fiel.

Die Frau musterte Sammis Arm mit ihren dunklen Augen, und Besorgnis umwölkte ihr Gesicht. »Sind Sie verletzt? Kann ich Ihnen helfen?«

Sammi schluckte und ließ ihren Arm vorsichtig sinken. »Alles in Ordnung, danke.«

»Aber Sie können nicht sehen, wie blass Sie geworden sind.«

»Sie sind Amerikanerin, richtig?«, fragte Sammi, um das Thema zu wechseln.

Die Frau blickte kurz weg, als sie nickte. »Meine Mutter stammt aus Südafrika, und mein Vater hat sowohl die amerikanische als auch die spanische Staatsbürgerschaft.«

»Wie interessant.« Als einstige Pubbesitzerin hatte Sammi ein Gespür für Menschen, die eine Geschichte zu erzählen hatten, und dass diese Frau eine von ihnen war, sah sie sofort.

Die junge Frau trat einen Schritt näher und schob ihre dunkle Haarpracht über ihre Schulter zurück. »Lassen Sie sich wenigstens von mir hineinhelfen, damit Sie sich ein wenig sammeln können vor dem Vorstellungsgespräch.«

Sammi mochte die Frau auf der Stelle, ihren amerikanischen Akzent und alles. Sie hatte etwas an sich, was ihr sagte, dass die Frau durch und durch gutherzig war.

»Ich bin nicht hier, um mich vorzustellen«, klärte Sammi sie auf.

Die Frau hielt inne, bevor ein kleines Lächeln ihr Gesicht erhellte. »Also, da bin ich aber froh. Ich brauche diesen Job nämlich wirklich.«

»Machen Sie sich keinen Kopf über irgendwelche Konkurrenz. Sie sind ein Naturtalent im Umgang mit Menschen. Wenn das verlangt wird bei diesem Job, wären sie verrückt, Ihnen die Stelle nicht zu geben.«

Die Frau strahlte so, dass sich jetzt Fältchen um ihre großen dunklen Augen bildeten. »Vielen Dank. Ich bin übrigens Lily. Lily Ross.«

»Freut mich, Sie kennenzulernen, Lily. Ich bin Sammi.«

Lily nahm ihre Handtasche auf die andere Schulter, was dazu führte, dass der Ärmel ihres Pullovers, der mindestens drei Nummern zu groß war, herunterrutschte und einen großen blauen Fleck an ihrem Arm enthüllte.

»Das ist aber ein verdammt gemeiner Bluterguss«, bemerkte Sammi.

Lily lachte, während sie ihren Pullover wieder darüber zog. »Ich bin unglaublich tollpatschig. Es ist nicht mehr erforderlich als ein voller Wäschekorb und Schuhe mitten auf dem Fußboden, und schon bin ich eine Katastrophe in Wartestellung.«

»Dann müssten Sie sich großartig mit Jane verstehen.« Sammi nahm sich vor, auf keinen Fall etwas Zerbrechliches in ihrer Nähe zu haben, wenn beide, Lily und Jane, anwesend waren.

Lily musterte Sammi von Kopf bis Fuß und runzelte die Stirn. »Sie müssen sich unbedingt setzen. Soll ich Sie hineinbringen?«

»Ich glaube, ich schaffe es schon selbst, aber ich komme mit.«

Sie waren erst ein paar Schritte gegangen, als Lily fragte: »Wieso denken Sie, dass ich gut mit Menschen umgehen kann?«

»Diese Gabe hatte ich schon immer. Ich sehe eine Person an und weiß es einfach. Ich habe mal einen Pub geführt und sehr schnell gelernt, dass nur ein ganz bestimmter Menschentyp geeignet ist, in diesem Metier zu arbeiten und erfolgreich zu sein. Menschen wie Sie.«

Lily lächelte, wendete aber die Augen ab und blickte zu Boden.

Als sie nichts weiter sagte, beschloss Sammi, sie ein bisschen auszuhorchen. »Um was für einen Job wollen Sie sich denn bewerben?«

»Oh, um keinen besonders wichtigen. Es geht nur um den Geschenkeladen.«

»Dann würden Sie Touristen also Dreagans Whisky verkaufen?«

»Genau.«

»Das ist perfekt für Sie. Seien Sie nur zuversichtlich, wenn Sie hineingehen. Und nicht vergessen: Es ist ein wichtiger Job, weil es Ihrer sein wird.«

Lilys Lächeln wurde breiter, verwandelte die liebenswerte

junge Frau in eine wahre Schönheit. Sie trug sehr wenig Make-up, und ihre Kleidung war zu weit und ziemlich trist.

Sammi, die nie eine enge Freundin gehabt hatte, überkam das plötzliche Bedürfnis, mit Lily shoppen zu gehen und sie mit den passenden Klamotten auszustatten. Mit irgendetwas Hellem und Gewagtem, was zu ihrer Hautfarbe passen würde. Es lag bestimmt daran, dass sie sich wochenlang vor der Mafia hatte verstecken müssen, dass sie nun auf eine so aberwitzige Idee kam.

Nur gut, dass sie sich der Ladentür näherten, sonst hätte Sammi unter Umständen noch etwas wirklich Dummes angestellt und Lily angeboten, mit ihr einkaufen zu gehen! Und das hätte die Frau möglicherweise beleidigt. Lily kleidete sich vielleicht gern wie eine Sechzigjährige. Manche Frauen waren einfach so.

Trotz ihres Aufzugs war Lily eine bemerkenswerte Schönheit mit ihrem schwarzen Haar, den dunklen Augen und ihrem dunklen Teint. Entsprechendes konnte man von Sammi nicht gerade behaupten, aber Sammi hatte schon früh gelernt, sich mit ihren störrischen Haaren und ihrer hellen Haut abzufinden, dank ihrer Mutter.

Sobald sie den Laden betreten hatten, fielen Sammi die an den Wänden aufgereihten Regale voller Flaschen mit Dreagan Whisky ins Auge.

Einige der gläsernen Flaschen befanden sich in kleinen, bemalten Fässchen und waren als aromatisierter Whisky gekennzeichnet, während andere in großen, zylindrischen Blechbehältern steckten. Es gab sehr viele Flaschen, die nur die halbe Größe hatten, und auch welche, die wie eine Art Cremelikör aussahen.

An der hinteren Wand befanden sich Glasvitrinen, in denen die unterschiedlichsten Flaschen ausgestellt waren.

»Das da hinten wird fünfzig Jahre alter Scotch sein, und einige sind wahrscheinlich sogar noch älter. Sie sind außerordentlich geschätzt unter Sammlern, und sie sind auch sehr wertvoll«, erklärte Lily.

Eine Frau mit langen, braunen Haaren, die teilweise hochgesteckt waren, kam um den Tresen herum und lächelte Lily an. »Sie kennen sich ja gut aus mit Whisky.«

Lily drehte sich zu der Frau um und straffte sich. »Das hoffe ich. Ich wurde zu einem Vorstellungsgespräch hergebeten.«

»Aha«, sagte die Frau, während sie hinter sich auf das Klemmbrett blickte. »Sie müssen Lilliana Ross sein.«

»Lily, bitte«, sagte diese und streckte ihre Hand aus.

Die Frau ergriff sie und lächelte. »Ich bin Cassie. Warum gehen wir nicht nach hinten und unterhalten uns ein wenig?«

Sammi beobachtete den Umgang der beiden Amerikanerinnen miteinander und schloss aus Cassies Gebaren, dass sie Lily mochte. Wäre Sammi jemand gewesen, der gern wettete, hätte sie eine große Summe darauf gesetzt, dass Lily den Job so gut wie in der Tasche hatte.

»Natürlich«, antwortete Lily.

Cassies dunkle Augen hefteten sich jetzt auf Sammi. »Kann ich Ihnen helfen?«

»Das hoffe ich. Ich suche Jane.«

»Jane?«, wiederholte Cassie, und ihr freundlicher Blick verdüsterte sich leicht.

Sammi war nicht beleidigt. Jane hatte erwähnt, wie nah sich alle bei Dreagan standen, und wenn sie sich richtig erinnerte, hatte Jane auch eine Cassie erwähnt.

»Ich bin Sammi Miller, Ja…«

»Janes Halbschwester«, beendete Cassie mit einem freundlichen Kopfnicken den Satz für sie. »Ich rufe im Haus an und bitte sie herüber. Sie wird sich unglaublich freuen, dich zu sehen.«

Dessen war sich Sammi nicht so sicher, aber sie brauchte wenigstens einen Tag Ruhe und musste unbedingt nach ihrer Wunde sehen. Sie fühlte sich an, als wäre sie entzündet.

Sie konnte ihren Arm kaum noch bewegen. Sich anzukleiden und zu duschen wurde zunehmend anstrengender mit nur einem Arm, vom Haarewaschen mal ganz zu schweigen.

Bevor Cassie ihren Telefonanruf tätigte, steckte sie ihren Kopf um die Ecke und sagte etwas zu jemandem, der sich dort aufhielt. Während sie telefonierte, betrat ein großer Mann den Laden. Er trug eine verwaschene Jeans, die tief auf seinen schlanken Hüften saß, und ein burgunderfarbenes T-Shirt mit einem Drachenmuster, das wohl eine Art Stammes-Tätowierung nachahmte.

Es war schwer zu sagen, wie lang seine dunklen Haare waren, weil er sie zu einem Pferdeschwanz zurückgebunden trug. Seine aquamarinblauen Augen blickten erst Sammi und dann Lily an. Er ließ sich reichlich Zeit und nahm jeden Quadratzentimeter der grazilen Frau in sich auf, bevor er den Blick abwandte und um den Tresen herum zu einer Kiste mit Whisky trat, der noch in die Regale eingeordnet werden musste.

Sammi wandte sich zu Lily um und sah, dass sie den Mann anstarrte, als wäre er der Topf mit Gold am Ende des Regenbogens. Zugegeben, er war durchaus ein Typ, den man anschmachten konnte, aber Sammi war Männern wie ihm häufig genug begegnet während ihrer Zeit im Pub. Sie sahen fantastisch aus, und die meisten von ihnen wussten es auch. Solche Männer betrachteten Frauen nur als Vergnügung und sonst nichts weiter.

Aber die Art und Weise, wie Lily ihren Blick nicht von ihm abwenden konnte, hätte Sammi beinahe dazu veranlasst, sie zu warnen. Gerade noch rechtzeitig rief sie sich in Erinnerung, es lieber bleiben zu lassen. Jeder Mensch sollte sich schließlich mindestens einmal verlieben, und jeder musste sich einmal das Herz brechen lassen. Und wenn sich dann die Liebe erneut meldete, war sie umso wunderbarer.

Auf jeden Fall hatte ihre Mum das immer gesagt. Sammi war diesem Ratschlag selbst nie gefolgt. Oh, als Teenager hatte sie durchaus ein gebrochenes Herz gehabt, aber danach hatte sie sich nie wieder verliebt.

Und würde es auch nie tun.

Cassie beendete ihr Telefonat und sah Sammi an. »Jane ist unterwegs. Lily, wollen wir nach hinten gehen?«

Sammi zwinkerte Lily aufmunternd zu, dann war sie mit dem Mann allein.

»Du bist also Samantha«, sagte er, ohne sie anzublicken.

Sie drehte sich zu ihm um und funkelte ihn an, was er allerdings nicht sehen konnte. Er fuhr fort, den Whisky ins Regal zu stellen, als hätte er überhaupt nicht mit ihr gesprochen. »Mir ist Sammi lieber.«

»Du trägst lieber einen Männernamen?«

»Und du scheinst es darauf abgesehen zu haben, einen kräftigen Tritt in die Eier zu kriegen, oder?«

Er schwieg. Dann blickte er sie über seine Schulter an und grinste breit. »Ich dachte, du wärst mehr wie Jane.«

»Still und zurückhaltend oder tollpatschig?«

»Sowohl als auch.«

»Lass sie in Ruhe, Rhys«, sagte Jane, während sie die Tür hinter sich ins Schloss fallen ließ, wobei keine Schärfe in ihrem Tonfall lag. »Sammi schlägt sich wacker. Und was die Zurückhaltung betrifft: Ich finde sie toll, so, wie sie ist.«

Sammi hasste es, wenn Jane solche Dinge sagte, weil ihr dann immer die Tränen kamen. Sie blickte in Janes bernsteinfarbene Augen und wusste, dass alles in Ordnung war.

»Ich freue mich ja so, dass du hier bist«, sagte Jane und eilte zu ihr.

Sammi versuchte, nicht das Gesicht zu verziehen, als Jane sie umarmte, aber sie war nicht schnell genug. Jane trat einen Schritt zurück, und im selben Augenblick sah Rhys sie an.

Jane musterte sie mehrere Minuten lang schweigend, bevor sie fragte: »Was ist passiert?«

»Nichts. Warum? Kann ich nicht herkommen und meine Halbschwester besuchen?«

»Doch, natürlich«, sagte Jane, die sie immer noch prüfend betrachtete. »Es ist nur … Nun ja, ehrlich gesagt, hast du das bisher vermieden.«

Sammi zuckte innerlich zusammen. »Ich weiß. Es tut mir leid. Aber jetzt war mir danach, mir ein paar Tage frei zu nehmen und dich zu besuchen. Natürlich nur, wenn du nicht zu beschäftigt bist.«

»Absolut nicht. Ich freue mich unglaublich, dass du gekommen bist. Bist du sicher, dass alles in Ordnung ist?«, fragte sie wieder.

Sammi zwang sich zu einem Lachen. »Natürlich ist es das. Warum fragst du immer wieder nach?«

»Du bist dünner geworden, obgleich du auch schon vorher kein Übergewicht hattest. Außerdem hast du dunkle Ringe unter den Augen und hältst deinen linken Arm irgendwie komisch. Und ist das Blut, das ich da an deinem T-Shirt an der Schulter sehe?«

Plötzlich machten sich die letzten vier Wochen alle auf einmal bemerkbar bei Sammi. Vielleicht lag das daran, dass sie sich wieder an Janes Bemerkung erinnerte, dass Dreagan einer der am besten bewachten Orte ganz Schottlands sei, oder auch an der Tatsache, dass sie endlich hier war und daher ihre Wachsamkeit nachließ.

Sei es, wie es sei, ihr Körper schien jedenfalls einfach an seine Grenzen gekommen zu sein. Sammi konnte kaum noch ihre Augen offen halten, so erschöpft war sie. Sie packte die Kante des Tresens, um sich trotz ihrer Müdigkeit aufrecht zu halten, während sie verzweifelt nach einer passenden Lüge suchte.

Aber eigentlich wollte sie nicht mehr lügen, nicht Jane gegenüber. Sie konnte ihnen nicht die Wahrheit sagen, aber sie musste ihnen irgendetwas anbieten. »Es ist nur eine kleine Wunde, und es ist besser, wenn ihr nichts wisst. Ich brauche nur einen Ort, wo ich die Nacht über bleiben kann.«

»Du bleibst auf jeden Fall länger«, entgegnete Jane und unterstrich ihre Bemerkung mit einem Nicken.

Aber Sammi schüttelte schon den Kopf. »Nein.«

»Banan, sag du es ihr«, forderte Jane ihren Mann auf.

Banans große Gestalt kam um den Tresen herum auf Jane zu. Sammi hatte nicht einmal mitbekommen, dass er den Laden betreten hatte. Jetzt stand er hinter Jane, und seine Hände ruhten auf ihren Schultern, während seine grauen Augen Sammi musterten. Anders als Rhys, der lange Haare hatte, trug Banan seine dunkelbraunen Locken kurz geschnitten.

»Jane hat recht. Du musst bleiben«, sagte Banan.

Sammi wusste, dass es im Moment sinnlos war, dagegen

anzugehen. Sie würde einfach früh aufstehen und verschwunden sein, bevor es irgendjemand mitbekam. Jetzt, da sie wusste, dass sie in Dreagan war und bleiben konnte, stand sie kurz davor, zusammenzuklappen. Ihr Magen knurrte, ihre Wunde schmerzte, und sie konnte kaum noch die Augen offen halten.

»Bringen wir dich ins Haus«, sagte Jane, wandte sich Sammi zu und führte sie zur Tür. »Banan wird dir deine Sachen bringen. Sobald du gegessen und dich ein wenig ausgeruht hast, möchte ich, dass du mir erzählst, was los ist. Ich kann dir sicher helfen.«

Sammi blickte starr geradeaus und setzte dank schierer Willenskraft einen Fuß vor den anderen. Sie hatte nicht vor, hier zusammenzubrechen. Nichts, was Jane sagen konnte, würde sie davon überzeugen, ihr irgendetwas von ihren Schwierigkeiten zu erzählen. Je weniger Jane und Banan wussten, desto besser.

Zumindest war es das, worum Sammi betete.

2

Wütend stapfte Tristan mit großen Schritten den Berg hinunter. Seit Wochen verfolgte ihn Phelan mit der Frage, ob er sich an irgendetwas aus der Zeit erinnern konnte, bevor er ein Drachenkönig geworden war.

Egal, wie viele Fragen Phelan ihm auch stellte, egal, wie viele Geschichten Phelan ihm von seinem vermeintlichen Zwillingsbruder Ian erzählte, Tristan erinnerte sich an absolut nichts davon.

Es konnte kein Zweifel daran bestehen, dass er ganz genau so aussah wie Ian Kerr. Das bewiesen die Fotos, die man ihm gezeigt hatte, aber wie intensiv auch immer die Verbindung zwischen Ian und seinem Zwilling Duncan gewesen sein mochte – sie war nicht auf ihn, Tristan, übergegangen. Duncan war getötet worden, doch laut Phelan hatte Ian auch danach noch Duncans Stimme in seinem Kopf gehört.

Vielleicht war Duncan ja gestorben, oder zumindest seine Seele. Und Tristan besaß nun seinen Körper, aber eine neue Seele. Er hatte keine Ahnung, und er war es unglaublich leid, dass alle Welt ihn damit nervte.

»Tristan, warte«, sagte Laith, der hinter ihm her gerannt

kam und zu ihm aufschloss. »Wir versuchen alle nur zu helfen.«

Tristan blieb abrupt stehen und drehte sich zu Laith um, blickte in die metallisch blaugrauen Augen des Drachenkönigs. »Warum fällt es allen so schwer zu begreifen, dass hier drinnen nichts«, sagte er und tippte sich mit einem Finger gegen die Stirn, »absolut nichts von Duncan Kerr ist? Meine Erinnerungen setzen in dem Moment ein, als ich vor zwei Jahren nackt im Schnee aufwachte und ein Schwert in der Hand hielt.«

»Weil es nun einmal nicht zu übersehen ist, dass du Ians Zwillingsbruder bist, Kumpel. Wir wollen dir doch nur helfen.«

Tristan stemmte die Hände in die Hüften und stieß einen tiefen Seufzer aus. Er blickt sich um, betrachtete die schroffen, zerklüfteten Berge, sah die Schönheit Schottlands und spürte, wie seine Spannung etwas nachließ. Er hatte nie in Zweifel gezogen, dass er ein Schotte war. Nicht nur wegen des typischen Akzents, nein, es war mehr als das. Schottland ruhte in seiner Seele, in jeder einzelnen Faser seines Seins.

»Was ist, wenn es keine Erinnerungen Duncans in meinem Gehirn gibt?«

Laith zuckte die Achseln. »Dann gibt es eben keine. Wir machen einfach weiter.«

»Und wenn es Erinnerungen gibt und sie nur verschüttet sind?«, fragte Tristan zögernd, so als hätte er beinahe Angst, die Befürchtungen zu äußern, die ihn, seit er erfahren hatte, wer Ian war, quälten.

»Wenn es Erinnerung gibt, dann liegt es bei dir, sie zuzulassen, Tristan. Sie kommen möglicherweise nicht an die Oberfläche, weil du noch nicht dazu bereit bist. Oder aber es ist, wie du gesagt hast, und vielleicht gibt es gar keine.«

»Ich möchte Ian nicht sehen.«

»Du kannst ihm nicht für immer aus dem Weg gehen.«

Tristan rieb sich den Nacken. »Mir ist nur einfach nicht danach, den enttäuschten Ausdruck in seinen Augen zu sehen. Ich weiß, was er sich wünscht, aber ich kann es ihm nicht geben.«

Laith kam nicht mehr dazu, darauf zu antworten, da sie in dem Moment Banan und Jane erblickten, die eine Frau zum Herrenhaus Dreagan Manor führten. Die Frau war nicht ganz so groß wie Jane, und ihre welligen, rötlichen Haare, die ihr bis auf die Schultern fielen, wurden ihr von der Brise ins Gesicht geweht. Die Frau strich sich die Ponyfransen aus den Augen, sodass sie Duke übersah, der ums Haus herum auf sie zustürmte.

Die Dänische Dogge blieb neben ihr stehen, aber dank seiner schieren Größe brachte der Hund sie aus dem Gleichgewicht, als er sich an sie lehnte. In dem Augenblick sah Tristan, dass sie zusammenzuckte und ihren linken Arm schützend an sich presste.

»Wer ist das?«, fragte Tristan.

Laith beobachtete sie noch eine Weile, bevor er sagte: »Aus dem Aufstand, den Jane veranstaltet, schließe ich, dass es sich um Sammi handelt, Janes Halbschwester.«

Während Banan Duke am Halsband zurückhielt, führte Jane Sammi ins Haus. Kurz bevor Sammi hineinging, wendete sie ihren Kopf und richtete den Blick ihrer graublauen Augen direkt auf Tristan. Es war wie ein Schlag in die Magengrube.

Überraschend, verwirrend.

Erstaunlich.

Die verwunderliche Verbindung, die zwischen ihnen zu schwirren schien, führte dazu, dass er schwankte, taumelte. Stürzte.

Und er wollte mehr. Sehr viel mehr.

»Tristan?«

Er riss seinen Blick von der inzwischen leeren Türöffnung los und sah Laith an. »Was?«

»Was auch immer du vorhaben solltest in Bezug auf Sammi, ich würde dir dringend davon abraten.«

Tristan runzelte die Stirn und blickte hinüber zum Haus, überlegte, was für eine Verletzung Sammi wohl haben mochte. »Was willst du damit sagen?«

»Vergiss es.« Laith schüttelte den Kopf und lächelte ironisch. »Warten wir mal ab, was als Nächstes passiert. Na komm. Gehen wir und begrüßen Sammi.«

Die Tatsache, dass Tristan die Frau näher kennenlernen wollte, hätte ausreichen müssen, um ihn in die entgegengesetzte Richtung fliehen zu lassen. Er fing gerade erst an, sich an das Leben in Dreagan zu gewöhnen. Phelan und die anderen Krieger machten die Dinge schon ausreichend kompliziert. Was Tristan am allerwenigsten gebrauchen konnte, war, sie noch zusätzlich zu komplizieren durch eine Frau.

Dennoch folgte er Laith ins Herrenhaus. Die Stimmengeräusche drangen aus der Küche zu ihnen. Als sie im Eingang zur Küche stehen blieben, sahen sie, dass Elena Tee einschenkte und Jane ein Sandwich zubereitete, während Sammi am Tisch Platz genommen hatte und sich verzweifelt bemühte, wach zu bleiben.

Tristan konnte seinen Blick nicht von ihr abwenden, egal, wie sehr er sich bemühte, nicht zu ihr zu schauen. Sogar im Profil war sie schön mit ihrem langen, eleganten Hals und ihrem rötlichen Haar. Sie saß mit geradem Rücken auf dem Stuhl, als wäre es die natürlichste Sache der Welt, dass sie sich so aufrecht hielt.

Tristan sah, dass sie zweimal einnickte und jedes Mal wieder hochschreckte. Beim dritten Mal sackte sie nach rechts weg. Er eilte hinüber und fing sie auf, kurz bevor sie auf den Fußboden rutschte. Jane, Elena und Banan ließen alle drei gleichzeitig von dem ab, was sie gerade taten, und starrten ihn mit offenem Mund an.

Er blickte die in seinen Armen schlafende Frau an, absolut unempfänglich für seine Umgebung, während er ihr ovales Gesicht betrachtete. Ihre Wangenknochen waren unglaublich hoch, ihre Nase klein und ihre Lippen geradezu sündig dekadent.

Obwohl sie schlief, erweckte sie in seinem Körper ein unbändiges Verlangen nach ihr, verzehrte sich sein Mund nach ihren Lippen, danach, sie zu kosten, und seine Hände sehnten sich danach, sie zu streicheln. Schlagartig begehrte er sie, war er für sie entflammt.

Hatte die Leidenschaft ihn gepackt.

Tristan strich ihr eine Haarsträhne aus den Augen und wünschte sich, sie würde sie wieder öffnen, damit er erneut ihre kühle Farbe sehen konnte.

Dann erinnerte er sich daran, wo er war und wen er in den Armen hielt. »Ich glaube, das Essen muss noch warten.«

»Ich wusste, dass sie müde aussah«, sagte Jane und runzelte die Stirn.

Mühelos verlagerte Tristan Sammis Gewicht in seinen Armen und stand auf. »Sie ist zu mager.«

»Und dass sie abgenommen hat, wusste ich auch«, sagte Jane und schüttelte den Kopf. Dann sah sie Banan an. »Ich glaube, dass sie in echten Schwierigkeiten steckt.«

»Wir werden ihr heraushelfen«, versprach Banan.

Sorgfältig vermied Tristan es, Sammis linken Arm zu berühren, als mehr Blut durch ihr T-Shirt sickerte. »Was ist mit ihrer Verletzung?«

Banan fluchte laut, während er aus der Küche ging. »Sie behauptete, es sei nichts weiter. Trag sie nach oben, Tristan.«

Jane folgte ihm auf den Fersen und stolperte zweimal, während sie hinter Banan die Treppe hinaufging. Obgleich ihn die beiden mit Argusaugen beobachteten, konnte Tristan seinen Blick von der Frau in seinen Armen einfach nicht abwenden.

Ihr Haar, eine einzigartige Mischung aus Blond und Rotbraun, fiel über seinen Arm, und die welligen Strähnen reizten ihn, es zu berühren. Aufgrund ihrer Erschöpfung und ihrer Verletzung befürchtete er, dass jemand sie an ihre Grenzen gebracht hatte, und er wollte wissen, wer ihr das angetan hatte. Und warum.

Ihre Jeans saß viel zu locker auf ihren eh schon schmalen Hüften. Die lindgrüne Strickjacke sah aus, als hätte sie ihr früher perfekt gepasst, aber jetzt war sie ein wenig schlabberig.

Banan öffnete die Tür zu einem der Räume im zweiten Stock und zog die Tagesdecke vom Bett, als Tristan hereinkam. Vorsichtig legte Tristan Sammi auf das Bett, die sich die ganze Zeit über nicht rührte.

»Was ist mit ihr passiert?«, fragte Jane mit leiser, besorgter Stimme. »Das ist nicht dieselbe Sammi, die wir vor vier Monaten besucht haben.«

Banan fing über das Bett hinweg Tristans Blick auf und nickte ihm knapp zu. Tristan beugte sich über Sammi, zog sanft ihr T-Shirt am Ausschnitt ein Stück zur Seite und sah die hässliche, eiternde Wunde.

»Wir müssen ihr das Shirt ausziehen«, sagte Tristan und bat Jane und Banan mit einem Blick um ihr Einverständnis.

Geschwind besorgte Jane eine Schere und schnitt ihrer Schwester das T-Shirt auf. Erst dann konnten sie die Wunde zum ersten Mal richtig sehen.

»Das ist eine Schusswunde«, sagte Banan wuterfüllt und rachelüstern.

Jane trat neben Tristan und berührte sanft Sammis Wunde. Sie blickte Banan an. »Ich glaube, sie ist entzündet.«

»Die Naht wirkt nicht gerade professionell«, bemerkte Tristan. Mit gerunzelter Stirn musterte er die ungleichmäßigen Stiche genauer. »Sie sieht beinahe so aus, als hätte Sammi sie selbst genäht.«

Banan biss die Zähne zusammen. »Sie ist erschöpft, halb verhungert, fährt einen Wagen, der nicht ihr gehört, und ist verletzt. Welches Geheimnis auch immer sie verbirgt, sie wird nur sehr schwer davon zu überzeugen sein, dass es sinnvoll ist, es uns zu offenbaren.«

»Und ich werde sehr schwer davon zu überzeugen sein, nicht alles zu tun, um meine Schwester in Sicherheit zu bringen«, sagte Jane, straffte sich und warnte ihren Mann mit einem Blick, ihr ja nicht zu widersprechen.

Banan hob schnell die Hände. »Ich habe nur eine Tatsache erwähnt, Liebste. Wir werden selbstverständlich dafür sorgen, dass ihre Sicherheit garantiert ist, komme, was wolle.«

»Wir brauchen Con, um sie zu heilen«, stellte Jane fest.

Bevor Banan etwas einwenden konnte, sagte Tristan: »Wenn Sammi nicht weiß, wer wir sind, ist es möglicherweise ratsam, dass wir die Wunde, so gut es geht, säubern und Con nur im Notfall, wenn es nicht anders geht, einsetzen. Nach dem Fiasko mit Denae und Kellan ist es vielleicht besser, wenn Sammi so wenig wie möglich erfährt.«

»Ganz deiner Meinung«, stimmte Banan ihm zu.

Jane verdrehte ihre Augen, aber ihre Besorgnis war mit Händen greifbar. »Kümmern wir uns einfach auf der Stelle um die Wunde.«

Tristan zog einen Stuhl näher ans Bett. »Besorgt mir Scheren, Pinzetten, heißes Wasser, Verbandszeug, und ich brauche auch Nadel und Faden, um die Wunde neu zu nähen.«

»Und das ist alles?«, rief Jane. »Sie braucht Medizin. Sie hat eine Entzündung.«

Banan griff nach Janes Hand und zog sie zur Tür. »Wir können das Ausmaß der Entzündung erst beurteilen, wenn wir die alte Naht aufgetrennt haben.«

»Schon gut, ist ja richtig«, sagte Jane. Sie drehte sich um und lief nur deswegen nicht gegen die Tür, weil Banan sie gerade noch daran vorbeischob.

Es dauerte nicht lange, bis Jane zurückkam mit einem Arm voller Zeug. Nach zwei Schritten ins Zimmer stolperte sie über die Ecke des Teppichs und landete hart auf ihrem Knie, aber sie ließ kein einziges Teil fallen.

Tristan nahm das Skalpell, Reinigungsalkohol, Wattebäusche, Bandagen, Nadel und Faden und breitete alles auf dem Bett aus. Banan brachte einen Krug heißes Wasser herein, das er in eine Schüssel goss, die er neben Tristan auf den Tisch stellte.

Tristan versuchte, nicht auf den weißen Satin-BH zu starren, der Sammis Brüste umschloss, aber er nahm trotzdem die festen Rundungen wahr – und die Begierde, die in seinem Körper erwachte.

Doch dann konzentrierte er sich auf das, was er tun musste. Ihre Atmung war gleichmäßig, obgleich die Wunde aussah, als würde sie ihr großes Unbehagen verursachen.

Er räusperte sich, als Banan ihn dabei ertappte, wie er

erneut ihre Brüste anstarrte. Tristan nahm das Skalpell zur Hand und durchtrennte behutsam die groben Stiche. Sammi hatte es zwar geschafft, die Blutung zu stoppen, aber das hieß nicht, dass sie es auch geschafft hatte, die Kugel zu entfernen.

Dieser Gedanke veranlasste Tristan dazu, sie vorsichtig auf ihre rechte Seite zu drehen, um zu überprüfen, ob es irgendwo eine Austrittswunde gab, und genau wie er befürchtet hatte, gab es keine.

»Die Kugel steckt wahrscheinlich noch drin«, erklärte er Jane.

Banan ging zur Tür und pfiff laut. Innerhalb von Sekunden gesellten sich Darius, Laith und Ryder zu ihnen. Tristan konzentrierte sich und öffnete weiter vorsichtig die Naht, unterstützt von Ryder, der eine Lampe über ihn hielt, damit er alles gut sah.

Als die Naht ganz aufgetrennt war, betastete Tristan vorsichtig die Wundränder. Sammi versuchte, von ihm abzurücken. Darius packte ihre Fußknöchel, während Banan auf der anderen Seite des Bettes kniete, um nötigenfalls ihre rechte Seite aufs Bett zu pressen, während Laith ihren linken Arm festhielt.

Tristan blickte Jane an. »Ich habe noch nie eine Kugel entfernt.«

»Das hat keiner von uns«, sagte Banan. »Dir bleibt keine Wahl, da Kellan nicht hier ist. Hol sie raus.«

Tristan atmete tief durch und begann die Wunde genauer zu sondieren. Wieder versuchte Sammi, von ihm abzurücken, aber sie wurde daran gehindert. So schnell er konnte, stocherte Tristan mit der Pinzette nach der Kugel, während Jane das Blut abtupfte.

Schweiß bedeckte seine Stirn, je länger es dauerte und je

mehr Schmerzen er Sammi zufügte. Dann traf die Pinzette auf etwas Metallenes. Ihm war sofort klar, dass die Kugel in ihrem Knochen festsaß.

Tristan wischte sich die Stirn mit seinem Ärmel ab und warf einen kurzen Blick auf Sammis Gesicht. Sie war blass, aber wenigstens war sie nicht wach geworden. Wer hatte ihr das angetan? Wer hatte eine so schöne Frau verletzen wollen?

Er ließ seine Schulter kreisen, um sich zu entspannen, und konzentrierte sich anschließend neuerlich auf die Kugel. Es schien Ewigkeiten zu dauern, bis er sie lockern konnte. Noch ein letztes Mal zog er und spürte endlich, wie sie nachgab.

»Hab sie«, sagte Tristan, als er die Kugel herauszog und sie hochhielt, damit jeder sie sehen konnte.

Er schaute zu Sammi und stellte fest, dass ihre graublauen Augen geöffnet waren und ihn ansahen. Die Zeit schien stillzustehen, während sie sich gegenseitig anstarrten. Dann schlossen sich ihre Lider, hielt ihn ihr Blick nicht länger gefangen, und der Kontakt war unterbrochen.

Tristan blieb keine Zeit, sich über seine Reaktion Gedanken zu machen. Er gab die Kugel Laith und machte sich daran, die Wunde zu reinigen und den Eiter zu entfernen, damit er sie neu nähen konnte.

Nach dem letzten Stich machte Tristan einen festen Knoten und schnitt den Faden ab. Ryder klopfte ihm anerkennend auf die Schulter und trat, nachdem er die Lampe abgestellt hatte, beiseite.

Tristan lehnte sich zurück und registrierte das Blut an seinen Händen. Blitzartig tauchte plötzlich das Bild seiner blutbedeckten Hände vor ihm auf, nur dass seine Haut hellblau war und aus seinen Fingern lange, blaue Krallen ragten.

So schnell dieses Bild aufgetaucht war, so schnell war es

wieder verschwunden, und Tristan blieb zurück mit einem eigentümlichen Gefühl im Bauch. Er versuchte es abzuwehren, aber er bezweifelte, dass ihm das je gelingen würde. Hatte es sich um eine Vision aus seiner Vergangenheit gehandelt, aus der Vergangenheit, von der jeder behauptete, es sei die Duncan Kerrs?

»Gute Arbeit«, lobte Banan ihn.

Laith hielt die Kugel hoch, nachdem er sie gesäubert und getrocknet hatte. »Ich denke, dass ihr alle euch das anschauen solltet.«

Ryder nahm die ramponierte Kugel entgegen und studierte sie genau. »Da ist etwas hineingeätzt worden.«

»Was ist es?«, fragte Tristan.

Banan nahm sie als Nächster zur Hand, und nachdem er sie eine Weile von allen Seiten studiert hatte, verließ er das Zimmer, nur um gleich darauf mit einem Vergrößerungsglas zurückzukommen. Er hielt es über die Kugel und betrachtete sie ausgiebig.

»Das kann doch nicht wahr sein«, murmelte er.

Jane wischte Sammi die Stirn mit einem feuchten Tuch ab. »Was ist denn?«

Die Kugel und das Vergrößerungsglas wurden an jeden Einzelnen weitergereicht, bis beides bei Tristan landete. Er konnte erkennen, dass es sich bei dem, was in das Metall geätzt war, offenbar um einen Drachen handelte.

»Was bedeutet das?«, fragte er.

Laith schnaubte. »Das bedeutet, dass wir am Arsch sind.«

»Es bedeutet, dass Ulrik dahintersteckt. Es bedeutet, dass er auf Rache sinnt«, sagte Darius.

3

Sammi starrte auf das Tablett auf ihrem Schoß und versuchte, dem auffordernden Blick ihrer Schwester auszuweichen. Sammi war ausgeruht und ohne die gewohnten Schmerzen aufgewacht, die während der letzten Wochen ihre ständigen Begleiter gewesen waren.

Dann hatte Jane sie informiert, dass sie bewusstlos am Küchentisch zusammengebrochen war. Sie hatten sie nach oben getragen und die Wunde entdeckt. Offenbar hatte sie einem gewissen Tristan dafür zu danken, dass er die Kugel entfernt hatte.

Es war nicht so, dass sie die absichtlich drinnen gelassen hatte. Sie hatte nicht einmal gewusst, dass es eine Kugel war. Sie war davon ausgegangen, dass irgendetwas durch die Explosion hochgeschleudert worden war und ihre Schulter getroffen hatte.

Sie hatten ihren Pub in die Luft gejagt. Sie hatten Daniel getötet. Und sie hatten versucht, sie umzubringen.

Sie hatte nicht das Bedürfnis verspürt, diese schrecklichen Männer in irgendeiner Weise herauszufordern und zu erfahren, wie weit sie gehen würden, weil sie aus erster Hand mitbekommen hatte, wie bösartig und grausam sie waren. Mit dieser Art von Angst und Schrecken lebte sie jetzt; sie waren zu einem Teil ihres Ichs geworden. Alles, was sie vor sich sah, und quasi jeder war eine potenzielle Bedrohung für sie.

Das hatte sie verändert, und nicht zum Besseren.

»Sammi, bitte«, flehte Jane sie an.

Jane bekniete sie jetzt seit dreißig Minuten, ihr zu antworten. Vielleicht hätte Sammi lieber vorgeben sollen, sich nach wie vor schlecht zu fühlen. Das hätte ihr Jane möglicherweise eine Weile vom Hals gehalten. Jedenfalls so lange, bis alle schliefen und sie sich aus Dreagan davonschleichen konnte.

»Ich weiß, dass du es gut meinst und mir helfen willst. Bitte glaube mir doch, wenn ich dir sage, dass es besser ist, wenn du es nicht weißt«, sagte Sammi schließlich, während sie den Zucker in ihrem Tee umrührte.

Jane schüttelte den Kopf, ihre kurzen, kastanienbraunen Haare flogen hin und her. »Quatsch«, sagte sie, und ihr amerikanischer Akzent bekam eine harte Note. »Ich bin deine Schwester. Ich kann dir helfen.«

»Halbschwester«, korrigierte Sammi sie, was sie umgehend bereute, als sie den verletzten Ausdruck in Janes Augen sah.

»Ob halb oder ganz – es spielt keine Rolle. Wir sind eine Familie. Du bist hierhergekommen, weil du Hilfe brauchst.«

Sammi nahm einen Schluck von dem heißen Tee. Ihre Mutter hatte immer behauptet, Tee wäre ein Allheilmittel und würde bei allem und jedem helfen. Nichts hätte Sammi sich mehr gewünscht. Aber ihr konnte jetzt nichts helfen. Es war nur eine Frage der Zeit, bis die Mafia sie aufgespürt haben würde.

Wenn sie nicht verwundet gewesen wäre, wenn sie sich besser gefühlt hätte, hätte sie mit ihren Schwierigkeiten nie und nimmer an die Tür ihrer Schwester geklopft. Sie hatte dafür gesorgt, dass ihre Schwester und alle in Dreagan ins Fadenkreuz von Verrückten geraten waren, die absolut kein Problem damit hatten, alle umzubringen, die ihnen in die Quere kamen.

»Ich hätte nicht kommen dürfen«, sagte Sammi und stellte ihre Tasse aufs Tablett.

Jane strich sich ihre Haare hinters Ohr. »Aber du hast es getan. Du wusstest, dass du hier in Sicherheit wärst.«

Es lag Sammi schon auf der Zunge, Jane alles zu erzählen. Sie war es schrecklich leid, diese große Last allein zu tragen, aber wenn Jane und die anderen es wüssten, würde das nur bedeuten, dass auch sie noch mehr in Gefahr gerieten. Egal wie erschöpft Sammi war, das konnte sie ihnen nicht antun.

Jane war so lieb und entgegenkommend gewesen, obgleich Sammi viel getan hatte, um sie auf Abstand zu halten. Jane hatte allerdings nie nachgelassen in ihren Bemühungen. Sie hatte Geduld gehabt und Sammi langsam immer besser kennengelernt durch Telefongespräche, E-Mails, SMS und sogar gelegentliche Besuche im Pub.

In Janes bernsteinfarbenen Augen lagen nichts als Freundlichkeit und Akzeptanz, und Sammi musste sich unglaublich zusammenreißen, um ihr Geheimnis nicht preiszugeben. Sie war nach Dreagan gekommen, weil sie wusste, dass Jane ihr helfen würde. Es war egoistisch und dumm gewesen, und Sammi bereute ihre Schwäche.

Sie war es einfach so leid gewesen, einsam zu sein und mit allem allein zurechtzukommen.

Trotzdem kannte sie Jane gut genug, um zu wissen, dass sie wie ein Hund mit einem Knochen war. Jane würde nicht lockerlassen, bis sie irgendeine Erklärung bekommen hatte. Also beschloss Sammi, ihr eine zu geben.

»Es gab einen Unfall im Pub. Ich wurde verletzt, und ich dachte, ich könnte mich selbst verarzten«, sagte sie achselzuckend. »Es war dumm von mir, die Wunde nicht ordentlich behandeln zu lassen. Ich fühle mich jetzt bedeutend besser, sodass ich noch heute Nachmittag wieder zurück in den Pub fahren werde.«

»Das könnte sich als ziemlich schwierig erweisen«, meldete sich eine tiefe, sinnliche Stimme von der Tür her.

Sammis Kopf fuhr herum zur Tür, wo sie Banan und einen anderen Mann erblickte. Ihr Magen sackte ihr in die Kniekehlen, weil Sammi sicher gewesen war, dass diese klugen, berauschenden, dunklen, samtbraunen Augen nichts weiter als ein Traum gewesen waren.

Aber während sie in ihnen versank, ihnen verfiel, in ihnen ertrank, versetzte die Entdeckung, dass die Augen – und der Mann – keine pure Einbildung gewesen waren, Sammi zugleich in freudige Erregung.

Sie sog den Anblick des sehr männlichen, des vor Leben geradezu strotzenden Mannes vor ihr in sich auf. Ohne auch nur das Geringste von ihm zu wissen, wusste sie instinktiv, dass er gefährlich und verführerisch, wild und verlockend war.

Obgleich sie sich im Stillen zur Vorsicht mahnte, fühlte sie sich auf unerklärliche Weise zu ihm hingezogen. Die Anziehung war unmittelbar und erschreckend, mitreißend und verführerisch zugleich.

Sie wünschte sich, ihre Finger durch seine hellbraunen, goldgesträhnten Haare gleiten zu lassen, seine dichte, glänzende Mähne, die ihm bis knapp über die Schultern fiel.

Seine schräg verlaufenden Augenbrauen hatten dieselbe Farbe. Er war glatt rasiert, was seinen kräftigen Unterkiefer und sein Kinn betonte.

Er trug ein hautenges T-Shirt, das seine breiten Schultern hervorhob. Seine Arme hatte er über der Brust verschränkt, was die Muskeln unter seiner sonnengebräunten Haut anschwellen ließ.

Ihr Blick fiel auf seine schmalen Hüften und die tief sitzende Jeans, die seine langen Beine so eng umschloss, dass sie sich vorstellen konnte, dass sie genauso muskulös waren wie der Rest von ihm.

Er war ein wandelnder Traum. In ihrem ganzen Leben hatte Sammi noch nie jemanden gesehen, der derart fantastisch aussah wie der Mann, der sie jetzt anstarrte. Sie hatte sich gewünscht, ihn kennenzulernen, als ihr fiebergeschüttelter Verstand ihr vorgaukelte, dass er ein Fantasiegebilde war. Aber jetzt … jetzt wusste sie, dass in seine Nähe zu kommen, ihn kennenzulernen möglicherweise ihr Herz, das sie bisher so gut geschützt hatte, gefährden könnte.

»Sammi?«

Sie zuckte zusammen bei Banans Stimme, konnte ihren Blick aber trotzdem nicht von seinem Begleiter lösen. Sekundenlang hielten seine dunklen Augen ihren Blick noch gefangen, ehe sie sich abwandte. Nur um festzustellen, dass Jane sie irgendwie seltsam musterte.

»Was ist?«, fragte sie Jane.

Banan trat näher und blieb neben Janes Stuhl stehen. »Hast du nicht gehört, was Tristan gesagt hat?«

Tristan. Der Name passte perfekt zu dem Mann, genau wie seine Kleidung es tat. Hatte er etwas gesagt? Oh, ja, das hatte er. Das war es ja, was ihre Aufmerksamkeit auf ihn gelenkt hatte. Seine wunderbare, fesselnde Stimme, die dazu geführt hatte, dass sie vor lauter Hochgefühl plötzlich Schmetterlinge im Bauch hatte.

Aber was hatte er gesagt?

Dann wusste sie es wieder. Sammi schob langsam ihre Teetasse auf dem Tablett hin und her. Sie hatte sich in ihrem eigenen Lügennetz verfangen, einem Lügennetz, das sie zum Schutz ihrer Schwester gesponnen hatte.

»Sammi, bitte«, drängte Jane sie. »Warum sollte es so schwer für dich sein, in den Pub zurückzukehren?«

»Ich sagte dir ja, dass es einen Unfall gegeben hat.« Sammi betete darum, dass sie es dabei belassen und nicht weiter nachbohren würden.

Jane stieß vernehmlich die Luft aus. »Was für einen Unfall? Was ist passiert?«

Notgedrungen blickte Sammi schließlich auf und sah ihrer Schwester in die Augen. »Lass es genug sein, Jane.«

»Du hast kein Vertrauen zu mir.« Janes Worte waren kaum mehr als ein Flüstern, aber die tiefe Verletztheit darin traf Sammi mit voller Wucht.

Banan zog Jane hoch und führte sie zur Tür, während er ihr etwas ins Ohr flüsterte. Daraufhin nickte sie und verließ das Zimmer. Dann schloss Banan die Tür, sodass Sammi allein mit ihm und Tristan war.

Nach Banans Gesichtsausdruck zu urteilen, als er sich ihr wieder zuwandte, wusste Sammi, dass das Verhör jetzt erst richtig begann.

»Versuche es gar nicht erst«, sagte sie, bevor er auch nur ein Wort gesagt hatte. »Es gibt nicht mehr zu sagen als das, was ich bereits gesagt habe.«

»Du bist keine gute Lügnerin«, entgegnete Banan.

»O doch. Tatsächlich bin ich sogar ziemlich gut.« Warum sie beleidigt auf seine Äußerung reagierte, war Sammi auch nicht ganz klar. Sie wusste nur, dass sie noch ein klein wenig mehr Zeit brauchte, um sich auszuruhen, und dann würde sie verschwinden.

Tristan holte tief Luft. »Der Pub existiert nicht mehr. Absolut nichts ist davon übrig geblieben.«

Als ob sie das nicht bereits wüsste. Sie war schließlich dabei gewesen. Hatte die Hitze des Feuers gespürt, die Auswirkung der Explosion mitbekommen und erlitten.

Den ganzen Hass dahinter erfahren.

Als sie nicht antwortete, schloss Banan ganz kurz die Augen. »Dein Pub ist weg. Du bist angeschossen worden. Die Schrottkarre, die dich hierhergebracht hat, gehört dir nicht, Sammi. Man muss wirklich kein Genie sein, um zu dem Schluss zu kommen, dass hier etwas mächtig faul ist.«

Verdammt, und sie hatte tatsächlich geglaubt, sie könnte ihnen etwas vormachen. Es war naiv und dumm gewesen anzunehmen, dass sie ihr ihre Lügen abnehmen würden. Andererseits hatte sie ja kaum eine andere Wahl gehabt. »Ich erzähle euch nichts, um euch nicht in Gefahr zu bringen. Es war falsch von mir, hierherzukommen …«

»Aber du hast es getan«, unterbrach Banan sie verärgert.

Sammi verdiente seinen Zorn, aber sie würde nicht nachgeben. »Ich wusste, dass meine Wunde immer schlimmer wurde. Ich musste mich ausruhen, und ich wusste, dass Jane mir helfen würde.«

Ein Muskel zuckte gefährlich an Banans Kiefer. »Ja. Du gehörst zu ihrer Familie.«

»Warum bist du nicht in ein Krankenhaus gegangen?«, fragte Tristan.

Sammi spürte seinen dunklen Blick auf sich ruhen und erschauerte. Seine Stimme, ebenso wie sein Blick, war hitzig. Erregend. Sie musste wirklich unbedingt Distanz zu ihm wahren.

»Ich konnte es nicht riskieren«, gab sie zu.

Banan setzte sich auf den Stuhl, den Jane frei gemacht hatte, und stützte seine Unterarme auf seine Oberschenkel. Seine gerunzelte Stirn wirkte nicht länger zornig, sondern im Gegenteil besorgt. »Wer ist hinter dir her, Sammi?«

»Böse Menschen. Sehr böse Menschen.« Gott, wieso war ihr das entschlüpft? Wenigstens war es nicht allzu viel, und wie Banan bereits erwähnt hatte, wäre jeder Idiot darauf gekommen. Dennoch, sie hätte es ihm nicht sagen sollen.

Tristan ging ans Ende des Bettes und stützte seine Hände auf die metallene Stange am Fußende. »Wie lange bist du schon auf der Flucht vor ihnen?«

Sie stellten so schlichte Fragen, aber wenn sie nicht vorsichtig wäre, würden sie alles Stück für Stück aus ihr herausbekommen. »Schon eine Weile.«

Banan tauschte einen Blick mit Tristan. »Das ist schon wieder eine sehr vage Antwort.«

»Es war ziemlich einfach herauszufinden, was mit deinem Pub passiert ist«, sagte Tristan. »Warum hast du etwas dagegen, dass Jane erfährt, dass er in die Luft gejagt wurde und dein Geschäftspartner vermisst wird?«

Sammi kniff ihre Augen fest zu. Der arme Daniel. Sie wusste, dass er tot war, aber es so ausgesprochen zu hören frischte ihren Kummer wieder auf. Obgleich Daniel es selbst verschuldet hatte, indem er sich mit solchen Menschen einließ.

»Wo ist Daniel?«, wollte Banan wissen. »Du wirkst auf mich nicht wie eine Frau, die ihren eigenen Pub in die Luft sprengt, weil ihr Ex-Liebhaber sie irgendwie verärgert hat.«

Sammi riss die Augen auf und funkelte Banan an. »Daniel war mein Freund und hatte eine gute Nase fürs Geschäft. Ich habe viel von ihm profitiert.«

»Wusstest du, dass er einige Zeit im Gefängnis gesessen hat wegen diverser Bagatelldelikte?«, fragte Tristan.

Sie sah kurz zu ihm hinüber, konnte ihm aber nicht in die Augen sehen. »Anfangs nicht. Erst als uns bewusst wurde, dass wir lieber eine Freundschaft statt einer Liebschaft haben sollten. Er hat mir von seiner Vergangenheit erzählt, aber er hat behauptet, sich gebessert zu haben.«

Banan lehnte sich zurück, sodass der Stuhl knarrte. »Daniel hat gelogen, nicht wahr?«

»Ja.« Und mehr würde sie ihnen nicht erzählen. Sollten sie ruhig in Daniels Vergangenheit oder ihrer herumstochern. Sie würde nichts weiter sagen, und bei der erstbesten Gelegenheit würde sie verschwinden. Je größer die Entfernung war, die sie zwischen sich und Jane legte, desto besser.

»Du solltest etwas essen«, sagte Tristan in das Schweigen hinein.

Sammi blickte auf das Tablett mit dem üppigen Angebot an Früchten, Bacon, Brot und Spiegeleiern, die inzwischen allerdings kalt waren. Sie war ausgehungert gewesen, als Jane ihr das Essen gebracht hatte, aber dann hatte die Fragerei begonnen.

»Wann hast du das letzte Mal anständig gegessen?«, fragte Banan.

Sammi zog eine Grimasse und sah ihn an. »Was soll das schon wieder heißen?«

»Du bestehst nur noch aus Haut und Knochen. Bist nicht mehr so, wie Jane und ich dich das letzte Mal gesehen haben.«

»Vielleicht bin ich ja auf Diät«, sagte sie achselzuckend und hoffte, dass er ihr das abkaufen würde und vergessen hatte, wie sehr sie Junkfood liebte.

Banan schnaubte nur laut, was ihr sagte, dass er wusste, dass sie log.

»Na gut«, sagte sie. »Es ist erst einen Tag her, dass ich das letzte Mal etwas gegessen habe.«

»Du bist seit drei Tagen hier«, sagte Tristan.

Nein. Das war unmöglich. Das letzte Mal, als sie sich länger als zwei Tage an einem Ort aufgehalten hatte, war die Mafia ihr sehr dicht auf den Fersen gewesen. Sie hatte auf die harte Tour gelernt, immer in Bewegung zu bleiben und mit so wenigen Menschen wie möglich zu reden.

Es war immer dieses Kribbeln im Nacken gewesen, das sie darauf aufmerksam gemacht hatte, dass sie sich dringend wieder auf die Socken machen musste. Dieses Kribbeln hatte sich jetzt wieder gemeldet, was sie nicht erwartet hatte, solange sie in Dreagan war.

Andererseits hatte sie nicht beabsichtigt, länger als eine Nacht zu bleiben. Was hatte sie bloß getan? Wen oder was hatte sie damit vor Janes Tür gelockt?

Das Entsetzen, die Angst stieg ihr sauer auf, verätzte ihr die Kehle, verursachte ihr Übelkeit.

»Sammi?«, fragte Banan, sprang auf und trat neben sie, legte ihr seine Hand auf den Arm. »Was ist los?«

»Ich muss gehen«, sagte sie und versuchte, das Tablett hochzuheben. Ein stechender Schmerz meldete sich in ihrer Schulter, die Stiche der Naht ziepten.

Tristan war auf der Stelle an ihrer Seite. »Langsam«, warnte er und nahm ihr das Tablett ab. »Sonst reißt die Naht.«

Obgleich sie das Tablett jetzt los war, konnte sie das Bett nicht verlassen, weil Banan ihren Arm weiter festhielt. Dann kam Tristan zurück und versperrte ihr den Weg.

»Ihr versteht das nicht«, jammerte sie. »Wenn sie kommen, werden sie hier alles zerstören, so wie sie mein Leben zerstört haben!«

Sie keuchte vor Anstrengung, war schweißgebadet. Etwas Warmes, Feuchtes lief ihr den Arm hinunter, aber sie war zu aufgelöst, um sich deswegen zu sorgen.

Sammi schob die Bettdecke beiseite und schwang ihre Beine über die Bettkante. Dass sie ein Victoria Secret Nachtshirt trug, das Jane gehören musste, registrierte sie kaum.

Tristans Hand landete auf ihrer Schulter und hielt sie fest, während er sich neben das Bett kniete. »Du blutest.«

»Ich muss gehen.«

»Warum?«

Sammi schüttelte den Kopf. Es war, als wären ihre Gedanken total verworren, als ob die Müdigkeit sie erneut im Griff hatte und niederdrückte. »Sie sind hinter mir her, kommen meinetwegen. Sie sind immer hinter mir her.«

»Wer?«, drängte er sie.

Geschwächt, wie sie war, verließen Sammi schnell die Kräfte. Tränen brannten in ihren Augen, und Frustration übermannte sie. Sie war so müde, und sie stellten immer weiter Fragen. Sie wusste nicht mehr, was sie ihnen gesagt hatte und was nicht. Das Gewicht all dessen lastete schwer auf ihr, zog sie tiefer und tiefer runter, und sie wusste, dass sie sich aus eigenem Antrieb davon bald nicht mehr würde befreien können.

Sie schob Tristan beiseite und stand auf. Er blieb vor ihr stehen, verstellte ihr erneut den Weg und zwang sie, ihn anzusehen. Mit seinen großen Händen hielt er sie behutsam, aber sicher zurück, sodass sie direkt vor ihm stehen bleiben musste.

Er musterte sie ebenso bedächtig wie eindringlich. In seinen Augen sah sie Aufrichtigkeit und Verständnis. Wenn irgendjemand ihr helfen könnte, dann war es möglicherweise Tristan.

Wenn sie den Mut hätte, es ihm zu sagen.

Er strich ihr sanft eine Haarsträhne aus dem Gesicht, seine große Hand liebevoll und beruhigend. Es wäre so schön, jemand anders für eine Weile ihre Bürde tragen zu lassen. Sie war einfach so … müde.

»Sammi, wer ist hinter dir her?«, fragte er sie noch einmal. Seine Stimme war nun tiefer, sanfter, und es war beinahe so, als wäre seine Stimme in ihrem Kopf.

»Ich weiß nicht genau, wer sie sind.«

Er nickte, eine Andeutung von einem Lächeln hob seine Mundwinkel leicht. »Erzähl mir, was du weißt. Lass mich dir helfen.«

Sie schüttelte den Kopf und wusste nicht, wie sie es schaffte, ihm nicht alles zu erzählen. Aber in ihrem Kopf ließ sie den gesamten Vorfall Revue passieren.

Es war tatsächlich eine Erleichterung. Ihre Bürde in Gedanken mit jemandem zu teilen half mehr, als ihr bewusst gewesen war. Sie hätte es schon viel früher tun sollen.

»Es ist in Ordnung.« Tristans Daumen rieben, langsam kreisend, ihre Arme. Es waren nur kleine Bewegungen, aber sie waren tröstlich. Diese Berührungen beruhigten sie, besänftigten sie.

Gaben ihr Sicherheit.

Wie konnte sie sich gegen etwas wehren, was sich derart gut anfühlte? Ihr Traummann berührte sie, redete mit ihr mit seiner sexy Stimme. Wenn sie nur mutig genug wäre, ihm alles zu erzählen, was sie wusste. Wenn sie nur die Kraft hätte, sich länger als zwei Sekunden aufrechtzuhalten.

Sie wehrte sich nicht, als er sie zurück aufs Bett drückte. Seine Hände waren flink und gewandt, als er ihren Ärmel hochschob und das Blut abwischte, bevor er den Verband erneuerte.

Dann lag sie wieder unter der Bettdecke. Sobald sie dazu in der Lage wäre, würde sie verschwinden, schwor sie sich, während ihr die Lider schwer wurden. Es war die einzige Option, die ihr geblieben war.

»Ich glaube nicht, dass sie überhaupt ahnt, dass sie es dir gesagt hat«, meinte Banan.

Tristan warf einen kurzen Blick auf Sammi. Die Panik und Angst, die er in ihren Augen gesehen hatte, hatten ihn kalt erwischt. »Nein, tut sie auch nicht.«

»Wie hast du das angestellt?«

Er hatte keine Ahnung. Etwas in ihm hatte ihn dazu getrieben, Sammi mit Fragen zu bedrängen, aber noch während er das tat, hatte er gespürt, wie seine Magie ihr Gedächtnis erforschte. Jetzt wusste er also, über welche besondere Gabe er als Drachenkönig verfügte: er konnte Menschen dazu bringen, ihm alles zu offenbaren, was er wissen wollte.

Das würde Sammi nicht gefallen. Wenn sie es jemals herausfand.

Tristan zuckte die Achseln. »Es ist einfach passiert.«

»Aha«, sagte Banan mit einem verständnisvollen Nicken.

Tristan rieb eine von Sammis Haarsträhnen zwischen seinen Fingern. Er hätte sie liebend gern in die Arme genommen und festgehalten. Sie vor den Leuten, die es wagten, sie zu verfolgen, beschützt.

Er blickte auf und sah, dass Banan ihn beobachtete. Tristan ließ Sammis Haarsträhne fallen, trat aber von ihrem Bett nicht zurück.

»Sammi ist Janes Schwester«, sagte Banan. »Mach nicht mit ihr herum.«

»Mit anderen Worten, ich soll sie in Ruhe lassen, ihr fernbleiben?«

Banan ging um das Bett herum und blieb neben ihm stehen. »Ich bitte dich nur, dich nicht mit ihr einzulassen, wenn du nichts weiter als Erleichterung für deinen Schwanz suchst. Suche dir dafür eine andere Frau.«

Tristan zwang sich dazu, seinen Blick von ihr abzuwenden und Banan anzusehen, während er ruhig das Thema wechselte. »Unsere erste Überprüfung hat ergeben, dass sie einen Monat lang weder ihre Kreditkarten noch ihr Handy benutzt noch Geld von ihrem Bankkonto abgehoben hat.«

»Der Pub wurde genau vor einem Monat zerstört. Das bedeutet, dass sie die ganze Zeit auf sich allein gestellt war.«

»Wovon hat sie denn gelebt?«

»Wenn man in Betracht zieht, wie dünn sie ist, wette ich, dass sie ziemlich viele Mahlzeiten ausgelassen hat.« Je länger Tristan an all das dachte, was Sammi ihm offenbart hatte, desto wütender wurde er. »Ich würde gern die Arschgeigen treffen, die ihren Pub in die Luft gejagt und sie angeschossen haben.«

»Ich auch. Hast du Lust, mir zu helfen, sie aufzuspüren?«, fragte Banan grinsend.

»Nichts wäre mir lieber. Und dann werden sie mal erleben, wie es ist, jemandem gegenüberzustehen, der ihnen ebenbürtig ist.«

»Und wenn es Ulrik ist?«

»Dann werden wir ihn ein für alle Mal in die Schranken weisen.«

4

Sammi fuhr hoch und riss die Augen auf. Momente lang starrte sie einfach nur die Wand an. Sie konnte sich nicht erinnern, wann sie sich das letzte Mal so ausgeruht gefühlt hatte. Und es war nicht nur ihre seelische Befindlichkeit. Auch rein körperlich ging es ihr bedeutend besser. Die Schulter tat zwar immer noch weh, aber es war nicht mehr der permanente Schmerz wie zuvor.

Sie drehte sich auf die Seite und konnte auf dem hellgrünen Ziffernblatt des Weckers erkennen, dass es 5.03 Uhr morgens war. Sammi sprang aus dem Bett, zog die Vorhänge auf und sah, dass sich der Himmel bereits erhellte.

Schon bald würde es Tag werden. Sie könnte jetzt problemlos aus dem Herrenhaus zu ihrem Wagen schleichen und über alle Berge sein, bevor alle anderen wach wurden. Es wäre zwar nicht besonders nett von ihr, aber nett zu sein war auch nicht gerade ihre oberste Priorität.

An erster Stelle bei ihr stand jetzt die Sicherheit ihrer Schwester und aller anderen Bewohner von Dreagan.

Sammi zog sich das Nachthemd auf dem Weg ins Bad aus und stellte die Dusche an. Ein schneller Griff in ihre Handtasche förderte einen Clip zutage, den sie immer benutzte, um ihre Haare hochzustecken. Dann stellte sie sich unter den heißen Wasserstrahl.

Vorsichtig, um ihre Naht nicht zu feucht werden zu lassen, duschte Sammi kurz. Anschließend trocknete sie sich, so schnell es ging, ab und überlegte erst dann, wo wohl ihre Kleidung war.

Sie verließ das Badezimmer und seufzte erleichtert, als sie ihre Jeans und mehrere T-Shirts sauber gestapelt auf einem Stuhl erblickte. Sie verlor keine weitere Minute, zog sich an und fuhr sich mit den Fingern kurz durchs Haar.

Es spielte wirklich keine Rolle, wie sie aussah, während sie auf der Flucht war, um ihr Leben zu retten. Sammi starrte ihr Spiegelbild an und hasste die Person, zu der sie geworden war.

Aber wenigstens hatte sie es geschafft, die Wahrheit für sich zu behalten und Jane und die anderen nicht noch tiefer mit hineinzuziehen, als sie es bereits getan hatte.

Ihr Leben war nicht gerade perfekt gewesen, aber sie hatte ihren Pub und ein anständiges Auskommen gehabt. Sie mochte einsam gewesen sein und tatsächlich sogar schon mal an Partnersuche übers Internet gedacht haben, aber es war absolut nicht vergleichbar gewesen mit ihrer jetzigen Situation.

Wieso hatte sie nicht gemerkt, dass Daniel sich mit solchen Leuten eingelassen hatte? War die Möglichkeit, Geld zu verdienen, derart verführerisch gewesen, dass sie alles, was ihre Aufmerksamkeit hätte erregen müssen, verdrängt hatte?

Wenn sie doch nur gesehen hätte, wie er wirklich war. Vielleicht hätte sie ihn dann entlassen, statt am Ende in ein derartiges Fiasko verwickelt zu werden.

Aus der Lüge, die Daniel der Mafia aufgetischt hatte bei deren Besuch in ihrem Pub, nämlich, dass sie gar nicht in der Stadt sei, hatte diese natürlich schließen können, dass sie noch am Leben war. Also gab es für sie keine Ruhepause. Die Mafia würde ihre Suche fortsetzen und darauf warten, dass sie irgendwann, irgendwo einen Fehler machte, der sie verriet.

In all der Zeit, die sie Daniel kannte, hatte sie noch nie erlebt, dass er so schreckliche Angst hatte. Es mochte ja nicht gerade seine klügste Entscheidung gewesen sein, sich mit den falschen Leuten einzulassen, aber bisher hatte er es immer geschafft, sich aus jeder Situation herauszureden.

Bis auf dieses letzte Mal.

Sammi hatte immer noch die Stimme des Anführers im Kopf. Und sie bescherte ihr jedes Mal eine Gänsehaut vor Entsetzen.

Sie schüttelte den Kopf, wandte sich vom Spiegel ab und ging zur Tür. Langsam und geräuschlos drehte sie den Türknopf, öffnete die Tür einen Spaltbreit und spähte vorsichtig hinaus.

Als sie sah, dass niemand vor ihrer Tür stand, blickte sie erst nach links, dann nach rechts. Es war keine Menschenseele in Sicht, genau wie sie gehofft hatte.

Aus dem großen Haus herauszukommen war jedoch eine völlig andere Sache. Sammi hielt sich auf einer Seite des langen Flures, halb laufend, halb gehend, bis sie an dessen Ende auf eine Wand stieß.

Ihr blieb keine andere Wahl, als umzukehren und es am anderen Ende zu versuchen. Sie brauchte nicht lange, um die Treppe zu finden. Als sie schließlich das Erdgeschoss erreichte, rang sie bereits nach Atem.

Sammi blieb stehen und versuchte sich an den Weg zu

erinnern, auf dem Jane sie ins Herrenhaus geführt hatte. Sie waren nicht durch den Haupteingang gekommen. Vorsichtig bewegte sie sich von Raum zu Raum, bis sie endlich auf die Küche stieß.

Als sie diese gerade betreten wollte, entdeckte sie in der Küche einen Mann, der dabei war, Kaffee in zwei Becher zu gießen. Hastig zog Sammi den Kopf zurück. Sie presste sich gegen die Wand neben der Tür und betete, dass er sie nicht gesehen hatte.

Nur Sekunden bevor der Mann, der irgendeine Melodie vor sich hin pfiff, aus der Küche kam, versteckte sie sich hinter einer großen Pflanze auf dem Korridor. Sobald er außer Sicht war, stieß sie erleichtert die Luft aus, die sie angehalten hatte.

Dann zählte sie bis fünf, kam wieder hoch und rannte in die Küche. Der Geruch des Kaffees war verführerisch, aber sie ignorierte ihn und schlüpfte aus dem Haus.

Ein schneller Blick nach allen Seiten zeigte ihr, dass sie allein war. Sie wäre gar zu gern zu ihrem Wagen gerannt, aber das hätte unter Umständen Verdacht erregt. Also beherrschte sie sich und behielt stattdessen ihre schnelle Gangart bei, bis sie eine dichte, hohe Hecke erreichte. Am Ende derselben kam sie zur Brennerei und dem Gästeparkplatz.

Den Rest des Weges bis zu ihrem gestohlenen Wagen rannte sie. Sie rutschte beinahe auf dem Kies aus, konnte sich gerade noch am Türgriff festhalten, schaffte es auf die Weise, einen Sturz abzuwenden, und riss die Tür auf. Sobald sie hinter dem Lenkrad saß, riskierte sie es erneut, sich umzublicken.

Auf den Feldern zu ihrer Rechten sah sie Männer, die geschorene Schafe aus ihren Pferchen ließen. Ihr Glück hielt offenbar an, denn außer diesen war niemand zu sehen.

Ohne weiter darüber nachzudenken, startete sie den Motor und fuhr vom Parkplatz. In Windeseile fuhr sie die lange Auffahrt hinunter und ließ Dreagan Manor kleiner und kleiner werden in ihrem Rückspiegel.

»Bist du sicher, dass wir die richtige Entscheidung getroffen haben?«, fragte Jane Banan bereits zum dritten Mal an diesem Morgen.

»Ja, Liebste.«

Tristan ließ das verblichene Rot von Sammis Auto nicht aus den Augen, während sie Dreagan Manor hinter sich ließ. »Sie wollte schon gestern Abend aufbrechen. Hätte ich sie nicht in den Schlaf gezwungen, hätte sie das auch getan. Jetzt sind wir zumindest darauf vorbereitet, ihr zu folgen.«

Jane stieß frustriert den Atem aus. »Das wird sie uns niemals verzeihen.«

»Was ist dir lieber – dass sie dir verzeiht oder dass sie am Leben bleibt?«, fragte Banan. »Denn darum geht es schließlich. Die Mafia ist hinter ihr her.«

Tristan rieb sich das Kinn. »Ich finde es ziemlich bedenklich, dass eine weitere Frau aus Dreagan flieht, um sich vor jemandem zu verstecken.«

»Das ist tatsächlich seltsam«, gab ihm Jane stirnrunzelnd recht. »Ihr glaubt doch nicht, dass die Dunklen Feen irgendetwas damit zu tun haben, oder?«

Tristan und Banan tauschten einen Blick.

Banan ergriff Janes Hand. »Im Moment ist alles denkbar. Wissen werden wir es erst, wenn wir sehen, wer beziehungsweise ob jemand sie verfolgt.«

»Seid bloß vorsichtig. Alle beide«, fügte Jane hinzu. Sie küsste Banan und schlang ihre Arme um seinen Nacken, während sie sich an ihn schmiegte. Mehrere Minuten lang verharrten sie so.

Dann, zu Tristans Überraschung, umarmte Jane auch ihn. »Sorge dafür, dass meine Schwester am Leben bleibt.«

»Das werde ich.« Er wandte sich ab und ging hinüber zu dem wartenden BMW 640i Coupé.

Einen Augenblick später setzte sich Banan hinter das Steuer und startete den Wagen. Er winkte Jane zum Abschied, bevor sie davonfuhren. »Sie würde es mir nie verzeihen, wenn Sammi irgendetwas zustößt.«

»Wir werden nicht zulassen, dass ihr irgendetwas zustößt.« Tristan spürte, wie Banan ihn musterte.

Was Tristan ihr zu Hilfe eilen ließ, war nicht nur, dass Sammi in Schwierigkeiten steckte. Sie gehörte zu Janes und Banans Familie, was bedeutete, dass Sammi, auch wenn sie keine Ahnung hatte, dass sie Drachenkönige waren, jetzt auch ein Teil ihrer Sippe war.

Ungebeten tauchte blitzartig wieder das Bild der hellblauen Hände mit den langen, blutigen Krallen vor ihm auf. Tristan hatte es sich bisher versagt, darüber nachzudenken, warum dieses Bild so urplötzlich vor ihm aufblitzte und welche Bedeutung sich dahinter verbarg.

Er wusste, dass die Krieger ihre Hautfarbe wechseln konnten, wenn sie den urtümlichen Gott in sich anriefen. Tristan wusste auch, dass sie Krallen hatten.

War da etwas aus seiner Vergangenheit vor ihm aufgetaucht? Gab es da vielleicht Erinnerungen, wie Laith angenommen hatte, und sie waren nur unterdrückt? Wenn das der Fall war, was hatte sie dann zutage gefördert? Was hatte er getan, um diese Erinnerung wachzurufen?

Und was noch wichtiger war: Wollte er mehr davon?

In gewisser Weise war es einfacher, weiterzumachen wie bisher, ohne Erinnerungen an ein vorheriges Leben als Duncan Kerr, als ein unsterblicher Krieger mit einem urzeitlichen Gott in sich.

Dann war da aber auch noch Ian. Duncans eineiiger Zwillingsbruder.

Bisher war Ian noch nicht nach Dreagan gekommen oder hatte versucht, Kontakt zu ihm aufzunehmen, aber Tristan wusste, dass es nur eine Frage der Zeit war, bis er das tat. Und was dann?

»Du scheinst ja mächtig über etwas nachzugrübeln, so wie du die Stirn runzelst«, sagte Banan.

Tristan versuchte, wieder eine gelassene Miene aufzusetzen, und zuckte die Achseln. »Es gibt viel, worüber ich nachdenken muss.«

»Warum habe ich das Gefühl, dass du damit nicht auf Sammi und ihre Probleme anspielst, sondern auf einen gewissen Krieger namens Ian?«

»Ist das so offensichtlich?«

Banan schüttelte den Kopf, während er einen Blick auf den Bildschirm am Armaturenbrett warf, auf dem ein rotes Licht blinkte. Mithilfe dieses Peilsenders, den ihnen Banans Freund und Kontaktmann beim MI5, Henry North, besorgt hatte und den sie an Sammis Wagen angebracht hatten, konnten sie ihren Weg genau verfolgen. »Ich weiß, dass Phelan dich bedrängt hat. Nimm es ihm bitte nicht übel. Er tut es für Ian. Und für dich.«

»Er kennt mich doch gar nicht.«

»Er mag dich als Duncan nicht gekannt haben, aber er kennt dich als Tristan. Die Krieger halten genauso fest zusammen, wie wir es tun. Sie geben aufeinander acht. Ian hätte beinahe die Herrschaft über seinen Gott verloren, so am Boden zerstört war er durch deinen – ich meine Duncans – Tod.«

Tristan rutschte auf seinem Sitz hin und her und zupfte an dem Sicherheitsgurt, den er immer nur äußerst widerwillig anlegte. »Wusstet ihr vom ersten Moment meines Auftauchens in Dreagan an, wer ich war? Wusstet ihr, dass ich früher ein Krieger war?«

»Nein. Anfangs nicht.«

»Wann ist es euch bewusst geworden?«

Banan presste die Lippen zusammen. »Als wir das erste Mal Seite an Seite mit den Kriegern gekämpft haben. Ich glaube, Con wusste es schon vorher, aber er hat es für sich behalten.«

»Hat irgendjemand mal darüber nachgedacht, dass es möglicherweise einen sehr guten Grund dafür gibt, dass ich mich an dieses andere Leben nicht erinnere?«

»Das ist uns durchaus durch den Kopf gegangen.«

»Aber trotzdem denken alle immer noch, dass ich mich mit Ian treffen sollte.« Tristan hatte erwartet, dass der Rest der Könige sich heraushalten würde, egal, welche Entscheidung er in dieser Angelegenheit treffen würde. Stattdessen dachten sie, genau wie Phelan, dass er sich mit Ian treffen sollte.

Banan verringerte das Tempo, ehe er eine scharfe Kurve nahm, bevor er wieder Gas gab und der Motor aufheulte, als sie mit voller Geschwindigkeit über die Straße brausten. »Weil du etwas hast, was wir nicht haben: Familie. Alle Mitglieder unserer Familie sind entweder im Krieg mit den Menschen getötet oder weggeschickt worden.«

»Du hast Jane«, erinnerte Tristan ihn.

Banan lächelte schief bei der Erwähnung seiner Gefährtin. »Ja. Das stimmt. Und Sammi ist ein Teil dieser neuen Familie.«

Der Rest – nämlich dass das nicht dasselbe war – blieb unausgesprochen.

Tristan machte es nichts aus, dass die Könige seine einzige Familie waren. Es machte ihm nichts aus, dass er sich nicht an die Zeit vor dem Moment vor zwei Jahren, als er vom Himmel gefallen war, erinnern konnte. Aber vielleicht war das etwas, was ihn beunruhigen müsste.

»Wenn du Ian wirklich nicht sehen willst, dann stehen wir hinter dir«, sagte Banan.

Tristan blickte den König der Blauen an. »Was würdest du an meiner Stelle tun?«

»Das ist nicht leicht zu beantworten. Ich erinnere mich an meine Familie, sodass ich alles tun würde, um sie zu finden, wenn ich die Gelegenheit dazu hätte. Ich glaube allerdings, dass du recht hast. Ich glaube, die Erinnerungen an die Zeit, als du Duncan warst, sind verschwunden, weil du nicht gleichzeitig Drachenkönig und bei deinem Zwillingsbruder sein kannst.«

Tristan dachte wieder an die hellblaue Haut und die Krallen, die er in seiner Vorstellung gesehen hatte. Obgleich er nicht gefragt hatte, wusste er irgendwie, dass sich seine Haut, als er ein Krieger war, hellblau verfärben konnte.

»Sie hält an«, sagte Banan plötzlich und riss Tristan damit aus seinen Gedanken.

Tristan starrte auf den Bildschirm und den roten Punkt, der sich nicht länger bewegte. »Es könnte der Verkehr sein. Sie ist uns zwanzig Minuten voraus.«

»Ja, und das ist die Ortschaft. Sie hat dort gehalten. Ich weiß es.«

»Warum sollte sie das riskieren?«

Banan lachte leise. »Weil Sammi schrecklich gern isst. Sie

hat lange Zeit zwangsweise gehungert, aber jetzt hat sie ihrem Körper wieder Nahrung zugeführt. Es wird ihr außerordentlich schwerfallen, so kurz danach erneut eine Mahlzeit auszulassen.«

»Ich hasse den Gedanken, dass irgendjemand Dreagan observiert hat, ohne dass wir es mitbekommen haben, aber irgendwie hoffe ich beinahe, dass die Arschficker bald den Versuch unternehmen, sie zu schnappen. Ich würde ihnen gar zu gern begegnen.«

Banans Augen glitzerten vor Erregung und Rachegefühlen. »Ich auch.«

Tristan lächelte, weil ihm dieses Bedürfnis, jemanden zu beschützen, sehr vertraut war. Nur dass es sich bei ihm, auf Sammi bezogen, anders anfühlte – beinahe so, als wollte er sie als die Seine beschützen.

Die Seine.

Der Gedanke erweckte Lustgefühle in ihm, die ihm direkt in den Schwanz fuhren.

5

Sammi schaltete den Motor aus, blieb aber noch eine Weile im Wagen sitzen und blickte sich unauffällig in dem kleinen Ort um. Sie entdeckte vier Pubs, ein Café, einen Co-op-Supermarkt, eine Tankstelle, eine Bank und ein Postamt.

Die Größe der Ortschaft hätte eigentlich eine beruhigende Wirkung auf sie ausüben müssen. Aber stattdessen hatte sich das Kribbeln in ihrem Nacken wieder zurückgemeldet, und zwar sehr deutlich. Sie rieb sich den Nacken und schaute sich prüfend um, ob sie vielleicht etwas entdeckte, was der Grund für ihre Nervosität sein könnte.

Ihr Magen knurrte vernehmlich, erinnerte sie an einen der Gründe, warum sie in dieser Ortschaft angehalten hatte. Sie brauchte etwas zu essen, und die Schrottkarre brauchte Benzin.

»Nur einmal das Nötigste für uns beide«, murmelte sie, als sie die Tür öffnete und ausstieg.

Es war keine einzige Wolke in Sicht. Der Himmel war so wunderbar blau, dass sein Anblick ihren Augen geradezu wehtat. Aber immerhin war es das perfekte Wetter, um eine Sonnenbrille zu tragen, sodass niemand mitbekam, nach wem oder wonach sie Ausschau hielt.

Sammi setzte ihre Brille auf und schwang sich ihre Handtasche über die Schulter, bevor sie das Café betrat. Sie fand einen Tisch, von dem aus sie die Tür im Auge behalten konnte. Außerdem stand er so nah am Ausgang, dass sie im Notfall schnell hinausrennen könnte.

Es war noch früh am Morgen, sodass sie ihre Bestellung quasi gleich, nachdem sie sich gesetzt hatte, aufgeben konnte. Die Kellnerin schenkte ihr auch umgehend einen Kaffee ein, und Sammi war dankbar für die willkommene Dosis Koffein.

Da sie im vollen Sonnenlicht am Fenster saß, konnte sie ihre Sonnenbrille aufbehalten. Sammi spähte aus dem Fenster, während ihre Gedanken zu diesen gefühlvollen, tief liegenden Augen wanderten, zu dem braunen, goldgesträhnten Haar sowie diesem muskulösen Körper, den sie gar zu gern berührt hätte.

Tristan. Sie wollte nicht an ihn denken, aber er hatte etwas Unwiderstehliches und Fesselndes an sich. Es war nicht nur sein wunderbarer Körper oder sein insgesamt fantastisches Aussehen. Es war die Art und Weise, wie er sie angesehen hatte – als ob er in ihre Seele eindringen wollte.

Und dann war da auch noch seine Stimme. Sammi schloss die Augen, und ein leichtes Lächeln umspielte ihre Lippen, als sie an seinen tiefen Bariton dachte. Die Art, wie er ihren Namen ausgesprochen hatte, jagte ihr Schauer über den Rücken.

Sammi rieb sich die Arme, denn ihren Körper überzog schon allein bei dem Gedanken an Tristans Stimme eine Gänsehaut. Ihr war immer noch nicht klar, warum sie so darauf versessen gewesen war, aufzubrechen. Er hatte es jedenfalls irgendwie geschafft, sie zu beruhigen.

Sie rührte einen weiteren Löffel Zucker in ihren Kaffee,

immer noch verwundert darüber, wie sich ihre Ängste scheinbar in Luft aufgelöst hatten, allein dadurch, dass er sie angeschaut hatte. Seine Berührung, als er nach ihren Armen gegriffen hatte, war eher beiläufig gewesen, und dennoch hatte es nicht mehr gebraucht, um sie zu beschwichtigen.

Wollte ihr Körper ihr etwas mitteilen, was ihr Verstand noch nicht begriffen hatte? Dass sie unbedingt einen Mann brauchte? Ganz sicher nicht. Sie hatte schon früher mehr als ein Jahr keinen Sex gehabt. Oder etwa nicht?

Sie dachte zurück an die letzte Verabredung nach ihrer Beziehung mit Daniel. Während ihr Frühstück serviert wurde, zählte sie die Monate im Kopf ab. Es war nicht ein Jahr gewesen. Es waren beinahe drei gewesen.

»O Gott«, murmelte sie.

»Stimmt etwas nicht mit Ihrem Essen?«, erkundigte sich die Kellnerin.

Sammis Blick fuhr hoch, und sie rang sich ein verlegenes Lächeln ab. »Nein, absolut nicht. Es sieht lecker aus.«

Sie ließ sich ihre Eier und Würstchen schmecken, während sich die Kellnerin kopfschüttelnd entfernte und Sammi ansah, als wäre ihr ein zweiter Kopf gewachsen. Aber Sammi machte sich nichts daraus, sondern genoss in vollen Zügen ihr Essen.

Es war sehr schön gewesen, Jane wiederzusehen, aber der Besuch hatte ihr nur erneut verdeutlicht, warum sie Freunden und Familienmitgliedern gegenüber lieber auf Distanz blieb. Es wäre ein Leichtes gewesen, sich auf Nähe einzulassen, aber sie wusste schließlich, wie verheerend es sich auf sie auswirkte, wenn sie wieder verlassen wurde.

Es gab nichts, was diesen Schmerz annehmbar gemacht hätte, was ihn wert gewesen wäre.

Sammi hätte gern noch eine zweite Tasse Kaffee getrunken, aber es wurde Zeit, die Rostlaube vollzutanken und weiterzufahren. Sie stand auf, legte einige Geldscheine auf den Tisch und hörte im selben Moment, dass die Tür zum Café geöffnet wurde.

Sie blickte hinter ihrer Sonnenbrille kurz auf und sah einen Mann eintreten, dessen Haare kohlrabenschwarz waren, mit breiten, silbernen Strähnen. Das Silber in seinen Haaren wäre nicht weiter bemerkenswert gewesen, hätte es sich um einen älteren Mann gehandelt. Aber dieser wirkte, als sei er in den Dreißigern, und wie er so dastand, in voller Motorrad-Ledermontur und dunkler Sonnenbrille, sah er einfach umwerfend aus.

Er drehte seinen Kopf in alle Richtungen, so als suchte er das Café nach jemand Speziellem ab. Und dann blieb sein Blick an ihr haften. Sie konnte zwar nicht genau sagen, wieso sie das wusste, da seine Augen ja verdeckt waren, aber es bestand einfach kein Zweifel daran, dass er sie ansah. Sammi spürte, wie ihr heiß wurde und dass ihr Körper vor Begierde, die sie noch vor einer Sekunde nicht gespürt hatte, anfing zu kribbeln.

Wenn sie nicht grundsätzlich auf der Hut gewesen wäre, hätte sie sich möglicherweise glatt verguckt in diesen attraktiven Typen, aber sie hatte einfach keine Zeit für irgendwelche Techtelmechtel – welcher Art auch immer. Unabhängig davon, ob sie Lust dazu gehabt hätte.

Sammi wartete einen Augenblick, dass er die Tür freigab, damit sie ungehindert hinausgehen konnte, aber er verharrte an seinem Platz, blieb, wo er war. Mit zusammengebissenen Zähnen schnappte sie sich ihre Handtasche und marschierte zielstrebig auf die Tür zu.

Als sie sich ihm näherte, nahm der Mann seine Sonnenbrille ab und trat so dicht an sie heran, dass sie Körperkontakt hatten. Wieder überschwemmten sie Lustgefühle, die aber gleichzeitig von überwältigender Angst erstickt wurden.

Sammi hob ihren Blick – und starrte in rote Augen. Sie blinzelte und schüttelte den Kopf. Es lag bestimmt daran, dass die Sonne sie blendete.

Aber sie nahm sich nicht die Zeit zu überprüfen, ob diese Wahrnehmung mit der Sonne zusammenhing, sondern schlüpfte schnell an ihm vorbei, als die Tür geöffnet wurde und zwei ältere Paare das Lokal betreten wollten, was ihr die Gelegenheit verschaffte, hinauszugelangen.

Sobald sie auf dem Bürgersteig war, behielt sie ihr schnelles Tempo bei. Sie wurde beobachtet. Das Kribbeln war wieder da, genauso wie die Furcht und die Unruhe. Sie hatte beides viel zu oft gespürt während ihrer Flucht nach dem Vorfall in Oban.

Sammi stieg in ihren Wagen und ließ den Motor an. Ein kurzer Blick auf die Tankanzeige sagte ihr, dass der Tank noch zu einem Viertel voll war. Sie hoffte, dass das reichen würde, um bis zur nächsten Ortschaft zu gelangen, weil sie sich in dieser auf keinen Fall unnötig länger aufhalten wollte.

Sie setzte den Wagen aus der Parklücke und fuhr weg. Dabei blickte sie in den Rückspiegel und bemerkte, dass der attraktive Typ aus dem Café auf dem Bürgersteig stand und ihr hinterherstarrte.

»Verdammt!«, rief sie und schlug mit der Hand auf das Lenkrad.

Jetzt blieb ihr nichts anderes übrig, als sich von der Rostlaube zu trennen und sich einen neuen fahrbaren Untersatz zu beschaffen. Wenn der Typ für die Mafia arbeitete, würden die erfahren, was für einen Wagen sie fuhr, und sie im Handumdrehen aufspüren. Wenn nicht, war sie lieber einfach trotzdem vorsichtig.

Sammi näherte sich dem Ortsrand, als der Motor anfing zu stottern und dann versagte. Sie schaffte es gerade noch, das Auto an den Straßenrand zu lenken. Dann drehte sie den Zündschlüssel zurück, um den Motor auszuschalten, obgleich der Wagen eh keinen Mucks mehr von sich gab. Mit klopfendem Herzen versuchte sie sich einzureden, dass es nur ein Zufall sein konnte und dass das gestohlene Auto letztendlich schlicht den Geist aufgegeben hatte.

Doch laut sagte sie: »Es gibt keine Zufälle«, und wiederholte damit die Worte, die ihre Mutter so oft verwendet hatte, als sie noch gelebt hatte.

Ihre Hände zitterten, als sie sich den Riemen ihrer Handtasche quer über die Schulter schlang. Hinter ihr lag die Ortschaft. Links von ihr befand sich das Postamt, auf der anderen Seite ein Wohnblock.

Der einzige Weg aus dem Ort lag vor ihr und führte mitten durch die wilde, gebirgige ländliche Landschaft. Sie schluckte und versuchte das zunehmende Entsetzen zu verdrängen. Welche Wahl blieb ihr schon? Jane konnte sie keinesfalls anrufen und um Hilfe bitten. Schließlich hatte sie Dreagan einzig und allein verlassen, um ihre Halbschwester vor dem Bösen zu bewahren.

Umzukehren und in die Ortschaft zurückzugehen war auch keine Option. Die Organisation, die hinter ihr her war, nahm keine Rücksicht darauf, ob bei ihrem Bemühen, sie zu schnappen, irgendwelche Unschuldigen dran glauben mussten.

Ihr Blick kehrte zurück zu den Bergen rundum. Sie könnte sich eine Zeit lang von dem, was das Land ihr bot, ernähren und ganz und gar von der Bildfläche verschwinden. Sie erinnerte sich an die Zeit, als ihre Mutter den Versuch gestartet hatte, mit ihr zu campen. Damals war sie zehn Jahre alt gewesen, und Sammi musste unwillkürlich lächeln, als sie zurückdachte an die Katastrophe, die das heraufbeschworen hatte.

Bei dem Gedanken an ihre Mutter kamen ihr die Tränen. Wie sehr sie sie doch vermisste. Seit dem Tag, an dem ihre Mutter gestorben war und ihre Seele ihren Körper verlassen hatte, war nur Leere in ihr gewesen.

Aus dem Augenwinkel nahm Sammi wahr, wie ein Lexus SUV am Straßenrand hinter einem geparkten Wagen hielt. Jetzt wusste sie hundertprozentig, dass sie eine Entscheidung treffen musste.

Sie beugte sich hinüber zum Beifahrersitz und hielt Ausschau nach irgendetwas, was sich eventuell als Waffe eignete und eventuell unter dem Sitz versteckt lag. Sie schreckte hoch und fuhr herum, als jemand an ihr Seitenfenster klopfte. Es gelang ihr gerade eben, einen Aufschrei zu unterdrücken.

Der Mann hielt sofort beide Hände hoch. »Ich wollte nur sehen, ob Sie Hilfe brauchen, um den Wagen zur Werkstatt zu schleppen. Ich bin Automechaniker.«

Sammi kurbelte das Seitenfenster einige Zentimeter per Hand herunter. Das Herz schlug ihr vor Schreck immer noch bis zum Hals. »Ähm … ich schätze, letztendlich hat er doch den Geist aufgegeben und ist mausetot.«

Der Mann lachte, und in dem Moment bemerkte sie das Öl an seinen Händen und seiner Kleidung. »Sie wären überrascht, was ich alles wieder zum Leben erwecken kann.«

Er hatte freundliche blaue Augen und wettergegerbte Haut, die ihn möglicherweise älter machte, als er tatsächlich war. Sammi spähte kurz hinüber zur Tankstelle und sah, dass sie unbesetzt war. Ein Blick in den Rückspiegel zeigte ihr, dass der Lexus immer noch am Straßenrand parkte und Männer darin saßen.

»Danke. Ich nehme Ihr Angebot gern an«, antwortete sie.

Der Mann blickte hinter sich und runzelte die Stirn. »Werden Sie von jemandem belästigt, Miss? Mein Schwager ist Polizist hier. Soll ich ihn rufen?«

»Nicht nötig. Sobald ich wieder unterwegs bin, ist alles bestens.«

Er schien nicht überzeugt zu sein, aber er ging zur Rückseite ihres Wagens. »Nehmen Sie den Gang raus.«

»Sie sieht angespannt aus«, sagte Banan gepresst.

Tristan nickte. »Einer der Dunklen ist immer noch da. Ich würde mich gern ein wenig mit dem Mistkerl beschäftigen.«

»Nicht hier. Nicht jetzt.« Banan rieb sich das Gesicht. »Du hast die anderen bereits angerufen und sie informiert. Sie wissen also Bescheid und sind alarmiert. Ich kann es immer noch nicht fassen, dass einer dieser üblen Wichser sich so nah an Dreagan herantraut. Sie sollten es besser wissen.«

»Er ist nicht hinter uns her.« Tristan drehte sich zu Banan um und sah ihn an. »Er ist hinter Sammi her.«

Banans Stirn legte sich in tiefe Sorgenfalten. »Wie hat sie es geschafft, ihm aus dem Weg zu gehen? Er hatte sie ausdrücklich aufs Korn genommen und angemacht. Ich habe schon Frauen erlebt, die sich, wenn ein Dunkler sie auch nur angesehen hat, die Kleider vom Leib gerissen haben.«

»Ist doch egal. Ich bin nur froh, dass sie es geschafft hat.« Tristan hatte gleich, nachdem er den Dunklen gesehen hatte, aus dem Wagen steigen wollen, aber Banan hatte ihn daran gehindert. »Wir haben doch wohl nicht ernsthaft vor, diesen Dunklen davonkommen zu lassen, oder?«

Banan gab einen tiefen Stoßseufzer von sich. »Das müssen wir sogar tun, damit Ulrik glaubt, dass wir noch nicht wissen, welche Rolle er in diesem Spiel spielt.«

»Es kann kein Zweifel bestehen, dass dies hier irgendwie in Zusammenhang steht mit den Dunklen Feen und dem Unbekannten, der versucht, uns bloßzustellen.«

»Es gibt keinen, der dahinterstecken könnte, außer Ulrik. Die Kugel, die du aus Sammis Schulter herausoperiert hast, beweist es.«

Tristan hörte die Andeutung von Trauer in Banans Stimme. Er kannte Ulrik zwar nicht, aber das Ausmaß des Verrats, das Banan und die anderen Könige spürten, die ihn kannten, war einfach unvorstellbar. »Es tut mir leid.«

»Wir alle wussten, dass das eines Tages geschehen würde. Es wäre leichter gewesen, wenn Con ihn einfach getötet hätte, statt ihn weiterleben zu lassen ohne seine Magie und die Fähigkeit, sich zu verwandeln.«

»Wir werden dem ein Ende machen. Im Moment müssen wir uns auf Sammi konzentrieren und auf die Frage, wie die Mafia hier hereinpasst. Glaubst du, dass sie Sammi aufs Korn genommen haben, weil sie Janes Schwester ist?«

Banan zuckte die Achseln. »Ich habe mich das auch gefragt, aber ich habe keine Antwort darauf gefunden. Ich glaube, wir sollten das im Hinterkopf behalten, bis wir mehr Teile dieses ständig größer werdenden Puzzles beisammen haben.«

»Einverstanden.«

Tristan beobachtete, wie der Automechaniker Sammis Wagen bis zur Werkstatt schob, wo er haltmachte. Sammi stieg aus und wechselte ein paar Worte mit dem Mann, bevor sie in die Tankstelle ging.

Er verlor sie aus den Augen hinter den hohen Regalen, aber sie konnte ohnehin nur wieder zur selben Tür hinaus, durch die sie gerade eben hineingegangen war.

Banans Handy signalisierte den Eingang einer SMS. »Ryder, Rhys und Laith sind gerade eingetroffen.«

»Gut. Mit gefällt dieser Lexus SUV nicht. Er hat sich weder von der Stelle bewegt, noch ist jemand ausgestiegen, seit er an den Straßenrand gefahren ist und angehalten hat.«

»Es kann sich unmöglich um Ulrik oder seine Männer handeln. Woher sollten sie wissen, wo Sammi war?«

Tristan schlug sich mit der Faust auf den Schenkel. »Wie konnten wir so verdammt dämlich sein? Sie ist Janes Schwester, Banan. Zu wem sollte sie sonst gehen, wenn sie in Schwierigkeiten ist?«

»So eine Scheiße«, sagte Banan und ließ den Kopf hängen. »Sie haben sie glauben gemacht, dass sie verfolgt wird.«

»Und wir sind darauf hereingefallen und haben angenommen, dass sie genau das tun.«

»Diese Annahme könnte zu Sammis Tod oder Gefangennahme führen.«

Tristan schnallte den Sicherheitsgurt ab, beugte sich vor und starrte in den Laden der Tankstelle. »Das bedeutet, dass sie sie von Anfang an zur Zielscheibe gemacht haben, um an uns heranzukommen.«

»Kellan und Denae wurden von den Dunklen Feen geschnappt, Tristan. Was haben sie mit Sammi vor?«

»Was auch immer es ist, es kann nichts Gutes sein.« Tristan hatte kaum das letzte Wort ausgesprochen, als er auf dem Feld hinter der Tankstelle eine Bewegung wahrnahm. »Das ist doch nicht zu fassen. Sammi ist abgehauen!«

6

Seine Gedanken wurden durch das schrille Klingeln des Telefons unterbrochen. Er legte seinen Füllfederhalter beiseite und griff nach dem Handy auf seinem Schreibtisch. Er hielt sich das Gerät ans Ohr und lehnte sich zurück, legte die Füße auf die große Schreibtischplatte und bereitete sich innerlich darauf vor, mit englischem Akzent zu sprechen. »Ja?«

»Wir haben sie gefunden. Sie war in Dreagan, genau wie Sie es vorausgesagt hatten.«

»Gut, gut. Habt ihr sie?«

»Noch nicht, Sir. Aber sie ist von uns umzingelt, und wir sollten sie innerhalb einer Stunde haben.«

Er nahm die Füße vom Schreibtisch, stellte sie auf den Boden und zerquetschte das Handy beinahe mit seiner Hand. »Vermassel das ja nicht, Stevens. Ich habe lange auf Samantha Miller gewartet. Und sieh zu, dass es unauffällig geschieht. Die bei Dreagan werden noch früh genug erfahren, dass sie in unserer Gewalt ist.«

»Da wäre noch etwas, Sir«, hob Stevens zaghaft an.

Er knirschte mit den Zähnen vor Frustration. »Spuck's schon aus.«

»Hier ist einer von den Dunklen Feen.«

Er setzte sich kerzengerade hin. Einer der Dunklen? So nah bei Dreagan? Die hatte er ganz gewiss nicht kontaktiert und aufgefordert, sich an der Jagd auf Sammi zu beteiligen. Er hatte vorgehabt, sie einzubeziehen, sobald er Sammis habhaft geworden war, aber nicht vorher. Die junge Frau war für anderes vorgesehen, als den Dunklen als Lustobjekt zu dienen. »Wo ist er jetzt?«

»Verschwunden.«

Jahrhundertelang hatte er die totale Kontrolle über alles und jedes gehabt. Der einzige unbeständige Faktor war die Allianz mit den Dunklen Feen gewesen. Was diese jetzt mal wieder unter Beweis gestellt hatten.

»Wenn er oder irgendein anderer der Dunklen zurückkommen, ruf mich sofort an. Letztes Mal haben sie sich Denae geschnappt, und du weißt ja, wie das ausgegangen ist. Ich werde nicht …« Er hielt inne und räusperte sich. Er hasste den schottischen Akzent, der immer dann durchbrach, wenn er wütend war. »Ich will nicht, dass sie sich wieder einmischen. Also, gibt es noch etwas, oder hast du vor, dir das Geld zu verdienen, das ich dir zahle?«

»Das ist alles, Sir.«

Er beendete das Telefonat und legte das Handy neben die vier anderen auf dem Schreibtisch. Wegen des Schlamassels nach Kellans und Denaes Entführung war er gezwungen gewesen, sich neue Handynummern zu besorgen.

Es würde nicht lange dauern, bis die Drachenkönige ihre Anstrengungen auf ihren Feind konzentrierten. Und darauf war er mehr als vorbereitet. Sie hatten absolut keine Ahnung, was da auf sie zukam.

Oder von wie vielen Seiten sie angegriffen werden würden.

Es würde zum Schreien komisch werden, das zu beobachten.

Er erhob sich aus seinem Sessel und ging um den Schreibtisch herum zu den Glastüren, die in den Garten führten. Für die Menschheit war es nur irgendein gewöhnlicher Tag. Aber das würde nicht mehr lange so bleiben.

Drachen würden erneut über das Reich herrschen, wie es ihrer Natur entsprach. Das war es, wozu sie geboren waren. Sie würden sich nicht länger tarnen und verstecken. Die Drachen würden die Menschen wieder in ihre Schranken weisen.

Das würde Krieg zwischen ihm und den Drachenkönigen bedeuten, aber das bereitete ihm keine Sorgen. Er hatte ein Ass im Ärmel. Eins, mit dem die Könige niemals rechnen würden. Er konnte seine Erregung kaum bezähmen, während ein Tag nach dem anderen verging und ihn seinem Ziel, das er seit Jahrtausenden anvisierte, näher brachte.

»Der Erste, der dran glauben muss, ist Con«, sagte er, während er sich mit der Schulter an eine Säule lehnte und die Farbenpracht in seinem Garten betrachtete. »Kellan wird der Zweite sein.«

Danach spielte die Reihenfolge eigentlich keine Rolle mehr. Die Könige würden sich entweder mit ihm verbünden oder sterben. Weder müsste ihnen ihre Macht genommen, noch müssten sie daran gehindert werden, sich zu verwandeln. Sie würden schlicht und einfach sterben.

Das bedeutete allerdings nicht, dass er an einen leichten, schmerzlosen Tod für sie dachte. Schließlich hatte er gelitten. Das würden sie ebenfalls tun.

Er dachte an die Dunklen Feen. Ihr Grund, Dreagan so nahe zu kommen, musste etwas damit zu tun haben, dass Taraeth seinen Arm durch eine Sterbliche verloren hatte und ihr gefangener Drachenkönig geflohen war.

Seine Absicht, sie zu einem späteren Zeitpunkt mit einzubeziehen, war möglicherweise doch keine so gute Idee. Er überdachte seine Pläne und berücksichtigte dabei, wie unglaublich nervig es gewesen war, Samantha Miller zu schnappen.

Er lächelte und drehte sich um. Ein neuer Plan begann in seinem Kopf heranzureifen.

Sammi rannte, so schnell ihre Beine sie trugen. Taumelnd schleppte sie sich bis zu einem Gehölz, wo sie sich ein paar Sekunden gönnte, um wieder zu Atem zu kommen, bevor sie eine schnelle Drehung nach rechts machte und auf das Gebirge zustrebte.

Sie hätte sich gern umgedreht, um zu überprüfen, ob jemand ihr folgte, aber das konnte sie nicht riskieren. Das Gelände war uneben und gefährlich für jemanden, der sich nicht auskannte – was auf sie zutraf.

Ihre Handtasche schlug ihr mit schönster Regelmäßigkeit gegen den Oberschenkel, was bestimmt einen blauen Fleck hinterlassen würde. Aber das war gar nichts im Vergleich zu den Schmerzen in ihrer Schulter. Als sie am Fuß des Höhenzugs ankam und mit dem Aufstieg begann, erwiesen sich ihre Stiefel als gut geeignet für ihre Klettertour. Eine Zeit lang stieg das Gelände nur leicht an, und die Bäume würden ihr perfekten Schutz bieten.

Sammi lächelte. So würde sie sie endgültig abschütteln. Jedenfalls dachte sie das, bis sie fünfzehn Minuten später feststellen musste, dass der weitere Anstieg nahezu senkrecht verlief und ihre Oberschenkel so heftig brannten, dass sie kaum noch einen Schritt tun konnte.

Tristan überließ Banan den Mann, der am Steuerrad des Lexus saß, während er die beiden übernahm, die Sammi verfolgten. Er schenkte es sich, ihnen auf den Fersen zu bleiben, da er genau wusste, dass sie den gleichen Weg wie Sammi nehmen würden. Stattdessen wartete er im Wald auf sie.

Er spähte über seine Schulter und sah, dass Sammi immer weiter hochwanderte, obgleich ihr Aufstieg nur noch im Schneckentempo erfolgte.

Es lag an den Männern, dass sie sich weiterhin alle Mühe gab zu fliehen. Heißer Zorn wallte in ihm auf, heftig … geradezu erschreckend, als er sich wieder zu den sich nähernden Männern umdrehte. Sie trugen Jeans und schlichte schwarze Hemden, aber es ließ sich nicht leugnen, wie ein flüchtiger Blick bewies, dass sie jeder eine Pistole im Hosenbund stecken hatten.

Tristan drückte sich mit dem Rücken an eine Kiefer und wartete, bis die beiden das Gehölz erreichten und an ihm vorbeigingen. Mit zwei langen Schritten hatte er sie eingeholt.

Er trat von hinten zwischen sie und platzierte seine Handflächen jeweils auf ihrer Brust, hielt sie so auseinander. Überrascht blieben sie stehen, was ihm die nötige Zeit verschaffte, dem einen den Ellenbogen gegen die Nase zu rammen, bevor er sich umdrehte und dem anderen einen Faustschlag ins Gesicht versetzte.

Beide Männer fielen geräuschlos zu Boden.

»Du hast mir ja keinen übrig gelassen zum Spielen«, sagte Banan, als er zu ihm aufschloss, wobei er weder lächelte noch aussah, als wäre er überhaupt zum Spielen aufgelegt.

»Viel Spaß hatte ich auch nicht gerade mit ihnen.«

Wie ein Mann drehten sie sich um und betrachteten forschend den Höhenzug.

»Wir könnten ihr folgen«, schlug Banan vor.

Tristan schüttelte den Kopf. »Sie wird uns weiter von sich fernhalten wollen und wieder versuchen, sich wegzuschleichen. Sie glaubt, dass sie sie zu uns führt.«

»Ja«, gab Banan ihm recht und seufzte laut. »Wir können ihr nicht sagen, wer wir wirklich sind.«

»Sie ist nicht dumm. Sie wird es herausfinden, wenn Jane nicht altert.«

Banan trat gegen einen heruntergefallenen Ast. »Ich weiß. Letzte Nacht hat Jane versucht, mich mit diesem Argument zu überzeugen. Aber der Fakt bleibt, dass wir sie nicht allein lassen können.«

»Ich werde ihr folgen.«

Banans graue Augen musterten ihn eindringlich. »Wenn sie mitbekommt, dass ihr jemand folgt, begeht sie möglicherweise eine Dummheit.«

»Ich werde hoch oben am Himmel sein. Sie wird niemals mitbekommen, dass ich da bin.«

Banan nickte. »Gut, pass auf sie auf. Ich kümmere mich um diese beiden hier und dem in dem SUV. Mal sehen, ob wir etwas aus ihnen herausbekommen.«

»Wer auch immer hier die Fäden zieht, darf nicht erfahren, dass wir sie aufgehalten haben.«

Ein listiges Lächeln umspielte Banans Lippen. »Oh, das wird er bestimmt nicht. Wie schnell du vergessen hast, dass Guy Erinnerungen aus dem Gedächtnis löschen kann, mein Freund.«

Tristan schmunzelte. Fast wünschte er sich, er könnte dabei sein und sich anhören, wie sie Ulrik als ihren Anführer preisgaben. Dann dachte er an Sammi.

»Sieh zu, dass ihr nichts passiert«, sagte Banan.

Tristan schlug Banan auf die Schulter und machte sich eilig auf den Weg zum Fuße des Höhenzugs, um Sammi besser im Blick behalten zu können. Er würde bis zum Einbruch der Dunkelheit warten, bevor er sich in die Lüfte erhob. Bis dahin würde er ihr in gebührendem Abstand folgen, aber doch nah genug sein, um ihr zu Hilfe zu eilen, sollten die Dunklen Feen wieder beschließen, sich zu zeigen.

Banan und die anderen brauchten nicht lange, um die Männer an einen sicheren Ort zu schaffen. Dort setzten sie die drei auf Stühle, machten sich aber nicht die Mühe, ihnen die Hände oder Füße zu fesseln.

»Auf, auf«, sagte Laith und versetzte dem ersten Mann einen ziemlich heftigen Kinnhaken.

Der Mann schüttelte den Kopf und blinzelte mehrmals, bevor er sich das Kinn rieb und sich umblickte. »Wo bin ich?«

Banan blieb gegen die Wand gelehnt stehen. »Wie heißt du?«

»Fick dich«, knurrte der Mann.

Rhys gab ihm einen harten Schlag in die Nieren, sodass der Mann keuchend nach Luft schnappte. »Versuchen wir es doch noch einmal.«

»Name«, wiederholte Banan lauter.

»Stevens.«

Banan beließ es einstweilen dabei. Ihn nach seinem vollen Namen zu fragen hatte Zeit bis später. Es gab im Moment wichtigere Dinge. »Für wen arbeitest du?«

Stevens machte große, erschrockene Augen. »Das kann ich euch nicht sagen.«

Ryder rieb sich die Hände, während er die drei Männer umkreiste. »Ich werde dir sagen, was wir wissen. Ihr seid Engländer, und du und deine Kumpels, ihr könnt euch offensichtlich noch nicht mal allein anziehen, ohne dass ihr euch vorher miteinander abgestimmt habt, und ihr arbeitet für einen Mann, der euch auf Samantha Miller angesetzt hat.«

»Du hast noch ausgelassen, dass sie schlechte Kämpfer sind«, ergänzte Laith.

Ryder nickte. »Das stimmt. Also Stevens, deine anderen beiden Freunde sind immer noch tief im Traumland. Wenn du uns sagst, was wir wissen wollen, müssen sie nie erfahren, dass du derjenige warst, der es uns erzählt hat.«

Banan konnte sehen, wie Stevens sich Ryders Worte durch den Kopf gehen ließ. Aber noch bevor der Mann den Kopf schüttelte, wusste Banan, dass Stevens sich nicht auf den Handel einlassen würde. Stevens und sein Team hatten eine militärische Ausbildung genossen. Es würde lange dauern, bis sie nachgaben und zusammenbrachen.

Jetzt wünschte Banan, er hätte Tristan mitgenommen, damit er bei diesen Männern den gleichen hübschen Trick wie bei Sammi anwenden und ihnen die Informationen, die sie brauchten, entlocken könnte.

»Ich kann ihn dazu bringen, uns die Informationen zu geben«, meinte Laith.

Banan presste die Lippen zusammen. Er konnte sich nur zu gut vorstellen, was Con sagen würde, wenn er wüsste, was sie da trieben. Aber zumindest befanden sie sich nicht auf Dreagans Territorium. »Es könnte durchaus noch nötig werden.«

Rhys baute sich vor Stevens auf. »Du weißt, wer und was die Dunklen Feen sind, nicht wahr?«

Widerstrebend nickte Stevens.

»Weißt du, wer wir sind?«

»Ja. Ihr seid aus Dreagan.«

Rhys wechselte einen Blick mit Banan, bevor er fragte: »Weißt du, was wir sind?«

»*Was* ihr seid?«, wiederholte Stevens und sah jetzt etwas erschrocken aus.

Rhys packte die Gelegenheit beim Schopfe. »Also hat dein Auftraggeber dir nichts über uns erzählt.«

»Doch, hat er. Wir wissen, dass alle in Dreagan gefährlich sind.«

»Den Teil mit der Gefährlichkeit hat er korrekt dargestellt«, bemerkte Laith eisig.

Banan stellte sich neben Rhys und musterte die Männer links und rechts von Stevens. »Was hat dein Auftraggeber dir noch über uns erzählt?«

»Nur das Notwendigste, und mehr muss ich nicht wissen.«

Typisch Soldat; sie waren nun einmal daran gewöhnt, Befehle entgegenzunehmen und zu befolgen. Banan packte den Mann an der Kehle und drückte zu. »Du hast nur einmal die Gelegenheit, mir zu sagen, was ihr mit Sammi vorgehabt habt, oder ich reiße dir deine Kehle heraus. Ich glaube nicht, dass ihr alle drei lebend davonkommt. Die Frage ist, wirst du der Schlaue sein?«

Stevens griff nach Banans Hand und lehnte sich zurück auf seinem Stuhl, versuchte, dem Griff zu entkommen. »Wir waren hier, um sie zu schnappen«, krächzte er.

Sofort ließ Banan Stevens los. »Um sie ... wohin zu bringen?«

»Wir hätten so einen Befehl erst erhalten, wenn ich mich gemeldet und bestätigt hätte, dass wir sie haben«, keuchte Stevens.

Rhys verschränkte die Arme vor der Brust. »Sag uns, wer euch die Befehle erteilt.«

»Er wird mich umbringen«, antwortete Stevens.

»Ich an deiner Stelle hätte mehr Angst vor uns«, sagte Con,

der beiläufig ins Haus geschlendert kam und sich zu ihnen gesellte.

Banan sah Con scharf an, dessen Blick auf Stevens gerichtet war. Wie üblich war Con untadelig gekleidet. Dieses Mal trug er ein dunkelblaues Hemd und eine farblich dazu passende elegante graue Hose.

Als würde er spüren, dass er schnell an Boden verlor, schüttelte Stevens den Kopf. »Es spielt keine Rolle, was ihr mit mir anstellt. Was er tun wird, wird auf jeden Fall viel schlimmer sein.«

»Dann hat er dir offenbar nicht erzählt, wer wir wirklich sind«, sagte Con mit harter Stimme und wandte sich im nächsten Augenblick Laith zu. »Zeig es ihm.«

»Mit Vergnügen«, sagte Laith, während er sich das Hemd auszog und nach draußen ging.

Con packte Stevens am Kragen und zog ihn zum Fenster. »Sieh hin«, stieß er zwischen den Zähnen hervor.

Das war eine Seite von Con, die Banan seit … Äonen nicht mehr gesehen hatte. Und Banan war sich nicht sicher, ob das wirklich von Vorteil für sie war. Außerdem war ihm rätselhaft, woher Con von ihrem Aufenthaltsort wusste.

Im selben Augenblick, in dem Stevens kreidebleich wurde, wusste Banan, dass Laith Drachengestalt angenommen hatte.

Stevens taumelte zurück und murmelte entsetzt: »Du meine Güte.«

»Uns solltest du mehr fürchten«, wiederholte Con, der den Mann immer noch fest im Griff hielt. »Und jetzt sag uns, wer dein Auftraggeber ist.«

Stevens öffnete schon den Mund, um zu antworten, aber bevor er auch nur ein Wort herausbrachte, waren sie von Dunklen Feen umzingelt.

7

Irgendwo in einem kleinen Cottage

Rhi wackelte mit ihren Zehen und bewunderte ihre Fußnägel, nachdem sie sich eine Pediküre, kombiniert mit einer Maniküre, geleistet hatte. Dieses Mal hatte sie ein grelles Orange mit dem Namen »Ein guter und mutiger Mann ist schwer zu finden« gewählt. Und wie üblich hatte sich ihre Nageldesignerin ein neues Muster überlegt. Es sah aus, als würden schwarze und silberne Federn diagonal über ihre Nägel verlaufen.

»Ich glaube, Jessie hat sich selbst übertroffen«, meinte Rhi mit einem zufriedenen Lächeln.

Ihre Mani- und Pediküre-Zeiten genehmigte sie sich, sooft sie Lust dazu verspürte. Ihrer Meinung nach wurden diese wenigen kostbaren Stunden, in denen sie sich verwöhnen ließ, von absolut nichts übertroffen.

Sie stellte ihren neuen Nagellack auf das Bord zu den anderen und achtete dabei darauf, ihn korrekt zwischen die bereits vorhandenen Orangetöne einzusortieren. Aber natürlich war ihre Sammlung nie vollständig. Jedenfalls nicht, solange weiterhin so wundervolle Farben kreiert wurden.

Rhi trat zurück und überflog ihr Bord. Einige Menschen sammelten Filme, CDs oder Figuren. Sie sammelte Nagellack. Vorfreude wallte in ihr auf, als ihr bewusst wurde, dass es nur noch wenige Tage bis zur Präsentation der neuen Sommerkollektion von OPI dauern würde.

»Hmm. Ich sollte mir vielleicht ein weiteres Bord zulegen«, überlegte sie mit geschürzten Lippen. Nicht dass das irgendwie von Belang war. Sie war eine Fee, eine Helle Fee, um ganz präzise zu sein, und sie konnte sich beschaffen, was immer sie wollte. Das Abkommen mit den Drachenkönigen besagte, dass keine Fee – egal ob Helle oder Dunkle – sich längere Zeit auf der Welt aufhalten durfte. Sie neigte dazu, diese Absprache zu ignorieren.

Außerdem war sie nicht die einzige Fee, die die Regeln brach. Die Dunklen waren dabei, ganz Irland zu verpesten.

Rhi ließ sich auf ihrem Himmelbett auf den Rücken sinken. Die Könige hatten Schottland für sich beansprucht, während die Feen Irland gewählt hatten. Offen gesagt, hätte Rhi eine Insel wie Bora Bora oder St. Lucia vorgezogen.

Ihr Lächeln schwand, als sie an die bevorstehenden und dringend zu klärenden Dinge dachte, genauer gesagt: an die Dunklen. Sie waren den Hellen immer ein Ärgernis gewesen, aber jetzt hatten sie die unvorstellbare Dreistigkeit besessen, einen Drachenkönig zu kidnappen.

Kellan mochte zwar nicht im eigentlichen Sinne ein Freund sein, aber ihm stand sie innerhalb der Gruppe der Drachenkönige am nächsten. Für ihn und seine Gefährtin Denae hatte sie das versteckte Lager der Dunklen Feen aufgesucht. Um ihnen zu helfen.

Im Verlaufe dieser Rettungsaktion hatte sie erfahren müssen, dass der Mann, der ihr einst Mentor, Freund und Familie gewesen war, nicht getötet worden war während der Feenkriege, wie sie geglaubt hatte. Sondern er war ein Dunkler geworden.

Balladyn wiederzusehen hatte unglaublich viele Erinnerungen in ihr geweckt, einschließlich der an ihren einstigen Geliebten, einen Drachenkönig. Obgleich, wenn sie ehrlich war, die Erinnerung an ihn immer lebendig war, ihr ständig vor Augen stand.

Rhi zuckte zusammen, als sie den lauten Ruf ihrer Königin in ihrem Kopf vernahm, die sie darüber informierte, dass die Dunklen die Drachenkönige angriffen.

»Verspüren diese Idioten einen so dringenden Todeswunsch?«, murmelte sie, während sie sich vom Bett erhob und ihre neuen schwarzen Kampfstiefel suchte. »Hat der Krieg mit den Königen den Dunklen Dumpfbacken nicht bewiesen, dass sie nicht gewinnen können?«

Rhi schnürte ihren zweiten Stiefel zu, während sie ihren Geist öffnete, um nach den Dunklen Feen in Schottland zu suchen. Sobald sie sie lokalisiert hatte, setzte sie ihre Magie ein und teleportierte sich zu dem Haus.

Sie blieb zunächst getarnt für alle Anwesenden, um die Situation einzuschätzen. Die Dunklen waren gegenüber den Königen drei zu eins in der Überzahl, und es waren auch noch drei Sterbliche anwesend, die sich auf die Seite der Dunklen stellten. Und wie Rhi aus Rhys wütendem Blick, den er einem der Sterblichen zuwarf, schloss, hatten sich die Könige mit den Menschen … unterhalten … bevor die Dunklen auftauchten.

Rhi ließ ihre Tarnung fallen und materialisierte sich mit ihrem Schwert in der Hand. Sie wirbelte herum und wich einem Faustschlag von Laith aus, um ihr Schwert gegen den zweiten Dunklen zu schwingen, der gerade Laith angriff.

Die Klinge, von den Hellen in den Feuern von Erwar geschmiedet, war eine tödliche Waffe gegen die Dunklen. Der üble Mistkerl schrie auf, als das Metall sein Blut vergiftete und er eines schmerzhaften Todes starb.

Sie hob den Blick und bemerkte, dass Laith sie anstarrte. Sekundenlang sah sie in seine metallisch blaugrauen Augen, bevor der Kampf sie wieder trennte.

Rhi ging auf ihr zweites Opfer zu, während sie sich schnell und mühelos auf den Kampf einstellte. – Über diese Kampfbereitschaft sollte sie vielleicht später mal nachdenken, sobald sie hier einigen Dunklen Feen einen Arschtritt verpasst hatte.

Die Gesichter verschwammen, und die Kampfrufe wurde leiser, während sie sich auf einen Feind nach dem anderen konzentrierte und sich so durch den Raum arbeitete.

Sie wollte gerade ihr Schwert einem Dunklen in die Brust stoßen, als ein anderer sie von der Seite her attackierte und sie zu Boden ging. Sie machte noch im Fallen die Schultern rund, rollte sich ab und war auch schon wieder auf den Beinen, ohne sich groß verletzt zu haben.

Als sie wieder aufrecht stand, fiel ihr Blick auf keinen anderen als Balladyn. Es war wie beim ersten Mal, als sie erkennen musste, dass aus ihm ein Dunkler geworden war, wie ein Schlag in die Magengrube, und sie schnappte keuchend nach Luft.

Balladyns rote Augen blitzten, als er mit seinen mächtigen Pranken den Schädel eines der drei Menschen packte und ihn festhielt. Mühelos und mit kaum mehr als einer kleinen Drehung brach Balladyn dem Sterblichen das Genick.

Als wäre das ein Signal gewesen, wurden die beiden anderen Menschen auch schnell erledigt, sodass jetzt nur noch die Dunklen, die Könige und Rhi übrig waren.

Aus dem Handgelenk heraus ließ sie ihr Schwert wirbeln. Der Mann, der ihr beigestanden hatte, als sie den Tod ihrer Familie und den Verlust ihres Geliebten betrauerte, existierte nicht mehr. An seine Stelle war ein Ungeheuer getreten, das nur aus Bosheit und Heimtücke bestand.

Und es war mal wieder ihr typisches Pech, dass Con sich gleichermaßen auf Balladyn konzentrierte. Rhi teleportierte sich zwischen die beiden, bevor Con Balladyn attackierte.

»Rhi.« Con verzog sein Gesicht.

Sie überhörte seinen spöttischen Tonfall. »Der da gehört mir.«

Cons schwarze Augen verengten sich, als er über ihre Schulter zu Balladyn spähte. »Warum?«

Rhi schob Con beiseite und wirbelte herum, um sich ihrem Ex-Freund mit erhobenem Schwert kampfbereit zu stellen.

»Hallo, Kindchen«, sagte Balladyn mit seinem irischen Akzent und benutzte den Kosenamen, den er ihr gegeben hatte, als sie noch eine sehr junge Fee war. »Ich hätte wissen müssen, dass du alles tun würdest, um deine Zeit mit diesem Abschaum zu verbringen.«

»Ich habe dir geraten, nicht Partei zu ergreifen. Ich habe dich gewarnt, dass ich dich dann töten würde.«

»Es sind gefährliche Zeiten, vergiss das nicht, Kindchen.« Seine roten Augen flackerten kurz auf.

Rhi musste schwer schlucken, als ihre Gefühle für den Mann, der für sie ein Fels in der Brandung gewesen war – ein Fels, der umgestürzt und zerbrochen war –, sie zu überwältigen drohten. Und jetzt stand sie kurz davor, ihn zu töten.

Sie atmete tief durch und holte aus mit ihrem Schwert.

Im Bruchteil einer Sekunde war der Dunkle verschwunden. Rhi hatte so viel Schwung geholt mit ihrem Schwert, dass sie es nicht mehr kontrollieren konnte. Es traf scheppernd auf den gefliesten Boden.

Sie verharrte länger in ihrer Position, während sie versuchte, ihre Gefühle unter Kontrolle zu bringen nach dem erneuten Wiedersehen mit Balladyn nach so kurzer Zeit.

»Wer war das?«, erkundigte sich Con, der neben ihr aufgetaucht war, leise.

Rhi hasste es, dass sie sein Näherkommen nicht bemerkt hatte. Sie hob ihr Schwert und ließ es in die auf ihren Rücken geschnallte Scheide gleiten. Natürlich wollte Con genau das wissen, was sie ihm auf keinen Fall sagen wollte.

»Rhi«, rief Rhys fragend quer durch den Raum, »woher wusstest du, dass sie hier waren?«

Aha. Das war etwas, worauf sie antworten konnte – und auch würde. »Meine Königin hat mich informiert. Was hat denn die Dunklen auf den Plan gerufen?«

Con trat vor sie. »Gewisse Umstände. Du hast nicht vor, mir zu sagen, wer das war, nicht wahr?«

»Nein«, antwortete sie schlicht und ging um ihn herum. Er könnte sie drängen, insbesondere, da sie nicht lügen konnte, ohne große Schmerzen zu leiden. Was Con nur allzu gut wusste. »Dunkle Feen so nah an Dreagan. Das ist kein gutes Zeichen.«

Laith stieß einen der toten Sterblichen mit seinem Fuß an. »Ebenso wenig wie die Tatsache, dass sie diese Männer getötet haben.«

Sie sann einen Moment darüber nach. »Sie haben die Sterblichen getötet, statt sie zu retten? Dahinter muss jemand stecken, dem diese Verluste absolut unwichtig sind. Das klingt ganz und gar nach Taraeth.«

»Hast du ihn gesehen?«, fragte Con.

Er war zu liebenswürdig, seine Stimme viel zu freundlich. Was ihr schwer auf die Nerven ging. Sie nahm wahr, dass Laith sie wieder anstarrte. »Nein. Ist Denae immer noch in Sicherheit?«

»Sie ist bei Kellan.«

Was natürlich bedeuten sollte, dass sie es war. Rhi verdrehte ihre Augen. Diese aufgeblasenen Drachenkönige. Und es half auch nicht gerade, dass sie allen Grund hatten, so arrogant zu sein. »Gut.«

Sie wollte sich schon aus dem Haus teleportieren, als Con ihren Arm packte und sie daran hinderte. Rhi drehte sich zu ihm um und blitzte ihn wütend an. »Was ist?«, fragte sie barsch.

»Dieser Dunkle kannte dich.«

Rhi zuckte die Achseln und registrierte aus den Augenwinkeln, dass die anderen Könige sie aufmerksam beobachteten und zuhörten. »Wenn du dich an die Geschichte erinnern würdest, wüsstest du, dass die Dunklen einst Helle waren, die sich der Art von Magie verschrieben haben, die unsere Seelen nach und nach vertilgt.«

»Er kannte dich. Du kannst nicht lügen, und du kannst dieser Frage nicht für immer ausweichen. Wer ist er?«

Verdammt noch mal, wie sie Con hasste. Von ihrer Mutter hatte sie das wenig beneidenswerte Dilemma geerbt, unerträgliche Schmerzen bei dem Versuch zu lügen zu empfinden.

»Er war früher ein Freund«, antwortete sie widerwillig.

Ryder rieb sich das Kinn. »Ein enger Freund offenbar, wie das Kosewort vermuten lässt.«

»Er geht nur mich etwas an«, sagte Rhi. »Ich habe deine Frage beantwortet. Lass mich los.«

Die Tatsache, dass Con sie immer noch zurückhielt,

brachte sie nur noch mehr gegen ihn auf. Aber er hatte es ja immer schon geschafft, sie zur Weißglut zu bringen. Ihr Hass aufeinander war durchaus gegenseitig.

Absichtlich langsam gab Con ihren Arm frei und trat einen Schritt zurück. »Stimmt, das hast du.«

»Rhi, warte«, sagte Banan, bevor sie sich aus dem Haus teleportieren konnte. »Was haben die Hellen herausgefunden über die Absichten der Dunklen?«

Sie schüttelte den Kopf und ballte die Hände zu Fäusten, um ja nicht die Stelle zu reiben, die Con berührt hatte. »Nicht mehr als das, was wir bereits wussten. Sie lieben es, Chaos und Verwüstung anzurichten. Ich weiß nicht, was ihr euch dabei gedacht habt, Kiril zum Spionieren nach Irland zu schicken, aber ich würde dafür sorgen, dass er nicht zu lange bleibt. Schon jetzt machen Gerüchte die Runde, dass sich ein Drachenkönig in Cork aufhält.«

»Wissen sie, dass es Kiril ist?«, fragte Con.

»Noch nicht. Aber er hat sich direkt unter sie begeben. Das könnte katastrophal enden.«

»Er ist ein Drachenkönig.«

Rhi bückte sich und staubte ihre Kampfstiefel ab. »Ja. Und wenn noch einer von deinen Königen von den Dunklen gefangen genommen wird? Was dann?«

»Ich werde dich nicht um Hilfe bitten, wenn das die Frage ist, die dich beschäftigt.«

Also das war der Con, den sie kannte und hasste. Rhi lachte, als sie sich straffte. »Das hast du auch beim ersten Mal nicht getan. Ich bin gegangen, weil es Kellan war, und den kann ich nun mal gut leiden.«

»Und das wissen wir zu schätzen«, sagte Banan, bevor Con antworten konnte.

Rhi wandte ihren Blick von Con ab und sah stattdessen Rhys, Laith, Ryder und Banan an. »Ich kann mich nicht blicken lassen in Cork. Informiert Kiril, dass er wahrscheinlich schon sehr bald enttarnt sein wird.«

»Wir brauchen alles, was er über die Dunklen in Erfahrung bringen kann«, sagte Laith.

»Also schickt ihr einen König mit einem schottischen Akzent mitten in Feengebiet? Das nenne ich wirklich smart«, sagte sie sarkastisch.

Rhys räusperte sich. »Wir konnten schließlich nicht auf Spione von eurer Seite warten.«

Rhi nahm ihm seine Bemerkung nicht übel. Es war die reine Wahrheit, dass keine der Hellen Feen die Tragweite der bisherigen Geschehnisse erkannt hatte. »Die Dunklen halten ihre Pläne bekanntermaßen geheim und innerhalb ihrer eigenen Reihen. Sie trauen niemandem, insbesondere nicht den Hellen. Und es ist ja nicht so, dass wir einfach irgendeinen Menschen als Spion losschicken könnten. Denn sobald ein Dunkler auch nur ein Auge auf den betreffenden Menschen werfen würde, würde der alles ausplaudern.«

»Wenn wir schon davon reden«, sagte Banan. »Ist es möglich, dass ein Mensch unbeeindruckt bleibt von einem Dunklen?«

Rhi musterte die Könige einen nach dem anderen. Irgendetwas verheimlichten sie ihr, und nach Cons finsterem Blick zu urteilen, war zu bezweifeln, dass sie in absehbarer Zeit erfahren würde, worum es dabei ging.

»Nein«, sagte sie. »Denae war der erste Mensch, bei dem ich es je erlebt habe. Wie ich schon Kellan sagte, kann ich mir nur vorstellen, dass es daran lag, dass er und Denae sich bereits geliebt hatten, bevor die Dunklen sie kidnappten.«

»Und was wäre, wenn ein Mensch wenig bis gar keinen Kontakt zu einem König gehabt hat?«, setzte Banan nach.

Rhi ging in Gedanken viele Jahrhunderte zurück. »Menschen können möglicherweise den Verführungskünsten einer Fee widerstehen, egal ob es eine Helle oder eine Dunkle ist. Einige haben es ein paar Sekunden lang geschafft, aber die Menschen geben letzten Endes immer der Lust nach, die einfach zu groß ist.«

Banan bückte sich, richtete einen der umgekippten Stühle wieder auf und stützte sich mit den Händen auf die Rückenlehne. »Was würdest du dazu sagen, wenn ich dir versichere, dass ich heute Zeuge geworden bin, wie ein Dunkler eine Menschenfrau angeschaut hat und sie trotzdem einfach weggegangen ist?«

»Ich würde sagen, dass er wahrscheinlich nicht sehr interessiert an ihr war, wenn er sie weggehen ließ.«

Banan schüttelte den Kopf. »Nein. Er war interessiert. Trotzdem ging sie weg.«

Rhi blickte hinunter auf die toten Sterblichen und bemerkte zum ersten Mal ihre Kleidung. Sie ähnelte der, die die Leute vom MI5 getragen hatten, die Denae verfolgt hatten.

Noch mehr Menschen in militärischer Kleidung. Dunkle Feen, die sich trauten, in die Nähe Dreagans zu gehen. Drachenkönige, die Sterbliche verhörten. Das alles konnte nur eins bedeuten: der Krieg rückte näher.

Sie begegnete Banans Blick. »Passt auf diese Frau auf, wer immer sie ist, weil dieser Dunkle nicht so leicht aufgeben wird, wenn er sie wirklich will.«

»Verdammt«, murmelte Ryder und marschierte aus dem Haus.

Banan presste die Lippen zusammen. »Genau das hatte ich mir schon gedacht.«

»Du kannst jetzt gehen«, sagte Con, der direkt hinter ihr stand.

Rhi wirbelte herum und musterte ihn mit hochgezogenen Brauen. »Hältst du es für möglich, dass du dich irgendwann mal nicht mehr wie ein hochkarätiges Arschloch aufführen wirst? Halt. Ich kenne die Antwort. Nein.«

Sie teleportierte sich lieber schnell aus dem Raum, bevor sie ihm seine blasierte Fresse polierte.

8

Sammi lief weiter, bis die Sonne langsam unterging. Mit zunehmender Dunkelheit erinnerte sie sich nur allzu lebhaft daran, warum sie keine Freiluftfanatikerin war.

Sie hasste Ungeziefer und all das Krabbelzeugs, das immer nachts herauszukommen und sein Unwesen zu treiben schien, abgrundtief. Und dazu noch all die unbekannten Geräusche, von denen sie nie wusste, welches Tier sie erzeugte und ob dieses sich auf sie stürzen würde, sobald sie die Augen schloss.

»Wenn du mich jetzt nur sehen könntest, Mum«, flüsterte sie, als sie sich hinhockte und gegen einen Baum lehnte.

Sie mochte ja ein hübsches, warmes Bett, fließendes Wasser und Toiletten bevorzugen, aber sie war bereit, ohne all das auszukommen, um am Leben zu bleiben.

Nicht einmal als Kind hatte sie sich im Dunklen gefürchtet, aber das änderte sich jetzt im Handumdrehen. Schon das leise Knacken eines Zweiges hinter ihr sorgte dafür, dass sie herumfuhr und in die immer dunkler werdenden Schatten starrte.

Die einzigen Geräusche, die sie identifizieren konnte, waren der Ruf einer Eule und das Bellen eines Fuchses, und selbst das erschien ihr hier draußen allein in der Wildnis und der Dunkelheit viel beängstigender als sonst.

Sammi öffnete ihre Tasche und holte eine Flasche Wasser und eine Tüte Brezeln heraus. Es war nicht gerade ein Gourmetmenü, aber es war etwas zu essen.

Das Knistern des Zellophans kam ihr ungewöhnlich laut vor und sorgte dafür, dass die Geräusche der nächtlichen Kreaturen für einen Moment total erstarben. Aber wenn sie geglaubt hatte, dass die Geräusche beängstigend waren, so war die Stille noch um einiges schrecklicher.

Sammi atmete erst dann erleichtert tief durch, als die Geräusche wieder einsetzten. Sie verzehrte ihre Brezeln und trank die Flasche Wasser halb leer, bevor ihr die Lider schwer wurden.

Obgleich sie wusste, dass sie wohl kaum viel Schlaf bekommen würde, machte sie es sich etwas bequemer an ihrem Baum und versuchte dann, sich ein wenig auszuruhen.

Cork, Irland

Kiril stand in dem Garten hinter seinem Haus und blickte hinauf in den Nachthimmel. Er sehnte sich danach zu fliegen, aber er wurde von den Dunklen Feen beobachtet. Sie hatten ihn im Verdacht, ein Drachenkönig zu sein.

Die meisten Dunklen Feen hatten keine Vorstellung davon, wie ein König in menschlicher Gestalt aussah, was ein Vorteil für ihn war. Andererseits hatten viele Dunkle ein paar der Könige in Drachengestalt gesehen während der Feenkriege.

Kiril hatte reichlich Dunkle getötet, und er war bereit, es

wieder zu tun. Die jüngsten Scharmützel hatten in ihm nur das Verlangen geweckt, weitere dieser widerlichen Scheusale zu töten.

An einer Dunklen Fee gab es absolut nichts Gutes. Sie machten Jagd auf alles und jedes ohne Rücksicht auf Verluste. Er hatte vor, dem Geschmeiß gründlich die Hölle heiß zu machen.

Er schwenkte die bernsteinfarbene Flüssigkeit in seinem Glas und atmete tief das würzige Aroma des Dreagan Scotch ein. Im Pub schaffte er es zwar, den einen oder anderen Irischen Scotch zu kippen, aber dem mangelte es einfach am Können und an der Liebe, die in jedem in Dreagan gebrannten Whisky steckte.

Kiril erstarrte, als er eine Bewegung zu seiner Rechten wahrnahm. Die Dunklen kamen seinem Haus jeden Tag ein wenig näher, wenn er gerade mal nicht da war. Heute waren sie bis zum Pool vorgedrungen. Er konnte ihren Gestank riechen. Doch wonach auch immer sie suchten – sie würden es nicht finden.

Es gab nämlich nichts, was sie finden könnten. Er hatte von vornherein sorgfältig darauf geachtet, dass sich nichts, was auch nur im Entferntesten an einen Drachen erinnerte, in seinem Haus befand. Er wusste nicht, wie lange er noch durchhalten musste und sich nicht verwandeln durfte, aber er hoffte sehr, dass es nicht mehr zu lange wäre.

Schon jetzt war er begierig darauf, sich in den Himmel zu erheben und sich von den Luftströmungen tragen zu lassen. Aber seine Freunde zählten auf ihn. Der Zusammenschluss von Menschen und Dunklen war ein ausreichender Grund, um zu riskieren, dass er von den Dunklen gefangen genommen wurde.

Um die Sache noch schlimmer zu machen, hatte Banan ihn über ihre mentale Verbindung informiert, dass Sammi in Schwierigkeiten steckte. Kiril hatte Janes Schwester nie kennengelernt, aber das hieß nicht, dass er nicht alles tun würde, um Banan zu helfen.

Kiril trank einen Schluck Whisky und ließ sich auf einen der Korbstühle auf der Terrasse sinken. Er streckte seine Beine vor sich aus und schlug sie an den Fußknöcheln übereinander.

Wenn er herausfinden könnte, welchen Vorteil sich die Dunklen Feen von ihrer Verbindung mit den Menschen und dem Feind der Könige versprachen, wüsste er, um wen es sich bei diesem handelte.

Kiril hoffte, dass es nicht Ulrik war, denn sollte es der verbannte König sein, würde es für Ulrik in Zukunft nur noch eines geben: den Tod.

Tristan war erstaunt, dass Sammi so schnell einschlief, weil er gerade noch mitbekommen hatte, wie schreckhaft sie auf die Geräusche der Natur um sie herum reagierte.

Er ging näher an sie heran und platzierte sich so, dass er sowohl sie als auch jeden potenziellen Feind im Blick hatte, der ihr möglicherweise gefolgt war. Er hatte, als sie ihre Flucht unterbrochen und Rast gemacht hatte, das gesamte Gelände um sie herum in weitem Bogen abgesucht und nichts Alarmierendes entdeckt. Jedenfalls für den Moment.

Tristan riskierte es, sie so lange wie möglich zu beobachten, bevor er schließlich aufstand und seine Kleidung ablegte. Er faltete die Sachen fein säuberlich zusammen und versteckte sie zwischen ein paar Farnen, bevor er losrannte, in die Luft sprang und Drachengestalt annahm.

Ihm blieb einfach keine andere Wahl. Bliebe er in ihrer Nähe, würde er etwas Dummes anstellen, wie zum Beispiel versuchen, ihr noch näher zu kommen, sie noch einmal anzufassen. Er verstand sein zunehmendes – und überwältigendes – Bedürfnis, ihre seidige Haut zu berühren, immer noch nicht.

Mit zwei Schlägen seiner gigantischen Schwingen war er hoch über den Bergen. Tristan überflog kreisend den ganzen Weg, den Sammi gegangen war, suchte mit seinen scharfen Drachenaugen das Gelände ab. Er war einerseits erleichtert, dass niemand ihr gefolgt war, andererseits nervös und angespannt und hätte seine ständig größer werdende Frustration gern abreagiert.

Ihm war klar, dass die Ursache dieser Frustration in einer hinreißenden, rotblonden, blauäugigen Versuchung lag, die in sein Leben getreten war. Sie war ein verlockender Reiz, eine zwanghafte Einladung.

Eine quälende Aufforderung.

Eine, vor der er gewarnt worden war.

Auch ein schnelles Hinweggleiten über die Ortschaft offenbarte ihm nichts Ungewöhnliches. Dabei ließ er es bewenden, legte sich in die Kurve und machte eine Kehrtwendung, drehte um und machte sich auf den Rückflug zu Sammi.

Es war nicht so, dass Tristan Banan seine Warnung, auf Distanz zu bleiben, übel nahm. Tristan hätte möglicherweise das Gleiche getan, wenn er eine Schwester gehabt hätte. Doch wie konnte er jemand so Betörendem, so Faszinierendem wie Sammi fernbleiben?

Sie ging ihm nicht mehr aus dem Kopf, seit er sie das erste Mal gesehen hatte. Sein Körper hatte spontan und schnell reagiert. Als würde er Sammi irgendwie erkennen.

Tristan schüttelte den Kopf über sich selbst. Dies war jetzt nicht der richtige Zeitpunkt, um sich in den schönsten Farben auszumalen, wie es wäre, mit Sammi zu schlafen, wo sie doch in einer derartigen Gefahr schwebte.

Zu seinem Verdruss fiel ihm unmittelbar darauf Ian ein. Von einem Problem zum anderen. Tristan zwang sich, nicht mehr an den Zwillingsbruder zu denken, den er angeblich hatte, und konzentrierte sich stattdessen auf die aktuellen Probleme.

Er hatte eigentlich damit gerechnet, dass Banan sich inzwischen gemeldet hätte. Dass es Informationen gab von den drei Männern, die sie geschnappt hatten. Tristan wollte jedenfalls nicht noch länger warten. Er benutzte die mentale Verbindung, die alle Drachenkönige teilten, und kontaktierte Banan.

»*Was habt ihr herausgefunden?*«, fragte er.

Banans Seufzer war laut und vernehmlich zu hören, sogar durch ihre mentale Verbindung. »*Nichts Gutes.*«

»*Spuck's einfach aus.*«

»*Wir wissen jetzt nicht mehr als vorher.*«

»*Es fällt mir schwer, das zu glauben. Verhört ihr sie immer noch?*«

Das Schweigen war ohrenbetäubend. Als Banan schließlich antwortete, lag in seiner Stimme ein wütender, ungeduldiger Unterton, der Tristan nur zu vertraut war. »*Wir waren kurz davor, den Namen des Drahtziehers zu erfahren, aber just in dem Moment, als einer der Menschen ihn aussprechen wollte, tauchten plötzlich Dunkle Feen auf.*«

Tristan war so schockiert, dass er beinahe nicht rechtzeitig steil emporgestiegen wäre, um zwischen zwei Bergen hindurchzugleiten. »*Woher wussten sie, wo ihr wart?*«

»Das ist eine sehr gute Frage. Sie wussten jedenfalls genau, wo wir waren.«

Tristan flog höher, während er die ganze Zeit über das Gebiet, in dem Sammi sich aufhielt, im Auge behielt. *»Ich hatte ein schlechtes Gefühl, seit ich diesen verdammten Dunklen gesehen hatte. Jetzt wissen wir, dass diese sogenannte Mafia, die Sammi verfolgt, mit zu der Gruppe gehört, die auch für die Aufregung mit Denae und dem MI5 gesorgt hat.«*

»Fest steht jedenfalls, dass sich der Drahtzieher, der hinter all dem steckt, erfolgreich sowohl der Dunklen als auch der Menschen bedient.«

»Glaubst du immer noch, dass es sich bei ihm um Ulrik handelt?«

Banan schnaubte. *»Wer sonst sollte einen Drachen in eine Kugel ätzen? Es war ein Hinweis für uns.«*

»Ich weiß, dass ich noch neu bei den Drachenkönigen bin, aber willst du mir damit sagen, dass das unsere einzigen Feinde sind, die ein Interesse daran haben, uns zu entlarven?«

»Du hast ja recht, aber es gibt zu viele Indizien, die darauf hinweisen, dass nur Ulrik es wissen konnte und dafür infrage kommt.«

Tristan war noch nicht ganz bereit, Ulrik die volle Verantwortung für alles anzulasten. Erstens war er dem König noch nie begegnet. Und zweitens hatte er immer nur irgendwelche sehr subjektiven Erzählungen über ihn gehört. Wenn Kellan und Denae nach ihrer Hochzeitsreise zurückkehrten nach Dreagan, könnte ihn Kellan vielleicht über das, was bisher geschehen war, aufklären, da Kellan die Geschichte der Drachen festhielt, ohne Partei zu ergreifen.

»Da ist noch etwas«, sagte Banan schließlich.

Tristan wusste auf der Stelle, dass ihm nicht gefallen würde, was Banan zu sagen hatte. *»Was denn?«*

»Rhi war hier. Ich habe sie nach Sammis Reaktion auf den Dunklen in dem Café in dem Ort befragt. Rhi hatte – abgesehen von Denae – noch nie von einem Menschen gehört, der einer Fee widerstanden hat. Aber ihrer Meinung nach würde ein Dunkler, der erfolglos versucht hat, eine Menschenfrau zu verführen, diese wahrscheinlich nicht in Ruhe lassen, sondern sie so lange verfolgen, bis sie ihm verfällt.«

»Das ist nicht das, was ich hören wollte, Banan.«

»Ich auch nicht. Wie geht es Sammi?«

Tristan glitt über die Baumwipfel und verscheuchte einen Fuchs, der auf sie zuschlich. *»Sie schläft jetzt. Sie glaubt, dass sie allein ist, und ich möchte, dass es so bleibt. Sie war klug genug, sich Essen und Wasser zu kaufen, während sie in dem Laden war, aber ich glaube nicht, dass ihr Vorrat lange reichen wird.«*

»Diejenigen, die hinter uns her sind, wissen, dass wir von ihnen wissen.«

»Was bedeutet, dass sie sie verfolgen.«

»Und sie wissen, dass du sie beschützt. Die Dunklen werden wahrscheinlich mit ihnen kommen. Du solltest nicht allein dort draußen sein.«

Dem konnte Tristan nur aus ganzem Herzen beipflichten. Er wollte zwar derjenige sein, der über Sammi wachte, aber die Wahrheit war, dass die Dunklen ihm zahlenmäßig bei Weitem überlegen sein und sie gefangen nehmen könnten.

Er hatte genau gesehen, was die Dunklen einer Frau antun konnten. Denae hatte Glück gehabt, irgendwie immun gegen die Dunklen zu sein, aber Sammi würde nicht so viel Glück haben.

»Es ist vielleicht trotzdem am besten so, bis ich sie irgendwie überzeugen kann, nach Dreagan zurückzukehren.«

»Wenn du das schaffst, ist dir die ewige Dankbarkeit meiner Gefährtin gewiss.«

»Es wird schwierig werden, wenn ich es überhaupt schaffe. Ich muss sie überzeugen, dass ich ganz zufällig über sie gestolpert bin.«

Banan lachte trocken. *»Na, dann viel Glück.«* Gleich darauf war er wieder todernst, als er fortfuhr: *»Bleib wachsam, weil sie bestimmt hinter ihr her sind.«*

»Sie sollen es nur versuchen.«

Die Verbindung brach ab, aber jetzt hatte er jede Menge Stoff zum Nachdenken. Tristan verharrte eine weitere Stunde in Drachengestalt, bevor er es nicht mehr aushielt und wieder Sammis Nähe suchte. Die Vorstellung, dass eine Dunkle Fee sie finden würde, machte ihn unglaublich nervös.

Er ging in Sinkflug über und nahm kurz vor seiner Landung wieder menschliche Gestalt an. Mit angewinkelten Beinen traf er auf dem Boden auf. Dann verhielt er sich still, während sein Blick die nähere Umgebung nach irgendwelchen Zeichen von Gefahr absuchte.

Erst als er sicher war, dass es keine gab, richtete er sich auf und betrachtete Sammi. Ihr Kopf war zur Seite gesunken, und ihre Lippen hatten sich leicht geöffnet, während sie, an den Baum angelehnt, schlief.

Tristan schlich leise zu ihr. Er untersagte es sich, ihr zu nahe zu kommen, aber im nächsten Augenblick war er schon dicht neben ihr.

Er konnte seinen Blick nicht von ihr abwenden. Ihr wunderbares rotblondes Haar war einfach zu verführerisch, um sie nicht berühren zu wollen. Obgleich er wusste, dass er es lassen sollte, nahm Tristan eine der dicken welligen Strähnen zwischen seine Finger. Näher durfte er ihr auf keinen Fall kommen. Und das nicht nur, weil sie Banans Schwägerin war, sondern irgendwie wusste Tristan, dass Sammi anders war als alle Frauen, denen er bisher begegnet war.

Plötzlich befand er sich in einem dunklen, nasskalten Gefängnis, wo er mit geballten Fäusten an eine Felswand gekauert hockte. In seinem Kopf vernahm er eine tiefe, widerhallende Stimme, die von ihm verlangte zu töten, ihn aufforderte, die Erde mit Blut zu bedecken.

»Ganz ruhig, Bruder.«

Er blickte auf und schaute in ein Gesicht, das wie sein eigenes aussah.

»Alles wird gut.«

Die Worte hallten noch in seinem Kopf, als Tristan blinzelte, sich erneut neben Sammi wiederfand und ihre Haare zwischen seinen Fingern hielt. Das war das zweite Mal, dass er Sammi berührt hatte, und das zweite Mal, dass irgendeine Erinnerung ihn so überfiel.

Lag vielleicht irgendeine tiefere Bedeutung hinter seinen unterdrückten Erinnerungen?

Tristan schüttelte den Kopf und ließ seinen Arm sinken, während er zurücktrat. Dies war jetzt nicht der richtige Zeitpunkt, um über solche Dinge nachzudenken. Sammi war in Gefahr, und das nicht nur durch die Mafia. Die Dunklen Feen waren höchstwahrscheinlich ebenfalls hinter ihr her.

Er könnte wirklich bis in alle Ewigkeit ohne weitere Begegnungen mit Dunklen auskommen. Sie waren ruchlose, widerliche Wesen, die vor nichts zurückschreckten, nur um zu bekommen, was sie wollten.

Die Tatsache, dass niemand wusste, was sie wollten, machte sie alle in Dreagan so nervös und reizbar. Die Dunklen konnten überall zu jeder Zeit angreifen.

Und dann war da noch der unbekannte Feind der Könige.

Das war es, was Tristan Sorgen machte. Einen Feind nicht zu kennen bedeutete, dass man sich nicht vorbereiten konnte. Und das führte gewöhnlich dazu, dass jemand verletzt wurde. Oder, noch schlimmer, getötet.

Sein Blick wanderte wieder zu Sammi. Banan war sich so sicher, dass es Ulrik war, aber das erschien ihm beinahe zu einfach. Andererseits würde Ulrik als Drachenkönig über jeden ihrer Schritte Bescheid wissen.

Tristan richtete sich lieber auf, bevor er Sammi in seine Arme ziehen und sich gierig über ihre Lippen hermachen konnte. Das war etwas, was er sich sehnlichst wünschte, um herauszufinden, wie sie schmeckte, um zu erleben, wie es sich anfühlte, sie an sich zu pressen.

Ihre Kurven hatten etwas sehr Sinnliches an sich, was absolut natürlich wirkte und bei ihm eine sehr ursprüngliche, sehr körperliche Reaktion hervorrief.

Er musste sich bewegen, musste etwas von seiner Energie loswerden, von dem dringenden Bedürfnis, zu kämpfen. Mit langen Schritten suchte er das Gebiet nach möglichen Angreifern ab, behielt Sammi dabei aber ständig im Auge.

9

Sammi schreckte hoch und war entsetzt, dass sie tatsächlich sechs Stunden geschlafen hatte, ohne auch nur einmal zwischendurch wach zu werden. Das Glück musste auf ihrer Seite gewesen sein, denn schließlich hätte einfach jeder sich an sie heranschleichen und sie töten können.

Sie fasste sich an den Nacken, der ihr bei dem Versuch, sich zu bewegen, plötzlich wehtat. Sie hatte einen steifen Hals bekommen. Genau das, was sie dringend brauchte. Sammi stand auf und fing an, ihren verspannten Körper zu dehnen.

Während ihrer Lockerungsübungen, mit deren Hilfe sie ihre Steifheit nach und nach abschüttelte, betrachtete sie die unermessliche Schönheit der Berge, die sie umgab. Sie war so sehr bestrebt gewesen, sich so weit wie möglich von der Ortschaft zu entfernen, dass sie gar nicht bemerkt hatte, wie weit hinauf sie schon gelangt war.

Sie hatte Glück, dass der Berg, auf dem sie sich befand, bewaldet war, aber damit würde es bald ein Ende haben. Sammi mochte nicht darüber nachdenken, was danach passieren würde. Sie würde die Dinge Stück für Stück angehen.

Ein Blick auf ihre Armbanduhr sagte ihr, dass es fünf Uhr morgens war, aber immerhin sorgte das Sonnenlicht dafür, dass die Schatten verschwanden. Sammi wurde der Mund wässrig bei dem Gedanken an das Frühstück, das Jane ihr gebracht hatte, als sie in Dreagan war.

Aber es war nicht nur das Essen, das in ihr den Wunsch weckte, dorthin zurückzukehren. Da war auch noch Tristan. Die Art, wie er sie mit seinen dunklen Augen angesehen hatte, seine tiefe Stimme – alles an ihm hatte dafür gesorgt, dass sie innerlich erbebte.

Für einen Moment hatte sie sich absolut sicher gefühlt bei Tristan. Er hatte ihre Probleme und Sorgen vertrieben. Es war, als ob allein seine Anwesenheit ihr das Gewicht von den Schultern genommen hätte.

Sie wusste, wie albern das klang. Tristan hatte getan, was jeder andere auch getan hätte. Er hatte ihre Wunde versorgt und versucht, sie zu beruhigen.

Und hier stand sie und dachte daran, wie gut er aussah. Dabei hielt er sie höchstwahrscheinlich für verrückt. Bei dem Gedanken kniff Sammi kurz ihre Augen fest zu. Sowieso sollte sie lieber nicht an Tristan denken. Er war in Dreagan.

Und sie war auf sich allein gestellt.

Mal wieder.

Sammi schob jedes weitere Nachgrübeln über dieses düstere Thema beiseite oder versuchte es zumindest. In ihrem bisherigen Leben hatte es ja immer nur ihre Mutter und sie gegeben. Sie war stolz auf ihre Unabhängigkeit, hatte es aber immer für selbstverständlich gehalten, dass ihre Mutter für sie da war. Und dann war sie plötzlich nicht mehr da gewesen.

Der Schmerz, ihre Mutter verloren zu haben, hatte sie völlig aus der Bahn geworfen. Er war der Grund dafür gewesen, dass sie auf Distanz zu Jane und jedem anderen geblieben war. Sammi hatte immer wieder Erklärungen dafür gehabt, warum keine ihrer Beziehungen funktionierte, aber die Wahrheit war, dass sie es nicht wagte, noch einmal jemanden so nah an sich herankommen zu lassen.

Der Tod war ein Teil des Lebens, und sie hatte sich immer für eine starke Person gehalten. Bis sie ihre Mutter begraben musste. Die spätabendlichen Telefongespräche, in denen sie sich ausgeweint hatte über einen Typen oder mit ihrer Mutter gelacht hatte über die Katastrophen eines ersten Dates, würde es nie wieder geben.

Auch keine weiteren Shopping-Trips, keinen gemeinsamen Sonntags-Brunch oder die berühmten Scones ihrer Mutter.

Sammi verschränkte die Arme vor ihrem Bauch und krümmte sich. Inzwischen waren Jahre vergangen, aber der Schmerz, ihre Mutter verloren zu haben, war immer noch so frisch wie an dem Tag, an dem es passiert war.

Sie verharrte in dieser Stellung, bis der Schmerz etwas nachgelassen hatte und sie wieder durchatmen konnte. Als sie sich aufrichtete, griff sie nach ihrer Tasche und holte die Flasche Wasser heraus. Sie richtete ihren Blick auf den vor ihr liegenden Abschnitt des Berges, den Weg, den sie in Angriff nehmen musste. Vor ihr war dichter Nebel, der verhinderte, dass sie viel sehen konnte.

Nachdem sie das restliche Wasser getrunken hatte, verstaute Sammi die leere Flasche wieder in ihrer Tasche und machte sich an den Aufstieg. Ihre Beine protestierten, aber sie ging weiter, denn welche andere Wahl hatte sie schon?

Sammi war erst ungefähr zwanzig Meter weiter gekommen, als sie den Nebel erreichte. Er war dick und hüllte sie ein. Er bewegte sich wie aus eigenem Antrieb, so als wäre er lebendig.

»Das ist totaler Schwachsinn«, sagte sie laut.

Aber sie war sich nicht sicher, ob es wirklich Schwachsinn war. Der Nebel bewegte sich und schien geradezu zu atmen, fast als wäre er ein lebendes Wesen. Sammi bekam eine Gänsehaut, die nichts mit der morgendlichen Kühle und Feuchtigkeit tun hatte, sondern nur mit der Unheimlichkeit des Nebels.

Sie atmete zittrig aus. Tief in ihrem Herzen wusste sie, dass da irgendetwas in dem Nebel bei ihr war. Ihr Blut gefror zu Eis, und ihr Herz klopfte wie wild.

Sammi ballte ihre Hände zu Fäusten, um ihr Zittern zu unterbinden, und drehte sich langsam um. Sie wollte den Weg zurückzugehen, den sie gekommen war, aber der Nebel hatte den Pfad verschlungen. Er war jetzt so dicht, dass sie nicht einmal mehr den Baum erkennen konnte, an dem sie gerade vorbeigekommen war.

Der Nebel schlängelte sich um ihre Beine, sodass sie zurücksprang und prompt über die langen Blätter eines Farns fiel. Sammi stürzte zu Boden, prellte sich Rücken und Hinterteil und stöhnte. Sie rollte sich auf die Seite, und der Nebel verzog sich, sodass sie die dicke Kiefernnadelschicht auf dem Boden erkennen konnte.

Sie schalt sich im Stillen und holte mehrmals tief Luft, um ihr heftig klopfendes Herz zu beruhigen. Dann kam sie wieder auf die Füße. Sie brauchte eine volle Minute, um zu entscheiden, welchen Weg sie einschlagen musste, um höher hinauf zu gelangen.

Dann marschierte sie los, entschlossen, sich nicht von so etwas Trivialem wie Nebel verschrecken zu lassen. Nebel senkte sich jeden Tag von den Bergen herab. Er war nichts Lebendiges.

Genau, richtig.

Sie ignorierte ihre Wahrnehmung und ging weiter. Ohne den genauen Weg vor sich zu erkennen, konzentrierte sie sich auf das, was unmittelbar vor ihr lag. Sie ging langsamer, und sie stolperte nicht annähernd so häufig, wie sie es noch am Vortag getan hatte.

Nach drei Stunden machte Sammi auf einem kleinen Felsen Halt, um sich auszuruhen. Der Nebel hatte sich nicht gelichtet, und sie fing an zu bezweifeln, dass er das noch tun würde. Er war einfach zu dicht. Undurchdringlich, sogar in dem zunehmenden Sonnenlicht, das ihn normalerweise vertrieb.

Sammi aß einen Müsliriegel, und das Geräusch war so laut wie ein Pistolenschuss in der Stille des Nebels, die an ihren Nerven zerrte. Sobald sie den Riegel aufgegessen hatte, stopfte sie die leere Verpackung zurück in ihre Tasche und war wieder auf den Beinen. Sie musste unbedingt diesen Nebel hinter sich bringen.

Je weiter hoch sie allerdings kam, desto weniger Bäume gab es, bis es schließlich gar keine mehr gab. Riesige Felsen und Gesteinsbrocken nahmen den Platz der Bäume ein, und seltsamerweise war Sammi jetzt dankbar dafür, dass der Nebel da war, der sie verbarg. Ohne die Bäume hätte sie sich sonst zu angreifbar gefühlt.

Viele der kleineren Steine auf dem Weg waren lose und rollten ihr unter den Füßen weg, und zweimal verdrehte sie sich fast den Knöchel, als sie mit dem Fuß auf Steinen von der Größe eines Softballs ausrutschte.

Es dauerte nicht lange, bis die Felsen in der Landschaft zu

ihrem Hauptproblem wurden. Plötzlich war sie umzingelt von lauter Felsbrocken, an denen sie sich quasi vorbeiquetschen musste, um überhaupt vorwärtszukommen. Der Pfad wurde zunehmend schmaler, und ihr blieb irgendwann keine andere Wahl, als einen Felsen, der vor ihr lag, zu umrunden.

Sammi dachte sich nichts weiter dabei, bis der Nebel sich zurückzog und sie die schmale, nur ungefähr fünfzehn Zentimeter breite Kante sah, auf der sie stand. Starr vor Angst hielt sie inne und sammelte sich, bevor sie den weiteren Weg in Angriff nahm. Zentimeter für Zentimeter versuchte Sammi, das schmale Sims hinter sich zu bringen.

Aber obgleich sie sich ganz langsam und vorsichtig bewegte, rutschte sie immer wieder fast aus. Sie suchte Halt an dem Felsen, entschlossen, ihn hinter sich zu bringen. Quälend langsam bewegte sie sich an dem Felsbrocken entlang.

Je weiter sie kam, desto zuversichtlicher wurde sie. Aber das nahm ihr nichts von ihrer Angst. Sie wusste genau, was sich unter ihr befand: absolut nichts.

Wenn sie fiel, war sie tot.

Sammi hatte es halb um den Felsbrocken geschafft, als eine ihrer Hände, die schweißnass waren vor Angst, abrutschte. Aber statt haltzumachen und sich die Hände zu trocknen, beschloss sie, weiterzugehen. Sie war so kurz davor, das Sims hinter sich zu bringen, dass sie glaubte, es schaffen zu können.

Das war ein fataler Fehler, denn ihr Fuß rutschte von dem Sims ab, und sie konnte sich nicht mit den Händen an dem Felsen festklammern.

Ihr Schrei blieb ihr in der Kehle stecken, als sie spürte, wie sie rückwärts fiel. Sie ruderte mit den Armen und hielt hektisch nach etwas Ausschau, was ihr Halt bot. Luft rauschte an ihr vorbei, während der Felsen vor ihren Augen kleiner und kleiner wurde.

Sammi wusste, dass sie eines entsetzlichen Todes sterben würde, aber der Schrei steckte immer noch in ihrem Hals fest. Statt zu schreien, schloss sie ganz fest die Augen und driftete in Gedanken zu ihrer Schwester. Und von ihr weiter zu dem Bedauern darüber, Tristan nicht geküsst zu haben, obwohl sie es schrecklich gern getan hätte.

Plötzlich wurde sie von etwas gepackt, hielt etwas ihren Fall auf. Aber da war kein Schmerz, kein grelles weißes Licht, das sie in den Himmel rief. Dennoch fühlte es sich so an, als würde sie hochgehoben.

Zögernd öffnete Sammi die Augen und sah eine gigantische Gliedmaße, bedeckt mit bernsteinfarbenen Schuppen, die sie umfasste. Bernsteinfarbene Schuppen?

Sie hob den Kopf und sah die enormen Flügel. Sie schloss die Augen wieder und kniff sich in den Arm, während ihr das Blut in den Ohren rauschte. Es tat weh, was bedeutete, dass sie nicht tot war oder träumte.

Sammi hielt sich an der Klaue fest, als sie die Augen öffnete und erneut aufblickte, nur um festzustellen, dass sie auf die Unterseite eines Drachen blickte. Sie ließ ihren Blick vom Kopf des Drachen bis zu seiner Schwanzspitze wandern.

Drachen gab es nicht wirklich. Sie musste sich den Kopf gestoßen haben oder etwas dergleichen, weil es absolut unmöglich war, dass ein Drache sie vor dem sicheren Tod gerettet hatte.

Sie konnte ihren Blick nicht abwenden von den Schwingen und den glitzernden bernsteinfarbenen Schuppen, die im Sonnenlicht glänzten wie frisch poliert. In dem Moment bemerkte sie, dass die Schuppen unter ihrer Hand warm, aber fest waren.

Sammi biss sich auf die Lippe, als der Drache plötzlich auf einem nebelverhüllten Berg landete und sie sanft auf dem Boden absetzte. Nicht ein einziges Mal ritzten seine riesigen Krallen ihre Haut, als die Pranke sich öffnete und sie freigab.

Sie stolperte zurück, während sie hochblickte zu ihm. Müsste sie sich nicht eigentlich fürchten vor so einem Wesen, einem Wesen, das ihr gerade das Leben gerettet hatte? Sammi war sich nicht sicher, was sie für den Drachen empfand. Müsste sie ihm nicht danken?

Die apfelgrünen Augen des Drachen musterten sie kurz, bevor er sich seitlich wegkippen ließ und fiel.

Sammi trat an die Felskante und sah, wie der Drache seine Flügel spreizte und aus der Tiefe wieder aufstieg, um anschließend in den Wolken zu verschwinden.

Als sie endlich wieder in der Lage war zu schlucken, umgab sie erneut der Nebel. Sie wich ein Stück zurück, ihre Knie gaben nach, und sie sackte auf der Erde zusammen.

»Was zum Teufel ist hier gerade passiert?«

Sie kniff sich erneut mehrfach, um ganz sicher zu sein, dass sie tatsächlich wach war. »Das kann nicht sein. Drachen existieren nicht.«

Tristan atmete erleichtert aus, als er wieder hoch oben in den Wolken war. Zu Tode erschrocken und von reinem Entsetzen gepackt, hatte sein Herzschlag kurz ausgesetzt, als er Sammi stürzen sah. Er hatte befürchtet, nicht rechtzeitig bei ihr zu sein. Er war bereits auf dem Weg zu ihr gewesen, als er gesehen hatte, wie sie versuchte, um den Felsbrocken zu klettern, aber dann war sie ausgerutscht.

Das Entsetzen, das ihn ergriffen hatte, war gewaltig. Sie hatte nicht einmal geschrien. Sie war einfach mit geschlossenen Augen gefallen. Sogar jetzt noch konnte er sein eigenes Herz heftig und ungleichmäßig schlagen hören.

Wenn er nicht so beschäftigt gewesen wäre mit dem Nebel, hätte er vielleicht rechtzeitig mitbekommen, was sie vorhatte, und sie von dem Versuch, um den Felsbrocken herumzugehen, abgehalten.

Aber immerhin war sie jetzt in Sicherheit. Es war zwar nicht das Klügste gewesen, zuzulassen, dass sie ihn sah, aber ihm war wirklich keine andere Möglichkeit geblieben. Er hatte keine Zeit gehabt, etwas anderes zu tun, als sie in der Luft aufzufangen.

Die Art und Weise, wie sie ihn angesehen hatte, mit dieser Mischung aus Überraschung, Furcht und Neugier, erweckte in ihm den Wunsch, ihr zu versichern, dass er ihr nichts zuleide tun würde. Aber um das zu tun, müsste er menschliche Gestalt annehmen und würde ihr dadurch verraten, was er war.

Also das war keine Option.

Er kreiste über ihr, bewegte sich innerhalb einer Wolke, sodass er sie sehen konnte. Es war kinderleicht, die Wolken nach Belieben hin und her zu schieben, und genau das tat er, während er beobachtete, dass der Nebel um Sammi herum wieder dichter wurde.

Etwas oder jemand hatte den Nebel hervorgerufen, und das war nicht er gewesen. Wenn er sich nicht täuschte, bot der Nebel Sammi genauso Schutz, wie der Wald es getan hatte. Aber es konnte ebenso gut ein Trick der Dunklen Feen sein, die sie genau das glauben machen wollten.

Tristan hätte gern seiner Wut Luft gemacht und laut gebrüllt, traute sich aber nicht. Das war nur zulässig bei Gewitter. Und er wünschte sich, dass er schon ein Drachenkönig gewesen wäre, als diese noch über das Land herrschten, fliegen konnten, wann immer sie wollten, brüllen durften, wann immer ihnen danach war.

Er fühlte sich irgendwie eingesperrt, wie in einer Falle. So wie er sich in dem Berg gefühlt hatte. Er wusste nicht, welcher Berg es gewesen war. Er wusste nur, dass er gefangen gehalten worden war, tief in einem Berg, von etwas Bösem.

Grollend verdrängte Tristan die Gedanken daran. Er würde sich später damit beschäftigen. Im Augenblick brauchte Sammi ihn.

Wie sehr er sich wünschte, mit ihr reden und ihr sagen zu können, dass sie besser acht geben musste! Mehr nachdenken musste. Sie dachte überhaupt nicht nach, reagierte nur auf auftretende Probleme.

Man hatte sie fast mit ihrem Pub in die Luft gesprengt. Bei ihrem Fluchtversuch wäre sie beinahe erschossen worden. Und jetzt war ihre Naht wieder aufgeplatzt, und ihre Wunde blutete erneut.

Doch er konnte sich ihr jetzt überhaupt nicht mehr nähern. Sie hatte ihn gesehen, und zwar in Drachengestalt. Es gab absolut keine Möglichkeit, wie er ihr das erklären könnte.

Er konnte sie jetzt nur von oben beobachten und Banan informieren, wo sie sich aufhielt, damit der sie abholen konnte. Er selbst würde so lange in den Wolken verharren und um jeden Preis außer Sichtweite bleiben.

Sobald die Quälerei für sie ein Ende hatte, würde sie glauben, dass sie sich alles nur eingebildet hatte. Oder zumindest hoffte er das.

Die Art, wie sie ihn angeblickt hatte mit ihren graublauen

Augen, war ihm durch und durch gegangen. Auf der Stelle hatte ihn heftiges Verlangen gepackt.

Er stöhnte, als er sich daran erinnerte, wie sie seine Schuppen gestreichelt hatte. Es war, als hätte sie seinen Penis liebkost, da das Verlangen durch seinen Körper direkt in seinen Schwanz geschossen war. Er hatte sie schon zuvor begehrt.

Jetzt sehnte er sich nach ihr mit einer Wildheit, die sein Blut zum Kochen brachte.

10

Sammi blickte immer wieder hoch zum Himmel, den sie nach irgendeinem Anzeichen des Drachen absuchte. Während der nächsten zwei Stunden entdeckte sie allerdings absolut nichts, und sie fing langsam an zu glauben, dass sie sich alles nur eingebildet hatte.

Wäre da nicht der Kratzer innen an der Hand gewesen, mit der sie versucht hatte, sich an dem Felsen festzuklammern.

Es war passiert. Sie war gefallen und von einem Drachen gerettet worden. Sie war schließlich nicht verrückt und weigerte sich auch beharrlich, diese Möglichkeit in Erwägung zu ziehen oder weiter in diese Richtung zu denken. Sonst würde sie vielleicht tatsächlich ausflippen.

Stattdessen erinnerte sie sich lieber an das Vorbeirauschen des Windes und wie er ihr bei ihrem Fall die Haare ins Gesicht geweht hatte. Sie wusste genau, dass sie mitten in der Luft aufgefangen und vorsichtig gehalten worden war. Und sie hatte … in der Pranke eines Drachen gelegen.

Seine Klauen – alle fünf – hatten sich sanft um sie geschlossen. Wieso hatte sie das vergessen? Sie würde nie seine

Wärme vergessen oder die Stabilität seiner Schuppen. Oder seine Farbe.

Bernstein.

Sie hätte absolut nicht sagen können, wieso sie wusste, dass es ein männlicher Drache war, aber sie wusste es definitiv. Seine leuchtend grünen Augen hatten sie besorgt angeblickt.

Sammi blieb stehen. Da war etwas an diesen Drachenaugen. Etwas, was ihr bekannt vorkam. Beinahe, als hätte sie ihn schon einmal gesehen. Lag es vielleicht daran, dass sich die Angst, die sie anfänglich empfunden hatte, so schnell gelegt hatte?

Kurz bevor sie ihre Wanderung fortsetzen und weitergehen wollte, vernahm sie das laute Geräusch, das sie als das Schlagen seiner Drachenschwingen im Flug wiedererkannte.

Sie blickte hinauf in den Himmel, konnte aber meilenweit nichts anderes sehen als Wolken. Die Wolken bewegten sich schnell, sahen aber nicht so aus, als würden sie sich in nächster Zeit auflösen.

Sammi rückte ihre Tasche zurecht und nahm ihren Weg wieder auf. Der Drache war in der Nähe. Das wusste sie so sicher, wie sie wusste, dass ihre Mutter gestorben war. Und sie wusste auch, dass sie irgendwann wieder einen flüchtigen Blick auf dieses prachtvolle Geschöpft erhaschen würde, wenn sie nur geduldig genug wäre.

Der Rest des Nachmittags verging, ohne dass sie einen weiteren Laut von dem Drachen hörte. Sie beschloss, es für den Tag genug sein zu lassen mit dem Klettern, als sie auf einen größeren Felsüberhang stieß. Dieser würde ihr ausreichend Schutz bieten, sollte es anfangen zu regnen während der Nacht, wie es häufig der Fall war im Gebirge.

Sie aß den einzigen Apfel auf, den sie bei sich hatte, und dann fiel ihr auf, dass sie leider ihre letzte Flasche Wasser ausgetrunken hatte im Laufe des Tages.

Sammi seufzte und stand wieder auf. Sie hatte Wasser plätschern hören auf ihrem Weg. Es konnte nicht weit weg sein. Wenn sich der Nebel lichten würde, würde sie es wahrscheinlich leicht finden.

Da sie nicht wollte, dass sie sich wieder im Kreis bewegte, durchwühlte sie ihre Tasche, holte die Farbkreide heraus, die sie zum Schreiben auf ihrer Schiefertafel im Pub benutzt hatte, und markierte Felsen und Bäume mit einem großen X für den Rückweg.

Sie folgte dem Geräusch des Wassers und fand es überraschenderweise problemlos.

»Wenn nur alles so einfach wäre«, murmelte sie, während sie neben dem Wasser in die Hocke ging.

Über ihr stürzte ein vier Meter hoher Wasserfall über Dutzende von Felsen in einen Fluss, der dann den Berg hinunter mäanderte.

Sammi holte ihre beiden leeren Wasserflaschen heraus und füllte sie. Sie schraubte gerade den Verschluss auf die zweite Flasche, als ihr Blick auf die Wasseroberfläche fiel und sie hinter sich einen Mann sah, so als würde er sich über sie beugen.

Er hatte schwarzes Haar, durchzogen von silbernen Strähnen, aber es waren seine roten Augen, die sie schockierten. Sie erkannte ihn auf der Stelle wieder als den Mann aus dem Café.

Sie wirbelte herum, aber niemand war zu sehen. Ein schneller Blick ins Wasser zeigte ihr nur ihr eigenes Spiegelbild.

»Vielleicht drehe ich doch durch. Drachen und Typen mit roten Augen. Das ist doch schlichtweg unmöglich.«

Nachdem sie in zwei verschiedene Richtungen gegangen war, ohne dass sie ihre Markierungen auf den Bäumen hätte wiederfinden können, bekam Sammi es langsam mit der Angst zu tun. Sie seufzte erleichtert auf, als sie beim dritten Versuch die Markierungen entdeckte, die sie zu ihrem Lager zurückführten.

Sammi machte es sich erneut bequem, lehnte sich an den Felsen und blickte hinaus auf die Landschaft. Es war noch Stunden hin bis zum Einsetzen der Dunkelheit im Hochland, aber ihr wurden bereits die Lider schwer.

Sie wurde zusehends schwächer, ihre Schulter tat ihr weh, und das magere Essen, das sie gekauft hatte, würde sie nicht über die nächsten beiden Tage bringen, schon gar nicht, wenn sie alles auf einmal verzehrte, wie sie es am liebsten getan hätte.

Nachdem sie das Blut, das aus ihrer Naht gesickert war, abgetupft hatte, legte Sammi sich auf ihre gute Seite und benutzte ihre Tasche, aus der sie die beiden Wasserflaschen herausgenommen hatte, als Kopfkissen.

Und während sie so dalag zwischen Schlafen und Wachen, dachte Sammi an Tristan und den Drachen, bis beide zu ein und demselben wurden.

Tristan mit seinem geheimnisvollen Flair und der Drache, ein aus Mythen und Legenden auferstandenes Wesen.

Sie dachte an Tristans gefühlvolle dunkle Augen und an die Unruhe und Besorgnis im Blick des Drachen – und daran, dass derselbe Ausdruck in Tristans Blick gelegen hatte, als sie versucht hatte, Dreagan zu verlassen und er sie daran gehindert hatte.

Sammi riss die Augen auf, als die Erkenntnis sie mit voller Wucht traf. Jetzt wusste sie, warum ihr der Blick des Drachen so bekannt vorgekommen war. Er hatte sie an Tristan erinnert.

Sie meinte, aus dem Augenwinkel etwas Bernsteinfarbenes zwischen den Wolken aufblitzen zu sehen. Die Sonne war inzwischen hinter einer Bergspitze verschwunden, sodass ihr Unterschlupf nun im Schatten lag. Sie blieb regungslos liegen, tat so, als ob sie schliefe, schloss die Augen bis auf einen schmalen Spalt, durch den sie spähen konnte.

Und dann wartete sie ab.

Immer mal wieder döste sie kurz ein, wachte aber auf, wenn sie meinte, den Drachen näher kommen zu hören. Dieses Mal allerdings war es anders. Sie öffnete die Augen ein klein wenig mehr und beobachtete, wie der Drache elegant aus den Wolken glitt, herabsank und direkt auf sie zuflog.

Ihr stockte der Atem, als sie sah, wie er seinen Kopf einzog und einen Salto machte, wobei sich seine bernsteinfarbenen Schuppen in sonnengebräunte Haut verwandelten.

Der Mann rollte sich auf dem Boden ab, stützte sich mit den Händen auf und kam hoch, hatte dabei seinen Kopf aber immer noch eingezogen. Seine langen, hellbraunen Haare hingen ihm ins Gesicht, verbargen es. Langsam, beinahe behutsam richtete er seinen Kopf auf, und die Haare fielen ihm über die Schultern.

Sammi erkannte ihn schon, bevor er sich zu seiner vollen Größe aufrichtete. Sie erkannte die Haare wieder, hatte sie sich doch danach gesehnt, ihre Finger in ihnen zu vergraben. Und dann stand er in seiner ganzen Pracht da.

Sie sog seinen Anblick in sich auf, registrierte alles, von seinen breiten, muskulösen Schultern über seine schmalen

Hüften bis hin zu seinem strammen Hinterteil und den langen, sehnigen Beinen.

Ihr Blick schoss zurück zu seinem Kreuz, wo ihr etwas auffiel, was so etwas wie ein Tattoo sein musste, aber sie konnte es nicht genau erkennen, weil es so lang und schmal war.

Geschmeidig drehte er sich um, sodass sie ihn nun von vorn sah. Sammi hatte durchaus schon fantastisch aussehende Männer gesehen, aber keiner von ihnen ließ sich mit Tristan vergleichen. Er stand da, als wäre er eine fleischgewordene Mischung aus einem rachsüchtigen Geist und einem gebieterischen Gott. Er sah geradezu erschreckend gut aus, verwirrend stark.

Umwerfend männlich.

Der Wind fuhr über seinen Körper, als wollte er ihn liebkosen, und das war etwas, wonach auch sie sich sehnte. Die Haare wurden ihm aus dem Gesicht geweht. Sammi biss sich auf die Lippe, als er die Augen schloss und sein Antlitz zum Himmel hob, so als schmerzte es ihn, in menschlicher Gestalt zu sein.

Sie wandte ihren Blick von seinem Gesicht ab und ließ ihn über seine Brust und seine ganze beeindruckende Gestalt wandern. Aber es war nicht nur sein wundervoller Körper, der ihre Aufmerksamkeit erregte – es war die Tätowierung, die über seinen Brustkorb verlief.

Es war eine erstaunliche Kombination aus roter und schwarzer Tinte, und es waren nicht einfach nur diese beiden Farben, Rot und Schwarz, sondern eine wunderbare Mischung beider Farben.

Die Tätowierung an sich stellte einen Drachen dar. Er stand auf seinen Hinterbeinen und hatte die Flügel ausgebreitet. Sein Schwanz verlief um Tristans Taille bis auf seinen Rücken.

Sammis Blick schweifte weiter zu seinem schlaffen Penis und seinen langen Beinen.

Tristan öffnete die Augen und sah sie an, ehe er die Stirn runzelte und mit schmalen Augen zu dem Nebel hinüberblickte. Ein Muskel an seinem Kinn fing an zu zucken, und es schien so, als überlegte er, was als Nächstes zu tun sei.

Die Entscheidung hatte Sammi bereits getroffen. Er hatte sie schon einmal verlassen. Sie hatte nicht vor, zuzulassen, dass es ein zweites Mal geschah. Als er einen Schritt in Richtung des Nebels tat, sprang sie auf.

Sein Kopf fuhr herum, und er sah sie an, seine Miene total ausdruckslos. Er zögerte, so als überlegte er, ob er bleiben oder im Nebel verschwinden sollte.

»Ich habe dich gesehen«, sagte Sammi und hoffte, dass ihn das zurückhalten und in ihrer Nähe halten würde. Sie wusste auch nicht genau, warum sie das wollte. Sie war sowohl erleichtert, dass sie nicht verrückt geworden war, als auch ein wenig ängstlich, weil sie jetzt mit Sicherheit wusste, dass Tristan ein Drache war.

Ein Drache!

Wenn sie früher vielleicht vor ihm geflohen wäre, so erinnerte sie sich jetzt nur allzu gut daran, wie er sie auf eine Weise beruhigt hatte, wie noch keiner es vermocht hatte. Er hatte etwas in ihrem tiefsten Inneren berührt, wie es zuvor nur ihre Mutter gekonnt hatte.

Die Tatsache, dass er das fertiggebracht hatte, bewahrte sie davor, sich zu fürchten. Allerdings empfand sie ein gewisses Unbehagen, weil sie nicht einschätzen konnte, wozu er möglicherweise noch fähig wäre.

»Du hast geträumt.«

Ein Schauer überlief sie beim Klang seiner Stimme. Wie sie

diese Stimme liebte! Sammi schüttelte den Kopf. »Nein, habe ich nicht.«

»Du hast dir den Kopf gestoßen, als du vorhin gestürzt bist. Du träumst immer noch, Sammi. Deine Schulter tut dir weh, und du hast eine Gehirnerschütterung.«

Sie musste lächeln, als ihr bewusst wurde, welche Anstrengungen er noch unternehmen würde, um sie davon zu überzeugen, dass sie nicht gesehen hatte, wie er sich von einem Drachen in einen Menschen verwandelte. »Ich bin zwar gefallen, aber ich habe mir dabei nicht den Kopf gestoßen. Ich wurde von einem prachtvollen bernsteinfarbenen Drachen gerettet. Von dir.«

Seine Brust weitete sich, als er tief Luft holte, was den Effekt hatte, dass sich das Drachen-Tattoo dehnte. »Bei deinen Verletzungen ist es absolut verständlich, dass dieser Traum dir hilft, damit fertigzuwerden.«

Sie wurde langsam sauer. Sie wusste, dass sie nicht geträumt hatte, genauso wie sie wusste, dass sie sich nicht den Kopf angeschlagen hatte. »Verwandel dich zurück in einen Drachen. Zeig es mir noch einmal.«

»Das kann ich nicht.«

Sie trat einen Schritt auf ihn zu. »Ich darf es nicht wissen, nicht wahr?«

Tristan wandte seinen Blick ab.

Das war Antwort genug. »Du bist die ganze Zeit bei mir gewesen, stimmt's? Und wage ja nicht zu behaupten, dass ich geträumt habe«, sagte sie, bevor er es erneut mit dieser Taktik versuchte.

»Verdammt, Sammi«, knurrte er und fuhr sich mit der Hand durchs Haar.

Sie atmete tief durch. Der letzte Rest eines Zweifels, der

noch in ihr geruht hatte, verflüchtigte sich. »Dein Geheimnis ist sicher bei mir aufgehoben.«

»Genau das ist es ja«, erwiderte er. »Das ist es eben nicht. Sie sind hinter dir her wegen deiner Verbindung zu Dreagan.«

»Dreagan«, wiederholte sie und begriff, dass er ihre Schwester meinte. »Jane.«

»Ja. Jane.«

»Sie wollen Jane?«, fragte sie und war jetzt noch verwirrter als zuvor.

»Sie wollen uns.«

Uns? Gab es also noch mehr Drachen? Sammi machte große Augen. »Banan ist auch ein Drache?«

»Genau genommen sind wir Drachenkönige«, erklärte Tristan, und dann runzelte er die Stirn und erstarrte. »Scheiße!«

Sie wollte schon fragen, was denn jetzt wieder los war, als er mit zwei großen Schritten bei ihr war, ihren unverletzten Arm packte und sie hinter sich her zerrte.

Er schob sie zwischen zwei große Findlinge und versteckte sich dort mit ihr, presste sich mit seinem ganzen Körper – von den Schultern bis zu den Oberschenkeln – an sie. Sammi blickte in seine dunklen Augen, die sie unverwandt anstarrten.

»Was ist los?«

Er strich ihr eine lose Haarsträhne hinters Ohr. »Sie haben dich aufgespürt.«

Sie versuchte wegzurennen, aber er hielt sie eisern fest.

»Nein, Sammi. Sie werden dich nicht finden. Ich verspreche es.«

Aber sie hörte gar nicht zu, sie konnte es nicht. Sie hatte genau gesehen, wozu sie fähig waren. Sie töteten absolut willkürlich und brutal. Bösartig.

»Hör hin. Hör doch!«, beschwor er sie, als sie immer noch versuchte, sich loszureißen.

Schließlich gab Sammi nach und hörte jetzt das unmissverständliche Geräusch eines Hubschraubers. Sie spähte über seine Schulter, bevor ihr Blick zu ihm zurückkehrte. »Oh, mein Gott.«

»Sie dürften gar nicht über unserem Territorium sein. Keiner darf das Gebiet von Dreagan überfliegen, außer uns«, knurrte er.

Sie blinzelte. »Das hier gehört zu Dreagan?«

»Ja. Du hast unser Gebiet zwar verlassen, als du zu dieser Ortschaft gefahren bist, dann bist du aber auf deinem Weg durch das Gebirge quasi im Kreis gegangen und zurückgekehrt.«

Sammi legte den Kopf in den Nacken und zuckte zusammen, als das Geräusch des Hubschraubers näher und näher kam. »Was sollen wir nur tun?«

»Nichts. Sie werden uns hier nicht entdecken.«

Sie spürte seine Hand an ihrer Wange und wie seine Finger durch ihr Haar glitten. Mit Tristan in ihrer Nähe hatte sie nicht länger den Wunsch zu fliehen. Ihre Lippen teilten sich instinktiv, weil sie sich nach einem Kuss von ihm sehnte. Weil sie sich danach sehnte, seinen fantastisch geformten Körper zu liebkosen.

Er war unglaublich, beeindruckend. Unwiderstehlich, fesselnd.

Einfach verführerisch.

Nach einem einzigen Blick, einem einzigen Wort von ihm war sie Wachs in seinen Händen. Mit seinem Willen schien er die Welt zu beherrschen, die nur darauf zu warten schien, dass er die Richtung vorgab.

Sammi war ganz und gar bezaubert von diesem Mann, der zugleich ein Drache war. Ein Drache, der ihr das Leben gerettet hatte.

Ein Drache, der ihr Herz höher schlagen ließ, der dafür sorgte, dass sie Schmetterlinge im Bauch hatte vor freudiger Erwartung und Erregung.

»Sollten sie dich finden, werden sie dir nichts tun, wenn ihnen ihr Leben lieb ist«, gelobte er mit diesem verführerischen Timbre in der Stimme.

Eine große innere Ruhe überkam sie. Sie wusste einfach, wie absolut unmöglich es war, dass jemand Tristan etwas antun konnte – ihrem Drachen.

11

Der Hubschrauber war unglaublich laut, als er dicht über ihnen flog, und Tristan hatte die allergrößte Mühe, sich zu beherrschen, sich nicht hinunterzubeugen und Sammi zu küssen. Es war ein aussichtsloser Kampf.

Sammis Haare fühlten sich in seinen Händen wie kühle Seide an. Die Leidenschaft in dem Blick, mit dem sie zu ihm aufsah, ließ seinen Schwanz vor Begierde zucken.

Der Nebel hüllte sie ein, ließ nichts durch außer dem Geräusch. Tristan sah eine Farbe aufblitzen, blickte hoch und entdeckte Rhi, die lächelnd zum Himmel zeigte. Sie hatte ihre Magie eingesetzt, sodass es so wirkte, als würde er in Drachengestalt davonfliegen.

Der Hubschrauber fiel auf den Trick herein und flog im selben Moment weiter, in dem Rhi verschwand.

Und die ließ Tristan mit einer Frau allein zurück, von der er einfach nicht die Hände lassen konnte. Sie bezauberte ihn, verlockte ihn mit ihren charismatischen Augen, ihrem verführerischen Körper und sinnlichen, vollen Lippen.

Selbst als er ihr in die graublauen Augen blickte und seine Finger sich in ihren rötlichen Haaren verfingen, war ihm bewusst, dass er sich lieber zurückhalten sollte. Und er machte sich auch nicht vor, nur einen Kuss von ihr zu wollen, weil er wusste, dass einer niemals genug wäre.

Seit er sie das erste Mal in Dreagan gesehen hatte, war sie ihm nicht wieder aus dem Kopf gegangen. Ihr Anblick hatte ihn gefangen genommen, er war wie hypnotisiert davon gewesen, wie sie sich anfühlte, und ihr Mut hatte ihn fasziniert.

Es war zu gefährlich, seinem Verlangen nachzugeben, hier im offenen Gelände. Sie mochten sich ja auf dem Territorium Dreagans befinden, aber Sammi war immer noch ein Angriffsziel.

Tristan ließ seine Hand sinken und ging ein wenig auf Abstand. Er schloss die Augen und versuchte, seinen Körper unter Kontrolle zu bekommen. Sein Schwanz war schmerzhaft hart, sein Körper erhitzt und voller Lust.

»Was jetzt?«, fragte sie.

Tristan schluckte und drehte ihr den Rücken zu. Der sicherste Ort für sie war natürlich das Herrenhaus, aber das würde bedeuten, dass er sie in Janes Obhut zurückbrachte.

Dazu war er noch nicht bereit. Aber genauso wenig durfte sie bleiben, wo sie gegenwärtig waren.

»Du willst mir doch jetzt bestimmt einreden, dass ich dorthin gehöre, wo meine Schwester ist, oder?«, fragte Sammi. »Dass sie und alle anderen für meine Sicherheit sorgen werden?«

Tristan ballte die Fäuste. »Das ist das, worum Jane und Banan mich gebeten haben.«

»Und du bist anderer Meinung?«, fragte sie überrascht.

Er rieb sich den Nacken. »Es gibt vieles, was du nicht verstehst.«

»Ich fange langsam an zu begreifen«, sagte sie, und ihre Stimme kam näher. Sie ging um ihn herum und baute sich vor ihm auf. »Der Drache auf dem Etikett des Dreagan Scotch. Du verwandelst dich von einem Drachen in einen Menschen. Und als was hast du dich selbst bezeichnet? Oh, ja, als einen Drachenkönig. Und dann ist da auch noch das«, sagte sie und verfolgte mit ihrem Finger das Tattoo.

Tristan hielt die Luft an unter ihrer Liebkosung. Sein Drachenanteil, der ursprüngliche, tierische Teil in ihm, wurde wild vor Erregung.

Er schluckte schwer und versuchte seine Begierde zu zügeln, konzentrierte sich auf ihre Augen. »Du glaubst also, dass wir dich beschützen können.«

»Zweifellos.«

Er runzelte die Stirn. »Und wieso habe ich dann meine Zweifel, dass du mit mir zum Herrenhaus zurückkehren wirst?«

Sie ließ ihre Hand sinken, was bei ihm das schmerzhafte Verlangen nach ihrer Berührung hinterließ.

»Janes wegen. Banans wegen. Deintewegen. Es war falsch von mir, sie ungewollt zu euch zu führen. Diese Menschen sind gefährlich. Ich habe gesehen, wozu sie, ohne zu zögern, imstande sind. Ich möchte nicht, dass Janes Welt so zerstört wird wie meine.«

Tristan blickte über ihren Kopf hinweg und atmete tief ein, bevor er langsam wieder ausatmete. Er überlegte angestrengt, ob er ihr von Rhi und den Dunklen Feen erzählen sollte, und war schon so gut wie entschlossen, es lieber sein zu lassen, als er sich an den Dunklen erinnerte in dem Café im Ort.

»Es gibt mehr auf der Welt als nur uns Drachenkönige«, sagte er und blickte sie wieder an.

Sie erschauerte und rieb sich mit den Händen die Arme. »Hat das irgendetwas zu tun mit Typen, die rote Augen haben?«

»Scheiße«, sagte Tristan und schüttelte bedauernd den Kopf. »Ja, hat es. Ich war mir nicht sicher, ob du ihn gesehen hast.«

»Im Ort und auch hier.«

»Hier?« Tristan packte sie und zog sie an sich, während er sich umsah. Jegliche Begierde verflüchtigte sich augenblicklich angesichts der drohenden Gefahr. »Wo? Wann?«

Sie biss sich auf die Unterlippe und wies mit ihrem Kinn nach links. »Am Fluss. Ich füllte gerade meine Wasserflaschen, als ich ein Spiegelbild im Wasser sah, so als würde er, über mich gebeugt, hinter mir stehen. Aber als ich mich umdrehte, war niemand da.«

»Was du gesehen hast, war eine Dunkle Fee.«

»Ich nehme an, die roten Augen sind kein Zeichen von Güte?«

»Nein. Allerdings nicht. Sie sind böse. Die männlichen Dunklen Feen lieben es, mit Menschenfrauen Sex zu haben und ihrer Seele alle Hoffnung und alles Lachen zu entziehen, bis sie nichts als leere Hüllen sind. Danach sind die Frauen nur noch reine Sexobjekte für sie.«

»Und die weiblichen Dunklen Feen?«, fragte sie nach einem Moment des Zögerns.

»Für sie sind Männer Sexspielzeuge. Je mehr Sex sie mit ihnen haben, desto stärker sind die Männer an die Dunklen gebunden. So oder so, sobald sie dich einmal in ihrer Gewalt haben, ist deine Seele verloren.«

»Warum wollen sie mich?«

Tristan ging zu der Stelle, an der ihre Tasche lag, hob sie auf und reichte sie ihr. »Sie arbeiten zusammen mit den Männern, die hinter dir her sind.«

»Na, toll.« Sie seufzte resigniert. »Gibt es vielleicht noch jemanden, der mit von der Partie ist?«

»Frag lieber nicht«, empfahl er ihr.

Sie löste sich aus seinem Griff. »Okay, also die Mafia ist beängstigend, und was du mir über die Dunklen Feen erzählt hast, ist absolut erschreckend. Aber warum habe ich das Gefühl, dass du dir mehr Sorgen machst wegen der Dunklen Feen?«

»Weil du einem von ihnen aus dem Weg gegangen bist.«

Sie zuckte die Achseln und sah verwirrt aus. »Ach ja?«

»Ja«, sagte er und zwang sie sanft, ihm in die Augen zu sehen. »Ihre Anziehungskraft ist so stark, dass Frauen immer wie angewurzelt stehenbleiben. Keine wendet sich einfach ab von einem Dunklen.«

»Oh.«

»Genau. Dieser Dunkle will dich jetzt erst recht, weil du ihm nicht auf der Stelle verfallen bist.«

Sie schluckte sichtbar. »Können die Dunklen ins Herrenhaus eindringen?«

»Sie dürften sich überhaupt nicht in den Bergen, die zu Dreagan gehören, aufhalten.«

»Ich habe meine Mutter verloren vor einiger Zeit. Jane ist alles, was mir an Familie geblieben ist. Ich möchte nicht, dass ihr etwas zustößt.«

»Und deswegen willst du nicht zurück ins Herrenhaus«, riet er.

Sie nickte langsam. »Aber ich möchte auch nicht sterben. Was soll ich also tun?«

»Verstraust du mir?«

»Es ist zwar merkwürdig, aber ja, das tue ich.«

»Es gibt einen Ort, an den ich dich bringen könnte.«

Sie schlang sich den Riemen ihre Tasche quer über die Brust. »Worauf warten wir dann noch?«

»Ich müsste Drachengestalt annehmen, um dich dorthin zu bringen.«

»Ich hätte dich sowieso gern genauer betrachtet.«

Tristan musste verrückt geworden sein, dass er sich ein zweites Mal vor ihren Augen verwandelte, aber mit dem Hubschrauber voller gedungener Mörder, die sie verfolgten, hatte er keine große Wahl. Ihm blieb nicht genügend Zeit, sie auf anderem Weg dort hinzubringen.

Er trat zurück, verschaffte sich genug Platz für seine Verwandlung. Dass sie kurz nach Luft schnappte, als er in seiner wahren Gestalt vor ihr stand, sorgte dafür, dass sich seine Eingeweide verkrampften.

In ihren Augen lag Staunen, als sie ihn musterte. Tristan hätte gern ganz still dagestanden und ihr alle Zeit der Welt gelassen, aber das musste warten.

Er öffnete seine Pranke und streckte sie ihr entgegen, wartete, dass sie auf ihn zuging. Sobald er sie fest im Griff hatte, sprang er in die Luft und spreizte seine Flügel.

Mit zwei Flügelschlägen war er hoch oben, versteckt in den Wolken. Normalerweise wäre ihm die Deckung nicht wichtig gewesen, aber mit dem Hubschrauber in der Nähe wollte er Sammis Leben nicht gefährden.

Drachengestalt anzunehmen hatte sein Verlangen nach ihr nicht verringert, sondern ganz im Gegenteil war es noch gewachsen. Ihm stand jetzt lebhaft vor Augen, wie er ihr ein Kleidungsstück nach dem anderen vom Leib riss, sie flach aufs Bett und sich auf sie legte.

Er stellte sich vor, wie es wäre, in ihre feuchte Hitze einzudringen, ihre Lustschreie zu hören – und flog noch schneller. Die unerbittliche Begierde hatte ihn fest im Griff und wollte und wollte nicht weichen.

Nach zehn Minuten erspähte er das Cottage, das sie während ihrer Patrouillen benutzten. Er senkte seine Flügel ein wenig und ging in Sinkflug über. Er landete und setzte sie vorsichtig ab. Schon jetzt vermisste er das Gefühl, wie sie seine Schuppen gestreichelt hatte.

Bevor er sich wieder in menschliche Gestalt verwandelte, kontaktierte er Banan über ihre Drachenverbindung und informierte ihn, dass Sammi bei ihm war. Tristan kappte die Verbindung, bevor Banan fragen konnte, wo sie waren oder was passiert war.

Sie waren tief im Herzen Dreagans, und Tristan bezweifelte, dass irgendein Dunkler es wagen würde, hier einzudringen. Wenn Sammi nicht ins Herrenhaus zurückkehrte, blieb den anderen nur eine Option – nämlich zu ihnen zu kommen.

Banan öffnete die Tür des Antiquitätenladens, der sich »Der silberne Drache« nannte. Während der ganzen Fahrt nach Perth hatte ihn Jane übers Handy angefleht, jemand anderen zu schicken, aber das konnte Banan nicht machen. Jane war nicht bewusst, dass er, wenn es um sie ging, nicht einfach dasitzen und nichts tun konnte.

Und dieses Mal gab es nichts, was sein Freund beim MI5, Henry North, hätte tun können, um ihm zu helfen. Hier ging es um etwas, was nur ein Drachenkönig erledigen konnte.

Er nahm den Laden in Augenschein, in dessen großen Schaufenstern Antiquitäten, geordnet nach dem Zeitalter, aus dem sie stammten, ausgestellt waren. Sie waren in einer Art und Weise arrangiert, die die meisten wohl ansprechend finden würden.

Banans Blick wanderte über Antiquitäten aus dem Viktorianischen Zeitalter, dem Regency, dem Georgianischen, dem Jakobinischen und dem Elisabethanischen Zeitalter und landete schließlich beim Mittelalter.

Der Laden war größer als erwartet. Es gab eine erste Etage, auf der auf der einen Seite eine beeindruckende Büchersammlung untergebracht war, während auf der anderen Seite Waffen ausgestellt waren.

Dann fiel Banans Blick auf denjenigen, dessentwegen er gekommen war. Ulrik. Der verbannte Drachenkönig stand still wie eine Statue da. Er trug dunkle Jeans und einen dünnen, cremefarbenen Pullover, dessen Ärmel er bis über die Ellenbogen hochgeschoben hatte.

Ulrik trug seine schwarzen Haare im Nacken zu einem Zopf zusammengebunden. Das einzige Gefühl, das er erkennen ließ, war die Wut, die in dem brennenden Blick seiner goldenen Augen lag.

Sie starrten sich gegenseitig schweigend an, bis Banan sagte: »Das ist ein beeindruckender Laden.«

»Sag, was auch immer du sagen wolltest, und dann verschwinde.«

Banan war auf einen sarkastischen Kommentar vorbereitet gewesen oder auch auf eine höhnische Bemerkung, weil keiner der Könige Ulrik aufgesucht hatte in den Tausenden von Jahren, die seit seiner Verbannung verstrichen waren.

Was Banan nicht erwartet hatte, war, dass ihm befohlen wurde, zu verschwinden.

»Wenn du dich an uns rächen willst, dann tu das, aber lass bitte alle anderen aus dem Spiel.«

Bildete Banan sich das nur ein, oder war da so etwas wie Verwirrung in Ulriks Blick aufgeblitzt? Banan war sich nicht sicher.

»Rache«, erwiderte Ulrik. »Ja, die werde ich nehmen.«

»Ich bin hier, um dich zu fragen, was ich tun muss, damit du Sammi außen vor lässt.«

Ulrik hob eine seiner schwarzen Augenbrauen. »Muss ich eine Sammi kennen?«

»Du hast Männer auf sie angesetzt und hinter ihr hergeschickt«, sagte Banan gepresst. Er hätte sich denken können, dass Ulrik den Unschuldigen spielen würde, aber es machte ihn wütend. »Sie weiß überhaupt nichts. Lass sie aus dem Spiel und deine Rachegelüste an mir aus.«

»Warum sollte ich dir irgendetwas leichter machen?«

»Weil du früher einmal ehrenhaft warst.«

Bei diesen Worten ließ Ulrik seine Maske der Gleichgültigkeit fallen und seine rasende Wut sehen. »Bevor diejenigen, die ich Brüder nannte, mich betrogen haben, meinst du?«

»Sterbliche sollten bei unseren Auseinandersetzungen außen vor bleiben. Warum du uns unbedingt bloßstellen willst, ist uns zwar noch nicht klar, aber das werden wir noch herausfinden. Wenn du glaubst, dass Con dir deine Magie zurückgibt, wenn du die Welt vor uns warnst, dann kennst du ihn wirklich schlecht.«

»Oh, ich kenne Con besser als irgendeiner von euch. Du glaubst, er ist eine Art Held, aber an Constantine ist mehr, als irgendeinem von euch bewusst ist. Er verbirgt es gut, das muss ich zugeben.«

Banan tat den Einwand mit einer Handbewegung ab. »Mir ist dein Groll auf Con egal. Ich bin hier, um mich selbst anzubieten, in welcher Funktion auch immer, damit Schluss ist mit diesem Unsinn, Sammi zu verfolgen. Was für ein Mann ist nur aus dir geworden, dass du Ex-MI5-Leute und Dunkle Feen benutzt?«

»Wie wäre es damit: Lebe erst mal jahrtausendelang, ohne dass du dich in einen Drachen verwandeln kannst, und dann können wir darüber diskutieren, zu was für einem Ungeheuer du geworden bist«, entgegnete Ulrik scharf. Seine Lippen waren jetzt nicht mehr als ein dünner, gerader Strich.

»Du hast nicht vor, deine Männer zurückzurufen, nicht wahr?«

Ulrik starrte ihn nur an.

Banan fuhr sich mit der Hand übers Gesicht. Ulriks Frau war getötet worden. Banan wollte sich Jane keinesfalls von Ulrik nehmen lassen. Allein schon die Vorstellung war ihm unerträglich.

Er war hierhergekommen, um etwas zu erbitten, was ihm unglaublich schwergefallen war. Aber für Jane würde er einfach alles tun. Jetzt wurde ihm bewusst, dass es Zeitverschwendung gewesen war.

Banan machte auf dem Absatz kehrt und ging zur Tür. Seine Hand lag schon auf dem Türgriff, als Ulrik ihm etwas hinterherrief.

»Komm nie wieder hierher! Und sag Con, er kann aufhören, mich beobachten und verfolgen zu lassen.«

Banan öffnete die Tür und ging hinaus in den Regen zu seinem Wagen, der ein Stück weiter die Straße hinunter geparkt war.

12

Sammi konnte nicht aufhören, übers ganze Gesicht zu grinsen. Sie war geflogen. Seltsam, dass sie immer Angst vorm Fliegen in einem Flugzeug gehabt, sich mit Tristan aber rundherum sicher gefühlt hatte.

Sie trat zurück, als Tristan seine gewaltigen Schwingen anlegte und im Handumdrehen wieder in seiner menschlichen Gestalt dastand. Noch ganz erregt vom Flug, sah Sammi, wie er auf sie zukam.

Er bewegte sich wie ein Raubtier, ein Eroberer. Ein König, der über alles herrschte und allen befahl. Er war wie Sex und Sünde, Dekadenz und Sinnlichkeit.

Er war, in schlichten Worten ausgedrückt, einfach spektakulär.

Ihr blieb die Luft weg, während seine dunklen Augen sie in ihrem Bann hielten. Seine Schritte wurden länger, seine Absicht war offensichtlich. Sammis Lippen teilten sich, während er immer näher kam.

Und als er sie in seine Arme zog, umschlang sie seinen Nacken und reckte ihm ihr Gesicht entgegen. Der Kuss war verzehrend, mitreißend. Überwältigend.

Sie vergrub ihre Finger in seinem vollen Haar und schmolz dahin, während er sie küsste, als gäbe es kein Morgen. Er führte sie in Versuchung, verführte sie, lockte sie.

Und sie folgte ihm nur zu bereitwillig.

Sammi stöhnte frustriert, als er den Kuss unterbrach und zurücktrat. Sie zwang sich dazu, die Augen zu öffnen, und sah seine dunklen Augen vor offenkundiger Begierde funkeln.

Ihrer beider Atem ging stoßweise, ihre Brust hob und senkte sich rasch. Vor Sammi stand ein Mann, den es eigentlich gar nicht geben durfte. Sie wusste nichts über Tristan, außer dass Jane und Banan ihm vertrauten und dass er sich in einen Drachen verwandeln konnte.

Sie vertraute ihm. Ihr Herz erkannte ihn.

Und ihr Körper wollte ihn.

Sammi ließ ab von seinen kühlen Haarsträhnen und ließ stattdessen ihre Hände über seine Schultern zu seiner Brust wandern.

Sie hätte schwören können, dass sich das Drachen-Tattoo unter ihren Händen erwärmte. Tristan ließ sie nicht aus den Augen, während sie die Umrisse des Drachen mit ihren Fingern nachzeichnete und das Gefühl seiner Haut in sich aufnahm.

Kräftige Muskeln, so hart wie Stahl, unter warmer Haut. Sie liebkoste sie, und seine Bauchmuskeln verkrampften sich, als sie den Schwanz des Drachen ein Stück weit verfolgte.

Er bedeckte ihre Hand mit seiner, bevor er sie an seine Lippen hob, ihre Finger spreizte und ihre Handfläche küsste. »Kitzelt das?«

»Ich habe noch nie zuvor ein solches … Verlangen gespürt. Ich weiß nicht, was zwischen uns vorgeht, aber ich würde gern sehen, wohin es uns führt.«

»Es ist nicht klug.«

»Das ist mir egal. Dies hier«, sie wies zwischen ihnen beiden hin und her, »ist erstaunlich. Es ist mir sogar gleichgültig, ob es einseitig ist.«

»Das ist es nicht«, sagte er mit tiefer Stimme.

Sie fuhr sich mit der Zunge über die Lippen, hatte immer noch seinen Geschmack im Mund. »Warum hast du dann aufgehört, mich zu küssen?«

»Ich hatte mir vorgenommen, mir nur eine Kostprobe von dir zu genehmigen, um zu wissen, ob sie so köstlich ist, wie ich es mir vorgestellt habe.«

»Und, war sie es?«

Er küsste erneut ihre Handfläche, und dieses Mal ließ er seine Zunge leicht über ihre Haut gleiten. Dabei blieb sein Blick auf sie gerichtet. »Besser.«

Ein Schauer der Erwartung lief ihr über den Rücken. Sammi stellte sich auf die Zehenspitzen und knabberte an seiner Unterlippe. Ein Stöhnen entfuhr ihm, als sie an seiner Lippe saugte.

Im Handumdrehen hatte er sie mit dem Rücken gegen das Cottage gepresst, stützte seine Hände links und rechts von ihrem Kopf gegen die Wand und starrte sie an. »Du weißt nicht, was du hier tust.«

»Versuche ja nicht, mir weismachen zu wollen, dass es nur an meiner momentanen Angst liegt. Weil ich in Wahrheit nämlich nur dann keine Angst habe, wenn ich bei dir bin.«

Sammi war kurz davor, ihn anzuflehen, als er ihre Hand ergriff und sie hinter sich her in das Cottage zog. Er wirbelte herum, schlug die Tür zu und riss sie an sich.

Im selben Moment, in dem seine Lippen die ihren berührten, meldete sich eine weibliche Stimme: »Hallo, mein Schöner. Störe ich?«

Sammi drehte ihren Kopf und erblickte eine zum Sterben schöne Frau, die auf dem Küchentisch saß und träge mit den Beinen wippte. Ihre langen schwarzen Haare waren zu einer Seite gekämmt und zu einem Zopf geflochten, der ihr über die Schulter fiel. Sie hatte silberne Augen, und ein Lächeln kräuselte ihre Augenwinkel.

Tristan stieß einen langen Stoßseufzer aus. »Rhi«, murmelte er.

Sammi hätte schreien können vor Frustration, als Tristan von ihr abließ und durch den Flur davoneilte, nur um kurz darauf, mit einer Jeans bekleidet, zurückzukommen. Sie blickte von Tristan zu der wunderschönen Frau auf der Tischkante, unsicher, was sie aus dem, was hier vor sich ging, schließen sollte.

Die Frau glitt geradezu sinnlich vom Tisch, ein strahlendes Lächeln auf ihrem perfekten Gesicht. »Schön, dass ich dir endlich begegne, Sammi. Ich bin Rhi.«

»Rhi«, wiederholte Sammi. »Woher weißt du …«

»Wir haben einiges gemeinsam«, fiel Rhi ihr ins Wort. »Keine von uns beiden benutzt gern ihren vollen Namen. Ich finde, Sammi klingt wunderbar. Du Glückliche. Ich konnte meinen nur auf Rhi verkürzen. Ich schätze, mir hätte auch etwas völlig anderes gefallen, beispielsweise Charlie oder so.«

»Rhi«, sagte Tristan und verschränkte die Arme vor seiner Brust.

Rhi verdrehte ihre silbernen Augen. »Nach allem, was ich für euch beide getan habe.«

»Ich begreife absolut nichts«, sagte Sammi. »Könnte mich bitte mal jemand aufklären?«

Tristan ließ die Arme sinken, ging zu der Couch und setzte

sich. »Weißt du noch, dass wir über die Dunklen Feen gesprochen haben?«

Sammi nickte. »Ja.«

»Es gibt auch Helle Feen. Rhi ist eine davon.«

Ihr Kopf schoss zu Rhi herum, die sie strahlend anlächelte. »Normalerweise helfe ich den Drachenkönigen nicht, aber Tristan hat sich letzten Monat bei der Befreiung von Kellan und Denae bewiesen, als sie in der Gewalt der Dunklen waren. Eigentlich hatte ich nicht erwartet, dass Tristan einspringen würde, um Janes Schwester zu helfen, aber andererseits überrascht es mich auch nicht sehr.«

Sammi hob hilflos die Hände. »Warte. Warte bitte.« Sie rieb sich die Augen, während sie versuchte zu verdauen, was Rhi gerade gesagt hatte. »Ich fühle mich wie in einem Spiegelkabinett, in dem ich immer nur einen Teil des Geschehens mitbekomme, während ganz viel außen vor bleibt.«

»Das dürfte Cons Werk sein«, sagte Rhi, und ihre Stimme triefte vor Abscheu.

Sammi spähte hinüber zu Tristan und sah, wie er zusammenzuckte. Sie kannte keinen Con, wieso konnte der also etwas gegen sie haben?

Rhi führte Sammi zu der Couch und platzierte sie mit einem kleinen Schubs neben Tristan. »Ich fasse die Geschichte für dich zusammen. Die Drachenkönige und die Feen mögen einander nicht wegen der Feenkriege vor langer Zeit. Es gibt einen Waffenstillstand, aber die Dunklen haben ihn gebrochen. Die Dunklen verfolgen die Drachenkönige und jeden, der mit ihnen in Verbindung steht.«

»So weit komme ich noch mit«, sagte Sammi. »Aber wie kommst du ins Spiel?«

Rhi tat ihre Worte mit einer raschen Handbewegung ab.

»Das ist unwichtig. Ich habe gesehen, dass Tristan dir geholfen hat, und beschlossen, ihm ein bisschen zu assistieren.«

»Der Nebel?«, riet Sammi.

Rhi zwinkerte. »Eine perfekte Tarnung.«

»Ein Dunkler hat sie aufgespürt«, sagte Tristan.

Rhis Lächeln erstarb auf der Stelle, und sie wandte sich Sammi zu. »Berichte mir alles ganz genau.«

Sammi beschrieb ihre zwei Begegnungen mit dem Dunklen, das zweite Mal vorhin am Wasser. Als sie damit fertig war, runzelte Rhi die Stirn und marschierte ruhelos auf und ab.

»Kannst du den Dunklen näher beschreiben?«

»Er sah gut aus«, sagte Sammi.

Rhi grollte. »Alle Feen, ob Dunkle oder Helle, sehen gut aus. Ich brauche etwas Spezifisches.«

»Er hatte lange, mit Silber durchwirkte Haare.«

»Das haben sie alle«, sagte Tristan.

Rhi sank auf den Polstersessel neben der Couch und dachte offenbar angestrengt nach. »Ich hatte gehofft, denjenigen, den sie geschickt haben, vielleicht zu kennen. Nur wenige tragen ihre Haare noch lang. Die meisten schneiden sie ab, sodass die Beschreibung die Sache ein bisschen eingrenzt.«

»Nicht genug«, brummte Tristan.

Rhi lehnte sich zurück und schlug die Beine übereinander. Sie fuhr mit dem Daumen über ihre silbernen Nägel, von denen die an Zeige- und Ringfinger jeweils mit einem Streifendesign geschmückt waren. »Sie werden doch nicht so dumm sein, so weit auf das Gebiet von Dreagan vorzudringen.«

»Sie haben die Männer getötet, die von Banan und den anderen gerade verhört wurden«, hob Tristan hervor.

»Ich war da. Die Dunklen haben die Männer getötet, weil es Menschen waren. Menschen können nun mal kein Bündnis und keinen Pakt einhalten«, konstatierte Rhi. Dann warf sie Sammi einen Blick zu. »Das sollte keine Beleidigung sein.«

Sammi lehnte sich auf dem Sofa zurück. »Das habe ich auch nicht so aufgefasst.«

»Vergessen wir nicht die Männer, die mit dem Hubschrauber in den Luftraum über unserem Territorium eingedrungen sind«, sagte Tristan.

Rhi faltete ihre Hände im Schoß zusammen. »Ex-MI5. Sie haben getestet, ob ihr sie angreifen würdet.«

»Ex-MI5? Hinter mir ist die Mafia her«, sagte Sammi.

Rhi und Tristan tauschten einen Blick, der Sammi nur noch mehr aufbrachte. Es gab ständig mehr Details in dieser Geschichte, die sie nicht kapierte.

Tristan räusperte sich. »Wir glauben, dass diese Leute deinen Pub ins Visier genommen haben, um an Jane und damit auch an Banan heranzukommen.«

»Das ist unmöglich«, widersprach Sammi. »Daniel hat seit Jahren Geld für die Mafia gewaschen. Wir waren denen also schon geraume Zeit bekannt, und warum hätten sie dann so lange warten sollen? Außerdem hatte Daniel für sich Geld abgezweigt, und erst das hat die Mafia zu mir geführt.«

Rhi rümpfte die Nase. »Das könnte durchaus wahr sein. Die Mafia ist nicht gerade dafür bekannt, sonderlich nachsichtig zu sein. Wenn sie annehmen, dass sie jemand betrogen hat, werden sie ihn oder sie verfolgen, bis sie alles zurückbekommen haben.«

»Sie glauben, dass ich nicht in dem Pub war in der Nacht, in der sie ihn in die Luft gesprengt haben«, sagte Sammi. »Daniel hatte ihnen gesagt, dass ich weg sei. Danach habe ich versucht, in Deckung zu bleiben, aber ich hatte trotzdem immer das Gefühl, dass sie mich weiter verfolgen.«

Rhi blickte Tristan an. »Hat Banan schon Henry North angerufen?«

»Nicht dass ich wüsste.«

»Vielleicht sollte ich ihm mal einen Besuch abstatten«, sagte Rhi und grinste.

»Nicht doch, Rhi«, meinte Tristan. »Spiel nicht mit Henry. Er ist ein guter Mann.«

Rhi seufzte dramatisch und verdrehte die Augen. »Na schön.«

»Wer ist Henry North?«, wollte Sammi wissen.

Tristan verschränkte die Unterarme auf seinen Oberschenkeln. »Er arbeitet für den MI5 und ist ein Freund von uns. Tatsache ist, Sammi, dass wir, als die Dunkle Fee auftauchte, zunächst befürchteten, dass es eine Verbindung zwischen dir und unserem Feind gab. Wir haben die Männer, die hinter dir her waren, aufgehalten, und während ich dir folgte, um dich zu beschützen, haben Banan und die anderen die Männer fortgebracht, um sie zu verhören.«

»Und die Dunklen haben sie getötet, bevor sie euch irgendetwas verraten konnten«, beendete Sammi den Satz. »Das alles verstehe ich, aber ich versichere euch, es ist einfach unmöglich, dass die Mafia mit den Dunklen Feen und dem MI5 zusammenarbeitet.«

»Es muss eine Verbindung geben«, beharrte Tristan. »Und die seid ihr, du und Jane. Als Banans Gefährtin ist Jane die Verbindung zu den Drachenkönigen.«

Rhi fügte hinzu: »Und du bist Janes einzige Schwester. Das klingt plausibel.«

Sammi erschien das viel zu weit hergeholt. Andererseits

hatte sie keinerlei Erfahrung damit, das Böse zu bekämpfen, Tristan und Rhi aber offenbar schon.

Plötzlich hatte Sammi eine Eingebung. Sie blickte von Rhi zu Tristan. »Was, wenn wir das alles von einer falschen Warte aus betrachten?«

»Wie das?«, fragte Tristan.

»Was, wenn es nicht die Mafia, die Dunklen Feen und die Ex-MI5-Leute sind? Was, wenn sie alle zu ein und derselben Gruppe gehören?«

Rhi schüttelte schon den Kopf, bevor Sammi zu Ende geführt hatte. »Die Dunklen Feen sind gesondert zu betrachten. Sie treffen keine Vereinbarungen mit dem Feind der Drachenkönige, wer auch immer das sein mag.«

»Und was wäre, wenn die Mafia und dieser unbekannte Feind ein und derselbe sind?«

Tristan fuhr sich mit der Hand übers Gesicht, seine Miene verriet Unsicherheit.

Sammi zuckte die Achseln. »Wahrscheinlich liege ich falsch. Ich weiß ja nicht, wer dieser Feind der Drachenkönige ist. Verdammt, ich weiß ja nicht einmal genau, was ein Drachenkönig ist.«

»Drachenkönige existieren seit Anbeginn der Zeit«, erklärte Rhi. »Sie sind unsterblich und mächtig. Sie können sich verwandeln, wie du gesehen hast, und sie können nur von einem anderen Drachenkönig getötet werden. Den Rest ihrer Geschichte soll Tristan dir erzählen. Und was ihren unbekannten Feind angeht …« Sie hielt inne und holte tief Luft. »Er möchte die Könige bloßstellen. Keiner weiß, warum.«

»Hat jemand von euch ihn schon mal gesehen?«, fragte Sammi.

Rhi schüttelte langsam den Kopf. »Wir wissen nur etwas

über seine Stimme. Er soll einen kultivierten englischen Akzent haben.«

Sammi hatte das Gefühl, als würde der Boden unter ihr nachgeben. Tristan legte einen Arm um sie, und sie klammerte sich daran fest. »Der Mann, der Daniel getötet hat, hatte einen kultivierten englischen Akzent.«

»Hier bist du in Sicherheit«, sagte Tristan beruhigend.

Rhi hob eine Augenbraue und musterte Tristan. »Euer Feind hat es geschafft, dass sich der MI5 und die Dunklen mit ihm verbünden. Es macht Sinn, dass er auch noch die Mafia benutzt. Sammi hat recht. Wir haben die Verbindung gefunden.«

Sammi wünschte, sie hätte den Mund gehalten. Bisher hatte sie geglaubt, dass sie eine Chance gegen die Mafia hatte. Jetzt wusste sie, dass sie sich geirrt hatte.

13

Irgendwo in Irland

Taraeth starrte auf die Stelle, wo früher sein Arm gewesen war. Er konnte immer noch spüren, wie seine Finger sich bewegten. Menschen hatte er eigentlich nur zu seinem Vergnügen benutzt. Er hatte sie weder gehasst noch sich groß um sie geschert. Jetzt hasste er eine Sterbliche mit der ganzen Bosheit seines schwarzen Herzens.

Denae.

Sie war nicht nur immun gegen seine Verführungskünste gewesen, sondern hatte es auch noch gewagt, ein von den Hellen Feen geschmiedetes Schwert zu benutzen und ihm den Arm abzuschlagen.

Und damit war es mit den Tiefschlägen noch nicht genug gewesen. Er hatte einen Magiestoß auf sie abgefeuert, der ausgereicht hätte, um zwei Menschen zu töten, aber irgendwie hatte Denae es überlebt.

Er hatte immer noch nicht herausgefunden, wie ihr hatte gelingen können, was noch kein anderer Sterblicher zuvor geschafft hatte. Und bisher hatte auch keiner seiner Spione ihren neuen Wohnort ausfindig gemacht. Kellan, verdammt sei sein Drachenherz, war äußerst achtsam, wenn es um seine Gefährtin ging.

»Und das sollte er auch lieber sein«, knurrte Taraeth vor sich hin.

Denn hätte er Denae erst einmal gefunden, würde nichts mehr von ihr übrig bleiben.

Taraeth blickte auf, als er hörte, dass sich jemand vor seinem Gemach befand. Die sechs Meter hohe Doppeltür aus Eisen öffnete sich langsam, und Balladyn kam auf ihn zu.

Balladyn war früher ein ranghoher Krieger in der Armee der Hellen Feen gewesen. Er galt als gutherzig und seine Seele als rein. Seine Heldentaten während seiner Zeit in der Wache der Königin waren legendär, sogar innerhalb der Gemeinschaft aller Feen.

Taraeth hatte ihn immer schon auf seine Seite ziehen wollen. Anfangs hatte er es mit Bestechungen versucht, und als es mit denen nicht klappte, hatte Taraeth eine andere Taktik ausprobiert. Während einer der vielen Feenkriege schickte er ein ganzes Bataillon aus, um Balladyn aufzuspüren und zu verwunden.

Danach hatte er Balladyn endlich in seiner Gewalt. Und es hatte nicht annähernd so lange gedauert, ihn zu brechen, wie Taraeth befürchtet hatte. Aber andererseits dauerte es bei den reinen Seelen selten sehr lange, weil tief in allen von ihnen immer ein Körnchen Böses darauf lauerte, zum Vorschein zu kommen.

»Was hast du herausgefunden?«, verlangte Taraeth zu wissen.

Balladyn blieb vor ihm stehen und senkte den Kopf. »Samantha Miller ist wieder einmal entkommen.«

»So gewitzt sind Menschen nicht, Balladyn«, knurrte Taraeth. »Sie muss Hilfe gehabt haben.«

»Ich befürchte, dass sie die hatte. Um sie herum lag ein Nebel, der alles andere als natürlich war.«

Taraeth wollte sich im Gesicht kratzen, musste aber feststellen, dass er es mit der fehlenden Hand versucht hatte. »Die Hellen wissen noch nichts von unseren Plänen. Sie können ihr nicht geholfen haben. Haben die Könige irgendwelche Verbündeten unter den Hellen?«

»Sie haben einen Waffenstillstand geschlossen mit den Hellen, genau wie mit uns«, erwiderte Balladyn. »Die Könige hassen alle Feen.«

»Das mag wohl sein, aber ich habe eine Helle bemerkt, als Kellan und die anderen Drachenkönige uns angegriffen haben. Die Helle Fee stand direkt neben Denae. Sie kam mir bekannt vor.«

Balladyn verschränkte seine Hände hinter dem Rücken, über den seine langen, schwarzen, silbern gesträhnten Haare hingen. »Wenn du das sagst.«

»Ich bezweifle, dass die Könige sich ihren guten Ruf versauen wollen, indem sie sich mit einer Hellen verbünden, aber wir wollen lieber auf Nummer sicher gehen«, sagte Taraeth. »Finde heraus, wer die Fee war, die ihnen geholfen hat. Ich würde gern ein Wörtchen mit ihr wechseln.«

»Soll ich das erledigen, bevor ich Samantha Miller geschnappt habe oder danach?«

Taraeth starrte Balladyn an und überlegte, ob er da gerade so etwas wie Sarkasmus gehört hatte oder ob es eine schlichte Frage gewesen war. »Danach. Wir brauchen die Menschenfrau, um an Banan heranzukommen.«

»Samantha ist nur durch Heirat indirekt mit Banan verwandt. Die Drachenkönige würden Dreagan nicht ihretwegen in Gefahr bringen.«

»Du weißt wirklich sehr wenig über Menschen«, belehrte ihn Taraeth, während er aufstand und sein geräumiges königliches Gemach mit dem hohen Deckengewölbe durchmaß. »Banan möchte, dass seine Gefährtin glücklich ist. Samantha ist Janes Schwester, also wird Jane alles für sie tun. Daraus folgt, dass Banan sich selbst anbieten wird im Austausch für Samantha.«

»Wir konnten Kellan nicht festhalten, und er hatte noch keinen Bund mit einer Menschenfrau geschlossen. Bei Banan wird es bedeutend schwieriger werden.«

Taraeth gluckste, während er um seinen Leutnant herumging. »Banan wird sehr viel *leichter* gefangen gehalten werden können. Solange er in dem Glauben ist, dass wir Jane in Ruhe lassen, wird er tun, was immer wir wollen.«

»Ein brillanter Plan.«

»Deswegen bin ja auch ich der Anführer, und nicht du.« Taraeth wies mit einer Kopfbewegung zur Tür. »Du kannst gehen. Komm erst zurück, wenn du Samantha Miller hast.«

Er wartete, bis sich die Tür hinter Balladyn schloss, bevor er an seine Schulter griff und nach seinem fehlenden Arm tastete. Es gab Geflüster in den Gängen seines Königreichs. Er spürte die Augen aller auf sich, wenn er ihre Reihen abschritt.

Seine Untertanen stellten seine Herrschaft infrage, seit eine Sterbliche ihn verstümmelt hatte, aber er würde jedem Einzelnen von ihnen beweisen, warum er der einzig fähige Herrscher war.

Die Allianz mit dem MI5 diente genau diesem Zweck. Aber es blieb noch diese Verbindung mit Maitland, die er klären musste. Er und die Dunklen hatten eine Menge erreicht, aber dieser Maitland war kein Dummkopf. Er behauptete, nichts weiter zu wollen, als die Drachenkönige bloßzustellen und sie zu besiegen.

Taraeth wusste, dass mehr dahintersteckte. Es mochte eine Weile dauern, aber letzten Endes würde er erfahren, was Maitland vor ihm geheim hielt, genauso wie er irgendwann Maitlands richtigen Namen erfahren würde.

Es würde Geduld erforderlich sein. Die hatte er massenweise. Schließlich hatte er auch Tausende von Jahren gewartet, um Balladyn zu einem seiner Dunklen zu machen.

Bis auf einige Wolken, die träge vorüberzogen, war der Himmel klar. Der Halbmond gab nur ein schwaches Licht ab, aber Tristan brauchte eigentlich auch das nicht, um die Erde von hoch oben erkennen zu können.

Er kreiste über dem Cottage und beschrieb einen weiteren Bogen, während er an Sammi und ihre Küsse dachte. Sie hatten ihn von Grund auf erschüttert und eine Sehnsucht nach ihr in ihm geweckt, von der er wusste, dass sie nie nachlassen würde.

Deswegen unternahm er jetzt gerade diese Patrouille in Drachengestalt. Es war zwar feige, aber er fühlte sich nicht stark genug, um Sammi und ihrer Anziehungskraft zu widerstehen.

Er hatte sie nach ihrem gemeinsamen Mahl allein gelassen, damit sie duschen konnte. Schon allein die Vorstellung, wie sie nackt unter dem Wasserstrahl stand, hatte ihn in die Nacht fliehen lassen. Er hatte sich nicht mal die Zeit genommen, seine Jeans auszuziehen, bevor er sich verwandelte.

Tristan spähte hinunter zum Cottage und sah, dass das letzte Licht gelöscht wurde. War sie schon im Bett? Er stöhnte, als er sie vor sich sah, wie sie im Bett lag, umgeben von ihrer rötlichen Haarpracht.

Etwas Dunkles flitzte an ihm vorbei und stieß ihn an. Tristan knurrte verärgert, hörte aber durch ihre mentale Verbindung nur, wie Laith lachte.

»*Du warst in deinen Gedanken ganz woanders. Oder sollte ich sagen … du warst bei Sammi?*«, sagte Laith.

»*Verpiss dich.*«

Laith lachte noch lauter. »*Ich weiß nicht, warum du dich hier oben herumtreibst, wo du doch offensichtlich lieber bei ihr wärst.*«

Tristan wandte sich ab, flog in die andere Richtung und hoffte, dass Laith daraus schließen würde, dass er keinen Bock auf Reden hatte.

Aber so schnell war Laith nicht abzuschütteln. »*Tristan. Warum bist du nicht bei ihr?*«

»*Halt die Klappe.*«

»*Nein. Nicht wenn ich weiß, dass da etwas nicht stimmt.*«

Tristan blickte sich um und sah Laith auf sich zufliegen. »*Wie kannst du das behaupten? Woher willst du überhaupt etwas über mich wissen? Ich kenne mich doch selbst nicht!*«

Laith schwieg einen Moment, bevor er sagte: »*Ich habe mich schon oft gefragt, wann das zur Sprache kommen würde. Du bist jetzt seit zwei Jahren Drachenkönig, und du hast so getan, als wärest du es schon seit Tausenden von Jahren.*«

Das stimmte. Genauso hatte sich Tristan verhalten. Nicht einmal die Tatsache, dass er einen Zwillingsbruder hatte, der ein unsterblicher Krieger war, hatte ihn groß beschäftigt, nachdem er es erfahren hatte.

Dann war er Sammi begegnet.

Er hatte sie berührt, und Teile seiner Vergangenheit waren

vor ihm aufgeblitzt, einer Vergangenheit, in der er Duncan Kerr gewesen war.

Es waren diese Erinnerungen, die Tristan vor Augen führten, dass er sich selbst etwas vormachte, wenn er sein jetziges Leben für rundherum in Ordnung hielt und glaubte, dass es genauso war, wie es sein sollte. Er hatte eine Vergangenheit und war sich nicht sicher, ob er sie kennen wollte, weil er nicht wusste, welchen Einfluss sie auf seine Zukunft haben würde.

»Ich bin ein Drachenkönig«, sagte er lahm.

Laith flog an seine Seite und musterte ihn mit seinen lebhaften violetten Augen. *»Keiner bestreitet das. Die Tatsache, dass du in Drachengestalt bist, genügt mir.«*

»Ist das so? Aber warum wurde ich zu einem König? Warum wurde ich hierhergebracht? Was wird von mir erwartet?«

»Keiner von uns hat Antworten darauf, Kumpel. Mir ist es egal, warum du zu uns gekommen bist. Offen gestanden, bin ich einfach nur froh, dass wir einen weiteren Drachenkönig haben. Wir haben so viele verloren in den Kriegen, die wir sowohl gegen die Menschen als auch gegen die Feen geführt haben.«

»Ich muss wissen, warum ich dazu erwählt wurde, ein Drachenkönig zu sein.«

Laith stieß Tristan mit einem seiner Flügel an. *»Ist es das, was dich davon abhält, zu Sammi zu gehen?«*

»Sie ist nicht einfach irgendeine Frau, Laith. Sie ist Janes Schwester.«

»Ja. Mit Sammi sollte man nicht sorglos herumtändeln, und wärst du nicht du, würde ich dir auch raten, die Pfoten von ihr zu lassen.«

Tristan stieß den Atem aus und sah, dass Flammen aus seinen Nüstern schossen. *»Was unterscheidet mich denn von anderen?«*

»Die Art und Weise, wie du sie anschaust, du Blödmann. Glaub ja nicht, dass wir das nicht bemerkt haben.«

Tristan spähte hinunter zum Cottage und sah, dass die Glastüren, die vom Schlafzimmer in den Garten führten, weit offen standen.

Sammi hatte sich auf einem der Liegestühle zurückgelehnt, und die Enden ihres weißen Bademantels waren leicht zurückgeschlagen, sodass ihre schlanken Beine zu sehen waren. Das eine hatte sie leicht angewinkelt, das andere lang vor sich ausgestreckt.

»Erzähl mir nicht, dass du dich nicht nach ihr sehnst, nach ihr verzehrst«, sagte Laith eindringlich. *»Erzähl mir nicht, dass sie nicht von morgens bis abends deine Gedanken beherrscht.«*

»Ja, ich begehre sie. Seit ich sie geküsst habe, weiß ich nicht mehr, wie ich meine Hände von ihr lassen soll.«

Laith beschrieb eine Kurve und flog davon. *»Tu ausnahmsweise einmal das, was du tun möchtest, Tristan. Vergiss, was von dir erwartet wird. Und hör um Himmels willen auf, so viel nachzugrübeln!«*

Tristan konnte seine Augen nicht von Sammi abwenden. Der kurze Blick auf ihre Beine hatte gereicht, um sein Blut in Wallung zu bringen. Vielleicht hatte Laith ja recht. Vielleicht dachte er zu viel nach.

Er versuchte wirklich immer, das zu tun, was von ihm erwartet wurde. Es schien ihm das Normalste zu sein, nachdem er hier gelandet war und erfahren hatte, wer er war.

Die anderen waren bereits seit Tausenden von Millionen Jahren da. Er war immer noch dabei, die Geschichte der Drachenkönige zu studieren.

Die Frage, warum er ein König geworden und nicht einfach gestorben war, hatte ihn verfolgt, seit er durch Phelan von der

Existenz seines Zwillingsbruders Ian erfahren hatte. Tristan hatte es nicht wahrhaben wollen. Er hatte sich die größte Mühe gegeben, es zu verdrängen, bis die ersten Bilder vor seinem geistigen Auge aufgeblitzt waren.

Sie waren zu den merkwürdigsten Zeiten aufgetaucht, aber jedes Mal nachdem er Sammi auf irgendeine Weise berührt hatte. Es gab keine Magie im Blut ihrer Vorfahren, sie war also keine Druidin.

Er hörte auf nachzugrübeln, während er über dem Cottage kreiste und feststellte, dass Sammi ihn beobachtete. Ein leichtes Lächeln umspielte ihre Lippen, und sogar aus der Distanz konnte er den sauberen Duft ihrer Seife riechen.

Da Laith und die anderen patrouillierten, gab es keinen Grund für ihn, ihr fernzubleiben. Er tat, was Laith ihm empfohlen hatte: Er hörte nicht nur auf mit dem Grübeln, er vergaß alles bis auf das eine – dass er Sammi begehrte.

Er landete und nahm umgehend menschliche Gestalt an. Sammis Lächeln wurde breiter, als sie ihren Kopf zur Seite neigte. »Das wird mir nie langweilig werden.«

Tristan ging langsam auf sie zu. Die Nacht war plötzlich voller Geräusche, und Blumendüfte aus dem Garten erfüllten die Luft.

»Ich habe mich schon gefragt, ob du wohl jemals herunterkommen würdest«, sagte sie, während sie ihre Beine über die Seite des Liegestuhls schwang und sich aufrecht hinsetzte. »Ich beobachte dich wirklich wahnsinnig gern, aber jetzt freue ich mich, dass du hier bist.«

»Wo sollte ich denn sonst sein?«

Sie zuckte die Achseln und blinzelte ihn an. »Wo möchtest du denn sein?«

»Bei dir«, antwortete er, ohne zu zögern. Das jedenfalls

wusste er ganz genau. Es war die einzige Gewissheit, die ihm geblieben war, seit er sie das erste Mal erblickt hatte.

Sie stand auf, ging um den Liegestuhl herum zum Schlafzimmer. Als sie die Türen erreicht hatte, öffnete sie ihren Bademantel und ließ ihn langsam zu Boden gleiten.

Er nahm den Anblick ihrer bloßen Rückseite in sich auf, während sein Schwanz hart wurde.

»Worauf wartest du dann noch?«, fragt sie ihn, während sie ihn über ihre Schulter mit ihren graublauen Augen, in denen Leidenschaft lag, ansah.

14

Sammi hatte noch nie in ihrem Leben etwas derart Impulsives getan, aber es fühlte sich … richtig an. Sie hatte nicht gezögert und ihre Handlung infrage gestellt, sich nicht überlegt, ob sie einen Fehler machte. Sie hatte nur eine Gewissheit in sich gespürt wie noch nie zuvor.

Kurz vor dem Bett drehte sie sich um und stellte fest, dass Tristan bereits im Zimmer war. Sie hatte vorher vier Kerzen angezündet und sie so im Raum verteilt, dass sie einen goldenen Schimmer verbreiteten. Dies war eine magische Nacht, eine Nacht für Träume.

Eine Nacht, in der sie alle ihre Ängste und Unsicherheiten beiseiteschieben und sich einfach fallen lassen würde.

Tristans Blick wanderte langsam über ihren Körper, vom Kopf bis zu den Zehenspitzen und wieder zurück. Ihre Haut schien unter seinen feurigen Augen zu glühen, und Verlangen breitete sich in ihrem Unterleib aus.

»Erfreulich perfekt«, sagte er mit seiner tiefen Stimme. »Ich wollte dir schon eine ganze Weile die Kleider vom Leib reißen.«

»Du hättest mich nur fragen müssen.«

Er trat zu ihr, hob ihre Hand und legte seine dagegen,

sodass ihre Handflächen sich berührten. »Das werde ich mir für das nächste Mal merken.«

»Wird es denn ein nächstes Mal geben?«, fragte sie, während sie Schmetterlinge in der Magengrube spürte vor Spannung.

»O ja. Ich vermute, sehr viele nächste Male.«

Er spreizte seine Finger und verschränkte sie mit ihren. Erst dann zog er sie an sich, bis sie Haut an Haut standen. Sie hatte seinen wunderbaren Körper schon einmal so gespürt, und genau wie in dem Augenblick, als er sich vor ihren Augen in einen Drachen verwandelt hatte, wollte sie mehr.

Sie legte ihre Hand auf seine Taille und spürte erneut, wie sein Drachen-Tattoo unter ihrer Handfläche ganz heiß wurde. »Hat jeder Drachenkönig so eine Tätowierung?«

»Ja. Alle sind unterschiedlich, so wie wir verschiedene Drachen sind.« Er benutzte seine freie Hand, um ihre Haare zurückzustreichen, bevor er sich hinunterbeugte und ihren Hals küsste.

»Und was bedeutet diese Tätowierung?«, fragte sie und schloss die Augen, genoss die Berührung seiner Lippen.

»Sie verkörpert das, was wir sind. Drachen«, murmelte er, »die menschliche Gestalt annehmen können.«

Sie drückte sich an ihn, während er sie weiterküsste, bis hin zu ihrem Ohr. »Es erwärmt sich unter meiner Hand.«

»Hmm. Ich glaube, der tätowierte Drache ist nicht der Einzige, der hier heiß auf dich ist.«

Sammi erschauerte, als Tristan sich mit einem besitzergreifenden, dominanten Kuss ihres Mundes bemächtigte. Er ließ seine Hand an ihrem Rücken hinunterwandern und umfasste ihren Po, presste sie gegen seinen erigierten Schwanz.

Dann hob er ihre Arme und führte sie über ihren Kopf. Er

lehnte sich zurück, hielt ihren Blick fest. Sammi blieb die Luft weg, so schmerzhaft sehnte sich ihr Körper nach ihm. Mit einem einzigen Kuss hatte er sie erbeben lassen, begierig werden lassen.

Dahinschmelzen lassen.

Seine Hände fuhren langsam über ihre Arme. Seine dunklen Augen, unergründlich und voller Versprechen, blickten unbeirrt in ihre, forderten sie auf, sich ihm hinzugeben.

Als hätte sie eine Wahl. Es war unvermeidlich, seit sie ihn in ihren Träumen gesehen hatte. Jetzt stand er vor ihr, und seine Lippen waren feucht von ihren Küssen.

»So verdammt wunderschön«, flüsterte er.

Sammi schnappte nach Luft, als seine Hände zu ihren Brüsten wanderten und sie leicht liebkosten, bevor er sie umfasste, als wollte er ihr Gewicht abschätzen.

Ihre Brustwarzen wurden hart, und ein schmerzliches Sehnen machte sich tief in ihrem Unterleib bemerkbar. Er fuhr fort, sie sanft zu reizen, während er sie weiter mit den Händen erforschte, von ihren Brüsten über ihre Taille bis zu ihren Hüften.

Mehrere Sekunden lang sahen sie einander nur an. Sammi hatte noch nie zuvor so ein Verlangen gespürt, eine so überwältigende Lust auf jemanden. Sie griff im selben Moment nach ihm wie er nach ihr.

Sie umarmten sich, umschlangen einander, küssten einander wild, wie wahnsinnig. Besinnungslos.

Ein heftiges, wildes Verlangen packte sie. Nichts anderes zählte, nichts anderes existierte außer ihnen beiden und der ständig wachsenden Anziehungskraft.

Sein Kuss wurde tiefer, sodass sie sich ihm mehr und mehr öffnete, verlockte sie, verführte sie, verhieß ihr unermessliche Lust.

Ihre Beine stießen gegen das Bett, aber bevor sie fallen konnte, spannte Tristan seine Arme an und hob sie hoch, während er sich auf das Bett kniete. Dann legte er sie ganz langsam, ohne seinen leidenschaftlichen Kuss zu unterbrechen, auf die Matratze.

Sein Gewicht auf ihr benahm ihr die Sinne. Sie hatte kaum Zeit, es zu genießen, als er sich schon nach unten bewegte und seine Lippen um eine ihrer Brustwarzen schloss.

Sammi keuchte, ihre Hände umfassten seinen Kopf und hielten ihn ganz fest, während er sie reizte und neckte, bis ihre Brüste anschwollen und ihre Nippel geradezu schmerzhaft hart waren.

Erst dann hob er seinen Kopf und küsste sie. Sie bewegte ihre Hüften unter ihm, rieb sich an ihm, brauchte den Kontakt, um den Reiz ein wenig zu mindern, der sie antrieb.

Er ließ eine Hand zwischen sie gleiten und spreizte ihre Schenkel, sodass ihr Geschlecht offen dalag. Kühle Luft überrieselte sie. Sie krallte ihre Hände ins Bettlaken, als seine Finger zwischen ihre Schenkel fuhren und ihre Locken teilten.

Ihre Brüste wölbten sich ihm entgegen, als er einen Finger in ihren Schoß tauchte. Ihre Lustgefühle wuchsen, wurden bei jeder Berührung stärker, brachten sie nach und nach um den Verstand.

Dann berührte er ihre Klitoris. Sammi stöhnte leise, als er mit dem Finger ihre geschwollene Knospe umkreiste. Eine so unvergleichliche Lust hatte sie noch nie empfunden. Niemand hatte sie jemals so berührt wie Tristan.

Sie flüsterte seinen Namen, als seine Zunge leicht über ihre Klitoris fuhr. Die Zeit stand still, während er sie mit seiner Zunge weiter und weiter reizte.

Als dann der Höhepunkt kam, war Sammi nicht darauf

vorbereitet. Sie schrie auf, als der Orgasmus sie packte und schüttelte, sie an einen Ort führte, von dem sie bisher nur in ihren Träumen geglaubt hatte, dass er existierte.

Tristan beobachtete, wie ihre Haut errötete, während sie kam. Er hatte noch nie eine so umwerfende Frau gesehen, noch nie eine so erstaunliche Frau in den Armen gehalten.

Während ihr Körper nach dem Orgasmus immer noch nachbebte, legte Tristan ihre Beine um seine Taille, zog sie an sich und setzte sich mit ihr auf.

Ihre graublauen Augen glänzten, ihre Lippen standen leicht offen, und sie atmete schwer. Aber sie blickte ihn an, als ob er alles wäre, was sie sich je erträumt hatte.

Alle Sorgen, die er sich wegen seiner Vergangenheit, seiner Zukunft und der Frage, wozu er vorgesehen war, gemacht hatte, waren vergessen, als er in ihrem Blick versank. Sie löschte alle seine Zweifel, nahm alle Last von ihm.

Und stattdessen war nur noch sie da.

Sammi.

Sie füllte die Leere in ihm, eine Leere, die ihm vorher nicht einmal bewusst gewesen war, bis sie gekommen war und ihn ein Blick ihrer wunderschönen Augen bis ins Mark getroffen hatte.

»Tristan«, sagte sie mit einer Stimme, die heiser war vor Leidenschaft.

Sie löste ihre Beine von seinem Becken, kam links und rechts von seinen Hüften auf die Knie, richtete sich über seinem pochenden Schwanz auf. Tristan sog scharf die Luft ein, als sie sich an seiner Erektion rieb. Lustströme durchfuhren ihn und entfachten seine Begierde noch stärker, brachten sein bereits erhitztes Blut zum Kochen.

Er packte sie fester und nahm ihre Lippen erneut in Besitz.

Er konnte einfach nicht aufhören, sie zu berühren oder zu küssen. Sie war wie eine Droge, und sobald er von ihr gekostet hatte, brauchte er mehr.

All sein Denken kam zum Stillstand, als sie sich langsam auf ihn setzte, ihre feuchte, enge Scheide ihn umschloss. Er atmete erst wieder aus, als sie ihn vollständig in sich aufgenommen hatte.

Und dann hatte er nur noch einen Gedanken, nämlich, sie total, bedingungslos in Besitz zu nehmen. Er wollte, dass jeder andere Mann, der vor ihm gewesen war, aus ihrem Gedächtnis getilgt wurde – und jeder, der es wagen würde, nach ihm zu kommen.

Tristan umfasste ihre Hüften, und sie starrten einander schweigend in die Augen, als er langsam anfing, sich zu bewegen. Ihre aufgerichteten Nippel streiften seine Brust, und er stöhnte auf. Er konnte sich einfach nicht zurückhalten, musste eine ihrer Brustwarzen zwicken. Sie sog scharf die Luft ein, stöhnte ebenfalls auf und ließ ihre Hüften kreisen.

Mehr brauchte es nicht, um ihn an den Punkt zu bringen, von dem es kein Zurück mehr gab. Er legte sie flach auf den Rücken und stützte seine Hände links und rechts neben ihrem Kopf auf. Er zog sich aus ihr zurück, um dann erneut zuzustoßen, mit aller Kraft und tief.

Sie wimmerte, grub ihre Nägel in seine Arme. Wieder und wieder drang er in sie ein, brachte sie dem Höhepunkt näher und näher, trieb sie immer weiter. Ein Schweißfilm bedeckte sie beide, während sie von Lust verzehrt wurden.

Ihr Körper war nachgiebig, bereitwillig, begierig. Er versuchte, die Wildheit, die er zum ersten Mal in sich spürte, zu zügeln, und jedes Mal, wenn er sich zurückzog, umklammerte sie ihn fester.

Der Rhythmus steigerte sich, als er wieder und wieder zustieß, tiefer und tiefer in ihren Körper eindrang, wilder und wilder. Die Wildheit, der Wahnsinn, der sie zu umgeben schien, nahm ihn vollständig gefangen.

Er wollte sie mit seinem Eindringen als die Seine brandmarken, sodass alle Welt es sehen konnte. Die Heftigkeit dieses Wunsches traf ihn unvorbereitet, und er zog sich noch einmal zurück.

»Nein«, flehte sie und hielt ihn fest.

Sie konnte diesen Teil von ihm, der ausbrechen wollte, nicht verstehen. Es war ein Teil von ihm, den er noch nie zuvor erlebt hatte – ein Teil, der sie verletzen konnte.

Sie hob sich ihm entgegen, ihr leises Stöhnen ging in ein Wimmern über, ehe sie wieder und wieder seinen Namen rief.

Tristan war ihr und seinen Trieben gegenüber machtlos. Er packte ihre Hüften und stieß erbarmungslos zu. Je härter und tiefer er zustieß, desto mehr von ihm nahm sie in sich auf.

Als sie zum Höhepunkt kam und sich ihr Körper um seinen Schwanz herum verkrampfte, löste das seinen eigenen Orgasmus aus. Er füllte sie noch ein letztes Mal, während sich sein Samen in sie ergoss und ihre enge Möse alles aus ihm herauspresste.

Friedlich und in wonnevoller Glückseligkeit lagen sie schließlich da, mit ineinander verschlungenen Gliedern und vollauf damit zufrieden, einander in den Armen zu halten.

Erschöpft betrat Banan das Herrenhaus Dreagan Manor. Er hatte noch keine zwei Schritte getan, als eine Gestalt ihm in den Weg trat. Er blickte auf in Cons wütendes Gesicht.

»Du warst bei Ulrik.«

Es war keine Frage, und Banan ordnete es auch nicht als eine solche ein. »Ja, das war ich.«

Er ging um Con herum in den Salon und goss sich einen Whisky ein. Bevor er den Stöpsel wieder auf die Kristallkaraffe setzte, schenkte er sich noch einmal nach.

Dann hob er das Glas und trank es in einem Zug leer.

»Ich nehme an, dass es nicht gut gelaufen ist«, sagte Con, der nun in der Tür zum Salon stand.

Banan blickte zu ihm hinüber und sah, dass er seine Arme vor der Brust verschränkt und eine undurchdringliche Miene aufgesetzt hatte. Aber er konnte Banan nichts vormachen. Banan wusste, wie viel Con daran gelegen war und wie viel er dafür getan hatte, dass nur ja kein Drachenkönig mit Ulrik Kontakt aufnahm.

Doch offen gestanden war es ihm egal, wie sauer der König der Könige auf ihn war.

»Ich habe euch allen verboten, Ulrik aufzusuchen.«

Con mochte ja der König der Könige sein, aber er traf keine Entscheidungen für die einzelnen Drachenkönige. Er versuchte es zwar, und meistens hörten sie auch auf Con.

Aber manchmal taten die Könige einfach das, was sie wollten.

Die einzige Ausnahme war, wenn es darum ging, Dreagan zu schützen und ihr Geheimnis. In der Hinsicht waren sich alle Drachenkönige einig.

»Con, ich sage es dir in aller Ernsthaftigkeit. Verpiss dich.«

Banan wartete nicht auf eine Antwort, während er sich noch mehr Whisky einschenkte.

»Was hat er dir erzählt?«, fragte Con.

Banan ließ sich nichts vormachen von seinem freundlichen Tonfall. Den schlug Con meistens dann an, wenn er am wütendsten war. Banan blickte auf, sah Constantine an, hob sein Glas und prostete ihm zu. »Er weigert sich, zu helfen.«

»Das hätte ich dir vorher sagen können.«

»Hättest du, aber ich musste es versuchen. Ich weiß, dass du das wahrscheinlich nicht verstehen kannst.«

Con ließ die Arme sinken und stieß sich vom Türrahmen ab. »Ich verstehe es sehr gut.«

»Tust du das? Das bezweifle ich. Und es spielt keine Rolle. Sammi ist immer noch in Gefahr, was bedeutet, dass auch Jane in Gefahr ist, und ich werde alles tun, um das zu beschützen, was mein ist.«

Cons schwarze Augen musterten ihn mit kühlem Blick. »Genau wie ich.«

»Hast du Ulrik gesehen?«, fragte Banan Con, als der gehen wollte.

Con blieb abrupt stehen und drehte sich dann zu Banan um. »Natürlich.«

»Nein. Ich meine, hast du ihn wirklich gesehen?«

»Wenn du damit sagen willst, ob ich mit ihm gesprochen habe, dann lautet die Antwort nein. Ich habe es nicht für nötig gehalten, ihm nahe genug zu kommen, um Worte mit ihm zu wechseln.«

»Er ist nicht mehr derselbe Mann«, sagte Banan, ehe er sein leeres Glas absetzte und zu Con hinüberging. »Er ist … hart, grausam. Verbittert.«

Con hob eine seiner blonden Augenbrauen. »Worauf willst du hinaus?«

»Er will Rache. Und ich glaube, die wird er auch bekommen.«

15

Tristan saß neben seinem Bruder und lachte. Ian erzählte einen weiteren Witz, und alle an der langen Tafel in der Großen Halle hielten sich die Bäuche vor Lachen.

»Siehst du? Ich habe dir ja gesagt, dass ich witziger bin als du, Duncan«, sagte Ian und stieß ihn mit dem Ellenbogen an.

Tristan schlug die Augen auf. Er starrte an die Decke, während die Realität langsam in sein Bewusstsein drang. Er lag auf dem Rücken. Sammi hatte sich an ihn gekuschelt. Er war schweißgebadet, und die Erinnerungsfetzen schwebten durch seinen Kopf wie Blätter im Wind.

Und es waren Erinnerungen.

Es war also kein Traum gewesen. Er konnte immer noch das Holz der Tischplatte unter seinen Händen fühlen, die Schrammen und Kratzer durch die jahrhundertelange Benutzung.

Er konnte immer noch das Gelächter hören. Tristan berührte seine Seite, in die ihm Ian seinen Ellenbogen gestoßen hatte. Sie schmerzte, als wäre es gerade eben erst passiert.

Tristan zog seinen Arm unter Sammi hervor und richtete sich auf. Er setzte sich auf die Bettkante und fuhr sich mit der

Hand durchs Haar. Es war ebenso real gewesen wie der Raum um ihn herum.

Das Licht der vielen Kandelaber und Fackeln, die Hitze des großen Kaminfeuers, das Bier auf seinen Lippen.

Was ging hier vor? Warum quälten ihn diese Erinnerungen jetzt nach zwei Jahren? Was wollten sie ihm sagen? Und was sollte er deswegen unternehmen?

Er stand leise auf, öffnete eine Schublade der Kommode und holte eine frische Jeans heraus. An der Tür hielt er inne und blickte hinüber zum Bett. Sammi lag lang ausgestreckt da, eine Handfläche offen, als würde sie ihre Hand nach ihm ausstrecken.

Aber nach wem streckte sie ihre Hand aus? War er Tristan? War er Duncan? Oder war er sonst jemand? Sein Kopf begann zu pochen, während er versuchte, seiner Vergangenheit auf die Spur zu kommen.

Da begann er sich zu fragen, ob er das überhaupt tun sollte. Vielleicht war seine Vergangenheit deswegen so gründlich vor ihm verborgen, damit er nicht herausfinden konnte, was er besser nicht herausfinden sollte.

Tristan schloss kurz die Augen, als ihm bewusst wurde, dass er diese Fragen nicht klären würde, solange er in Sammis Nähe war. Sie sorgte nur für noch größere Verwirrung bei ihm, reduzierte ihn ausschließlich auf Begehren, was ihm das Denken deutlich erschwerte.

Er hatte ja gewusst, dass es besser gewesen wäre, ihr fernzubleiben. Aber nachdem er sie in den Armen gehalten und sie im Bett zu der Seinen gemacht hatte, konnte er sie nicht mehr in Ruhe lassen. Doch jetzt, da sich seine Vergangenheit irgendwie teilweise mit der Gegenwart vermischte, würde er sie möglicherweise in Gefahr bringen.

Tristan verließ das Schlafzimmer und anschließend das Haus. Er blieb kurz stehen, als er draußen war, und hob sein Gesicht zum Himmel.

Das Leben war relativ unkompliziert gewesen bis vor einigen Tagen. Er mochte sich damit herumgeplagt haben, dass Ian ihn treffen wollte, aber es hatte keine Erinnerungen an sein vergangenes Leben gegeben. Es hatte in ihm keinerlei drängende Fragen gegeben hinsichtlich dessen, was er zukünftig tun sollte oder warum er ein Drachenkönig geworden war.

»Hallo, mein Schöner.«

Er zuckte zusammen, als er Rhis Stimme vernahm. Die Fee hatte es an sich, ständig zur falschen Zeit am falschen Ort aufzutauchen. Nun ja, das stimmte nicht ganz. Sie hatte geholfen, Kellan und Denae zu retten und auch Sammi.

Tristan steckte seine Hände in die Taschen seiner Jeans. »Selber hallo.«

»Ich hätte eigentlich erwartet, dass du … zufrieden und glücklich aussiehst, nachdem du einige Zeit *allein* mit Sammi verbringen konntest, und nicht, dass du trübselig und depressiv wirkst. Du hast es doch nicht vermasselt, oder? Sind nicht alle Drachenkönige perfekte Liebhaber?«

Er bekam zwar mit, dass sie ihn foppen wollte, aber er brachte nicht einmal die Andeutung eines Lächelns zustande. »Es war so perfekt mit ihr, wie es meiner Vermutung nach überhaupt nur sein kann.«

Rhi baute sich vor ihm auf, runzelte die Stirn und musterte ihn aufmerksam. »Verdammt, mein Schöner. Du siehst grauenhaft aus.«

»Dann sehe ich wenigstens so aus, wie ich mich fühle.« Er schüttelte den Kopf.

Jede Faser seines Wesens wollte nur zurückkehren zu Sammi, zurückkriechen in dieses Bett und sie erneut lieben. Vergessen, wer er war oder wer auch immer er sein sollte.

Aber sie zu beschützen erforderte, einen klaren Kopf zu bewahren, ihn von allem Ballast zu befreien. Im Moment war jedenfalls alles so unklar, dass er nicht wusste, welchen Weg er einschlagen sollte. »Was tust du hier?«

Rhi zuckte die Achseln und ging zurück zu ihrem Sitzplatz auf der Steinmauer. »Ich denke nach.«

»In Dreagan? Ich dachte, dies wäre der letzte Ort, wo du sein wolltest.«

Sie lächelte schwach, während ihr Blick zu den Bergen schweifte. »Das ist richtig, und dennoch war es einst mein bevorzugter Ort. Du glaubst, endlich etwas gefunden zu haben, was es wert ist, festgehalten zu werden, etwas, was dir nie wieder weggenommen werden kann, etwas, was dich aufrecht hält. Und dann wird es dir weggerissen, dir direkt aus den Händen gerissen. Das Gefühl von Richtigkeit und Vollständigkeit, das du empfunden hast, scheint nur noch eine ferne Erinnerung, während du dich durch die Zeiten treiben lässt.«

»Du hast ihn sehr geliebt.«

Schweigen trat ein, und eine tiefe Traurigkeit breitete sich aus, lag schwer in der Luft. »Ja. Ja, das habe ich.«

Tristan wusste, dass Rhi nur äußerst selten über ihren ehemaligen Geliebten, den Drachenkönig, sprach. Er hätte gern gewusst, wer es war, aber er hütete sich, sie zu fragen. Jedenfalls vorerst. »Wie lange ist es her, dass du ihn verloren hast?«

»Hunderte von Lebzeiten. Manchmal fühlt es sich an, als wäre es gestern gewesen.«

»Bist du deswegen hier? Möchtest du in der Nähe deiner Erinnerungen sein?«

Ihre silbernen Augen fingen das Mondlicht ein, sodass sie metallisch schimmerten. »Nein. Ich bin hier, weil ich Ruhe zum Nachdenken brauche. Und weil es nie schadet, dass noch jemand anders Wache hält außer ihm«, sagte sie und wies in den Himmel, wo Laith gerade vorüberflog, dessen schwarze Schuppen ihn hervorragend im Dunkel der Nacht tarnten.

»Worüber denkst du denn nach?«

Das Lächeln, mit dem sie sich auf ihn konzentrierte, war zu strahlend, zu fröhlich. »Erzähl mir, was dich aus dem Bett deiner Geliebten getrieben hat.«

Tristan zog sich wieder in sich selbst zurück, als er an seine neuesten Erinnerungen dachte. Sie hatte das Thema gewechselt, aber er ging nicht darauf ein, weil er selbst eine Frage hatte. »Weißt du, wie Drachenkönige entstehen?«

»Ich glaube nicht, dass das irgendjemand weiß. Als wir in dieses Reich kamen, waren die Drachenkönige bereits da.«

»Du hast deinen Geliebten nie gefragt, wie er zu dem geworden ist, der er war?«

Sie gab einen leisen Seufzer von sich. »Er war ein Drache, Tristan. Er war aufgrund seiner Stärke und der Wirkkraft seiner Magie zum König erwählt worden. Er war der geborene Anführer.«

»Ich bin vom Himmel gefallen«, sagte Tristan und blickte zu einem Berg in der Ferne. »Eben noch war da nichts als Leere, und gleich darauf waren da Kälte und Schnee und heulender Sturm.«

»Und du erinnerst dich an nichts, was vorher war?«

Tristan schloss die Augen, dachte zurück. Da war etwas, was er bisher nicht näher betrachtet hatte, weil es keine Rolle gespielt hatte. Bis jetzt. »Schwärze. Ich … schwebte.«

»Du warst möglicherweise an diesem Ort zwischen Leben

und Tod. Eine Fee, dem Geschlecht nach ein Mann, hat ihn mal beschrieben, nachdem wir ihn geheilt hatten. Er war schon weit weg gewesen, und irgendwann hatte er ganz aufgehört zu atmen.«

Tristan öffnete die Augen und sah sie an. »Wo war dieser Ort?«

»Er existiert überall um uns herum«, sagte sie und wedelte mit der Hand. »Es ist kein Ort, den du auf einer Landkarte findest, und ich weiß nicht, wieso einige an ihn gelangen und andere nicht.«

Er blickte sie an und fragte: »Wie hat diese Fee ihn beschrieben?«

»Er sagte, es war, als ob er alles sehen könnte, von der Vergangenheit bis zur Gegenwart und sogar die Zukunft. Er sah alles, hörte alles. Er war Zeuge, wie Städte entstanden und zerstört wurden. Er erblickte Zivilisationen, die zu Staub zerfielen, und neue, die entstanden.«

»Und an all das konnte er sich erinnern?«

Rhi warf ihre langen Haare über ihre Schulter zurück. »Nur in den ersten paar Minuten, gleich nachdem wir ihn geheilt hatten. Nachdem er geschlafen hatte, wusste er dann absolut nichts mehr von dem Vorfall.«

»Also hätte er es auch erfinden können?«

»Hätte er, hat er aber nicht. Ich erinnere mich insbesondere daran, dass er von einer Zeit berichtete, in der vor Jahrmillionen noch Dunkelheit herrschte. Und damals war er noch gar nicht auf der Welt.«

Tristan schnaubte und wandte sich ab. »Ich möchte wissen, warum ich zu einem Drachenkönig wurde.«

»Reicht es dir nicht, dass du zurückgekommen bist, mein Schöner? Und in der Nähe deines Zwillingsbruders bist?«

Er warf ihr einen eisigen Blick zu. »Was weißt du von meiner Vergangenheit?«

»Nicht mehr als alle anderen, aber es besteht kein Zweifel, dass Ian dein Bruder ist. Ihr ähnelt einander wie ein Ei dem andern, bis hin zu der Kleinigkeit, dass eine Ader an deiner Schläfe pocht, wenn du wütend wirst.«

»Werde ich gar nicht«, sagte er, obgleich er sich mit der Hand die linke Schläfe rieb.

Sie verzog den Mund zu einem ironischen Lächeln und krauste die Stirn. »Hilft es dir, dich selbst zu belügen? Ist es das, was dich von Sammi und deinem Bett fernhält?«

»Nein. Es sind die Erinnerungen.« Er wusste nicht, warum er das Rhi erzählte. Möglicherweise, weil sie keine Verbindungen zu Dreagan oder MacLeod Castle hatte.

Rhi schwieg lange. Die Stille der Nacht wurde nur von Laith' Flügelschlägen unterbrochen, während er über ihnen kreiste. »Erinnerungen an deinen Tod?«

»Erinnerungen an das Leben, als ich … Duncan war.«

»Ich hätte nicht gedacht, dass du solche Erinnerungen hast«, sagte sie verwundert.

»Hatte ich auch nicht. Bis ich Sammi begegnet bin.«

Rhi stützte ihre Hände links und rechts von ihren Hüften auf und trommelte mit ihren Fingernägeln auf den Steinen. »Wie genau läuft das ab?«

»Wenn ich sie berühre, setzen die Erinnerungen ein.«

»Jedes Mal, wenn du sie berührst?«

Er schüttelte den Kopf. »Nein. Es passiert eher beliebig. Ich weiß nicht, wann sie kommen. Heute Nacht hatte ich eine. Ich bin davon aufgewacht.«

»Und du bist dir sicher, dass du Duncan warst in dieser Erinnerung?«

»Ich war in einem Schloss, umgeben von Männern, von denen ich wusste, dass sie enge Freunde waren. Ian saß neben mir, neckte mich.«

Rhi lauschte total gespannt. »Diese Männer. Kannst du mir einige von ihnen beschreiben?«

»Drei trugen goldene Torques um den Hals. Sie waren Brüder, dessen bin ich mir sicher.«

»Noch irgendwelche weiteren Erinnerungen?«, fragte sie leise.

Tristan zögerte, bevor er schluckte und antwortete: »Ich sah meine Hände, nur dass meine Haut hellblau war und lange blaue Krallen aus meinen Fingern ragten. Meine Hände waren blutbefleckt, und irgendwie wusste ich, dass das von einem Kampf herrührte.«

»Ist das alles bisher?«

»Es gibt noch etwas Drittes.«

Rhi glitt von der Mauer und blieb stehen. »Ich habe schon genug gehört.«

»Ich befinde mich in einem Berg«, fuhr er nichtsdestotrotz fort. »Ich werde zusammen mit Ian gefangen gehalten. Es war ein schlimmer Ort, an dem wir waren, Rhi.«

Ihre silbernen Augen begegneten seinem Blick. »Ja, das war es. Er ist immer noch voller Unheil.«

»Dann sind das alles reale Erinnerungen?«

»Ja.«

Er ließ das Kinn auf die Brust sinken. »Also war ich wirklich Duncan Kerr?«

»Ist das so schlimm?«

»Ich weiß nicht. Ich habe mich noch nicht an alles erinnert.«

Rhi trat neben ihn, und sie beide blickten über das unter

ihnen liegende Tal. »Ian Kerr ist ein guter Mann, und seine Frau, Danielle, ist eine mächtige Druidin. Ian, genau wie die anderen Krieger aus MacLeod Castle, hat dafür gekämpft, dass die bösen Druiden der Welt keinen Schaden zufügen können.«

»Bin ich so gestorben? Indem ich gegen das Böse gekämpft habe?«

Sie schwieg zu lange. Tristan wusste, dass was auch immer zu seinem Tod geführt hatte, nichts Gutes gewesen sein konnte.

»Egal«, sagte er. »Ich will es gar nicht wissen.«

Rhi legte ihm eine Hand auf den Arm. »Ich weiß nicht, warum du dich nicht an dein vergangenes Leben erinnern konntest oder warum du jetzt hier bist. Ich weiß auch nicht, warum du ein Drachenkönig geworden bist, aber ich sage dir in aller Aufrichtigkeit, dass du einer der ganz wenigen Könige bist, die ich gut leiden kann. Sie alle sind jetzt besser dran, weil du einer von ihnen geworden bist. Du hast dein Leben als König angenommen, genau wie alle Drachenkönige von Anbeginn der Zeit an offen für ihre Rolle waren. Du wirst nicht durch deine Vergangenheit definiert, Tristan. Es sind deine gegenwärtigen Handlungen, die es tun.«

Mit einem letzten aufmunternden Lächeln verschwand sie.

Tristan mochte Rhi. Auf ihre Art brachte sie immer Schwung in den Laden mit ihren ständig wechselnden Nagellackfarben, ihren ironischen Kommentaren und ihrer Schönheit.

Die Tatsache, dass Con sie nicht ausstehen konnte, brachte sie erst recht dazu, ihn gnadenlos zu sticheln, wenn sie den Drachenkönigen mal wieder half. Was übrigens viel häufiger der Fall war, als man denken würde angesichts der schlechten Behandlung durch Con.

Tristan fragte sich, ob das irgendetwas mit dem Drachenkönig, der einst ihr Geliebter war, zu tun hatte.

Er atmete tief durch und kontaktierte Laith über ihre mentale Verbindung, quasi ihr Drachenhandy. *»Ich muss weg. Gib auf Sammi acht.«*

»Tristan? Was ist los? Du klingst so … merkwürdig.«

»Es ist nichts. Ich muss mich nur um etwas kümmern.«

Er zog seine Jeans aus, lief zur nächsten Bergkante, sprang in die Luft und verwandelte sich auf der Stelle in einen Drachen. Es wurde Zeit, MacLeod Castle einen Besuch abzustatten.

16

Sammi räkelte sich genüsslich, bevor sie sich zur Seite drehte in der Erwartung, Tristan zu finden – aber stattdessen traf ihre Hand nur auf das kühle Laken. Ihr Lächeln erstarb, als sie die Augen öffnete und feststellte, dass sie allein war.

Sie setzte sich aufrecht hin und bedeckte ihre Blöße mit der Bettdecke, während sie sich umschaute in dem hell erleuchteten Raum. Die Panik, die sich im ersten Moment gemeldet hatte, verschwand wieder, als ihr klar wurde, wie lange sie geschlafen hatte.

Sie strich sich ihre wirre Mähne aus dem Gesicht, rutschte hinüber zur Bettkante und gähnte. In der vergangenen Nacht hatten sie und Tristan zwar nicht gerade viel miteinander gesprochen, aber sie ahnte, dass er versuchen würde, sie zur Rückkehr ins Herrenhaus zu überreden.

Wogegen sie immer noch etwas hatte.

Er würde mit ihr streiten, aber sie hatte nicht vor, sich umstimmen zu lassen. Es spielte keine Rolle, dass jeder in Dreagan annahm, dass sie benutzt wurde, um an Jane heranzukommen. Möglicherweise hatten sie damit sogar recht. In dem Fall würde sie dafür sorgen, dass niemand Jane schaden konnte, und der einzige Weg, das zu bewerkstelligen, war, dem Herrenhaus so weit wie möglich fernzubleiben.

»Das wird ein Kinderspiel sein bei über sechzigtausend Morgen«, kicherte sie.

Sammi stand auf und tapste ins Badezimmer, wo sie schnell duschte. Sie konnte sich nicht mehr daran erinnern, wann sie sich das letzte Mal so entspannt und … befriedigt gefühlt hatte.

Ihr Lächeln, das sie einfach nicht unterdrücken konnte, wurde breiter und breiter, während sie an Tristans wunderbaren Mund dachte, an seine Hände, seinen Körper. Sie hatte noch nie mit jemandem geschlafen, der sie so im Innersten berührt hatte, und keiner hatte sie so hundertprozentig angesprochen.

Ihr verging das Lächeln, als ihr bewusst wurde, wie häufig sie an ihn dachte. Hatte sie ihre Lektion denn nicht gelernt, als sie ihre Mutter verlor?

»Unsterblich«, sagte sie, als sie nach der Seife griff. »Er ist unsterblich.«

Das bedeutete, dass er nicht sterben konnte. Sie wollte auf keinen Fall wieder denselben niederschmetternden, vernichtenden Kummer erleiden wie beim Tod ihrer Mutter.

»Wir hatten eine Nacht zusammen. Es war nur eine Nacht. Das ist nichts Ernstes«, redete sie sich ein, während sie sich einseifte und anschließend erst ihre Haare auswusch und dann ihren Körper abduschte.

Als sie sich abtrocknete, stellte sie fest, dass ihr Lächeln noch strahlender geworden war als zuvor. Sie musste sich wirklich dringend wieder in den Griff kriegen, bevor Jane oder jemand anders schon nach einem flüchtigen Blick auf sie wissen würde, dass sie mit Tristan geschlafen hatte.

Sammi musste kichern, während sie sich anzog. Sie war schon fast dabei zu verhungern. Deswegen fuhr sie sich nur kurz mit der Bürste durch ihre nassen Haare und eilte in den Wohnbereich, wo sie Tristan vermutete.

Als sie ihn nicht entdecken konnte, ging sie in die Küche, die aber gleichfalls leer war. Ihr Herz fing an zu pochen.

Dann fiel ihr ein, dass er höchstwahrscheinlich am Himmel patrouillierte, wie er es auch gestern getan hatte. Ihr Gespräch musste aufgeschoben werden, und das verschaffte ihr die Zeit, sich mehr Gegenargumente auszudenken, warum sie nicht ins Herrenhaus zurückkehren konnte.

Sie öffnete den Kühlschrank, durchsuchte ihn und fand die nötigen Zutaten, um sich ein Sandwich zu machen. Die Hände beladen mit Wurst, Blattsalat, einer Tomate und Käse, kickte sie die Kühlschranktür mit einem Fuß zu und drehte sich um, um die Zutaten auf die Theke zu legen.

Sie schrie auf und sprang erschrocken zurück, als sie einen Mann mit schulterlangen, welligen, dunkelblonden Haaren und metallisch graublauen Augen erblickte.

Er hob hastig die Hände und zog die Nase kraus. »Tut mir leid, Mädchen. Ich dachte, du hättest mich hereinkommen gehört. Ich bin Laith. Für heute bin ich dein Bewacher«, erklärte er mit einem freundlichen Lächeln.

Sammi presste ihre Hand auf ihre Brust, um ihr rasendes Herz zu beruhigen, was sie allerdings nicht daran hinderte, Laith' Erscheinung in sich aufzunehmen. Er sah toll aus, jedenfalls wenn man auf geradezu sündhaft umwerfende Typen stand. Sie persönlich zog den weniger auffälligen, doch eindrucksvollen Typ vor.

Dann erst registrierte sie, was er gesagt hatte. »Du bewachst mich?«

»Genau«, antwortete er und stützte beide Hände auf die Theke.

Sie blickte sein verwaschenes rotes T-Shirt mit der deutlich lesbaren Aufschrift Coca-Cola auf der Brust an.

»Sammi«, rief er aus, während er um die Theke zu ihr herum kam. »Ist alles in Ordnung?«

»Wo ist Tristan?«

»Er hatte einiges zu erledigen, wird aber bald zurück sein. Er hat mich gebeten, so lange auf dich achtzugeben.«

Es war eine plausible Erklärung, eine, die sie möglicherweise geglaubt hätte, hätte sie nicht die Besorgnis in Tristans und Rhis Mienen bemerkt, als sie ihr gesagt hatten, dass sie von einer Dunklen Fee verfolgt wurde.

Das Lächeln, das sie vorhin einfach nicht hatte unterdrücken können, war wie weggeblasen. Das dumpfe Pochen in ihrem Brustkorb rührte von ihrem Herzen her, das ihr mitteilte, dass da etwas nicht stimmte.

Sie griff nach der Theke, um nicht das Gleichgewicht zu verlieren. »Stimmt es, dass nur ein anderer Drachenkönig einen Drachenkönig töten kann?«

»Das stimmt«, bestätigte ihr Laith widerwillig.

»Wie alt bist du?«

Ein Muskel zuckte an seinem Kinn. »Sammi, du dürftest eigentlich nichts von uns wissen.«

»Das ist mir klar, aber ich tue es. Also finde dich damit ab.« Sie befeuchtete ihre Lippen mit der Zunge und schickte in freundlicherem Ton hinterher: »Bitte, sag es mir.«

»Ich bin Jahrmilliarden alt. Wir sind seit Anbeginn der Zeit hier.«

Das war schlimmer, als sie erwartet hatte. Sie waren *Milliarden* Jahre alt, und nur einige wenige waren verheiratet?

Würde Banan einfach eine andere finden, wenn Jane alt wurde und starb? Kümmerte ihn das überhaupt irgendwie? Und wie kam Jane mit all dem zurecht?

»Also …«, fing sie mit brüchiger Stimme an. Sie räusperte sich und nahm einen neuen Anlauf. »Also, die meisten von euch gehen überhaupt keine Bindung ein.«

Laith runzelte kurz die Stirn, bevor er ihr lächelnd antwortete. »Tristan ist anders, Sammi. Er ist der jüngste Drachenkönig, also lebt er noch nicht so lange.«

Diese Neuigkeiten machten die Sache allerdings nicht nennenswert besser. »Aber die meisten von euch verbinden sich nicht mit einer Frau«, wiederholte sie.

»Stimmt«, bestätigte Laith seufzend. »Die meisten von uns tun es nicht, aber dafür gibt es einen Grund, Mädchen. Es gibt viel von unserer Geschichte, was du nicht weißt, also kannst du nicht verstehen, warum wir es vorziehen allein zu leben.«

»Ich glaube, das verstehe ich.«

»Nein, tust du nicht«, widersprach er und ergriff sie bei den Armen. »Banan, Guy und Hal haben ihre Gefährtinnen gefunden und sie geheiratet. Das trifft auch auf Kellan zu. Einige von uns haben das Glück gehabt.«

»Und die Jahre, die sie verheiratet bleiben, sind nicht mehr als ein Wimpernschlag in ihrem Leben?«

Laith holte tief Luft. »Es sollte eigentlich Jane sein, die dir erzählt, was es bedeutet, den Bund mit einem Drachenkönig einzugehen, nicht ich. Banan und Jane sind für alle Ewigkeit miteinander verbunden. Jane wird genauso lange am Leben bleiben wie Banan.«

»Was?« Sammi hatte zwar keine Vorstellung von dem, was Laith ihr eigentlich nicht erzählen wollte, aber darauf war sie weiß Gott nicht vorbereitet gewesen. »Du meinst, Jane bleibt für immer am Leben?«

»Ja, Mädchen. Keiner der Könige nimmt den Bund mit einer Gefährtin auf die leichte Schulter. Das ist auch der Grund, warum viele von uns nicht allzu lange mit ein und derselben Frau zusammenbleiben.«

Sammi trat zurück und rieb sich die Schläfen, da ihr Kopf anfing zu schmerzen. »Wo ist Tristan wirklich?«

Laith ließ seine Hände sinken und trat zurück an die Theke. »Das muss er dir selber sagen. Ich weiß nur, dass er zu einem bestimmten Ort wollte.«

Sie hätte Laith gern zurückgerufen, als er das Haus verließ, aber ihr fiel einfach nichts weiter ein, was sie ihn fragen konnte. Stattdessen ging sie ins Wohnzimmer und sank auf die Couch.

Gestern Nacht hatte sie nicht über die kommenden Tage nachgedacht oder darüber, was sie sich möglicherweise wünschte. Sie hatte nur Tristan im Kopf gehabt. Tristan – und ihrem Herzen zu folgen. Es war so lange her, dass sie etwas getan hatte, allein weil sie Lust dazu gehabt hatte, aber genau darum war es in der Nacht mit Tristan gegangen.

Ihre Leidenschaft war wie eine Explosion gewesen, ihr Verlangen schlicht überwältigend. Zum ersten Mal seit Wochen hatte sie vergessen, dass ihr Leben in Gefahr war. Sie hatte sich ihm einfach hingegeben. Es war befreiend gewesen, entlastend.

Und sie hatte den Fehler begangen, die Verbindung zwischen ihnen stärker werden zu lassen, indem sie in seinen Armen eingeschlafen war.

Sammi schnaubte. Es war gar nicht im Schlaf passiert. Es war nicht einmal passiert, während sie sich geliebt hatten.

Es war passiert, als ihr bewusst geworden war, was er war und wie er sie beschützt hatte. Das war der Moment gewesen, der ihr den Atem geraubt hatte.

Ihre gemeinsame Nacht hatte einfach die Schutzmauern, die sie um ihr Herz errichtet hatte, eingerissen, ohne dass sie es mitbekommen hatte. Sie war aufgewacht mit dem Gedanken, dass Tristan bei ihr war und sie mehr von dem, was zwischen ihnen war, ausleben würden.

Doch das Schicksal hatte ihr erneut eine Ohrfeige verpasst, um sie daran zu erinnern, wer hier das Sagen hatte.

Sie dachte an ihre Schwester, die mit einem Drachenkönig verbunden war. Jane war jetzt unsterblich. Der Gedanke warf Sammi echt aus der Bahn. Es nagte auch an ihr, dass Jane ihr kein Wort gesagt hatte. Aber warum hätte sie das tun sollen? Sammi war nicht einmal zu ihrer Hochzeit gekommen. Verdammt, sie hatte nicht einmal gewusst, dass es eine echte Hochzeitszeremonie gegeben hatte.

Es hatte eine Feier gegeben, zu der sie nicht gekommen war. Wäre die Situation eine andere, wenn sie zu der Party gegangen wäre? Wäre sie dann Tristan begegnet und ihrem Verlangen gefolgt?

Sammi wusste, dass sie das nicht getan hätte. Sie hatte ihre Gefühle fest unter Kontrolle, insbesondere, wenn es um das andere Geschlecht ging. Es lag nur an der misslichen Lage, in der sie sich aktuell befand, dass ihr Schutzwall nicht mehr standhielt.

Tristan, der erstaunliche Mann, der er war – ein Drachenkönig –, hatte diesen Schutzwall niedergerissen.

Wenn er das schon quasi nebenbei fertigbrachte, ohne sich groß anzustrengen, was würde mit ihr geschehen, wenn er sich richtig um sie bemühte? Dieser Gedanke ernüchterte Sammi.

Sie dachte nicht daran, sich in eine Situation bringen zu lassen, in der sie Gefahr lief, sich in jemanden zu verlieben.

Doch genau darauf steuerte sie mit Tristan zu. Sie musste gar nicht weiter an die Zukunft denken. Sie wusste auch jetzt schon, dass sie sich nach ihm sehnte, als wäre er ihre andere Hälfte. Es war gefährliches Terrain, auf dem sie sich bewegte.

Es war besser, dass er gegangen war. Das gab ihr Zeit, sich zu sammeln und einen stärkeren Schutzwall um sich herum zu errichten. Einen, den er nie überwinden könnte.

Ihr Körper wollte ihn, und sie wusste, sie würde dieser Versuchung wieder nachgeben, aber sie würde Tristan daran hindern, ihr zu nahe zu kommen. Er mochte ja unsterblich sein, aber er könnte sie auf andere Weise verlassen.

Sie war nicht stark genug, das noch einmal zu ertragen. Jeder nahm an, dass sie eine eiserne Konstitution hatte, aber sie gab nur vor, sie zu haben, um ihr empfindsames Herz zu schützen.

Tristan hatte sie beinahe dazu verführt, einen fatalen Fehler zu begehen. Einen Fehler, den sie gemacht hätte, wäre sie neben ihm aufgewacht. Sie war anfangs verärgert gewesen, dass Tristan den Tag über wegbleiben würde, aber jetzt war sie froh darüber.

Sie würde stark sein, wenn er zurückkam – stark genug, um diese wunderbare, fantastische Verbindung zwischen ihnen zu kappen, bevor ihr etwas Katastrophales passierte, wie zum Beispiel, sich in ihn zu verlieben.

Tristan wusste über den Schutzschild rund um MacLeod Castle, der Sterbliche daran hinderte, das zu sehen, was tatsächlich vor ihnen lag, Bescheid.

Er passierte den Schutzschild im Flug, und Magie knisterte

über seine Schuppen. Sobald er den Schild durchflogen hatte, erblickte er das Schloss und die Wohnhäuser, die über das weite Land verstreut lagen.

Kaum hatte er das Schloss einmal umkreist, als schon die ersten Männer in den Burghof kamen. Zu seiner Linken erspähte Tristan einen Mann mit indigoblauer Haut und Flügeln, der neben ihm herflog.

»Du kannst im Burghof landen«, wies der ihn an, legte seine Flügel an und schoss auf das Schloss zu. Erst in letzter Minute breitete er seine Flügel wieder aus und landete auf den Zinnen, bevor er in den Burghof sprang.

Tristan legte seine Flügel an und ahmte die Bewegungen des Kriegers nach. Mit dem Unterschied, dass sich die Männer, als er seine Flügel wieder spreizte und auf dem Burghof landete, gegen die starke Druckwelle stemmen mussten.

Einer der Krieger mit einem Torque um den Hals trat vor. Er hatte hellbraunes Haar und sanfte grüne Augen. Tristan beäugte ihn, hatte das Gefühl, ihn wiederzuerkennen. Ihm war, als ob er diesen Mann kannte, als ob er ein enger Freund gewesen war. Der goldene Torque um seinen Hals weckte in ihm die Erinnerung an das, woran er sich beim Aufwachen erinnert hatte, während Sammi in seinen Armen gelegen hatte.

»Weißt du, wer ich bin?«, fragte der Mann.

Tristan schüttelte den Kopf, hielt es fürs Erste aber nicht für nötig, menschliche Gestalt anzunehmen. Er war sich nicht ganz sicher, ob die Entscheidung, das Schloss aufzusuchen, richtig gewesen war.

»Ich bin Quinn MacLeod. Ich hatte gehofft … Ich dachte, du würdest dich vielleicht erinnern, da du zurückgekommen bist.«

Tristan blickte die anderen im Burghof an, allesamt Krieger. Aber der Eine, den er hatte sehen wollen, fehlte.

»Ian ist nicht hier«, sagte Quinn. »Er und Dani leben in Ferness, unweit von Charon, Phelan und Malcolm.«

»Ich kann ihn hierherholen«, sagte ein Mann, der die gleiche Gestalt hatte wie Quinn und auch einen Torque trug.

Tristan nahm an, dass er ebenfalls ein MacLeod war, aber er konnte keinen Namen mit dem Gesicht verbinden.

»Ich bin Fallon, Quinns älterer Bruder«, sagte der Krieger. »Ich kann von Ort zu Ort springen – das heißt teleportieren – und Ian holen, wenn du das möchtest.«

Diese ganze Sache war ein Fehler. All das bewies nur, dass er diese Leute nicht kannte. Tristan breitete seine Schwingen aus, um wegzufliegen, als Quinn seinen Namen rief.

»Tristan! Warte! Bitte. Wir hatten schon gehofft, dich zu sehen. Phelan erzählte uns, dass du keine Erinnerungen daran hast, Duncan gewesen zu sein.« Quinn blickte zu einem weiteren Bruder, der sich neben ihn stellte und nickte. »Dies ist Lucan, der Mittlere der MacLeods. Ich kann dir die Namen aller anderen nennen.«

Tristan schüttelte den Kopf und tat einen Schritt zurück. Was hatte er geglaubt, was passieren würde, wenn er hierherkam? Ein Teil von ihm hatte geglaubt, ein Blick auf das Schloss würde genügen, damit alle Erinnerungen wieder in ihm hochkamen. Ein anderer Teil von ihm hatte gebetet, dass er sich an absolut gar nichts erinnern würde.

»Erinnerst du dich an irgendetwas?«, fragte Lucan. »Erinnerst du dich an Deirdre?«

Der Name sorgte dafür, dass Tristan zurückzuckte. Er hasste diesen Namen mit einer Intensität, die ihm unerklärlich war, aber er wusste nicht, wer die Frau war.

Quinn trat noch einen Schritt auf ihn zu. »Erinnerst du dich an Cairn Toul Mountain?«

Der Berg. Da war er gefangen gehalten worden mit Ian. Es waren noch weitere dort gewesen, dessen war er sich sicher. Aber die Gesichter blieben zu verschwommen in seiner Erinnerung, um sie zu identifizieren.

»Das spielt keine Rolle«, meldete sich eine weibliche Stimme von der Schlosstreppe herab.

Die Frau hatte lange dunkle Haare, die sie zu Dutzenden kleiner Zöpfe geflochten trug, mit goldenen Schleifen an den Enden. Genau wie Quinn wirkte auch sie vertraut, aber Tristan konnte sie ebenfalls nicht einordnen.

»Wir haben Cairn Toul gemeinsam überstanden«, sagte sie, während sie die Treppe hinabschritt und sich neben Quinn stellte. »Wir werden auch dies gemeinsam schaffen, Tristan.«

17

Tristan wusste nicht, ob er es bedauerte, MacLeod Castle besucht zu haben, oder nicht. Sie hatten vergeblich versucht, ihn zurückzuhalten. Kurz nachdem die Frau – Marcail – aufgetaucht war und mit ihm gesprochen hatte, war er weggeflogen.

Die Art und Weise, wie Quinn seinen Arm um sie gelegt hatte, ließ darauf schließen, dass es seine Frau war. Aber wer war sie? Sie hatte sich verhalten, als ob sie ihn kennen würde und als ob er sie umgekehrt auch kennen müsste.

Er schüttelte den Kopf, während er auf die Schnelle und in aller Kürze bei Laith nachfragte, ob bei Sammi alles in Ordnung war. Sie würde wissen wollen, warum er weggeflogen war. Er fragte sich, ob sie glaubte, dass er vor dem, was zwischen ihnen passiert war, geflohen war.

Das war er zwar, aber das würde er ihr nicht sagen. Tristan hatte gewusst, dass das, was zwischen ihm und Sammi bestand, hochbrisant war. Womit er allerdings nicht gerechnet hatte, war, dass es ihn bis ins Mark erschüttern würde, sie in den Armen zu halten.

Sein Leben war nahezu ideal gewesen, und er hatte nie erwartet, diesem Zustand überhaupt so nahe zu kommen.

Jedenfalls bis zu dem Moment, als er Sammi sah. Danach war plötzlich alles nur noch das reine Chaos.

Aber es war ein von Leidenschaft geprägtes, von Ekstase erfülltes Chaos, von dem er sich sehnlichst ganz viel mehr wünschte.

Und Sammi zu berühren, sie zu küssen, hatte auch irgendwie dazu geführt, dass seine Erinnerungen wachgerufen wurden. Da war er sich ganz sicher. Es war schwer zu erklären, aber in seinem Inneren war er sich dessen gewiss.

Die Erinnerungen an seine Vergangenheit beunruhigten ihn, erschreckten ihn. Sie waren so klar und real wie die Welt um ihn herum. Bisher waren es nur flüchtige Erinnerungen, aber sie wühlten ihn zutiefst auf. Was würde passieren, wenn diese Flashbacks länger anhielten? Würde das dazu führen, dass er dann in der vergangenen Welt statt in der jetzigen lebte?

Es war ein Teufelskreis, in den er leicht geraten könnte, wenn er nicht vorsichtig agierte.

Er ließ sich von einer Luftströmung tragen, während er Dreagan näher kam. Seine Gedanken kehrten zurück zu Sammi. Ob er sich Ian und der Tatsache, dass er eine Vergangenheit hatte, stellen wollte oder nicht: Irgendwie hatte sie ihn zu einer Konfrontation gezwungen.

Deprimiert korrigierte Tristan seine Flugbahn, und mit kräftigen Flügelschlägen flog er zurück zu Sammi. Er würde sie überzeugen, zum Herrenhaus zurückzukehren, damit er sie beschützen und gleichzeitig mit Kellan reden konnte. Er wollte mehr über die Könige und ihre Geschichte erfahren.

Er hatte gerade diesen Gedanken zu Ende gebracht, als er einen Stoß in seinem Kopf spürte, so wie auch sonst, wenn jemand Kontakt mit ihm aufnehmen wollte. Für ihn war klar, dass es sich nur um einen Drachenkönig handeln konnte.

Tristan öffnete sich für die mentale Verbindung und wusste auf der Stelle, dass er keine Ahnung hatte, wer da mit ihm reden wollte.

»Hallo, Tristan. Oder bist du Duncan?«

Es war nicht mehr sehr weit bis Dreagan. Tristan flog schneller. Er wusste nicht, wer der Unbekannte war oder warum er mit ihm reden wollte. *»Ich bin Tristan.«*

»Hm. Du klingst nicht so, als seist du dir ganz sicher.«

Der schottische Akzent war unüberhörbar, die Selbstsicherheit erstickend. *»Wer bist du?«*

Schallendes Gelächter erklang auf seine Frage hin. *»Oh, du weißt, wer ich bin.«*

Ulrik. Er musste es sein. Tristan überflog die Grenze zu Dreagan und senkte sich herab, um auf dem erstbesten Berg in der Nähe zu landen. *»Was willst du?«*

»Ich will gar nichts. Ich möchte dich nur warnen.«

»Wovor?«

»Es geht um Samantha. Sie ist nicht in Sicherheit. Nicht einmal in Dreagan. Die Dunklen werden sie verfolgen.«

»Du hast dich doch mit den Dunklen verbündet. Du kannst sie davon abbringen.«

Ein leises Glucksen ertönte in Tristans Kopf. *»Du bist ein guter Drachenkönig, Tristan, aber du hast noch viel zu lernen über uns. Ich nehme an, Con hat dir gesagt, dass ich derjenige bin, der euch bloßstellen wollte. Nun sag mal: Warum sollte ich das tun, wenn ich mich nicht mehr in einen Drachen verwandeln kann? Warum sollte ich das tun ohne meine Magie? Was würde ich dadurch gewinnen?«*

»Du könntest Con zwingen, dir deine Magie zurückzugeben.«

»Wenn es so einfach wäre, hätte ich das schon vor Jahrhunderten getan.«

»Dann bekämst du eben deine Rache.«

Einen Sekunde lang herrschte Schweigen. *»Keine Angst, junger Tristan, ich werde meine Rache bekommen.«*

»Wenn du es nicht bist, wer ist dann Dreagans Feind?«

»Ich habe nie behauptet, dass ich nicht Dreagans Feind bin.«

Tristan stampfte mit dem Fuß auf, und Steine rieselten den Berg hinunter. *»Es reicht mit den Spielchen. Was willst du?«*

»Ich will, dass die Drachen wieder herrschen. Ich will alles menschliche Leben auf diesem Planeten auslöschen.«

Mit seinen Drachenaugen konnte Tristan Dreagan Manor in der Entfernung erkennen. *»Das ist offensichtlich. Aber was willst du von mir?«*

»Schließe dich mir an, und ich werde die Dunklen Feen davon abhalten, Samantha zu jagen.«

Es war ein verführerisches Angebot, weil es Samanthas Sicherheit bedeutete, aber für wie lange? Wenn Ulrik sein Ziel erreichte, würden alle Menschen vernichtet werden. Das hieß, auch Sammi. *»Warum ich?«*

»Warum nicht du?«

»Ich brauche mehr als das, um eine Entscheidung zu treffen.«

»Fein«, sagte Ulrik in freundlichem Tonfall. *»Ich hatte erwartet, dass du freudig die Gelegenheit ergreifen würdest, deine Frau zu retten, aber vielleicht lag ich da falsch. Die Könige haben es sich in letzter Zeit zur Gewohnheit werden lassen, sich in Menschenfrauen zu verlieben.«*

»So wie du es auch getan hast?« Durch das Schweigen, das folgte, wusste Tristan, dass er einen Nerv getroffen hatte.

»Du überraschst mich, Tristan. So bereitwillig – und schnell, wie ich hinzufügen möchte –, wie du zu Samanthas Rettung herbeigeeilt bist, ging ich davon aus, dass du dich in die Sterbliche verliebt hast.«

»Es ist die Pflicht der Drachenkönige, Menschen zu beschützen.«

»Auch wenn sie euch angreifen? Darüber denk mal nach, Junge, weil du den Krieg nicht miterlebt hast. Du hast nicht gesehen, wie die Menschen kleinere Drachen auf einen Schlag auslöschten. Du hast nicht die Schreie der Drachen gehört, als wir herbeieilten, um ihnen zu Hilfe zu kommen, nur um von Con zurückgehalten zu werden, weil wir eventuell einen Menschen hätten verwunden können.«

Der Hass in seiner Stimme war so ausgeprägt, dass Tristan zusammenzuckte, als sie in seinem Kopf widerhallte.

»Nein, ich war nicht dabei, aber jetzt bin ich ein König. Ich werde tun, was von uns erwartet wird. Es gibt keine Drachen mehr, denen die Menschen Schaden zufügen könnten.«

»Du bist hier.«

»Wenn du behauptest, nicht derjenige zu sein, der uns bloßzustellen versucht, warum hast du dich dann mit den Dunklen Feen und dem MI5 verbündet?«

»Ich versuche, Con aufzuhalten. Es ist seine Schuld, dass die Dinge jetzt so sind, wie sie sind. Es waren die Silbernen, die kurz davor waren, Con und seine Goldenen zu überstimmen, bevor er alle anderen Könige davon überzeugte, dass es richtig sei, die Drachen aus diesem Reich zu verbannen.«

»Con nahm dir deine Magie, damit du aufhören würdest, Menschen zu töten.«

»Ich habe Menschen getötet. Sie griffen Drachen an. In erster Linie sind wir Drachen. Was für Lebewesen sind wir, dass wir es dulden, dass Angehörige unserer eigenen Spezies abgeschlachtet werden, und ihre Mörder dann auch noch beschützen?«

Darauf wusste Tristan keine Antwort. Er war nicht dabei gewesen, also wusste er nicht, was er in einer entsprechenden

Situation tun würde. Aber er konnte sich nicht vorstellen, einfach taten- und widerstandslos zuzusehen, wie seine Bernsteinfarbenen getötet wurden.

»Con ist nicht immer das, was er zu sein vorgibt. Das ist er nie gewesen. Ich habe das auf die harte Tour erfahren, als ich ihn für einen Freund hielt. Er hat mich betrogen, er hat die Könige betrogen, aber vor allem hat er die Drachen betrogen.«

Die Verbindung brach ab, und Tristan war nach diesem Gespräch unsicherer als je zuvor. Ulrik wollte, dass er sich seiner Sache anschloss, aber was genau war seine Sache?

Die Vorstellung, dass Con derjenige war, der die Könige bloßstellen wollte, erschien Tristan absurd. Con scheute wirklich keine Mühen, die meisten Sterblichen so weit wie möglich von Dreagan fernzuhalten. Er hatte sogar versucht, die Verbindung von Kellan und Denae zu verhindern.

Tristan rief Laith an, der sofort die mentale Leitung für ihn öffnete. *»Ich befürchte, dass es bald einen Angriff der Dunklen geben wird.«*

»Wie kommst du darauf?«, fragte Laith.

Tristan atmete tief durch. *»Ulrik hat es mir gesagt.«*

»Was?«, brüllte Laith.

»Ich werde dir später alles erzählen. Im Moment müssen wir Sammi in Sicherheit bringen und aus ihrer Reichweite schaffen. Ich vermute stark, dass sie, wenn die Dunklen sie erst einmal in ihrer Gewalt haben, nicht so leicht zu finden sein wird wie Kellan und Denae.«

»Das glaube ich auch. Aber bestimmt werden die Dunklen es nicht wagen, in unser Land einzudringen.«

»Im Moment halte ich einfach alles für möglich.«

»Der einzige Ort, an dem sie wirklich in Sicherheit wäre, ist der Berg.«

Der Berg, in den das Herrenhaus hineingebaut worden war, war aus Sicht der Könige ein heiliger Ort. Gleichzeitig war es der Ort, an dem sich die vier schlafenden Silbernen befanden, die sie gefangen und eingesperrt hatten, bevor sie die Menschheit vernichten konnten. *»Lass ihr keine Wahl. Bring sie einfach dorthin.«*

»Das wird Con niemals zulassen.«

»Ich kläre das mit ihm. Hol einfach Sammi, und wir treffen uns später im Herrenhaus.«

Laith beendete das Gespräch mit einem kurzen Ja. Tristan verschwendete keine Zeit und flog in Richtung Herrenhaus. Da sich dort Menschen aufhielten – die entweder Angestellte oder Besucher waren –, nahm er rechtzeitig menschliche Gestalt an und rannte den Rest des Weges.

Er lief am Haus vorbei und betrat den Berg durch einen Seiteneingang. Wie immer lag dort Kleidung bereit für genau derartige Notfälle.

Tristan fand eine Jeans und zog sie an, bevor er sich auf den Weg durch die Tunnel machte zu dem, was man nur als Kellans Büro beschreiben konnte.

Die Höhle war groß und von Dutzenden von Fackeln an den Wänden erleuchtet. Regale nahmen die gesamte Rückwand der Höhle ein, in denen Schriftrollen, nach Jahren geordnet, lagerten. Irgendwann würden aus den Schriftrollen Bücher werden.

In der Höhle lagen, wahllos verteilt, Teppiche. In der Mitte der Höhle stand ein großer Schreibtisch, der wirkte, als wäre er so alt wie die Könige. Ein Tintenfass und eine Schreibfeder standen auf der linken Ecke. Rechts stand ein hölzerner Krug, der mit Stiften gefüllt war, die offenbar über Jahrhunderte hinweg gesammelt worden waren.

Das modernste Stück in der Höhle war die Schreibtischlampe, deren Licht auf ein geöffnetes Buch fiel, ein Buch, das Kellan geschrieben hatte und das von der Geschichte der Könige handelte.

Tristan seufzte tief, als er Kellan nicht an seinem Schreibtisch sitzend vorfand. Er hatte gehofft, dass Kellan und Denae inzwischen zurückgekehrt waren, aber so viel Glück hatte er nicht.

»Verdammt«, sagt er und fuhr sich mit einer Hand übers Gesicht.

Tristan betrachtete die Schriftrollen und Bücher und beschloss, auf eigene Faust Tatsachenforschung zu betreiben. Er baute sich vor den Regalen auf und überprüfte die Daten, als er ein Geräusch hinter sich hörte. Er drehte sich um und entdeckte Rhys, der im Eingang der Höhle lehnte.

»Wonach suchst du? Vielleicht kann ich helfen«, sagte Rhys.

Tristan warf erneut einen Blick auf die Regale. »Ich möchte wissen, was zwischen Con und Ulrik vorgefallen ist, und ich möchte etwas über den Krieg mit den Sterblichen erfahren.«

Rhys straffte sich und musterte ihn mit hochgezogenen Brauen. »Ich dachte, wir hätten dir bereits alles Wissenswerte darüber berichtet.«

»Das habt ihr. Aber ich möchte die Schilderung mit eigenen Augen lesen.«

»Du meinst … eine unparteiische Schilderung.«

Rhys mochte ja ein verwegener Klugscheißer sein, aber er war nicht dumm. Tristan nickte. »Das meine ich.«

»Was ist passiert?«

Verdammt, aber Rhys war wirklich scharfsinnig. »Warst du damit einverstanden, dass Con die Drachen weggeschickt hat?«

»Nein. Keiner von uns war das, genauso wenig, wie wir mit ansehen wollten, wie sie abgeschlachtet wurden. Wir haben getan, was wir für das Beste hielten.«

»Und Ulrik? Warst du damit einverstanden?«, drängte Tristan ihn weiter.

Rhys ging auf die andere Seite von Kellans Schreibtisch und fuhr mit seinen Fingern über die Oberfläche. »Es ist kein Geheimnis, dass ich mich gegen Con gestellt habe. Verdammt, Tristan, die Könige waren total gespalten.«

»Und was hat euch wieder vereinigt?«

»Con. Er hat es immer geschafft, uns wieder zu vereinen. Das ist einer der Gründe, warum er der König der Könige ist. Ulrik hatte die gleiche Fähigkeit.«

»Also könnte jetzt Ulrik an Cons Stelle sein?«

Rhys nickte langsam. »Sie waren die dicksten Freunde, standen sich so nahe wie Brüder. Allerdings war Ulrik damit zufrieden, über seine Silbernen zu herrschen. Con war derjenige, der König der Könige werden wollte. Ulrik verzichtete lieber, statt mit ihm um die Position zu kämpfen.«

»Einige hielten Ulrik für schwach deswegen, oder?«

»Vielleicht«, sagte Rhys, und dann lächelte er. »Aber sie haben ihre Lektion sehr bald gelernt. Ulrik war alles andere als schwach. Er war intelligent und besaß eine Kämpfernatur, wie ich sie noch nie zuvor gesehen hatte. Keiner konnte gegen ihn gewinnen.«

Jetzt ergab für Tristan alles einen Sinn.

»Warum?«, fragte Rhys. »Warum stellst du all diese speziellen Fragen?«

Tristan hob den Kopf und blickte Rhys an. »Weil Ulrik Kontakt zu mir aufgenommen hat.«

18

Sammi war in ihrem Leben nur sehr selten derart überrumpelt worden. Dieses Mal übertraf alles Bisherige wirklich bei Weitem.

Und sie war fest entschlossen, selbst ein paar Schläge auszuteilen, sobald sie wieder festen Boden unter ihren Füßen hatte.

Sie blickte zu Laith hoch und funkelte den schwarzen Drachen wütend an. Er beachtete sie überhaupt nicht, sondern näherte sich mit ihr immer weiter dem Herrenhaus.

Diesen Flug fand Sammi nicht annähernd so aufregend wie beim ersten Mal mit Tristan. Andererseits hatte sie damals auch nicht vor Wut geschäumt.

Bis zu diesem Augenblick hatte sie die Bedeutung dieser Redensart nie vollständig erfasst. Jetzt wusste sie genau, was ihre Mutter damit gemeint hatte. Je näher sie dem Herrenhaus kamen, desto aufgebrachter wurde sie.

Und erst recht brachte sie auf die Palme, dass sie gutgläubig genug gewesen war, Laith abzunehmen, dass Tristan ihn gebeten hatte, sie zu einem anderen Cottage zu bringen, um sich dort mit ihm zu treffen.

»Cottage, dass ich nicht lache«, knurrte sie und rammte Laith ihren Ellenbogen in die Pranke.

Und schon hatten sie das Herrenhaus erreicht. Jedenfalls nahm sie das anfänglich an, bis Laith geradewegs über den Berg und in das dahinterliegende Tal glitt. Sie spähte hinunter in die Tiefe. Auf der anderen Seite des Berges stand nun das Herrenhaus, in dem ihre Schwester und all die anderen Drachenkönige wohnten.

Sammi krallte sich an Laith' Schuppen fest, als er plötzlich die Flügel anlegte und mit dem Kopf voran wie ein Pfeil in Richtung Boden schoss.

Sie kniff fest die Augen zu. Dann öffnete sie die Lider einen Spaltbreit und sah, wie die Bergwand immer näher kam.

Bevor sie einen Schrei ausstoßen konnte, spreizte Laith seine Flügel wieder und richtete sich auf. Das führte dazu, dass ihr Sturzflug auf der Stelle gestoppt wurde.

Sammi strich sich das Haar aus den Augen, während Laith landete, wobei er sie immer noch mit einer Pranke festhielt. Und dann humpelte er auf drei Gliedmaßen auf eine Öffnung vor ihnen im Berg zu.

Sammi versuchte, alles um sich herum aufzunehmen. Die Öffnung mochte zwar klein sein, sodass Laith nur mit eingezogenem Kopf hineinkam, aber sobald sie drinnen waren, war die Deckenhöhe locker doppelt so hoch wie er.

Es war ein Ort, der Drachen Platz genug bot, sich mühelos zu bewegen, wie ihr klar wurde.

Das Licht, das durch den Eingang fiel, wich, als Laith sich mit ihr tiefer in den Berg hineinbewegte, schnell einer durchdringenden Finsternis, sodass sie absolut nichts mehr erkennen konnte. Sie blinzelte mehrmals schnell hintereinander in der Hoffnung, dass ihre Augen sich an die Dunkelheit gewöhnen würden und sie möglicherweise etwas erkennen könnte.

Sie wendete ihren Kopf von links nach rechts, rutschte dabei in Laith' Pranke hin und her. Sie war so eifrig bemüht, irgendetwas zu erspähen, dass ihr das flackernde, tanzende Licht auf den Steinwänden entging, bis Laith stehen blieb.

Kurz bevor Laith sie absetzte, nahm Sammi die Fackeln entlang des Ganges wahr. Sie wandte sich zu ihm um und funkelte ihn an. »Ein schönes Cottage. Warum hast du mich angelogen?«

»Weil ich ihn gebeten hatte, dich hierherzubringen, egal wie.«

Sie erschauerte, wie sie es immer tat, wenn sie Tristans Stimme hörte. Sie drehte sich langsam um und sah, dass er in den Schatten zwischen zwei Fackeln stand. Sammi hasste es, dass sie sein Gesicht nicht sehen konnte. Wobei seine Miene wahrscheinlich ohnehin nichts verraten hätte.

Tristan war ein Meister darin, absolut nichts von sich preiszugeben. Genau wie alle anderen in Dreagan. Aber während die anderen zig Jahrhunderte gehabt hatten, um sich in dieser Disziplin zu üben, hatte er nur zwei Jahre gehabt.

»Aber du wusstest doch, dass ich nicht hierherkommen wollte«, sagte sie, um das Schweigen zu überbrücken, da sie sonst Gefahr lief, zu ihm zu stürmen und sich in seine Arme zu werfen.

»Die Dinge haben sich geändert. Ein Angriff der Dunklen auf dich steht unmittelbar bevor. Ich musste dich an einen Ort bringen lassen, an dem du sicher bist, den anzugreifen sie nicht wagen würden.«

»In einen Berg?«

Er senkte leicht den Kopf. »Ja. Dies ist ein Ort, an den wir normalerweise keine Sterblichen bringen.«

»Nicht einmal Jane?«

»Jane ist … eine von uns.«

Sammi verdrehte die Augen. »Weil sie eingeheiratet hat?«

»Weil sie Banans Gefährtin ist.«

Es lag etwas in Tristans Tonfall, was sie erschauern ließ. »Laith hat mir erklärt, was es bedeutet, Gefährtin eines Drachenkönigs zu sein. Wenn die Dunklen Feen kommen, hast du sie jetzt direkt zum Herrenhaus gelockt, wo Jane ist. Dafür wird Banan dir bestimmt nicht gerade danken.«

»Ich tue, worum Banan mich gebeten hat – ich beschütze dich vor den Dunklen.«

»Warum hast du Laith nicht einfach die Wahrheit sagen lassen, statt mich auszutricksen?«

»Weil du nicht mitgekommen wärst«, erklärte Tristan. »Und behaupte ja nicht, dass du doch mitgekommen wärst, weil wir beide wissen, dass das nicht stimmt.«

Sie hasste es, wenn sie nicht die Oberhand gewinnen konnte. Sie hasste es noch mehr, dass sie zu ihm gehen und ihn berühren wollte, um sich zu vergewissern, dass die vergangene Nacht Wirklichkeit gewesen war und sie nicht geträumt hatte.

Warum musste er auch so verdammt gut aussehen?

»Muss ich hierbleiben?«, fragte sie. Als sie hinter sich blickte, war Laith verschwunden. Ob er in den Schatten stand und sie beobachtete oder ob er gegangen war, wusste sie nicht.

Tristan trat einen Schritt zur Seite. »Nein. Ich habe einen angenehmeren Aufenthaltsort für dich. Folge mir.«

Sammis Beine fühlten sich bleischwer an, so als würde sie durch hüfthohes Wasser waten. Sie folgte Tristan, aber sie schaute sich nicht mehr so um wie anfangs.

Alles, was sie sich vorgenommen hatte im Cottage –

nämlich die Verbindung zwischen ihr und Tristan zu kappen –, hatte sich in Luft aufgelöst in dem Moment, in dem sie ihn gesehen hatte.

Dann dachte sie daran, wie verschieden ihre Welten waren. Er war unsterblich, mächtig und konnte die Gestalt wechseln.

Sie war nur Samantha Miller, eine schlichte Sterbliche, die alles verloren hatte.

Das hätte wie eine kalte Dusche auf sie wirken müssen. Stattdessen führte es nur dazu, dass sie ihn noch heftiger begehrte. Wenn sie die Hand ausstreckte, könnte sie seinen Rücken berühren, seine Hitze spüren, sich daran erinnern, wie seine Muskeln sich anspannten.

Tristan bewegte sich mit der Anmut eines Jägers. Sie konnte nur staunen über die Kraft, die in ihm steckte. Trotzdem war er die ganze Zeit über liebevoll und sanft gewesen.

Aber sie wusste, dass in ihm ein eingesperrtes Urtier steckte, das bereit war, zuzuschlagen, eine Kraft, die ungeduldig darauf lauerte, freigelassen zu werden. Sie wusste, wie riesig er als Drache war, und sie hatte nur eine ungefähre Ahnung davon, welche Zerstörung er anrichten könnte, wenn er es denn wollte.

Er wandte seinen Kopf etwas zur Seite, sodass sie sein Gesicht im Profil sehen konnte. »Du bist ungewöhnlich schweigsam.«

»Was gibt es schon viel zu sagen?«

»Du bist wütend, weil wir dich überlistet haben.«

Es war keine Frage, und sie ließ ihn in dem Glauben. Während sie in Wirklichkeit wütend darüber war, dass er sie allein gelassen hatte. Es war besser so gewesen. Sie wusste das jetzt, weil sie bereits dabei war, sich in ihn zu verlieben, aber es tat deswegen nicht weniger weh.

Tristan blieb stehen und drehte sich zu ihr um. Sie trat zurück, damit sie nicht mit ihm zusammenstieß. Sein dunkler Blick hielt sie fest, und in seinen Augen lagen Bedauern und große Zweifel.

»Ich würde alles tun, damit die Dunklen dich nicht in ihre Gewalt bringen.«

Sie schluckte und zuckte innerlich zusammen, so laut kam ihr das vor. »Du hast gesagt, dass Denae es überlebt hat. Sag mir, wie sie das angestellt hat, damit ich, falls sie mich kriegen, auch davonkommen kann.«

Tristan blickte beiseite. »Wir wissen nicht, wie sie das geschafft hat.«

»Oh.« Was sollte sie sonst sagen? Sie hatte geglaubt – erwartet –, dass es eine Methode gäbe, um die Dunklen Feen von sich fernzuhalten. »Alles und jedes hat eine Schwäche. Sicher haben die Dunklen auch eine, oder?«

»Nein«, sagte Tristan. Er streckte die Hand aus und berührte ihr Haar, bevor er sich abrupt umdrehte und weiterging.

Zuerst war es die Mafia, dann waren es die Dunklen Feen, und nun arbeiteten die beiden Parteien auch noch zusammen. Ihr wurde jetzt bewusst, dass nichts die Dunklen aufhalten konnte.

Tristan führte sie in eine kleine Kammer mit einem Sessel und unzähligen Kerzen, die den Raum erleuchteten. Neben dem Polstersessel stand ein Tisch mit einem iPad.

»Hier bist du in Sicherheit. Ich bin sicher, dass Jane bald herunterkommt, um nach dir zu sehen. Bis dahin bleibe bitte in diesem Raum. Es wäre mir lieber, wenn du erst mal nicht auf Con triffst.«

Sie berührte die Rückenlehne des Sessels, ging um ihn

herum, stellte sich davor. »Er würde meinen Aufenthalt hier nicht billigen?«

»Nein.«

»Was hast du von ihm zu befürchten?«

»Darüber musst du dir keine Sorgen machen.«

Sie begegnete seinem Blick. »Du hast dich in eine schwierige Lage gebracht, nur für mich?«

»Ich habe versprochen, dich zu beschützen.«

Und damit war er weg.

Sammi setzte sich seufzend. Nach einer so wundervollen Nacht in seinen Armen, war sie nicht in der Lage gewesen, ihn zu berühren. Sie hatte zu große Angst vor sich selbst gehabt, davor, dass sie ihn umschlingen und ihre Lippen auf seine Lippen pressen würde.

Um die Sache noch schlimmer zu machen, war sie jetzt allein mit ihren Gedanken. Das war das Letzte, was sie wollte. Sie musste unbedingt auf andere Gedanken kommen oder ihre Hände mit etwas beschäftigen, egal womit, um nicht dieses absolute Nichts ertragen zu müssen, das sie zwang, an Tristan und alles, was sie sich wünschte, zu denken.

Er rieb sich die Hände. Es war nicht seine Absicht gewesen, schon so bald Kontakt mit Tristan aufzunehmen. Doch es war außerordentlich gut gelaufen.

Tristan hatte die Unterhaltung nicht beendet, und zweifellos waren da Fragen, die er Con stellen würde. Con würde sie natürlich nicht beantworten, und das würde Tristan umso misstrauischer machen gegenüber dem König der Könige.

Anschließend würden nur noch ein paar kleine Anstöße nötig sein, um Tristan auf seine Seite zu bringen. Und auf Tristan würden sicherlich nach und nach andere folgen.

Die Könige von innen her spalten. Es konnte kein passenderes Ende geben für das, was Con teuer war.

Bei Samantha hingegen war er sich noch nicht sicher, wie er mit ihr verfahren sollte. Sein Bündnis mit den Dunklen war bestenfalls heikel zu nennen. Er mochte sich auf unbekanntes Gebiet begeben haben, was Con oder die anderen Drachenkönige niemals getan hätten, aber es hatte sich ausgezahlt.

Bis zu einem gewissen Grad zumindest. Die Dunklen mochten zwar ihre Zustimmung gegeben haben, aber sie verfolgten ihre eigenen Ziele. Genau wie er. Sie waren jedoch zu sehr mit ihren eigenen Machtgelüsten beschäftigt, um das zu realisieren.

Es waren nicht nur die Sterblichen, die er auslöschen würde. Die Feen – alle Feen – würden mit ihnen untergehen. Die Könige würden bald folgen, wenn sie erst entzweit waren und er den Krieg eröffnete.

Sobald sie verschwunden wären, würde er die Drachen zurückholen. Das Reich würde wieder so sein, wie es sein sollte.

Er lächelte, während er seine Zigarre paffte. Seine Überlegungen wurden durch das Klingeln seines Handys unterbrochen. Er erhob sich vom Sofa, nahm das Telefon zur Hand und meldete sich mit einem knappen »Ja?«.

»Die Dunklen Feen haben Kontakt zu uns aufgenommen, Sir. Sie haben gesehen, wie ein König Samantha Miller aus dem Cottage abgeholt hat, genau wie Sie es vorausgesagt hatten.«

»Sie sind so vorhersehbar. Wohin haben sie Miss Miller gebracht?«

»Zu einem Berg.«

Er umfasste seine Zigarre so fest, dass sie in zwei Teile zerbrach. »Bist du sicher?«

»Ich kann mich nur auf die Informationen stützen, die uns die Dunklen gegeben haben, Sir. Mit eigenen Augen haben wir es nicht gesehen.«

»Was hat unser Dunkler Freund noch gesagt?«

Einen Augenblick lang zögerte der Mann am anderen Ende. »Er hat nur gelächelt und so getan, als ob das nichts weiter als eine interessante Herausforderung wäre.«

»Das ist es wohl auch für sie, aber sie werden scheitern. Kein Dunkler wird es wagen, in Dreagan einzudringen.«

»Halten wir uns also zurück?«

»Jawohl«, bellte er, vergaß sich kurz. Dann räusperte er sich und achtete wieder auf seinen gepflegten englischen Akzent. »Ja. Sobald ihr das Gebiet von Dreagan betretet, werden sie euch alle töten.«

»Wir könnten uns mehr Ausrüstung aus dem MI5 Hauptquartier besorgen oder uns in den Satelliten hacken.«

Er lehnte sich an seinen Schreibtisch, griff nach einer neuen Zigarre und knipste das Ende fachkundig ab. »Ein guter Vorschlag, aber es gibt nichts, wobei uns der MI5 im Augenblick helfen kann. Wir warten ab und lassen die Dunklen tun, was sie für richtig halten.«

»Wenn sie Samantha schnappen, werden Sie sie nie bekommen.«

»Du bist ein Dummkopf, wenn du glaubst, dass ich Miss Miller wollte.«

»Aber, Sir … Sie haben ihren Pub in die Luft gejagt.«

Er lächelte bei der Erinnerung. »Ja, das stimmt. Sie hat genau das getan, was ich von ihr wollte, obgleich sie länger gebraucht hat, als ich erwartet hatte. Sie ist nach Dreagan geflohen.«

»Wenn es nicht Samantha Miller ist, hinter wem sind Sie dann her?«

»Hinter jemandem, der viel wichtiger ist.« Tja, wer hätte gedacht, dass Tristan es für notwendig halten würde, die Sterbliche zu beschützen. Es war beinahe zu perfekt. »Noch irgendwelche Nachrichten?«

»Es gibt vier neue Männer, die ich morgen einweisen könnte, um einige unserer Lücken zu füllen.«

»Gut, gut.«

»Wird Mr. Calvin zustimmen?«

»Ja.«

Er hätte beinahe laut gelacht. Wie dumm diese Sterblichen doch waren. Sie hatten keine Ahnung, dass er allein hinter all diesen Namen steckte, die er in seinen diversen Funktionen und Rollen benutzte.

Er hatte mehr als fünftausend Jahre gebraucht, aber in dieser Zeit hatte er sich Zugang verschafft zu den einflussreichsten und mächtigsten Menschen, Clans und Familien, sodass er nur ein Wort sagen musste, und jeder in der betreffenden Sippe würde freiwillig für ihn sterben.

Er kontrollierte die Mafia – alle weltweiten Mafiaorganisationen. Er war der Eine, der entschied, welche Drogen wohin verschifft wurden und welcher seiner Lakaien jeweils als »Drogenboss« tituliert werden sollte.

Er bestimmte darüber, welcher König regierte und welches Land Kriege gewann.

Alles, was er getan hatte, war sorgfältig geplant, mit einem einzigen Ziel: dem Ende der Drachenkönige.

19

Tristan ließ Sammi allein und ging weiter zu einer Höhle, die tief im Berg lag. Es war die größte, und sie war nur von wenigen Fackeln erleuchtet. Aber in ihrem Inneren befand sich der größte Schatz, den die Könige besaßen: die Silbernen.

Das Geräusch seiner Stiefelabsätze wurde überlagert von dem der tiefen Atemzüge der vier Drachen in ihrem Käfig. Er blieb neben dem Gehege stehen und starrte auf den metallischen Glanz der silbernen Schuppen.

Die Drachen waren fantastisch. Seit die anderen ihn einmal hierher mitgenommen hatten, versäumte es Tristan keinen Tag, mindestens einmal nach ihnen zu sehen.

Sicher, er hatte die anderen in Drachengestalt gesehen, aber der Anblick dieser Silbernen war etwas ganz anderes. Sie konnten sich nicht in Menschen verwandeln. Dies war ihre alleinige Gestalt. Und sie sahen atemberaubend aus.

Er konnte sich einen Tag ohne ihren Anblick überhaupt nicht mehr vorstellen, was ihn an Ulrik denken ließ. Ulrik war ihr König. Im Grunde genommen war er ein Gefangener auf dieser Welt, während einige seiner Drachen theoretisch in seiner Reichweite waren, er sie aber nicht einmal betrachten durfte.

Es war unvorstellbar grausam. Außerdem war er seiner Magie beraubt, einschließlich der Fähigkeit, sich in einen Drachen zu verwandeln, und aus der Gemeinschaft der anderen Könige ausgeschlossen. Tristan konnte sich keine böswilligere oder rachsüchtigere Bestrafung für jemanden vorstellen.

Und das alles nur, weil Ulrik die Drachen hatte beschützen wollen.

Tristan hockte sich vor die Gitterstäbe und streichelte einem Drachen die Flügel. Die Silbernen schliefen, unberührt von der bösen Welt um sie herum. Die Magie aller Drachenkönige, kombiniert mit der Dreagans, war vonnöten, um sie nicht aufwachen zu lassen.

Und das war auch der Grund, warum kein König es sich erlauben konnte, Dreagan lange fernzubleiben. Nur die vereinte Magie aller schaffte es, die Silbernen permanent in Schlaf zu versetzen.

Hunderttausende von Jahren hatten die Drachen sich nicht gerührt. Vor zwei Jahren dann hat es einer getan.

Das war genau zu dem Zeitpunkt geschehen, als er, Tristan, Drachenkönig geworden war.

Das war auch der Zeitpunkt gewesen, von dem an der Zauberbann, mit dem Con seine Könige davon abgehalten hatte, tiefe Gefühle für Menschen zu entwickeln, plötzlich irgendwie nicht mehr funktioniert hatte.

Hal hatte sich in Cassie verliebt, eine Menschenfrau. Nur wenige Monate später hatte sich Guy in Elena verliebt, was wiederum Banan zu Jane geführt hatte.

So sehr sich Con auch bemühte – und er hatte sich wirklich nach Kräften bemüht –, er konnte den Zauber nicht wieder erneuern. Sobald die Könige sich verliebten, war er absolut machtlos.

Danach verlief das Leben zwei Jahre lang wieder beinahe wie zuvor. Bis der MI5 Denae zusammen mit einem anderen MI5-Mitarbeiter nach Dreagan geschickt hatte, um zu spionieren. Sie hatten Kellan aufgeweckt, und zu Cons Entsetzen wurde Denae Kellans Gefährtin.

Tristan fragte sich, warum Con mit aller Macht versucht hatte, Kellan und Denae auseinanderzuhalten, wenn er Entsprechendes im Zusammenhang mit Banan und Guy und deren Menschenfrauen so nicht getan hatte.

Er fuhr fort, den Silbernen zu streicheln, während seine Gedanken um Con, Dreagan und Ulrik kreisten sowie um die Frage, welche Rolle er selbst spielte, jetzt, da er Drachenkönig war. Oder war er doch ein Krieger?

Eine Bewegung hinter ihm führte dazu, dass Tristan über seine Schulter spähte und Rhys entdeckte. Es war ein Fehler gewesen, Rhys von Ulrik zu erzählen, aber der Schaden war nun mal angerichtet.

»Ich wusste, dass ich dich hier finden würde«, sagte Rhys. »Wir alle kommen hierher, einige öfter als andere. Ich liebe ihren Anblick, aber es gibt auch einige, die versuchen, sich von hier fernzuhalten.«

»Warum? Erinnern die Silbernen sie an Ulrik?«

Rhys trat neben ihn und steckte seine Hand zwischen den Gitterstäben hindurch, um auch einen der Drachen zu streicheln. »Ich bin mir sicher, dass es zum Teil daran liegt. Aber der Hauptgrund ist wohl, dass es zu schmerzhaft ist, sie anzusehen und zu wissen, dass wir unsere Drachen wahrscheinlich niemals wiedersehen werden.«

»Aber ihr wisst, wohin sie geschickt wurden«, sagte Tristan und kam aus der Hocke hoch.

»Das war vor langer, langer Zeit. Wir haben seitdem keinerlei Kontakt zu ihnen gehabt, weil wir verhindern wollten, dass andere, wie zum Beispiel die Dunklen Feen, ihren Aufenthaltsort herausfinden.«

»Aber andere könnten sie entdeckt haben. Sie könnten leiden.«

Rhys sah ihn mit seinen aquamarinblauen Augen an. »Ja, das könnte sein. Das Risiko gehen wir für ihre Freiheit ein.«

Tristan blickte wieder zu den schlafenden Drachen. Die silbernen Schuppen in ihrem Nacken waren ein wenig dunkler. Ringellocken in demselben dunklen Silberton wie die Schuppen in ihrem Nacken verliefen in einem Streifen von ihrem Schädel bis zu ihrer Schwanzspitze.

Er hatte gehört, die Augenfarbe der Silbernen sei Obsidian. Tristan hätte sie schrecklich gern einmal selbst gesehen.

»Hast du vor, mir zu erzählen, was Ulrik dir gesagt hat?«, erkundigte sich Rhys.

Tristan zuckte die Achseln und schlenderte um den Käfig herum. »Er sagte, dass Con nicht der sei, für den wir ihn halten. Er sagte, Con habe ihm seine Magie genommen, weil er, Ulrik, hatte verhindern wollen, dass die Drachen weggeschickt wurden.«

»Das ist eine Lüge. Ich war da, Tristan. Ich weiß es.«

Tristan musterte Rhys quer durch den Käfig. »Du warst die ganze Zeit über dort? Du hast die Unterhaltung zwischen Con und Ulrik mitangehört?«

»Also, das nicht«, sagte Rhys ausweichend. »Con und Ulrik waren allein.«

»Woher wusste Kellan dann, was er aufschreiben sollte?«

Rhys Lippen verzogen sich zu einem betrübten Lächeln. »Nun ja, das funktioniert ganz einfach, wenn du die Aufgabe übernimmst und bereit bist, die Geschichte der Drachen festzuhalten. Kellan sieht die Geschehnisse vor seinem geistigen Auge, und dann protokolliert er sie.«

»Hast du gelesen, was er aufgeschrieben hat?«

Rhys runzelte die Stirn. »Nein. Das war nicht nötig.«

»Weil du Con aufs Wort geglaubt hast?«, schlussfolgerte Tristan.

»Verdammt.« Rhys wandte sich von dem Käfig ab und ging einige Schritte, ehe er sich umdrehte und wieder zurückkam. »Wir haben Ulriks Frau getötet, weil sie ihn – und uns – betrogen hat. Ich habe gesehen, welch eine verheerende Wirkung das, was wir getan haben, auf ihn hatte. Und ich habe gesehen, wie Ulrik die Menschen angriff. Natürlich habe ich Con geglaubt.«

Tristan fragte sich, ob er nicht genau wie Rhys Con geglaubt hätte nach all dem, dessen sie Zeuge geworden waren. »Bist du nie neugierig und fragst dich, ob du vielleicht nachlesen solltest, was zwischen Ulrik und Con abgelaufen ist?«

»Manchmal schon.«

Tristan war überrascht von der Antwort. »Aber du hast es bisher nicht getan?«

Rhys schüttelte den Kopf und schlenderte durch die Höhle. »Was geschehen ist, ist geschehen. Wünsche ich mir, dass ich an Ulriks Seite gestanden und die Menschen bekämpft hätte, die unsere Drachen töteten? Ja. Das tue ich. Es gibt Nächte, in denen ich wach liege und mich frage, ob meine Gelben noch hier wären, wenn ich für Ulrik Partei ergriffen hätte. Oder ob ich dann wie er dazu verdonnert worden wäre, nie wieder

Drachengestalt annehmen und fliegen zu können. Ja, Tristan, darüber habe ich sehr viel nachgedacht. Ich wette, dass jeder König das getan hat.«

»Warum würde Ulrik wollen, dass ich mich ihm anschließe?«

Rhys blieb abrupt stehen und maß Tristan mit loderndem, ungläubigem Blick. »Das hat er dich tatsächlich gefragt?«

»Jawohl.«

»Banan hat ihn aufgesucht, um ihn zu bitten, die Dunklen zurückzupfeifen«, sagte Rhys und fuhr sich mit der Hand durch sein langes Haar. »Ulrik hat es abgelehnt.«

Tristan lehnte sich mit der Schulter an einen der dicken Gitterstäbe des Käfigs. »Ulrik hat mir gesagt, dass die Dunklen hinter Sammi her sind. Und nach Dreagan kommen.«

»Worauf warten wir dann noch? Wir müssen zu ihr«, sagte Rhys und strebte bereits dem Höhlenausgang entgegen.

»Ich habe Laith gebeten, sie hierherzubringen.«

Erneut hielt Rhys abrupt inne. Dieses Mal drehte er sich langsam zu Tristan um. »Hierher? Was genau meinst du damit?«

»Sie ist weiter den Gang hinunter in einer leeren Kammer.«

»Sie ist keine Gefährtin. Keinem außer den Königen und den Frauen, die den Bund mit ihnen geschlossen haben, ist es erlaubt, den Berg zu betreten, Tristan.«

Tristan ging um den Käfig herum und trat neben Rhys. »Dies war der einzige Ort, der mir einfiel, der Sammis Sicherheit garantieren würde. Banan wird mir da zustimmen, und wenn er das nicht tut, dann auch gut. Ich habe keine Angst vor Con oder einem von euch. Ich musste eine Entscheidung treffen.«

»Hast du sie gern?«

Diese Frage traf Tristan unvorbereitet und machte ihn einen Moment sprachlos. »Was hat Laith dir erzählt?«

»Nichts. Ich habe nicht mit ihm geredet. Aber du hast meine Frage nicht beantwortet.«

Wie sollte er antworten? Wenn er ihm seine Gefühle für Sammi eingestand, unterstellte Rhys ihm möglicherweise, dass mehr dahintersteckte als Lust, wobei es eine Lust war, die jedes Mal aufflammte, sobald er auch nur an sie dachte. Andererseits konnte er nicht leugnen, dass da etwas war.

Ein Mann, der nichts empfand für eine Frau, würde sie nicht an einen geheimen, sicheren Ort schaffen auf die Gefahr hin, sich dafür eine Strafe einzuhandeln.

»Ja«, gab Tristan zu. »Ich habe sie gern.«

»Offensichtlich. Wie sehr?«

»Ich habe mit ihr geschlafen, wenn es das ist, was du fragen wolltest.«

Rhys tat sein Bekenntnis mit einer lässigen Handbewegung ab. »Das war unvermeidlich. Wir alle wussten, dass das kommen würde, so wie ihr beiden euch angehimmelt habt.«

»Wenn du das alles weißt, warum stellst du mir dann Fragen, deren Antwort du bereits kennst?«

»Um es aus deinem eigenen Munde zu hören«, antwortete Rhys.

Tristan presste die Lippen zusammen und wandte den Blick von Rhys ab. Lag seine Unsicherheit bezüglich seiner wahren Identität für alle Welt so offen zutage? Er hatte geglaubt, dass er seine Unentschlossenheit und seine Zweifel besser kaschierte, sie besser im Griff hatte.

»Es besteht kein Zweifel, dass du der geborene Drachenkönig bist«, fuhr Rhys fort. »Du hast dich in die Rolle gefügt, als wärest du immer schon ein Drache gewesen. Du denkst und kämpfst wie ein Drache, und, noch wichtiger, du triffst Entscheidungen wie ein König. Ich weiß, dass die Sache mit Ian und deiner Vergangenheit dich aufgewühlt hat.«

»Milde ausgedrückt«, murmelte Tristan.

Der Anflug eines Lächelns umspielte Rhys' Lippen. »Warum zerbrichst du dir den Kopf deswegen, wenn du dich doch gar nicht an dein anderes Leben mit Ian und den Kriegern erinnerst?«

Tristan hatte Rhys von Anfang an gut leiden können. Man konnte sich immer auf einen klugscheißerischen Kommentar oder eine sarkastische Bemerkung von ihm verlassen, einfach nur, weil er Lust hatte, andere zu ärgern. Selten sah man ihn ohne sein freches Grinsen.

Tristan musterte Rhys und atmete tief durch. »Das stimmt nicht mehr ganz.«

»Interessant«, sagte Rhys mit hochgezogenen Augenbrauen. »Erinnerst du dich inzwischen an Ian?«

»Nicht genau. Manchmal blitzen Erinnerungsfetzen auf, halten aber höchstens einige Sekunden an.«

»Wann fing das an?«

Tristan massierte sich den Nacken und wandte seinen Blick ab. »Nach Sammis Eintreffen und nachdem ich ihre Verletzung behandelt hatte.«

»Ich habe keine Zweifel, dass Ulrik seine Leute hat, die uns beobachten. Ich bin sicher, dass er weiß, dass Ian versucht, Verbindung zu dir aufzunehmen, und er weiß, dass du der neue Drachenkönig bist. Du hast die Kriege gegen die Menschen und auch die gegen die Feen nicht mitgemacht, woraus er schlussfolgert, dass deine Loyalität nicht so ausgeprägt ist wie die von uns anderen.«

»Also bist du Con gegenüber loyal?«

Rhys lächelte und schlug ihm auf den Rücken. »Ich bin den Drachenkönigen gegenüber loyal. Con macht Fehler, genau wie jeder andere. Er hält sich gern für perfekt, aber er ist weit davon entfernt.«

»Ulrik hatte zwingende Argumente«, meinte Tristan. Er hasste den Gedanken, dass er möglicherweise den Entschluss treffen würde, sich Ulrik anzuschließen und Dreagan zu verlassen, aber die Wahrheit war: Er wusste nicht, wem er glauben oder was er tun sollte, da er nur über bruchstückhaftes Wissen verfügte.

Rhys' Lächeln erstarb. »Ulrik war einer der besten Könige. Seine Silbernen hätten alles für ihn getan. Anders als wir nahm Ulrik bereitwillig eine Menschenfrau zur Geliebten. Er liebte sie abgöttisch. Er sah absolut keinen Grund, warum er ihr oder irgendwelchen Menschen nicht vertrauen sollte. Verdammt, uns allen ging das so. Ulrik war unglaublich redegewandt. Er war ein Meister der Überredungskunst, konnte alle und jeden überzeugen.«

»Konnte Con das nicht auch?«

»In gewisser Weise«, räumte Rhys ein. »Aber Ulrik hatte eine besondere Begabung. Mühelos konnte er jemandes Meinung zu einem bestimmten Thema ändern, egal, zu welchem, und egal, wie unlogisch das möglicherweise war.«

Tristan spähte zu den Silbernen hinüber. »Du glaubst, dass er das auch bei mir versucht hat?«

»Absolut. Ein ausreichender Grund wäre schon, dass dein Zwillingsbruder aus deinem vergangenen Leben versucht, Kontakt zu dir aufzunehmen, aber ich vermute, dass mehr dahintersteckt.«

Tristan hätte Rhys gern alles anvertraut, aber würde das die

Sache nicht noch verworrener machen? Rhys würde versuchen, ihn zu überzeugen, in Dreagan zu bleiben.

»Allerdings.«

Rhys' Lächeln war voller Bedauern. »Vielleicht möchtest du das, was da vorgeht, mir oder jemand anderem anvertrauen. Dein Kopf ist jetzt besetzt von Ulrik. Was du absolut nicht gebrauchen kannst, ist, dich zerrissen zu fühlen, in verschiedene Richtungen gezerrt zu werden.«

Genau das wollte Tristan auch nicht, doch hatte er bereits das Gefühl, dass das der Fall war.

»Ich behaupte nicht, dass Con recht hatte und Ulrik nicht«, fuhr Rhys fort. »Aber hier geht es weder um den einen noch um den anderen. Jetzt kämpfen wir darum, die Existenz der Drachenkönige geheim zu halten. Wir wissen inzwischen, wer unsere Feinde sind, und wir wissen, was sie wollen. Das Einzige, worauf wir uns konzentrieren müssen, ist, vereint zu bleiben und geschlossen zu handeln.«

Rhys hatte zwar hervorgehoben, dass Ulrik ein Talent dafür hatte, die richtigen Worte zu finden, aber das Gleiche traf auch auf ihn selbst zu. Tristan sagte: »Dann schließen wir uns doch zusammen, damit wir, wenn die Dunklen kommen, bereit sind, sie zu empfangen.«

Rhys lachte schallend, als sie die Höhle verließen. »Jetzt sind wir auf der gleichen Wellenlänge.«

20

Sammi öffnete das iPad und drückte auf die Musik-Taste. Lana Del Reys »Summertime Sadness« erklang mit seinem langsamen, sinnlichen Rhythmus. Sammi lehnte sich im Sessel zurück und summte mit.

Der Song erinnerte sie zu sehr an ihre Zeit mit Tristan. Der Text blieb ihr im Hals stecken, und die Gefühle drohten sie zu überwältigen.

Sie drückte schnell die Vorwärtstaste, und die Kings of Leon ertönten aus dem Lautsprecher. Das half, die Gefühle zu verscheuchen, denen sie sich nicht stellen wollte.

Sammi stand auf und ging in dem kleinen Raum auf und ab. Sie nahm an, dass es sich um einen Raum handelte. Er wirkte allerdings mehr wie eine kleine Höhle, und da sie sich innerhalb eines Berges befand, hielt sie ihn auch für eine.

»Sammi!«

Sie fuhr herum, als Jane hereinstürmte und sie fest in die Arme nahm. Sammi schloss die Augen und klammerte sich an ihre Schwester.

»Geht es dir gut?«, erkundigte sich Jane.

Sammi nickte und klammerte sich noch fester an ihre Schwester. »Ich schätze, du bist bereits über alles im Bilde?«

Jane lachte und löste sich von ihr. »Das waren wir schon, bevor du Dreagan verlassen hast. Du hast Tristan und Banan alles erzählt.«

»Nein, habe ich nicht.« Sie wusste genau, dass sie das nicht getan hatte. Sie hatte sich nach Kräften bemüht, ihnen nur so viel an Informationen zu geben, dass sie sie in Ruhe ließen.

Es war wohl die Art und Weise, wie Jane plötzlich ihrem Blick auswich, die Sammi sagte, dass etwas passiert war. Etwas, was ihr mit Sicherheit nicht gefiel.

»Jane, ich habe ihnen nichts erzählt.«

Ihre Schwester ließ ihre Arme sinken und trat einen Schritt zurück. »Laith hat uns gesagt, dass du weißt, wer Banan und Tristan sind.«

»Ja, aber darum geht es nicht.«

»Doch«, beharrte ihre Schwester. »Wenn du weißt, dass sie Drachenkönige sind, dann musst du auch wissen, dass jeder über eine bestimmte … Gabe, könnte man sagen, verfügt.«

»Eine Gabe?«, wiederholte Sammi, und Entsetzen erfasste sie. »Was für eine Art Gabe?«

Jane zuckte nur die Achseln. »Sie sind alle unterschiedlich.«

»Welche hat Tristan?«

Jane zuckte sichtlich zusammen. »Sei nicht böse auf ihn. Er hat genau das getan, worum Banan und ich ihn gebeten haben.«

»Jane«, drängte Sammi sie.

»Tristan kann jemanden dazu bringen, Dinge auszusprechen, die diese Person eigentlich für sich behalten möchte.«

Sammi rieb sich die Stirn und versuchte angestrengt, die

rasende Wut zurückzuhalten, die in ihr aufstieg. »Also der Abend, an dem ich mich ruhiger und erleichterter gefühlt habe …«

»… war der Abend, an dem du ihnen alles erzählt hast, ja«, gab Jane zögernd zu. »Das hat dir zumindest etwas Ruhe verschafft.«

»Und ihr alle habt zugelassen, dass ich mich weggeschlichen habe?«

Jane biss sich auf die Unterlippe. »Sammi …«

»Während sie mir in Wahrheit gefolgt sind?«

Natürlich. Jetzt passte alles zusammen. Kein Wunder, dass Tristan sie so mühelos und schnell aufgespürt hatte. Sie hatte sich eingebildet, der Mafia entkommen zu sein, während in Wirklichkeit Tristan sie beschützt hatte.

So viel zu ihrem Mut, sich allein in die Wildnis zu wagen und sich ihren Gefahren zu stellen. Sie war gar nicht allein gewesen. Sie war nie gefährdet gewesen.

Aber das war nicht das, was sie so empörte. Es war die Tatsache, dass Tristan einfach in ihren Kopf eingedrungen war und sie dazu gebracht hatte, Geheimnisse preiszugeben, die sie für sich behalten wollte. Wenn er es einmal getan hatte, könnte er es jederzeit wieder tun.

»Tristan hat von Anfang an versucht, mich zu überzeugen, dass ich in Dreagan am sichersten aufgehoben wäre und zurückkommen sollte«, sagte sie aufgebracht zu ihrer Schwester.

Jane lächelte schwach. »Ich habe ihn angefleht, dich auf jede nur mögliche Weise dazu zu bringen.«

Sammi fing an zu lachen. Was für eine Närrin sie doch gewesen war. Während sie versucht hatte, ihr Herz vor einer Katastrophe zu bewahren, hatte Tristan sie manipuliert, genau das zu tun, was er wollte. Und wer wusste schon, ob das, was sie für ihn empfand, wirklich war? Schließlich konnte er alle ihre Ängste mit einer einzigen Berührung vertreiben.

»Es gibt gar keinen bevorstehenden Angriff der Dunklen Feen, oder?«

Jane runzelte die Stirn. »Es hat uns alle überrascht zu hören, dass die Dunklen es möglicherweise wagen werden, Dreagan anzugreifen, aber es hat den Anschein, als hätten sie das tatsächlich vor.«

»Warum? Ich bin ein Niemand. Ich hatte ursprünglich mit keinem aus Dreagan etwas zu tun, außer mit dir, und wir mögen ja miteinander telefoniert haben, aber ich war noch nie zuvor hier. Warum hätten sie mich benutzen sollen? Warum nicht jemand anders, um sich diese Jungs zu schnappen?«

»Das weiß ich nicht«, sagte Jane leise.

Sammi stellte die Musik aus. »Seit ich hier in Dreagan, beziehungsweise bei Tristan bin, habe ich den Eindruck, gerade eben so viel an Informationen zu bekommen, dass ich mich ruhig verhalte. Ich bin das alles gründlich leid. Ich bin es leid, um mein Leben zu fürchten, ich bin es leid, dass ich Schmerzen habe, und ich bin es leid, benutzt zu werden.«

»Benutzt? Sammi …«

»Benutzt«, unterbrach sie ihre Schwester. »Ich wurde von Daniel benutzt, um Geld zu waschen über meinen Pub. Wenn ihr alle recht haben solltet, bin ich auch von der Mafia benutzt worden – die genau genommen der Feind der Könige ist –, um an dich heranzukommen und über dich an Banan. Banan hat mich benutzt, um an Informationen zu gelangen. Ich wurde von euch allen benutzt, um die Leute zu ködern, die hinter mir her sind. Ich wurde auch von Tri…«

Sie konnte nicht einmal seinen Namen aussprechen.

Ihr tat der ganze Körper weh, während sie schwer atmend

versuchte, sich zu beruhigen, aber mehr noch tat ihr das Herz weh vor Beklemmungen. Sie hatte sich Tristan hingegeben, und sie hatte geglaubt, dass er etwas für sie empfand, so leidenschaftlich, wie er sie berührt hatte, so hingebungsvoll, wie er sie geliebt hatte.

Die Wahrheit war ein kalter Bettgenosse, und Sammi wünschte sich beinahe, dass sie selbige noch nicht gekannt hätte.

»Wir haben es getan, um dich zu beschützen.«

Janes liebevolle Worte führten keinesfalls dazu, dass Sammi sich besser fühlte. Wieder einmal hatte sie ihr Herz einem Menschen geschenkt – in diesem Fall ihrer Schwester. Sie hatte es nicht gewollt, aber Jane war hartnäckig gewesen, und Sammi hatte sich so einsam gefühlt.

All das war lediglich ein Beweis mehr dafür, dass sie wirklich niemandem vertrauen konnte. Weder diesem Ex-Geliebten, der ihr Geschäftspartner geworden war, noch ihrer Halbschwester und ganz sicher nicht diesem geheimnisvollen, umwerfenden Mann, der es mit einem einzigen Kuss fertigbrachte, dass sie auf Wolken schwebte.

»Ich wäre jetzt gern allein«, sagte sie und drehte Jane den Rücken zu.

»Sammi, bitte«, flehte Jane.

Aber sie weigerte sich, ihre Schwester anzusehen.

Sie wartete, bis Janes Schritte verhallt waren, bevor sie aus der Kammer spähte, um sich zu vergewissern, dass niemand sie bewachte. Glücklicherweise gingen wohl alle davon aus, dass sie sich nicht von der Stelle zu rühren traute während des vermeintlich drohenden Angriffs.

Wie sehr sie sich da täuschten! Sie eilte aus dem Raum und blickte sich in kurzen Abständen um.

Oh, sie wusste, dass jemand hinter ihr her war, und sie wusste, dass eine wirkliche Gefahr da draußen lauerte in Gestalt der Dunklen Feen. Es war nicht so, als hätte sie einen Todeswunsch oder als überschritte sie gern irgendwelche Grenzen. Es ging schlicht darum, ihr Leben wieder in den Griff zu bekommen.

Sammi irrte in dem Berg so oft im Kreis herum, dass sie die Übersicht verlor. Mehrfach musste sie sich hinter einem Felsen verstecken oder sich in Höhlen ducken, wenn sie hörte, dass sich jemand in ihrer Nähe befand.

Es war reiner Zufall, dass sie an einer Höhlenöffnung vorbeikam und, als sie hineinspähte, die silbernen Drachen sah. Sie waren eingesperrt und schienen beinahe friedlich zu schlafen. Sie wäre gern zu ihnen gegangen, aber es war ein Mann bei ihnen. Er hatte gewellte blonde Haare, und er trug eine elegante Hose und ein bis zu den Ellenbogen aufgekrempeltes Oberhemd.

Deswegen hielt sie es für klüger, sich die Drachen nicht näher anzusehen. Stattdessen fand sie endlich einen Ausgang aus dem Berg und blieb dann wie angewurzelt stehen, als sie das in den Berg hineingebaute Herrenhaus sah.

Sammi hielt sich im Schatten der Hecken und Bäume, während sie zum Parkplatz der Brennerei eilte. Es musste doch einfach irgendjemanden geben, der sie ein Stück mitnehmen konnte.

Sie umrundete eine Ecke und prallte mit jemandem zusammen. Der Schwung warf sie nach hinten, aber sie landete nur in einer Hecke statt auf dem Erdboden.

»Au«, erklang eine gedämpfte Stimme mit amerikanischem Akzent.

Sammi blickte hoch und entdeckte keine andere als Lily.

Sie fing an zu lachen, als sie sich aus der Hecke befreite und Lily ihr auf die Füße half. »Gott sei Dank, Sie waren es.«

Lily klopfte sich ihre Bluse und den Rock ab. Beide Kleidungsstücke waren viel zu weit für sie. »Sammi? Ist alles in Ordnung? Sie sehen besser aus als letzte Woche.«

War es tatsächlich schon so lange her? »Entschuldigen Sie bitte, dass ich Sie angerempelt habe. Sie haben … nein, du, okay? Du hast den Job gekriegt, nicht wahr?«

»Ja.« Lily strahlte. Ihre dunklen Augen funkelten vor Aufregung. »Und er macht mir unglaublich viel Spaß.«

»Das ist wunderbar. Hör zu, Lily, ich muss hier weg, kannst du mich mitnehmen?«

Lily nickte. »Natürlich. Jane ist wohl anderweitig beschäftigt?«

»Ja, ist sie. Macht es dir etwas aus, wenn wir gleich fahren?«, fragte Sammi, während sie bereits nach Lilys Arm griff und sie zu ihrem alten BMW zog.

Lilys Blick wurde besorgt. »Wohin musst du? Ich darf nicht zu spät zu Hause sein.« Sie blieb stehen, dann schüttelte sie kurz den Kopf. »Sorry. Das habe ich jetzt wohl hinter mir.«

Sammi wollte sie schon fragen, wieso eine erwachsene Frau zu einer festen Uhrzeit zu Hause sein musste, aber andere Dinge hatten gerade eindeutig Vorrang. »Bis wohin kannst du mich mitnehmen?«

»Bis dahin, wohin du musst.«

»Dann fahre mich so weit, wie es dir in den Kram passt«, sagte Sammi, während sie auf den Beifahrersitz kletterte.

Sie hörte Lily zu, die über ihre Erlebnisse mit den Kunden plauderte, während sie Dreagan verließen. Trotzdem blieb Sammi angespannt. Sie hatte schon einmal geglaubt, Dreagan, ohne dass jemand es bemerkt hätte, hinter sich gelassen zu haben. Und wenn sie das richtig verstanden hatte, wurde sie auch jetzt verfolgt.

Sie umfasste den Sicherheitsgurt fester, als ihr – zu spät – bewusst wurde, dass sie Lily in Gefahr brachte. Die Mafia oder die Dunklen Feen beobachteten sie wahrscheinlich.

»Siehst du irgendwelche Autos hinter uns?«, fragte Sammi.

Lily schmunzelte. »Nein.« Dann warf sie ihr einen raschen Blick zu, und ihr Lächeln erstarb. »Bist du in Schwierigkeiten?«

»Mehr, als du wahrscheinlich für möglich halten würdest. Tut mir leid, Lily. Ich hätte dich nicht mit hineinziehen sollen.«

Lily zuckte nur die Achseln und blickte wieder in den Rückspiegel. »Da du dich aus Dreagan so heimlich davonstiehlst, schätze ich, dass es dir lieber wäre, wenn ich Jane nicht erzähle, dass ich dir geholfen habe.«

»Dafür wäre ich dir wirklich dankbar.«

»Ich hatte eigentlich gehofft, dich dieser Tage mal im Laden zu treffen, aber Cassie hat mir gesagt, dass deine Wunde noch nicht verheilt ist und du Ruhe brauchst. Die dunklen Ringe unter deinen Augen sind übrigens verschwunden. Ich denke, die Ruhe hat dir gutgetan.«

Sammi blickte aus dem Fenster. Es war nicht die Ruhe, die sie gewollt hatte. Es war Tristan. Wie schnell doch die Zeit verflog, wenn man sie auskosten wollte. Wäre sie doch nur nicht eingeschlafen, dann wäre sie möglicherweise wach gewesen, als er gegangen war.

»Hinterher ist man immer klüger.«

»Was?«, fragte Lily.

»Das ist etwas, was meine Mutter immer gesagt hat. Hinterher ist man immer klüger. Ich fand diese Redensart eigentlich ziemlich abgedroschen, aber sie ist so verdammt wahr.«

»Ja. Das stimmt.«

Sammi wandte sich Lily zu. Das scheue Lächeln auf Lilys Gesicht war wie weggeblasen. Die zurückhaltende, zarte Frau sah abgespannt, verängstigt und desillusioniert aus. Eine innere Stimme befahl Sammi zu fragen: »Musst du um eine bestimmte Zeit zu Hause sein?«

»Nein«, sagte Lily lächelnd.

Aber es war ein gezwungenes Lächeln. Sammi war natürlich bewusst, dass sie nicht die Einzige war, die durch die Hölle gegangen war, aber traf das auch auf Lily zu?

»Immer noch keine Autos hinter uns.«

Sammi nickte geistesabwesend. »Autos. Richtig.« Sie rief sich zur Vernunft. Sie wollte Lily helfen, aber erst einmal musste sie sich selbst helfen.

Sie beugte sich vor und blickte hinauf in den Himmel, bevor sie aus dem Seitenfenster spähte.

»Hältst du Ausschau nach einem Flugzeug?«, fragte Lily.

Sammi lächelte flüchtig. »Etwas in der Richtung. Es ist nur wenig bewölkt. Ein schöner, klarer Tag.«

»Das ist gut, nehme ich an.«

»Sehr gut«, sagte Sammi und lehnte sich zurück.

Der Rest der Fahrt verging viel zu schnell. Sammi stellte fest, dass sie und Lily viel gemeinsam hatten, und das Einzige, was bei ihr die Alarmglocken schrillen ließ, war, wie mühelos Lily allen Gesprächen über ihre Vergangenheit auswich.

Als Lily schließlich in einer kleinen Ortschaft anhielt, entdeckte Sammi die Bushaltestelle ein paar Meter weiter die Straße hinunter. »Vielen Dank. Komm gut nach Hause und pass auf dich auf.«

»Pass du auch auf dich auf«, antwortete Lily und winkte zum Abschied.

Sammi stieg aus, schloss die Tür und winkte Lily hinterher, die umdrehte und denselben Weg zurückfuhr, den sie gekommen waren. Anschließend ließ sie sich einen Augenblick Zeit, um sich umzusehen und nach Verdächtigem Ausschau zu halten, und stieß einen tiefen Seufzer aus, als die Luft rein war.

Dann ging sie zu der Bushaltestelle.

21

Tristan informierte seine Brüder über sein Gespräch mit Ulrik – oder jedenfalls über den größten Teil desselben – und erklärte ihnen, warum er Sammi in den Berg hatte bringen lassen.

Die Reaktionen waren gemischt, aber Tristan hatte auch nichts anderes erwartet. Er überließ es Rhys und Banan, die Details festzulegen, wie Sammi und die Frauen beschützt werden sollten. Tristan konnte es kaum abwarten, Sammi wiederzusehen, sie zu berühren und einfach nur in den Armen zu halten.

Nicht dass er gewusst hätte, was er ihr sagen sollte. Sie hatte ihn mit anderen Augen betrachtet, so als ob sie den Aufruhr in ihm spüren würde. Laith hatte ihm versichert, dass sie nicht allzu verärgert darüber gewesen war, dass er sie allein gelassen hatte, aber eine innere Stimme flüsterte Tristan zu, dass es ihr doch viel ausgemacht hatte.

Er hatte nicht vorgehabt, sie zu verletzen. Er brauchte Antworten, brauchte irgendetwas, um das Chaos in seinem Leben zu ordnen. Und sie war – wenngleich unwillentlich und ohne eigenes Zutun – mitverantwortlich für den Tumult in seinem Innern. Das lag nicht nur an der starken, alles verzehrenden Anziehungskraft, die sie ausstrahlte – es lag auch an der Tatsache, dass sie irgendwie seine Erinnerungen weckte.

Tristan war sich nicht sicher, ob er bereit war, sich diesen Erinnerungen zu stellen, oder nicht. Und dann war da eben auch noch Sammi selbst. Sie war … unglaublich. Ihre Augen waren bezaubernd, ihre Küsse berauschend.

Ihr Körper umwerfend.

Mit einem einladenden Lächeln hatte sie ihn gefangen genommen, gefesselt. Verwirrt. Ihretwegen bekam er feuchte Hände, klopfte sein Herz wie wild, fing sein Blut an zu pulsieren.

Tristan blieb stehen und rieb sich das Gesicht. Es juckte ihn in den Fingern, sie zu berühren, aber es gab wichtigere Dinge, als sein Verlangen zu befriedigen, wie zum Beispiel, sie nicht in die Hände der Dunklen fallen zu lassen.

Die Dunklen. Er hatte nicht gegen sie gekämpft in den Feenkriegen. Tatsächlich waren die einzigen Kämpfe, die er gemeinsam mit den anderen Königen ausgetragen hatte, die an der Seite der Krieger und Druiden gewesen. Dennoch kannte er sich selbst und die anderen als Drachen gut genug, um zu wissen, dass sie äußerst schlagkräftig und effektiv waren.

Die Dunklen – oder genau genommen alle Feen – hatten die Feenkriege verloren. Die Könige hatten sie zwar nicht vollständig aus dem Reich vertreiben können, aber sie hatten ihren Lebensraum stark eingeschränkt. Doch genau das schien jetzt gefährdet und sich in Auflösung zu befinden.

Es war so, als gäbe es eine mächtige Kraft, deren einziges Sinnen und Trachten darauf zielte, alles, was die Könige bewirkt hatten, zu zerstören. Es könnte Ulrik sein. Aber der hatte seine Magie eingebüßt. Und man brauchte Magie, um gegen etwas so Mächtiges wie Drachenmagie zu kämpfen.

Ulrik hatte angeboten, Sammi nicht länger verfolgen zu lassen, wenn Tristan sich ihm anschloss. Tristan fürchtete sich nicht vor den Dunklen. Er fürchtete sich nur vor dem, was sie Sammi antun könnten.

Tristan lehnte sich gegen die Tunnelwand und ließ den Kopf hängen. Ulrik hatte ihm eine einfache Lösung für das aktuelle Problem angeboten. Aber wenn er Dreagan verließ, um sich Ulrik anzuschließen, würde er verbannt werden, das war Tristan klar.

Con könnte versuchen, ihm seine Magie zu nehmen, und dadurch verhindern, dass er Drachengestalt annehmen konnte, genau wie er es bei Ulrik getan hatte. Tristan hatte nie in Erwägung gezogen, Ulrik auszuspionieren. Aber Ulrik würde genau das erwarten und Gegenmaßnahmen getroffen haben.

»Mist«, knurrte Tristan.

Er konnte kaum glauben, dass er über derart drastische Entscheidungen auch nur nachdachte. Wenn es nur um eine x-beliebige Sterbliche ginge, täte er das auch nicht, aber Sammi war nun einmal nicht irgendeine Sterbliche.

Die Vorstellung, dass die Dunklen Feen in Dreagan eindringen könnten, hinterließ einen schlechten Geschmack in seinem Mund. Dreagan war etwas ganz Spezielles, Heiliges. Wenn die Dunklen einen Krieg wollten, dann sollten sie ihn bekommen. Wenn sie einen König und die Sterbliche, die mit ihm verbunden war, fangen wollten, dann würde er umgekehrt sie gefangen nehmen.

Er straffte sich und ging weiter zu der Kammer, in die er Sammi geführt hatte. Er musste sie einfach sehen, sie halten, sie berühren – auch wenn das bedeutete, dass weitere Erinnerungen ans Tageslicht kommen würden. Weil im Moment nur sie ihm Halt gab, nur sie das Chaos besänftigen konnte, das in ihm tobte.

Tristan rief ihren Namen, noch ehe er die Kammer betrat.

Er erhielt keine Antwort, und ein kurzer Blick bestätigte ihm auch nur, dass niemand in dem Raum war. Tristan wirbelte herum und rannte zurück auf den Gang, wo er erst in die eine, dann in die andere Richtung spähte.

Er rannte nach rechts, überprüfte jede einzelne abzweigende Höhle. Als er Sammi nicht fand, drehte er um und rannte, bis er zurück in der Kammer war.

Schwer atmend weigerte sich Tristan, den Tatsachen ins Auge zu sehen, obwohl offenbar das Unbegreifliche eingetreten war: Sammi war verschwunden. Sie hatte den Berg verlassen. Dreagan.

Ihn.

Er brüllte laut auf, packte den Sessel und donnerte ihn gegen die Wand. Das Holz zersplitterte, der Bezug riss, und das Möbelstück war ruiniert.

Aber das minderte seinen Zorn nicht im Geringsten. Tristan fegte alle Gegenstände mit dem Handrücken vom Tisch, bevor er gegen den Tisch trat und dem das gleiche Schicksal widerfuhr wie dem Sessel.

Ehe er noch mehr Schaden anrichten konnte, ergriff jemand seine Arme, hielt sie hinter seinem Rücken fest.

»Sachte«, sagte Laith. »Das war mein iPad.«

Tristan versuchte sich loszureißen. »Lass mich los. Sofort.«

»Erst wenn du uns sagst, was um alles in der Welt los ist«, sagte Rhys, der hinzutrat und sich vor ihm aufbaute.

»Sieh dich um. Es ist offensichtlich.«

Rhys verzog verwirrt sein Gesicht. »Offensichtlich ist nur, dass du meinen Lieblingssessel zerstört hast.«

Tristan versuchte wieder, sich loszureißen, und schaffte es, einen Arm frei zu bekommen. Er holte zum Schlag aus und wollte Laith einen Fausthieb gegen das Kinn verpassen, als er abermals zurückgehalten wurde. Er riss den Kopf herum, um zu sehen, wer dieses Mal seinen Arm festhielt, und starrte in Banans wütende graue Augen.

Hinter Banan war ein leises Keuchen zu hören, als Jane in die Kammer trat. Ihr Blick wanderte zu Tristan. »Wo ist sie?«

»Weg.«

Banan ließ ihn los. »Scheiße!«

»Ich nehme an, du sprichst von Sammi?«, fragte Rhys.

Tristan nickte. »Ich habe den gesamten Berg abgesucht.«

»Es ist meine Schuld.« Jane hob den Blick, ihre Augen waren voller Tränen. »Ich bin zu ihr gegangen. Sie war durcheinander, und mir ist versehentlich herausgerutscht, wie wir erfahren haben, wer sie verfolgt.«

Tristan hatte das Gefühl, als hätte ihn eine Abrissbirne in den Bauch getroffen. »Du hast ihr gesagt, wie ich an die Informationen gekommen bin?«

Jane nickte und trat dichter an Banan heran. »Sie war wütend.«

»Aber warum ist sie gegangen?«, fragte Banan. »Ich habe ihr gesagt, dass die Dunklen hinter ihr her sind.«

»Ich nehme an, dass sie das nicht geglaubt hat«, sagte Jane und wischte sich die Augen, bevor sie sich die kastanienbraunen Haare hinter die Ohren klemmte.

Banan zog sie in seine Arme. »Wir werden Sammi finden, Liebste.«

»Ich sage es wirklich ungern, aber Con wird an die Decke gehen, wenn er von all dem erfährt«, merkte Rhys an.

Tristan grunzte nur. »Ich scheiße auf Con.«

»Das wäre mir aber gar nicht lieb«, sagte Con, während er in die Kammer trat.

Tristan schob alle beiseite und rannte zu einem der Ausgänge des Berges. Sobald er ihn erreicht hatte, wechselte er die Gestalt und flog durch dieselbe Öffnung hinaus, durch die Laith Sammi erst Stunden zuvor in den Berg gebracht hatte.

Er musste sie finden.

Denn wenn er es nicht tat, könnte er sich ebenso gut Ulrik anschließen.

Rhys seufzte, als er Tristan hinterhersah, der aus dem Raum stürmte. Er wusste genau, wohin Tristan fliegen wollte, weil er das Gleiche tun würde, wenn er an Tristans Stelle wäre.

»Was zum Teufel geht hier vor?«, verlangte Con zu wissen.

Laith kickte ein Stück des zerbrochenen Tischs beiseite. »Ich hatte Sammi hierhergebracht.«

»Was?«, donnerte Con, dessen schwarze Augen vor Wut schmal wurden.

Mit genau solch einem Ausbruch hatte Rhys gerechnet. »Tristan hatte keine andere Wahl. Jedenfalls nicht, nachdem Ulrik ihm eröffnet hatte, dass die Dunklen Dreagan heute Nacht angreifen wollen, um Sammi gefangen zu nehmen.«

Cons Blick fuhr zu ihm herum, seine Nasenflügel bebten. »Erst besucht Banan Ulrik, und jetzt tut es Tristan.«

»Du verwechselst da etwas«, korrigierte ihn Banan, während er Jane auf die Stirn küsste und sie sanft aus dem Raum schob. Er wartete, bis sie um die Ecke verschwunden war, bevor er sich Con zuwandte. »Ich bin zu Ulrik gegangen, aber es war Ulrik, der Kontakt zu Tristan aufgenommen hat.«

Cons Wut verrauchte augenblicklich, so schockiert war er. »Er … hat Tristan angerufen?«

Rhys nickte. »Ungefähr so haben wir auch reagiert. Wie sich herausstellte, möchte Ulrik, dass Tristan sich auf seine Seite schlägt. Er hat angeboten, den Angriff abzublasen, wenn Tristan sich dazu entschließt.«

»Hat Tristan das vor, geht er zu Ulrik?«

Laith schnaubte. »Nein. Zuerst wird er versuchen, Sammi zu finden. Aber wenn er keinen Erfolg hat, bin ich mir nicht so sicher. Sie verbindet etwas, diese beiden.«

Ein Muskel zuckte an Constantines Kinn. »Die menschlichen Gefährtinnen?«

»Vielleicht«, sagte Banan.

Rhys verschränkte seine Arme vor der Brust. »Was auch immer da läuft zwischen Tristan und Sammi, darum geht es hier nicht.«

»Du hast recht.« Con blickte von einem zum anderen. »Es geht darum, dass Ulrik es gewagt hat, einen von uns zu kontaktieren.«

Laith' Augenbrauen schossen in die Höhe. »Es gewagt hat? Er ist einer von uns, Con.«

»Er ist verbannt. Vergesst das nicht.«

Als ob Con sie das vergessen lassen würde. Rhys war genauso überrascht wie alle anderen, dass Ulrik sich dazu entschlossen hatte, jetzt Kontakt zu ihnen zu suchen, und erst recht schockiert war er, dass seine Wahl ausgerechnet auf Tristan gefallen war. Was hatte er vor?

Tristan war der neueste König. Er war stark, fähig und mächtig, aber das waren schließlich alle Könige. Sein einziger

Pluspunkt war, dass Tristan nichts mit der Vergangenheit und deren schrecklichen Folgen zu tun hatte. Ihre Welt und ihre Probleme waren neu für ihn, und er war noch neutral, hatte noch nicht irgendwie Partei ergriffen.

Jedenfalls nicht ausdrücklich. Er war in Dreagan gelandet, und dort war er auch geblieben. Aber wenn er eine Wahl treffen müsste zwischen Dreagan und Ulrik, war sich Rhys nicht sicher, welche er treffen würde.

Er hatte Tristan nicht belogen. Con hatte Fehler gemacht. Verdammt, das hatten sie alle, und sie mussten mit ihnen leben. Sie hätten Ulriks Frau nicht töten sollen, aber Ulrik hatte ihnen keine Wahl gelassen, als er die Menschen angriff.

Ulrik hatte Con damals Rache geschworen. War es damit jetzt endlich so weit?

»Damit kann es schnell vorbei sein«, sagte Con ruhig. »Ich töte Ulrik.«

Rhys, Laith und Banan tauschten Blicke.

»Er ist ein König«, wandte Banan ein. »Es sind genug von uns gestorben.«

Con blickte sich im Raum um und betrachtete die Zerstörung. »Ulrik hat für genug Probleme gesorgt. Ich möchte auch keinen weiteren König verlieren, aber er ist schon seit sehr langer Zeit keiner mehr von uns. Er hat vor, uns vor aller Welt zu entlarven, während er uns gleichzeitig von innen heraus zu entzweien versucht.«

»Ja«, sagte Laith leise. »Genau das versucht er. Aber ich möchte für seinen Tod nicht mitverantwortlich sein. Wir haben ihm schon genug angetan.«

»Seht euch doch an, was er mit uns anstellt«, sagte Con und breitete seine Arme aus. »Das wohlgeordnete Leben, zu dem wir bestimmt sind, ist auf den Kopf gestellt. Wir kämpfen gegen Sterbliche, die unser Land ausspionieren. Und vergessen wir nicht unsere übelsten Feinde, die Dunklen. Sie sind auch zurück. Erinnerst du dich noch an die Feenkriege, Laith? Weil ich mich nur allzu lebhaft an sie erinnere.«

Banan hob das ruinierte iPad auf. »Es muss eine andere Möglichkeit geben, Ulrik aufzuhalten, als ihn zu töten.«

»Und die wäre?«, fragte Con. »Willst du ihn gefangen halten, zusammen mit den Silbernen?«

Rhys zuckte die Achseln. »Vielleicht müssen wir das tun. Als du ihn damals am Leben ließest, wusstest du, dass dieser Tag einmal kommen würde. Du wusstest, dass er Pläne schmieden würde, um dich zu töten, dir alles zu nehmen, was dir lieb und teuer ist.«

»Das heißt Dreagan und die verschworene Gemeinschaft der Könige«, konstatierte Laith.

Con steckte ruhig seine Hände in die Hosentaschen. »Er war mein bester Freund. Ich konnte ihn damals nicht töten.«

»Aber jetzt könntest du es?«, fragte Banan.

Con nickte. »Ja. Ich werde ihn töten, wie ich es von Anfang an hätte tun sollen, und dann machen wir uns daran, sein Netzwerk Stück für Stück aufzuspüren und zu zerstören. Wir werden zu dem Leben zurückkehren, das wir seit Jahrhunderten gelebt haben.«

»Das ist unmöglich, ganz gleich ob wir Ulrik töten oder nicht«, sagte Rhys. »Der MI5 weiß von uns. Egal, welche Vorkehrungen wir treffen – und sei es, dass wir uns Banans Freund Henry North zunutze machen oder Guys Gabe, Gedächtnisse zu löschen –, irgendetwas werden wir bestimmt übersehen.«

Con zuckte mit der Schulter, seine Miene blieb starr. »Es ist auf jeden Fall besser, als nichts zu unternehmen. Bildet euch bloß nicht ein, dass Ulrik sich von uns schnappen lässt.«

»Es gibt noch eine Möglichkeit, Tristan in unseren Reihen zu halten. Wir brauchen Broc«, sagte Laith.

Rhys war fassungslos, dass er die Krieger vergessen hatte. Broc konnte jeden aufspüren, an jedem Ort. »Worauf warten wir dann noch? Ruft ihn an.«

»Bin schon dabei«, sagte Banan und zog sein Handy heraus.

Rhys begegnete Cons Blick. Der Kampf zwischen Ulrik und Con, den alle gefürchtet hatten, stand kurz bevor. Und dieses Mal verfügte Ulrik über keinerlei Magie und konnte keinesfalls Drachengestalt annehmen, um gegen seinen früheren Freund zu kämpfen.

Dieses Mal würde Con Ulrik ein für alle Mal besiegen.

22

Rhi reihte sich hinter einer korpulenten Frau ein und stieg aus dem Bus aus. Sie war immer noch unsichtbar, und zwar seit sie zufällig Sammis heimlichen Aufbruch aus Dreagan beobachtet hatte.

Sie sah, wie Sammi sich in der kleinen Ortschaft umsah, offenbar unschlüssig, was sie als Nächstes tun sollte. Eines Tages würde Rhi Sammi gestehen, dass sie tatsächlich nicht ganz freiwillig mit dem Bus bis nach Ferness gefahren war, aber es musste ja nicht sofort sein.

Sie hatte ihr nur einige wenige mentale Anstöße gegeben, aber die hatten dazu ausgereicht, dass Sammi nicht vor Ferness den Bus verließ. Doch sie in Charons Ortschaft zu lenken war nur der erste Schritt. Als Nächstes musste sie einen der Krieger oder Druiden dazu bringen, mit Sammi zusammenzutreffen. Und das alles, ohne selbst eine erkennbare Rolle dabei zu spielen.

»Wieso lasse ich mich eigentlich immer wieder in die Angelegenheiten der Drachenkönige und von Dreagan verwickeln?«

Diese Frage stellte sie sich seit Tagen immer wieder, ohne

eine Antwort darauf zu finden. Es gab eine Antwort. Aber der mochte sie sich nicht stellen.

Jetzt nicht.

Wahrscheinlich niemals.

»Ich bin eine traurige, bekümmerte Fee«, murmelte sie zu sich selbst.

Wenn sie doch nur loslassen und weitermachen könnte, aber das war unmöglich, da ihr das Herz herausgerissen worden war. Für sie hatte es kein Happy End gegeben, aber solange sie den Königen helfen und gleichzeitig Con eine auswischen konnte, würde sie es weiterhin auf sich nehmen, sich in der Nähe der Könige aufzuhalten.

Sie straffte ihre Schultern und war froh, dass sie so lange unsichtbar bleiben konnte. Das war etwas Seltenes in der Welt der Feen. Es war eine der wenigen Fähigkeiten, die sie von ihrem Vater geerbt hatte.

Rhi folgte Sammi durch die Straßen. Sie wollte der Sterblichen gerade wieder einen kleinen Schubs geben, damit sie Charons Pub betrat, als sie Dani erspähte, die in einen Lebensmittelladen ging.

Lächelnd konzentrierte sich Rhi auf Sammi. »Der Laden«, flüsterte sie Sammi ein. »Geh in den Laden.«

Als Sammi nicht unverzüglich gehorchte, glaubte Rhi schon, dass sie einen etwas stärkeren Anstoß brauchte. Es vergingen ein paar Minuten, aber dann drehte sich Sammi schließlich doch um und ging auf den Laden zu.

Sammi war es schleierhaft, warum sie den Laden betreten hatte. Sie wollte gar nichts kaufen. Genau genommen wusste sie auch nicht, warum sie überhaupt in dieser Ortschaft war. Ursprünglich hatte sie vorgehabt, weiterzufahren, aber aus irgendeinem unerfindlichen Grund war sie hier aus dem Bus gestiegen.

Sie schlenderte die Gänge auf und ab und wusste einfach nicht, was sie tun sollte, da ihr allein schon bei dem Gedanken an Essen übel wurde. Der Verkäufer beäugte sie schon misstrauisch, so als wäre sie eine potenzielle Diebin, was Sammi nur noch mehr verunsicherte.

Als sie in einen anderen Gang abbog, spähte Sammi kurz aus dem Fenster, ob sie irgendetwas Verdächtiges sah – oder vielleicht Tristan. Sie hasste sich selbst dafür, dass sie ihn wiedersehen wollte.

Obgleich sie erfahren hatte, dass sie gefühlsmäßig manipuliert worden war, konnte sie einfach nicht aufhören, sich nach ihm zu sehnen, sich nach seinen Küssen zu verzehren.

Es verlangte sie weiterhin danach, in seinen dunklen Augen zu versinken.

Es war wirklich ein Trauerspiel. Sie war benutzt worden, und dennoch wollte sie mehr von ihm. Wie jämmerlich war das denn, dass sie es nicht fertigbrachte, ihnen allen zu sagen, dass sie sich zum Teufel scheren sollten?

Aus reiner Gewohnheit sah sie erneut prüfend aus dem Fenster und fuhr erschrocken zurück, als sie plötzlich in rote Augen starrte. Sammi taumelte und stieß mit einer anderen Person zusammen. Deren Einkaufskorb flog durch die Luft, Konservendosen fielen scheppernd auf die Erde, und Sammi merkte, wie sie die andere Person, als sie stürzte, mit sich zu Boden zog.

»Alles in Ordnung mit Ihnen?«

Sammi zuckte zusammen, als sie sich auf den Rücken rollte und eine Konservendose unter sich spürte. Sie hob den Kopf und spähte in Richtung Fenster, konnte die Dunkle Fee aber nicht mehr entdecken, sofern es überhaupt eine gewesen war. Sie zweifelte jetzt ernsthaft an ihrem Verstand.

Sie sah die Frau an, mit der sie zusammengestoßen war. »Ich glaube schon. Es tut mir so leid. Das ist schon das zweite Mal heute, dass ich jemanden angerempelt habe.«

Die Frau lächelte sie freundlich an und scherzte: »Vielleicht sollten Sie einen Airbag tragen.«

»Damit könnten Sie recht haben«, stimmte Sammi ihr zu, und beide lachten.

»Ich bin Danielle, aber jeder nennt mich Dani.«

»Sammi. Genau genommen Samantha, aber ich ziehe Sammi vor.«

»Sammi und Dani«, sagte die Fremde. »Frauen mit Männernamen. Ich glaube, es war Vorsehung, dass wir einander getroffen haben.«

Sammi mochte sie augenblicklich. Dani strahlte etwas aus, was einen denken ließ, dass die Welt rundherum in Ordnung war und alles seine Richtigkeit hatte. Das mochte an ihren ungewöhnlichen silberblonden Haaren liegen oder ihren smaragdgrünen Augen oder einfach daran, dass Dani eine liebenswerte Person war.

Dani schob die Konservendosen beiseite, stand auf und streckte Sammi ihre Hand entgegen. »Kommen Sie. Ich denke, wir könnten jetzt beide einen Drink gebrauchen.«

Sie sammelten Danis verstreute Einkäufe ein, und Sammi unterhielt sich mit ihr, bis Dani an der Kasse bezahlt hatte. Und dann ging Sammi mit ihr aus dem Laden und auf einen Pub zu.

»Was führt Sie nach Ferness?«, fragte Dani.

Sammi zuckte die Achseln. »Ich bin rein zufällig hier gelandet. Irgendwie seltsam, das Ganze.«

»Das ist mir auch so gegangen, als ich das erste Mal hierherkam. Seltsam, was einem so passieren kann, nicht wahr?«

»Sie sagen es. Leben Sie jetzt hier?«

In Danis Augenwinkeln zeigten sich Lachfältchen. »Ja, zusammen mit meinem Ehemann, Ian. Wir leben jetzt seit fast einem Jahr in Ferness. Ich bin noch nie glücklicher gewesen. Ich kann es kaum erwarten, Ihnen Laura vorzustellen. Und dann ist da auch noch Aisley. Sie lässt sich nicht sehr häufig in Ferness blicken.«

Sammi lächelte schwach. Sie konnte Dani ja schlecht sagen, dass sie schon morgen früh gar nicht mehr hier sein würde. Die Vorstellung, eine Freundin zu haben, war nett. Das letzte Mal, dass sie eine gehabt hatte, war bereits … na ja, es war lange her.

Und es gab einen Grund dafür. Sie musste jetzt, dringender als je zuvor, vorsichtig sein und genau aufpassen, wem sie traute.

Sie blieb stehen und legte ihre Hand auf den Türgriff, bevor Dani sie öffnen konnte. »Hören Sie, möglicherweise halten Sie mich für verrückt, aber …«

Sammi hielt mitten im Satz inne. Wie sollte sie die Frage formulieren, ob Dani etwas mit der Mafia zu tun oder von Dunklen Feen gehört hatte? Wenn das der Fall wäre, würde sie lügen, und wenn nicht, würde sie Sammi in eine Zwangsjacke stecken lassen.

Dani runzelte die Stirn, als sie die Hand ausstreckte und sie Sammi auf die Schulter legte. »Sind Sie in Schwierigkeiten?«

»Das könnte man sagen. Ich würde wirklich gern einen Schluck mit Ihnen trinken, aber ich muss leider ablehnen. Ich kann es mir schlicht nicht leisten, irgendjemandem zu vertrauen.«

Dani hielt sie an der Schulter fest. »Warten Sie. Bitte. Ich weiß zwar nicht, in was Sie da verwickelt sind, aber es gibt hier Leute, die Ihnen helfen könnten. Ich zum Beispiel. Sagen Sie mir, was Sie für Probleme haben.«

»Sie würden es mir nicht glauben, wenn ich das täte.« Sammi versuchte erneut, sich loszumachen und wegzugehen, aber Dani war stärker, als sie aussah.

»Nur einen Drink. Sie erzählen mir von sich, wenn Sie mögen, oder sonst hören Sie einfach meinem üblichen Geplauder zu. Ganz, wie Sie wollen.« Dani lächelte sie freundlich an.

Sammi atmete tief durch, blickte sich nach irgendeinem Anzeichen von einer Dunklen Fee oder einem Drachenkönig um. Sie war es schrecklich leid, ganz auf sich allein gestellt zu sein oder darüber nachdenken zu müssen, wem sie trauen konnte und wem nicht. Sie wusste schon lange nicht mehr, was normal war und was nicht. »In Ordnung, einen Drink.«

Dani öffnete die Tür und schob Sammi sanft vor sich her. Der Pub war wie jeder andere in Schottland. Zumindest war das Sammis erster Eindruck, aber sobald sie sich an einem der Tische niedergelassen hatten, überkam sie das Gefühl, dass mehr an dieser Bar war, irgendetwas Seltsames. Es war kein schlechtes oder beängstigendes Gefühl. Wenn es das gewesen wäre, hätte sie sich zum Ausgang begeben und den Pub auf der Stelle verlassen. Stattdessen war es so, als gäbe es hier mehr, als das bloße Auge sah, beinahe so, als hätte dieser Pub ebenso erstaunliche Dinge gesehen wie sie im Verlauf der letzten Tage.

Sammi blickte sehnsüchtig hinüber zum Bartresen. Sie vermisste ihren Pub, vermisste es, den Tresen abzuwischen und Gläser zu füllen. Sie vermisste ihre raubeinige Kundschaft und den Geruch von Bier.

»Ich hatte auch mal einen Pub«, hörte sie sich sagen, als zwei Biergläser vor sie gestellt wurden.

Dani nahm einen Schluck von ihrem Bier. »Sie klingen so, als vermissten Sie den. Warum haben Sie ihn aufgegeben?«

»Ich hatte keine andere Wahl.«

»Ah.« Dani nickte verständnisvoll. »Das ist mir auch mal passiert. Das ist kein schönes Gefühl.«

Sammi drehte ihr Bierglas hin und her. Sie mochte Dani, aber das bedeutete nicht, dass sie ihr traute. Schließlich hätte man ihr etwas ins Bierglas tun können.

»Ich hatte eine Autopanne während eines Schneesturms im Gebirge.« Dani schmunzelte. »Es war Silvesterabend, und ich war für eine Party angezogen. Ich musste stundenlang durch den Schnee laufen und war fest davon überzeugt, dass ich erfrieren würde.«

»Und was geschah dann?«

Danis Lächeln war voller Liebe. »Ich bin meinem Ehemann begegnet. Er hat mich vor dem … also, er hat mich gerettet. Er hielt sich damals im Gebirge versteckt, und ich musste ihn überreden, mich in die Zivilisation zurückzubringen. Ferness war die erste Ortschaft, in die wir gelangten. Um ehrlich zu sein, ich hätte eigentlich absolut nichts dagegen gehabt, monatelang allein mit ihm zu bleiben«, schloss sie lachend.

»Was für eine Geschichte.« Sammi war total gefesselt. »Ich nehme an, dass Sie danach zusammengeblieben sind?«

»Es gab noch das eine oder andere Hindernis zu überwinden, aber ich wusste vom ersten Moment an, dass wir füreinander bestimmt waren.«

Sammi lehnte sich zurück. Sie war eine große Romantikerin, auch wenn sie es nicht zuließ, dass ihr jemand zu nahe kam, und sie wusste die Liebe und das, was sie an positiven Lebensveränderungen bewirken konnte, durchaus zu schätzen. »Das freut mich für Sie.«

Dani trank noch einen Schluck Bier und warf einen Blick auf Sammis unberührtes Glas. »Gibt es bei Ihnen jemanden?«

»Nein. Vielleicht.« Was um Gottes willen redete sie da? Tristan war doch wohl niemand, der zu ihr gehörte. Er hatte nie zu ihr gehört. Wie kam sie auf die Idee, »vielleicht« zu sagen? »Nein.«

Dani hob die Augenbrauen. »Aha. Eine komplizierte Geschichte. Sind Sie deswegen hier?«

»Etwas in der Art.«

»Oh«, sagte Dani, und ihr Gesicht erhellte sich, als sie jemanden heranwinkte. »Da ist Ian. Ich kann es kaum erwarten, Ihnen meinen Ehemann vorzustellen.«

Sammi drehte sich zu dem erwähnten Ian um und erstarrte, als sie in dunkle Augen blickte, die sie nur zu gut kannte. Es war Tristan. Wie hatte er es nur geschafft, so schnell nach Ferness zu kommen? Und warum nannte Dani ihn Ian?

Tausende von Fragen schossen ihr durch den Kopf, sodass ihr ganz schwindlig wurde. Der Raum begann sich vor ihren Augen zu drehen, und sie griff nach der Tischkante, ohne ihren Blick von ihm abzuwenden.

»Tristan«, murmelte sie.

Er runzelte kurz die Stirn, bevor sich erst Verwirrung und dann Verständnis in seiner Miene widerspiegelte. »Du kennst Tristan.«

Sie blinzelte. »Kennen? Du bist es doch. Warum tust du das?«, fragte sie, während sie aufstand und einen Schritt zurückwich, wobei sie wieder jemanden anstieß.

Sammi fuhr herum und erblickte einen weiteren Mann

hinter sich, der dunkle Augen hatte und dunkelbraunes Haar. Neben ihm stand eine Frau, die sie aufmerksam musterte. Sie hatte moosgrüne Augen und trug ihr welliges brünettes Haar zu einem Pferdeschwanz zusammengebunden.

»Sammi«, sagte Dani langsam. »Das ist mein Mann, Ian. Ich habe doch von ihm erzählt.«

Sammi fing an zu lachen. Es war die einzige Möglichkeit, um die Tränen zurückzuhalten. »Ian? Wow. Das nenne ich wirklich schnell. Ich hatte ja keine Ahnung. Also deshalb hast du mich verlassen. Du bist hierhergeflogen, zu ihr.«

Ian, oder was auch immer sein Name war, hob die Hände und sagte in beruhigendem Tonfall, so als würde er mit einer schwer gestörten Person reden: »Mein Name ist Ian Kerr. Ich habe dich in meinem ganzen Leben noch nicht gesehen. Du musst von meinem Zwillingsbruder Tristan reden.«

»Oh, bitte«, sagte sie und verdrehte die Augen. »Sehe ich so naiv aus? Weißt du was? Vergiss es. Vergiss einfach alles. Es war alles nur ein Spiel, nicht wahr? Die sogenannten Dunklen Feen, die mich verfolgen? Die Anziehungskraft zwischen uns?«

Warum musste ihr denn aber auch die Stimme brechen? Warum konnte sie nicht eine große Show abziehen und hoch erhobenen Hauptes verschwinden?

Er presste seine Lippen, Lippen, die sie geküsst hatte, zusammen. »Ich kann beweisen, dass ich nicht Tristan bin«, sagte er und riss sein Hemd auf.

Sammi blickte hin, und es dauerte volle zwei Sekunden, bis ihr bewusst wurde, dass bei ihm das Tattoo fehlte. »O Gott.«

Ihr knickten die Beine weg, aber der Mann neben ihr führte sie zu einem Stuhl. »Atme tief durch«, sagte er. »Ich bin Charon, und mir gehört der Pub. Die schöne Frau neben mir ist meine Frau, Laura. Wir sind deine Freunde, Sammi.«

Sammi griff nach ihrem Bier und nahm einen tiefen Schluck in der Hoffnung, dass der Alkohol ihre Beschämung ein wenig dämpfen würde. Zwillinge. Tristan hatte einen Zwillingsbruder. Sie zuckte zusammen, als ihr klar wurde, was sie da eben alles gesagt hatte.

Ein neues Bier wurde vor sie gestellt, nachdem sie ihr erstes ausgetrunken hatte. Sie stützte ihren Kopf in beide Hände und stöhnte. Würde sie es irgendwann einmal schaffen, keine Närrin aus sich zu machen?

»Ich glaube, wir müssen das mit nach oben nehmen«, sagte Ian.

Sammi widersprach nicht, als Dani ihr half aufzustehen. Sie war viel zu schockiert, um Einwände zu erheben, sich zur Wehr zu setzen. Sie folgte den beiden Männern, die von Dani und Laura begleitet wurden, die Treppe hinauf und durch eine Tür. Sie war verblüfft, als sie schließlich in einem großzügigen Büro landeten.

»Woher kennst du Tristan?«, fragte Ian, noch bevor die Tür hinter ihnen zu war.

Charon verschränkte seine Arme vor seiner Brust. »Und was weißt du über die Dunklen Feen?«

Sammi schluckte und blickte sich hilflos um. Sie kannte diese Leute nicht, aber sie kannten offenbar Tristan. Und sie wussten von den Dunklen Feen. Bedeutete das, dass sie wussten, was Tristan war? »Tristan und die anderen haben mir geholfen.«

»Wie sagtest du, ist dein Name?«, fragte Laura sie mit einem Stirnrunzeln.

»Sammi. Sammi Miller.«

Plötzlich lächelte Laura die anderen an. »Das ist Janes Halbschwester.«

»Du kennst Jane?« Würden denn die Überraschungen nie ein Ende nehmen? Weil sie langsam wirklich genug davon hatte.

Laura wies auf die Couch, während sie sich setzte. »Ja. Sehr gut sogar. Wir wissen viel über alle, die in Dreagan leben.«

Sammi blickte von Laura zu Ian, der sein Hemd wieder zuknöpfte. Er wusste von der Tätowierung. Laura kannte Jane. Bedeutete das …

»Sie sind Drachen«, erklärte Charon.

23

Sammi wusste nicht, ob sie sich darüber freuen sollte, dass noch mehr Menschen Tristans wahre Identität kannten, oder nicht. »Welche Farbe hat er?«

»Bernstein«, antwortete Ian. »Seine Drachenfarbe ist Bernstein.«

»Ihr wisst tatsächlich Bescheid über ihn?«

Dani schmunzelte und warf Ian einen Blick zu. »O ja. Wir wissen Bescheid über sie. Wir hatten schon häufig mit den Bewohnern von Dreagan zu tun.«

Sammi schluckte und hätte sehr gern einen Drink gehabt. Als könnte er ihre Gedanken lesen, ging Charon zu einem Sideboard und schenkte ihr einen Whisky ein. Mit einem auffordernden Nicken reichte er ihr das Glas.

Sie trank normalerweise keinen Whisky, aber das Brennen, als er ihr die Kehle hinunterlief, half ihr, sich zu konzentrieren. Als der Whisky schließlich in ihrem Magen landete, breitete sich Wärme in ihr aus, auch wenn sie die Kälte, die ihr Herz im Griff hatte, nicht vertrieb.

Obwohl sie einen recht großen Schluck von dem Scotch genommen hatte, war ihr klar, dass es wahrscheinlich der beste war, den sie je gekostet hatte. »Das ist ein Dreagan, nicht wahr?«

»O ja«, bestätigte Laura.

Sammi lachte. »Nicht einmal hier kann ich ihnen entkommen.« Sie schloss verzweifelt die Augen. Ob jemals eine Zeit kommen würde, da sie nicht ständig an Tristan dachte, sich nicht nach seinen Küssen sehnte, sich nicht fragte, wie ein Leben mit ihm wäre?

Ian setzte sich auf den vor ihr stehenden Couchtisch. »Woher kennst du Tristan?«

Sie öffnete die Augen und war erneut schockiert von der Ähnlichkeit. Auf sie wirkte es so, als würde sie Tristan anschauen. Sammi musterte Ians Gesicht forschend. Auf den ersten Blick glich er Tristan aufs Haar, aber jetzt, da sie genauer hinsah, entdeckte sie doch feine Unterschiede.

Zum Beispiel ihr Lächeln – Ians war freundlich, wohingegen Tristans etwas Schalkhaftes, Spöttisches an sich hatte. Und auch ihre Augen: Ians Blick strahlte Akzeptanz aus, während in Tristans irgendwie … etwas Forschendes lag.

Und dann war da noch die Art und Weise, wie Ian seinen Kopf leicht nach rechts neigte, wenn er eine Frage stellte. Tristan tendierte dazu, ihn nach links zu neigen. Beide trugen die Haare lang, und sie hatten exakt die gleiche Farbe, nämlich Hellbraun mit einzelnen goldenen Strähnen. Aber Ian trug seine ordentlich geschnitten, während Tristans ein bisschen unordentlich waren, was ihr allerdings sehr gut gefiel. Und natürlich unterschied sie auch die Drachen-Tätowierung.

Sammi lehnte sich zurück und schwenkte das Glas in ihrer Hand, während sie in die goldene Flüssigkeit blickte. »Es ist eine ziemlich lange Geschichte. Ihr müsst wissen, dass mir auch einmal ein Pub gehörte. Ohne mein Wissen hat mein Geschäftspartner Geld für die Mafia gewaschen. Er hat etwas für sich abgezweigt, und sie haben es herausgefunden, sind eines Abends vorbeigekommen und haben ihn getötet. Mir ist es irgendwie gelungen, aus meiner Wohnung, die über dem Pub lag, ins Meer zu fliehen, bevor sie das Gebäude in die Luft gesprengt haben. Ich habe mich dicht an der Kaimauer gehalten, während sie das Wasser mit Kugeln durchsiebt haben, und eine hat mich erwischt.«

»Scheiße«, murmelte Charon.

Sammi befeuchtete sich die Lippen und hätte beinahe gegrinst bei seinem Kommentar. Sie erzählte den vier aufmerksamen Zuhörern den Rest der Geschichte, ließ allerdings die gemeinsame Nacht mit Tristan weg.

Als sie fertig war, herrschte erst einmal Schweigen im Raum. Sie nahm einen Schluck Whisky und blickte zwischen Charon und Ian hin und her, die beide gleichermaßen besorgt wirkten.

»Wenn die Dunklen involviert sind, brauchen wir Phelan«, sagte Ian schließlich.

»Erst, wenn ihr mir verratet, woher ihr von den Königen wisst, den Dunklen und allem, was hier vor sich geht«, verlangte Sammi.

Dani seufzte und blickte erst zu Ian, bevor sie Sammi ihre smaragdgrünen Augen zuwandte. »Laura und ich sind Druidinnen.«

Sammi fing an zu lachen, bis sie Danis ernste Miene wahrnahm. Wenn es Drachen und Feen gab, warum sollte es dann nicht auch Druiden geben?

»Druidinnen?«, wiederholte sie.

Laura lächelte und schlug ihre Beine übereinander. »Genau.

Wir sind sogenannte *Mies*, das sind Druiden, die über angeborene Magie verfügen und sie einsetzen. Es gibt auch *Droughs*, und die benutzen schwarze Magie, die sie vom Teufel bekommen, weil sie ihm ihre Seelen verschreiben.«

»Ihr könnt zaubern?«

Dani nickte und wies auf den dunklen Fleck an Sammis Schulter. Sammi blickte auf die Stelle, an der sie verwundet worden war. Die Naht war schon wieder aufgeplatzt.

»Schieb dein T-Shirt ein Stück zur Seite«, drängte Dani sie.

Sammi schwankte kurz, bevor sie dem Wunsch nachkam. Laura zuckte zusammen, während Dani das Gesicht verzog. »Ich weiß«, sagte Sammi, »es sieht schlimm aus.«

»Es ist eine saubere Naht, oder das war es zumindest, bis du dafür gesorgt hast, dass sie aufreißt«, bemerkte Charon.

Sammis Gedanken wanderten wieder zu Tristan. Er hatte sie versorgt, seine großen Hände hatten ihre Haut berührt. Sie verdrängte den Gedanken an ihn und konzentrierte sich auf Dani.

Diese bedeutete Sammi, ihren Arm mehr zu ihr zu drehen, während Laura aufstand und sich auf Sammis andere Seite stellte. Die Druidinnen hoben ihre Hände und hielten sie über die Wunde, wobei ihre Handflächen nach unten gerichtet waren.

Sammi wusste nicht, ob von ihr irgendetwas erwartet wurde. Ihr Blick wanderte fragend zu Ian, der sie forschend ansah. Sie sah, wie sich seine Augen verdunkelten, und beinahe im selben Moment spürte sie, dass etwas Warmes und Helles durch sie hindurchglitt und sich in und um ihre Wunde legte.

Vor ihren Augen konnte Sammi sehen, wie ihr Fleisch zusammenwuchs und sich rosa Haut bildete, als ob die Verletzung schon vor einem Monat genäht worden wäre, und nicht erst vor ein paar Tagen.

Die Fäden der Naht schwebten zu Boden und landeten neben ihrem Fuß. Sammi blickte abwechselnd von ihnen zu ihrer Wunde. »Eure Magie hat mich geheilt?«

»Ja«, sagte Dani mit strahlendem Blick. »Wir können noch sehr viel mehr.«

Ian ging hinüber zum Fenster und starrte hinaus. »Ich wüsste gern, warum sie dich in Dreagan nicht geheilt haben.«

»Das haben sie doch getan«, widersprach Sammi. »Sie haben die Kugel herausgeholt und die Wunde genäht.«

»Con hätte dich noch in derselben Nacht heilen können. Du hättest nicht mit solch einer Wunde herumlaufen müssen«, widersprach Charon.

»Con.« Sammi ließ sich den Namen durch den Kopf gehen, überlegte, ob er ihr etwas sagte. »Ich glaube, ich habe jemanden seinen Namen erwähnen hören, aber ich bin ihm nicht begegnet. Soweit ich weiß, waren nur Banan, Tristan und Laith da.«

Laura runzelte die Stirn. »Haben sie sie vor Con verborgen gehalten?«

Charon grunzte. »Wenn ja, wird das nicht von Dauer sein.«

»Wo liegt das Problem?« Sammi hatte den starken Verdacht, dass sie kein Fan von Con werden würde.

Dani tätschelte ihr den Oberschenkel. »Con ist der König der Könige, sozusagen der Boss von Dreagan.«

»Ihr Geschäftsführer?«

Ian starrte weiterhin aus dem Fenster. »In gewisser Weise. Er hält die Könige zusammen, aber er kann ihnen genauso wenig Befehle erteilen, wie irgendjemand mir oder Charon befehlen kann, was wir tun sollen.«

»Und warum ist das so?«

Charon nahm ihr leeres Glas. »Tja, Mädchen, weil wir Krieger sind. Wir tragen urzeitliche Götter in uns, die den Druiden heilig waren zur Zeit der Angriffe der Römer.«

Heiliger Bimbam. Was trieb sich denn noch alles hier herum, wovon sie keine Ahnung hatte?

Trotzdem war Sammi nicht übermäßig schockiert von der Erklärung. Jeder, der auch nur einen Blick auf Ian und Charon warf, wusste sofort, dass sie Männer waren, mit denen man sich lieber nicht anlegte. Aber das mit den Göttern hatte sie denn doch nicht erwartet. »Seid ihr auch unsterblich?«

»Jawohl. Wir sind nur einfach noch nicht so lange auf der Welt wie die Könige«, erklärte Ian.

Sie runzelte die Stirn und starrte Ian lange an. »Wenn Tristan dein Zwillingsbruder ist, wieso bist du dann ein Krieger, und er ist ein König?«

Ian drehte sich zu ihr um, und sie sah seine angespannte, sorgenvolle Miene, die er vor ihr zu verbergen versucht hatte. »Weil Duncan vor vierhundert Jahren, während wir gegen einen *Drough* kämpften, getötet wurde. Das war sein Name. Duncan Kerr. Wir hatten jahrzehntelang die Gefangenschaft und die Folterungen durch den *Drough* überlebt. Und dann war Duncan plötzlich tot.«

Sammi konnte Ians Schmerz darüber, seinen Bruder verloren zu haben, beinahe körperlich fühlen.

»In genau dem Moment beschwor ein *Drough* aus diesem Jahrhundert Deirdre zu sich herbei. Da sie unmittelbar neben Duncan stand, wurde auch ich wegen der speziellen engen Verbindung, die Zwillinge haben, in eine andere Zeit, nämlich – von damals aus gesehen – in die Zukunft, versetzt.«

»Er starb?«, fragte sie. »Bist du sicher?«

Ian lächelte traurig. »Ja, Mädchen. Ich war meilenweit entfernt, aber ich habe es gespürt. Außerdem hat es uns ein anderer Krieger bestätigt, der bei Duncan war und alles mitangesehen hatte.«

»Ich verstehe das nicht. Wie ist es möglich, dass Tris… Duncan, getötet wurde und jetzt trotzdem hier ist?«

Charon ging um die Couch herum und lehnte sich mit der Hüfte dagegen, dicht neben Laura. »Das wüssten wir alle gern, und wir versuchen, es herauszufinden. Duncan kehrte vor zwei Jahren als Drachenkönig zurück. Er ist wortwörtlich vom Himmel gefallen, aber er ist zurückgekommen – ohne die geringste Erinnerung daran, wer er einst war.«

Sammi hielt es nicht länger auf ihrem Platz. Sie stand auf und begann, durch das große Büro zu gehen. »Er erinnert sich nicht an dich?«

»Nein.« Die Trauer und Trostlosigkeit in Ians Stimme waren schwer zu ertragen.

»Hat er dich denn nicht aufgesucht?«

Dani stand auch auf und ging zu Ian. Sie umarmte ihn, während sie Sammi ansah. »Tristan weigert sich, zu ihm zu kommen.«

»Das ergibt absolut keinen Sinn. Ihr alle sagtet, dass ihr von den Drachenkönigen wisst, dass ihr bei ihnen gewesen seid. Wie kann es sein, dass ihr in Dreagan wart und Tristan nicht gesehen habt?«

»Er war immer in Drachengestalt«, erklärte Charon.

»Oh.«

Ian umarmte Dani fest. »Phelan hat Tristan in meinem Namen aufgesucht. Ich habe das Gefühl, dass Tristan nichts über sein vergangenes Leben wissen will.«

»Er hat Angst«, sagte Sammi. »Jedenfalls vermute ich das. Ich wollte auch nichts mit Jane zu tun haben, als sie behauptete, meine Halbschwester zu sein. Sie hat mich allerdings nicht so einfach davonkommen lassen, hat nie aufgegeben. Und als ich in Schwierigkeiten steckte, wusste ich, dass sie der einzige Mensch war, zu dem ich gehen konnte. Hat irgendjemand von euch sich je überlegt, was er möglicherweise gerade durchmacht?«

Ians Gesicht wurde noch sorgenvoller. »Er soll sich doch nur mit mir treffen.«

»Wenn er vor zwei Jahren ein König geworden ist, ohne irgendeine Erinnerung an seine Vergangenheit zu haben, hat er natürlich getan, was jeder andere an seiner Stelle auch getan hätte: Er hat sich an die gehalten, die um ihn herum waren. Er hat akzeptiert, ein Drachenkönig zu sein, und hat sich einen Platz in ihrer Mitte gesucht.«

Ian wandte sich von Dani ab und fuhr sich mit der Hand durch seine Haare. »Die Könige hielten Tristan von mir fern. Sie sorgten dafür, dass er in Drachengestalt war, damit ich ihn nicht zu sehen kriegte.«

»Ich nehme an, um ihn zu schützen«, sagte Sammi.

»Ich möchte meinen Bruder zurück«, erklärte Ian.

»Du möchtest, dass Tristan eine Vergangenheit akzeptiert, an die er sich nicht erinnert. Er hat seinen Platz unter den Königen gefunden, aber wenn er dich als seinen Zwillingsbruder akzeptiert, wohin gehört er dann? Ist er ein König, oder ist er ein Krieger?«

Charon sagte: »Er war zuerst ein Krieger.«

»Und jetzt ist er ein Drachenkönig. Ich war zwar nur kurze Zeit bei den Königen, aber sie halten zusammen, sind loyal. Sie beschützen Dreagan und sich gegenseitig erbitterter, als ich das je zuvor erlebt habe.«

»Warum bist du dann gegangen?«, fragte Dani.

Sammi hätte das auf sich zukommen sehen müssen. Sie wünschte sich, aufzuwachen und festzustellen, dass das alles nur ein Traum war. Sie wünschte sich ihren Pub zurück und dass ihre Tage wieder so gleichmäßig und normal verlaufen würden wie früher.

Aber wenn es ein Traum wäre, dann würde das gleichzeitig bedeuten, dass auch Tristan nur ein Traum war.

»Die Könige haben einen Feind«, sagte Charon. »Er setzt alles daran, sie bloßzustellen. Es begann vor einigen Jahren. Er ist kühner geworden und hat sich mit dem MI5 und den Dunklen Feen verbündet.«

»Also hat Tristan den Angriff nicht erfunden, um mich in Dreagan zurückzuhalten?«

Laura verzog ihr Gesicht. »Das können wir nicht mit hundertprozentiger Gewissheit sagen.«

»Die Dunklen Feen sind gefährlich«, sagte Dani. »Ich bin noch nie mit ihnen aneinandergeraten, aber Phelan.«

Dieser Name war bereits mehrmals gefallen. Sammi war neugierig geworden, wer dieser Phelan war. »Was hat der mit den Dunklen zu tun?«

»Er ist teilweise eine Fee«, erklärte Ian. »Eine Helle Fee.«

Charon zog sein Handy hervor und schrieb eine SMS. »Er war kürzlich zusammen mit Tristan in Irland, als sie Kellan und Denae gesucht haben, die von den Dunklen gefangen gehalten wurden.«

»Ich habe von Kellan und Denae gehört«, sagte Sammi, während ihr der Kopf bei dem Gedanken an all die Geschichten schwirrte, die Tristan wahrscheinlich erzählen könnte. War er in Gefahr gewesen bei den Dunklen? Hatten sie versucht, ihn zu ergreifen? Eins zumindest wusste sie, nämlich dass er mit heiler Haut davongekommen war.

Laura sah kurz zu Charon. »Die Dunklen wollen einen Drachenkönig, und sie hatten es geschafft, Kellan in ihre Gewalt zu bekommen. Denae war eine Agentin des MI5, die von ihren eigenen Leuten hintergangen worden war. Die Dunklen … nun ja, sie wollten sie.«

Mehr musste sie nicht sagen. Sammi wusste genau, was Laura meinte. »Warum wollen sie einen König?«

»Das wissen wir nicht. Aber es bedeutet bestimmt nichts Gutes«, sagte Ian.

Sammi dachte an Tristan und daran, dass sie sich aus Dreagan davongestohlen hatte. Er hatte gesagt, der Berg wäre der sicherste Ort für sie. Würde er sie suchen, wenn er ihre erneute Flucht entdeckte?

Hatte sie ihn und alle anderen Könige durch ihre Flucht in Gefahr gebracht?

24

Tristan war noch nie so nervös und gereizt gewesen. Und so verdammt hilflos hatte er sich auch noch nie gefühlt. Jedenfalls nicht, soweit er sich erinnern konnte.

Egal wie oft er das über sechzigtausend Hektar große Gebiet von Dreagan überflog, er konnte kein Zeichen von Sammi entdecken. Was nur eine Möglichkeit offen ließ – sie hatte Dreagan verlassen.

Es war ihm einfach unbegreiflich, warum sie das getan hatte. War ihr denn nicht klar, wie gefährlich es da draußen war? Kapierte sie nicht, wie leicht die Dunklen sie schnappen könnten?

Nein, wohl nicht. Er hatte das zu verhindern versucht, hatte sie vor all dem beschützen wollen. Er hatte ihr keine Angst einjagen wollen, aber genau das hätte er tun sollen.

Und genau das würde er auch tun, sobald er sie gefunden hatte.

Tristan ignorierte die wiederholten Anrufe der anderen Könige, die mit ihm reden wollten. Er wollte in Ruhe gelassen werden. Er hatte seine ganze Hoffnung darauf gesetzt, Sammi zu finden und alles in seiner Macht Stehende zu tun, um sie zur Rückkehr zu bewegen.

Zu wissen, dass er die Ursache war für ihre Flucht, warf ihn aus der Bahn. Er hatte zwar auf Distanz zu ihr bleiben wollen, sicher, aber jetzt, da sie verschwunden war, blieb er innerlich kalt und leer zurück.

Tristan legte sich in der Luft schräg und flog im Bogen zurück zum Herrenhaus. Er hatte genug Zeit damit verschwendet, Dreagan abzusuchen.

Als er sich Dreagan näherte, sah er eine Gestalt vor dem Hintereingang zum Berg stehen. Constantine. Tristan hätte wissen müssen, dass der König der Könige weitere Antworten von ihm wollte.

Er dachte zurück an das, was Ulrik ihm über Con erzählt hatte. Die Wahrheit war, dass Tristan weder Con noch Ulrik kannte. Er war nicht Zeuge ihrer Auseinandersetzung gewesen, hätte also weder damals Partei ergreifen können, noch konnte er es heute. Tristan wusste nur, dass er früher oder später eine Entscheidung würde treffen müssen.

Der Berg kam schnell näher, als Tristan zur Landung ansetzte. Er wartete bis zur letzten Minute, bevor er menschliche Gestalt annahm und den Kopf einzog, um sich abzurollen. Dann kam er auf die Füße und stand langsam auf, um sich Con zu stellen.

Der warf ihm wortlos eine Jeans zu. Wie gewöhnlich tat Con so, als sei er der ruhige, besonnene Mann, für den alle ihn halten sollten. Er war ein Narr, wenn er glaubte, dass alle ihm das tatsächlich abkauften.

Tristan war das deswegen so klar, weil es genau dem Bild entsprach, das er selbst auch allen vorgaukelte, seit er nackt im Schnee in Dreagan gelandet war. Aber in seinem Inneren wurde er beherrscht von Angst, Grauen, Unsicherheit und Verwirrung.

Cons Ruhe war wie ein dicker Eispanzer. Aber in seinem tiefsten Inneren schleppte er bestimmt dunkle Geheimnisse mit sich herum.

»Banan hat Fallon angerufen.«

Tristan runzelte die Stirn, während er seine Jeans schloss. »Fallon MacLeod? Warum will er die Krieger mit hineinziehen?«

»Weil Fallon derjenige ist, der Broc hierher teleportieren kann.«

Das war allerdings eine sinnvolle Maßnahme. Broc würde die Macht des Gottes in sich nutzen, um Sammi, wo auch immer sie sich befand, aufzuspüren. Zumindest würde so alles sehr viel schneller gehen.

»Hat er sie schon gefunden?«

Con drehte sich um und betrat den Berg. »Er und Fallon sind gerade eingetroffen. Ich bin sicher, dass er sie, bis wir bei ihnen sind, gefunden haben wird.«

Tristan machte größere Schritte und ging schneller. Fallon und Broc waren im Herrenhaus in einem der vorderen Räume zusammen mit Banan, Jane, Rhys und Laith. Broc stand vornübergebeugt, die Hände auf den Tisch gestützt, und hielt die Augen geschlossen, so als würde er sich ganz stark konzentrieren.

Jane saß da und sah krank aus vor Sorge, während Banan beschützend neben ihr stand. Rhys stand mit vor seiner Brust verschränkten Armen da und wirkte gelassen. Laith hatte sich auf dem Sofa zurückgelehnt und ließ Broc nicht aus den Augen.

Banan bemerkte Tristan und ging gleich auf ihn zu. »Ich habe versucht, dich zu informieren«, flüsterte er.

Tristan zuckte die Achseln. Alles, was jetzt zählte, war,

Sammi zu finden. Und zu beten, dass sie sich nicht bereits in den Fängen der Dunklen befand.

Rhys' Handy klingelte – »Sandman« von Metallica durchbrach geräuschvoll die Stille im Raum. Er meldete sich schnell mit einem leisen »Ja«.

Sein Blick fuhr herum zu Broc, dessen Augen sich im selben Moment öffneten. Unisono sagten sie: »Sammi ist bei Charon.«

Rhys beendete den Anruf und verstaute sein Handy wieder in seiner Hosentasche. »Das war Charon. Sammi ist bei ihnen im Pub. Zusammen mit Ian und Dani.«

Alle Augen im Raum blickten zu Tristan.

»Du musst nicht gehen«, sagte Laith und kam geschmeidig auf die Füße.

Fallon hob eine Augenbraue. »Du bist gestern zum Schloss gekommen und hast Ian gesucht. Warum solltest du ihn jetzt nicht sehen wollen?«

»Sieh mal einer an«, sagte Rhys schmunzelnd. »Du bist doch regelmäßig für eine Überraschung gut, Tristan.«

Jane stand auf und fragte Rhys: »Gibt es irgendwelche Anzeichen von den Dunklen? Was ist mit den Sterblichen, die hinter ihr her sind? Ist sie in Gefahr?«

»Ihr geht es gut, sonst hätte Charon nicht angerufen«, beruhigte Banan sie. »Lasst uns dorthingehen und sie abholen.«

Con hatte sich vom Türrahmen nicht wegbewegt. »Wenn sie sicher ist bei Charon, sollte sie vielleicht lieber dort bleiben.«

»Weil der Gedanke, dass sie meine Gefährtin sein könnte, zu widerwärtig ist, nicht wahr?«, fragte Tristan ihn.

Schwarze Augen, so unergründlich wie das Meer, sahen ihn an. »Wenn das der Fall wäre, hätten Banan, Hal, Guy und Kellan sich nicht mit ihren Gefährtinnen verbunden.«

»Aber es ist wahr. Du schätzt es nicht, dass wir uns mit Menschen verbinden.«

»Das stimmt. Daraus habe ich nie einen Hehl gemacht. Nach dem, was mit Ulrik geschehen ist, möchte ich jeden vor den Sterblichen schützen.«

»Und die Feen? Was ist mit Rhi?«

Bei der Erwähnung der Hellen Fee blitzte Wut auf in Cons Miene. »Du hast keine Ahnung, wovon du da sprichst.«

»Genug!«, rief Banan laut.

Rhys schnaubte und trat an Tristans Seite. »Wenn Tristan zu uns gehören soll, muss er alles wissen.«

Tristan hielt Cons starrem Blick mehrere spannungsgeladene Minuten lang stand, ohne auch nur erahnen zu können, was in Con vorging und was er vorhatte.

»Sag mal«, forderte Con ihn auf, »wie hat Ulrik Kontakt zu dir aufgenommen?«

Tristan runzelte die Stirn, verblüfft über die Frage. »So, wie jeder König es tut. Telepathisch.«

»Unmöglich«, sagte Con entschieden. »Seine Magie wurde ihm genommen, Tristan. Er könnte genauso wenig mit einem König oder Drachen durch unsere mentale Verbindung kommunizieren wie sich in Drachengestalt verwandeln.«

»Es war aber telepathisch«, beharrte Tristan. »Es ist passiert, während ich geflogen bin.«

Laith kratzte sich am Kinn, sah nachdenklich aus. »Ulrik war immer erfinderisch, wenn die Situation es erforderlich machte. Er könnte etwas von seiner Magie zurückgewonnen haben.«

»Warum hat er dann nicht mit seinen Silbernen gesprochen?«, fragte Con. »Mit unseren Drachen Verbindung aufzunehmen wäre das Erste, was wir versuchen würden.«

Broc wandte ein: »Wer sagt, dass er das nicht getan hat?«

»Weil die Silbernen aufwachen würden«, erklärte Rhys.

»Ihr habt Drachen hier?«, fragte Fallon erstaunt.

Cons Nasenflügel blähten sich, als er die Luft ausstieß. »Eine Vorsichtsmaßnahme nach dem Krieg mit den Menschen. Sie waren dabei, alle Menschen zu töten, deren sie habhaft werden konnten.«

»Wir haben sie aufgehalten und eingesperrt«, fügte Banan hinzu.

Laith nickte steif. »Nachdem wir unsere Drachen weggeschickt hatten.«

»Scheiße«, murmelte Broc.

Rhys lachte zwar breit, aber freudlos. »Genau, du sagst es.«

Tristan sah Con an. Wenn das, was Con sagte, stimmte, wie hatte Ulrik es dann geschafft, die mentale Verbindung zu aktivieren? Und was bedeutete das für die Drachenkönige? »Bist du sicher, dass er diese Verbindung nicht benutzen kann?«

»Absolut.«

Ein Gefühl der Beklemmung überkam ihn und erfasste sein Inneres. War es Zufall, dass Ulrik ihn kontaktiert hatte, nachdem er mit Sammi geschlafen hatte? Spionierte Ulrik ihnen hinterher, genau wie die Könige Ulrik hinterherspionierten?

Der Gedanke, dass jemand seine Nacht mit Sammi beobachtet oder belauscht haben könnte, machte ihn wütend. Diese Nacht war in vielerlei Hinsicht etwas ganz Besonderes gewesen. Und sie war absolute Privatsache, war etwas, was ausschließlich ihn und Sammi etwas anging.

»Bist du sicher, dass es Ulrik war?«, fragte Laith.

Tristan brauchte einen Moment, bis ihm bewusst wurde,

dass Laith die Frage an ihn gerichtet hatte. »Ja.« Dann hielt er inne, während er sich ihre Unterhaltung noch einmal in Erinnerung rief. »Er fragte, ob ich wisse, wer er sei. Ich antwortete: ›Ulrik‹.«

»Hat er das bestätigt?«, wollte Con wissen.

Tristan schüttelte langsam den Kopf. »Ich kann mich nicht erinnern, dass er das zugegeben hat, nein.«

»Wer könnte es sonst gewesen sein, außer Ulrik?«, fragte Jane.

Broc räusperte sich und gab zu erkennen, dass er etwas sagen wollte. »Das klingt zwar nach einem Problem, aber auf uns wartet ein dringlicheres.«

Sammi. Tristan wollte zu ihr und versuchen, ihr zu erklären, warum er seine Gabe benutzt hatte, um Informationen von ihr zu erhalten. Aber dann würde er natürlich auch Ian begegnen. Allerdings war das etwas, was sowieso unumgänglich war. Irgendwann musste es schließlich mal sein.

Tristan nickte Broc zu. »Ja. Ich hole Sammi. Wenn sie von sich aus zurückkehren will.«

»Die Dunklen dürfen sie nicht in die Finger bekommen«, flehte Jane. »Sammi ist eigenwillig. Sie würden ihren Geist brechen.«

Nicht, wenn Tristan da ein Wörtchen mitzureden hatte. »Ich bringe sie zurück, Jane«, schwor er ihr.

»Dann setzen wir uns mal in Bewegung«, sagte Fallon.

Tristan wollte sich schon umdrehen und aus der Tür eilen, als Fallons Worte ihn stutzig machten. »Wie bitte?«

»Du musst schnell dort hingelangen, oder?«

Tristan spähte hinüber zu Rhys und nickte. »Ja.«

»Du kannst fliegen«, grinste Fallon listig. »Aber ich kann dich mit einem Satz dorthin befördern, was schneller geht.«

Damit meinte er teleportieren. Tristan lächelte. »In Ordnung. Gehen wir.«

Rhys trat an Fallons andere Seite. »Ich komme mit.«

Tristan hob eine Augenbraue und fragte sich, was sein Freund vorhatte.

»Betrachte mich als deine Rückendeckung«, sagte Rhys und zwinkerte ihm zu.

Con zeigte auf die anderen. »Wir bleiben in Alarmbereitschaft und suchen das Gelände ab nach den Dunklen. Kommt so schnell wie möglich zurück. Ich möchte auf keinen Fall, dass noch weitere von uns in Irland festgehalten werden.«

»Spring mit uns zu einer Stelle außerhalb des Pubs«, bat Tristan Fallon. »Ich möchte sichergehen, dass keine Dunklen sich da rumtreiben.«

Fallon nickte und legte Tristan und Rhys seine Hände auf die Schulter. Und schon standen die drei in einer Gasse, die in eine Straße mündete, in der sich auf der gegenüberliegenden Seite gleich der Pub befand.

Tristan war noch nie zuvor in Ferness gewesen, aber er wusste auf der Stelle, dass der Pub »Rittertor« Charon gehörte. Das mehrstöckige Gebäude hatte zahlreiche Fenster, die für viel Helligkeit sorgten.

»Sie sind im ersten Stock«, sagte Fallon. »Da befindet sich Charons Büro.«

Rhys rieb sich die Hände. »Schauen wir uns zuerst ein wenig um.«

Eine Fee konnte in der Regel nur ein paar Sekunden lang unsichtbar bleiben. Nur wenige hatten wie Rhi die Gabe, längere Zeit unsichtbar zu bleiben. Tristan ging davon aus, dass, sollten Dunkle in der Nähe sein, sie für jeden sichtbar wären.

»Die wirklich Mächtigen unter ihnen können ihr Erscheinen maskieren«, warnte Rhys, bevor er sich umdrehte und nach links ging.

Die drei brauchten nicht lange, um eine Runde durch die kleine Ortschaft zu machen. Als sie sich wieder in der Gasse trafen, erwartete Phelan sie bereits. Irgendwie war Tristan darüber nicht überrascht.

»Ich habe Wache gehalten. Bisher sind nirgendwo Dunkle«, informierte er sie.

Tristan war nur mäßig erleichtert. Die Dunklen waren zwar ein Ärgernis und nervten ihn mächtig, aber die wirklichen Probleme befanden sich im ersten Stock des Gebäudes, das er jetzt anstarrte.

Seine Geliebte und sein Zwillingsbruder.

Sie waren beide da drinnen und warteten auf ihn.

Was sollte er Ian sagen? Was konnte er seinem Zwillingsbruder sagen, an den er sich nicht erinnerte?

Und Sammi? Wie sollte er erklären, was er getan hatte? Würde sie ihm überhaupt zuhören?

»Wir sollten keine Zeit verschwenden«, sagte Rhys.

Phelan grinste, als er vor sie trat. »Als Vorsichtsmaßnahme sorge ich besser dafür, dass keiner uns sehen kann.«

»Zu schade, dass dieser kleine Trick nicht funktioniert hat in diesen Tunneln damals in Irland«, sagte Tristan.

»Du kannst mich mal, Drache«, sagte Phelan, lächelte aber dabei.

Die vier eilten über die Straße und in den Pub, ohne befürchten zu müssen, gesehen zu werden, dank Phelans Gabe, die Realität zu verändern. Tristan blieb keine Zeit, über das Kommende nachzugrübeln, während er Phelan die Treppe hinauf und durch den Flur folgte.

Bevor er sich's versah, stand er in einem Büro. Sammi saß neben Ian und lachte über etwas, was der gesagt hatte.

Finstere Wut und rasendes Verlangen überfielen Tristan blitzartig, zerrissen ihn förmlich. Er trat schon einen Schritt auf sie zu, wurde aber von Rhys zurückgehalten. Und dann sah Sammi ihn mit ihren wunderschönen graublauen, taubenblauen Augen an.

25

Sammi bekam einen trockenen Mund, ihre Handflächen wurden feucht, und ihr Herz begann wie ein Presslufthammer zu schlagen. Sie starrte Tristan an, ihre Augen saugten jeden Zentimeter von ihm in sich auf.

Jetzt, da er vor ihr stand mit windzerzaustem Haar und nackter Brust, auf der sein großartiges Drachen-Tattoo prangte, und sie mit seinen dunklen Augen irgendwie angespannt und zugleich erregt ansah, fragte sie sich, wie sie ihn mit Ian hatte verwechseln können.

Er knurrte. Es war ein leises, dumpfes Grollen, das sehr drachenartig klang. Etwas in ihr erbebte und schmolz dahin bei dem Geräusch. Sie machte einen Schritt auf ihn zu und hatte nicht einmal bemerkt, dass sie vom Sofa aufgestanden war.

Die ganze Welt war für sie ruckartig zum Stillstand gekommen, als sie ihn vor sich sah. Vergessen war, was Ian gesagt hatte und womit er sie zum Lachen gebracht hatte; vergessen war, dass sie sich wegen der Dunklen ängstigte; vergessen war ihre Wut auf Tristan, weil er sie ausgetrickst hatte – und das alles nur, weil ihr Körper vor Lust, vor unbekannter, rasender Lust, schier ausflippte.

Ihre Brüste schwollen an, ihre Brustwarzen richteten sich auf, und ihr Schoß zog sich zusammen. Nichts anderes existierte, nichts anderes spielte eine Rolle. Sammi musste ihre Hände zu Fäusten ballen, um sich davon abzuhalten, ihn zu berühren, sich seiner Wärme zu versichern und über seine festen Muskeln zu streicheln.

»Du bist weggegangen.«

Drei einfache Worte, aber sie waren zornig und klangen verletzt. Sie schluckte, versuchte, ihren Mund anzufeuchten, und dachte wieder an den schmerzhaften Stich, den es ihr versetzt hatte, als ihr klar wurde, was er getan hatte. »Du hast mich hintergangen.«

Er schüttelte den Kopf. »Nie im Leben. Du warst in Gefahr, und wir haben versucht, dir zu helfen, ohne dich mit unserer Welt in Berührung zu bringen und dadurch noch mehr zu gefährden.«

Wenn man es so betrachtete, kam sie sich wie eine komplette Idiotin vor. Hatte sie überreagiert? Trotzdem; er hatte seine Gabe benutzt, um sie dazu zu bringen, etwas preiszugeben, was sie unbedingt hatte geheim halten wollen, und er hatte es getan, ohne sie näher zu kennen. Und im Übrigen hätte sie es immer noch nicht gewusst, wenn es Jane nicht aus Versehen herausgerutscht wäre.

Seine Augen baten sie wortlos, ihm zu vertrauen, und, Schande über ihr schwaches Herz, sie war kurz davor, nachzugeben. Tristan ließ einfach alles andere trivial erscheinen, während er sie vor den Stürmen des Lebens beschützte.

Das Schweigen dauerte an, während sie hin und her überlegte, ob sie zu ihm gehen sollte, wonach sie sich sehnte, oder auf Abstand bleiben sollte.

Der Gedanke daran, ihn nie wieder zu küssen, sich nie

wieder an seinen Körper zu pressen und ihn zu spüren, machte sie krank.

»Kommst du mit mir zurück?«, fragte er.

Alles hing von ihrer Antwort ab. Sie fühlte es im tiefsten Inneren, und dennoch hatte sie keine umgehende Antwort parat. »Steht tatsächlich ein Angriff der Dunklen bevor?«

»Und ob.«

Rhys räusperte sich und ließ die Hand sinken, mit der er Tristan zurückgehalten hatte. Sammi zuckte zusammen, als sie sich umblickte und ihr wieder bewusst wurde, dass sie von Menschen umgeben waren.

»Er lügt nicht«, sagte Rhys. »Die Dunklen können jeden Moment angreifen.«

Sammi biss sich auf die Unterlippe. »Das wusste ich nicht. Ich dachte, es wäre eine List, um mich ins Herrenhaus zurückzulocken, wie Jane es wollte.«

Sie spürte eine Bewegung hinter sich, als Ian aufstand. Sammi sah, dass Tristan über ihre Schulter blickte. Wenn sie ihn nicht so genau beobachtet hätte, hätte sie nie die leichte Anspannung seines Körpers bemerkt.

Sie trat auf ihn zu, um ihm ihre volle und ganze Unterstützung zukommen zu lassen. Sammi hatte keine Ahnung, was in Tristan vorging, aber seine nichtssagende Miene sagte all das, was sein Mund nicht aussprechen wollte.

»Dunc… Tristan«, sagte Ian, dessen Augen hoffnungsvoll und freudig aufleuchteten. »Ich hätte nie für möglich gehalten, dass ich dich wiedersehen würde.«

Ein Mann mit langen, beinahe schwarzen Haaren schob sich an Rhys vorbei, und ein weiterer Mann, den Sammi gerade erst bemerkt hatte, nahm ein Glas Whisky von Charon entgegen. Er leerte das Glas in einem Zug. »Es hat lange genug gedauert, euch beide zusammenzubringen.«

»Phelan«, warnte Charon stirnrunzelnd. Dann sah Charon die beiden Brüder an. »Das letzte Mal, dass ich euch beide zusammen gesehen habe, war in Cairn Toul. Hätte Ian seine Haare nicht so sorgfältig geschnitten, hätte ich euch beide jetzt nicht auseinanderhalten können.«

Tristan hatte noch kein einziges Wort gesagt. Er wirkte mehr und mehr wie jemand, der den Boden unter den Füßen verlor. Sammi griff nach seiner Hand und verschränkte ihre Finger miteinander.

Als er ihre Hand drückte, seufzte sie erleichtert auf. Sie mochte nicht gerade glücklich über das sein, was er mit ihr angestellt hatte, aber im Moment brauchte Tristan sie.

Sie legte ihre zweite Hand auf seinen Arm. »In dem Lebensmittelladen habe ich Dani getroffen, Ians Frau, und sie hat mich hierhergeführt. Sie haben mir erzählt, was passiert ist und warum du dich nicht an Ian erinnerst.«

Zu ihrer Überraschung wandte ihr Tristan seinen Kopf zu. »Bist du bereit zu gehen?«

Sammi blinzelte. Offensichtlich hatte Tristan Ian nichts zu sagen, was sie in vielerlei Hinsicht gut verstehen konnte. Und dennoch. Ian stand nur einen Meter entfernt von seinem Zwillingsbruder, mit dem er sich unbedingt hatte treffen wollen.

»Geh nicht weg«, flüsterte sie.

»Die Dunklen könnten uns umzingeln. Wir sollten zurückkehren.«

Er sagte das, als hätte sie ihn nicht gerade gebeten, sich seinem Bruder zuzuwenden. Sammi spähte kurz hinüber zu Rhys, der auch deutliche Anzeichen von Missbilligung zeigte.

Sie suchte verzweifelt nach einem Weg, um Tristan aufzuhalten, während der bereits auf den Hacken kehrt machte und sie mit sich zur Tür zog.

Es war nur möglich, weil es unerwartet für ihn kam, aber irgendwie schaffte sie es, ihn gegen die nächste Wand zu stoßen. Sie schmiegte sich an ihn und küsste ihn.

Der Kuss sollte ihn eigentlich nur aufhalten, aber sobald sich ihre Lippen berührten, loderte Hitze in ihnen auf. Seine Arme umfingen sie, und sie verschmolzen miteinander, während er sich über ihren Mund beugte wie ein Verdurstender.

Sammi ihrerseits war genauso heißhungrig. Sie ließ ihre Hände in sein seidenweiches Haar gleiten und packte es. Die Leidenschaft, die unglaubliche, umwerfende Lust, machte sie beinahe schwindelig. Und dennoch wollte sie mehr davon, konnte nicht genug kriegen.

Als er von ihr abließ und den Kuss beendete, klammerte sie sich an ihn, wollte das köstliche Lustgefühl festhalten.

»Ich kann nicht«, sagte er kaum hörbar.

Sie musste nicht nachfragen, um zu wissen, dass er von Ian sprach. Es war zu schwer für ihn, so wie es auch schwierig für sie gewesen war mit Jane. Sammi verstand das alles nur zu gut.

Tristan wusste, dass er sie viel zu fest umschlungen hielt, aber er schien seinen Griff nicht lockern zu können. Sammi nur in den Armen zu halten beruhigte den heftigen Aufruhr, der in ihm tobte, seit er festgestellt hatte, dass sie verschwunden war.

»Dann lass es.«

Er hatte erwartet, dass sie ihm widersprechen und versuchen würde, ihn zu überzeugen, dass er bleiben und mit Ian reden sollte, statt zu gehen. Tristan sah in ihre graublauen Augen und versank in ihrem hellen Leuchten.

Er sah Bilder vor seinem geistigen Auge; aus den Tiefen seiner Erinnerung tauchten er und Ian auf. Sie kämpften Seite an Seite, lachten und lebten zusammen.

Tristan senkte die Stirn und lehnte sie an Sammis Schulter. Die Erinnerungen prasselten unaufhörlich auf ihn ein, sodass er dieselbe Schlacht, denselben Kampf in dem Berg wieder und wieder durchlebte.

Ian und er waren beide blutbefleckt. Er blickte hinunter auf seine Hände, sah die hellblaue Haut und erkannte die Krallen. Sie zerschlitzten Fleisch und köpften kleine gelbe Wesen, von denen er wusste, dass Deirdre sie erschaffen hatte und dass es sich um Wyrrn handelte.

Er sah Ian mit einem Krieger kämpfen, als ein zweiter sich von hinten an ihn heranschlich. Tristan zögerte nicht. Er brüllte laut und griff an.

Sammis Hand streichelte seine Wange, als sie ihm die Haare aus dem Gesicht strich. Ihre Hand fühlte sich kühl an auf seiner erhitzten Haut, und er umklammerte ihren Rücken noch fester.

Die Erinnerungen an diese Geräusche, Gerüche und Anblicke waren so deutlich, als würde er sich mitten im Gefecht befinden. Er hob seinen Kopf und begegnete Ians forschendem Blick.

Der Zwilling, den er gern verleugnet hätte, beobachtete ihn. Sie waren identisch, bis hin zu dem kleinen Muttermal an der linken Seite ihres Halses. Neben Ian stand eine Frau mit silberblondem Haar und hellgrünen Augen.

Das war Ians Frau, Dani. War es ein Zufall, dass sowohl

er als auch Ian Frauen mit Männernamen hatten? Es musste einer sein. Richtig?

Fallon schüttelte den Kopf. »Als du zum Schloss gekommen bist, habe ich angenommen, dass du zu einer Begegnung mit Ian bereit wärst.«

Tristan selbst hatte das auch angenommen. Aber jetzt, da er Ian sah, wusste er, dass er sich geirrt hatte. Er war noch nicht einmal annähernd bereit.

»Es spielt keine Rolle«, sagte Ian und senkte den Blick. »Wir müssen Sammi nach Dreagan zurückbringen, bevor die Dunklen auftauchen.«

Phelan stieß Charon mit dem Ellenbogen an. »Es ist eine Weile her, dass wir gegen etwas Böses gekämpft haben.«

Eine Brünette mit moosgrünen Augen warf Phelan einen vernichtenden Blick zu. »Nach dem Kampf gegen die Dunklen in Irland, von dem du mir und Charon berichtet hast?«

»Nun komm schon, Laura«, sagte Charon, während er sie an sich zog und auf den Hals küsste. »Du weißt doch, dass wir Krieger einen Kampf brauchen, um unsere Götter zu beschwichtigen. Außerdem werden wir den Königen nur helfen, wenn sie unsere Hilfe benötigen.«

Laura sah ihn schelmisch an, bevor sie Phelan wieder mit unnachgiebigem Blick maß. »Hast du es schon Aisley erzählt?«

»Mit meiner Frau werde ich schon klarkommen«, murmelte Phelan.

Rhys lachte schallend. »Oh, das würde ich zu gern sehen. Da wird der Phönix aber doch wohl ein Wörtchen mitzureden haben.«

Phelan runzelte die Stirn. »Meine Frau hat Verständnis für mein Bedürfnis, Böses zu töten.«

Tristan bemerkte, dass Ian noch etwas sagen wollte. Dani flüsterte ihm etwas ins Ohr, während er ihr den Rücken streichelte. Ihre Liebe war stark, ein unzertrennliches Band nach allem, was sie durchgemacht hatten, um sich gegenseitig ihr Herz zu schenken.

Tristan blickte hinunter zu Sammi, die ihn besorgt musterte. Er verstand ihre Sorge. »Du zweifelst daran, dass unsere gemeinsame Nacht echt war.«

»Ja.«

»War sie.« Er wickelte sich eine Strähne ihres rotblonden Haars um den Finger. »Ich glaube, der Kuss, den wir einander gerade gegegeben haben, beweist zur Genüge, dass ich mich nicht beherrschen kann, sobald es um dich geht. Wenn ich dich auch nur ansehe, begehre ich dich schon und muss dich einfach haben.«

»Lust. Das ist ein starkes Gefühl.«

»Das stimmt.« Sie schien gern in seinen Armen zu sein, und er hatte es absolut nicht eilig zu gehen.

Sie fuhr sich mit der Zunge über die Lippen. »Was wirst du tun?«

»Ich werde dafür sorgen, dass du nach Dreagan zurückgelangst, und wir werden die Dunklen jagen, die versuchen, dich zu fangen.«

»Das habe ich nicht gemeint«, sagte sie und hob eine Augenbraue.

Er wusste das, aber er war noch nicht bereit, über Ian zu reden. Das war ein Thema, über das er noch länger nachdenken musste. Ian zu sehen hatte ihn regelrecht schockiert, aber zugleich fühlte es sich auch so an, als wäre er endlich nach Hause gekommen.

»Woher weißt du, dass sie mich wollen?«

Tristan fuhr ihr mit dem Daumen über die Lippen. »Ulrik hat es mir gesagt. Er sagte, er würde den Angriff abblasen, wenn ich mich ihm anschlösse.«

»Ulrik? Ist das der, der hinter all dem steckt? Wer ist das?«

»Er ist ein Drachenkönig, dem Con seine Drachenmagie genommen hat und der sich nicht mehr verwandeln kann. Er will Rache.«

Ihre Finger kraulten jetzt sanft seinen Kopf. »Offensichtlich. Das könnte eine Falle sein für dich oder einen der anderen Könige.«

Das hatte er auch schon in Betracht gezogen, aber er könnte, was auch immer die Dunklen für ihn in petto hielten, weit besser verkraften, als Sammi das könnte. »Ich bin sicher, dass es eine ist.«

»Und du willst trotzdem gehen?«, fragte sie überrascht, unterbrach ihre Zärtlichkeiten.

»Ich muss.«

»Wenn ihr die Dunklen Feen dieses Mal aufhaltet, wird es dann vorüber sein?«

Tristan hatte ihr einmal die Wahrheit vorenthalten, und das hatte dazu geführt, dass sie weggelaufen war. Es wurde Zeit, mit dem Lügen und den Ausflüchten aufzuhören. »Das ist höchst unwahrscheinlich.«

»Ich werde aber nicht für den Rest meines Lebens in dem Berg bleiben.«

»Das würde ich auch nicht zulassen.«

Tristan hatte darüber nachgedacht, wie er die Dunklen aufhalten könnte, und er wusste, dass es nur zwei Möglichkeiten gab. Er könnte sich Ulrik anschließen, oder er könnte sich von den Dunklen gefangen nehmen lassen.

Keine dieser Möglichkeiten war optimal – ebenso wenig,

wie jemanden so Lebhaftes und Wunderbares wie Sammi zu verstecken, nur damit sie in Sicherheit war.

»Was hast du vor?«, fragte Sammi misstrauisch.

Im ganzen Raum wurde es mucksmäuschenstill, während alle auf seine Antwort warteten. Er glättete liebevoll mit beiden Händen ihre Haare und schob sie sanft von sich. »Rhys, bring Sammi zu Jane und Banan.«

»Tristan«, bat Sammi leise.

Dann blickte er zu Phelan und Charon. »Da die anderen Könige aus der Luft nach den Dunklen Ausschau halten, wäre es hilfreich, wenn jemand in Dreagan am Boden für die Sicherheit der Frauen sorgen würde.«

»Wird erledigt«, sagte Phelan.

Tristan wandte sich als Nächstes an Fallon. »Wenn du bereit bist, würde ich gern mit dir nach Perth springen.«

Rhys fluchte kräftig, als ihm dämmerte, was Tristan im Sinn hatte.

Zu guter Letzt blickte Tristan Ian an. »Ich habe kein Recht, dich zu bitten …«

»Bitte mich ruhig.« Ian nickte knapp.

Sammi zwang Tristan, sie anzusehen. »Was hast du vor?«

»Ich bringe das hier zum Abschluss.«

26

Zornig wanderte Rhys durch den Berg. Tristans Plan hatte etwas für sich, aber nicht, wenn er Ulrik allein gegenübertrat. Schon gar nicht, nachdem Ulrik versucht hatte, ihn für sich zu gewinnen.

Ob Tristan es zugeben wollte oder nicht, Sammi bedeutete ihm sehr viel. Und es war typisch für ihn, sich ehrenhaft zu verhalten und für sie seine Freiheit aufs Spiel zu setzen.

Oder, was noch schlimmer wäre, sich Ulrik anzuschließen.

»Scheiße!«

»Das ist das erste Mal, dass ich erlebe, dass du derart um Worte verlegen bist.«

Rhys fuhr herum und entdeckte Phelan, der am Eingang zum Berg lehnte. »Verpiss dich, Krieger.«

Phelan wartete, bis Rhys an ihm vorbeigegangen war, und folgte ihm dann. »Du bezweifelst, dass Tristans Plan funktionieren wird?«

»Möglicherweise funktioniert er ja.«

»Wieso hast du dann Hummeln im Arsch?«

Rhys blieb stehen und funkelte den Krieger an. »Ich war

davon überzeugt, dass Con Tristan von seinem Plan abhalten würde.«

»Aha«, sagte Phelan, der langsam kapierte. »Aber das hat Con nicht getan.«

»Nein. Es ist mir schleierhaft, warum nicht. Con wollte nie, dass irgendeiner von uns Kontakt zu Ulrik aufnimmt. Er ist in die Luft gegangen, als er erfuhr, dass Banan bei ihm war. Und jetzt, da Tristan das Gleiche vorhat, sieht er einfach tatenlos zu?«

Phelan zuckte die Achseln, während sie gemeinsam zum Herrenhaus gingen. »Wer weiß schon, was in Cons Hirnwindungen vor sich geht.«

»Wenn es sein muss, werde ich in die Welt der Dunklen gehen, um Tristan zu suchen.«

»Und ich werde dich begleiten«, sagte Phelan. »Eine wichtige Tatsache hast du dabei allerdings vergessen.«

»Welche?«

»Dass sich Tristan möglicherweise Ulrik anschließt.«

So wie Tristan von Ulrik gesprochen hatte, lag das durchaus im Bereich des Möglichen, und deshalb war Rhys ja auch so aufgebracht. Er mochte Tristan, ganz abgesehen davon, dass er ein höllisch guter Drachenkönig war.

Wenn Ulrik es schaffte, Tristan auf seine Seite zu ziehen, dann würde Tristan auf einen Schlag gelingen, was Ulrik in Abertausenden von Jahren nicht gelungen war – nämlich Con zu schwächen.

War das der Grund, weswegen Con Tristan hatte gehen lassen?

»Wie ich sehe, hast du das Gleiche gedacht«, sagte Phelan.

»Ja.«

Rhys blieb vor dem Herrenhaus stehen und blickte hinauf

in den Himmel, wo die Drachen kreisten. Es waren keine Besucher in Dreagan, und allen sterblichen Mitarbeitern hatte man den Tag freigegeben. Allerdings nicht, wie offiziell vorgegeben, um Vorbereitungen für eine Feier zu treffen.

Es ging um einen Kampf, der unschwer der Anfang vom Ende Dreagans sein könnte.

»Deirdre, Declan und Jason, sie alle haben versucht, uns von innen heraus zu spalten«, sagte Phelan. »Wir haben alles überlebt, und wir waren nicht annähernd so lange zusammen wie ihr als Könige.«

Rhys blickte in Phelans blaugraue Augen. »Ulriks Verbannung hat uns beinahe auseinandergerissen. So wie ich das sehe, schadet uns jede seiner Einmischungen auf irgendeine Weise.«

»Dann sorgen wir dafür, dass er sich nicht mehr einmischen kann.«

Rhys fand schließlich doch sein Lächeln wieder, als sie das Herrenhaus betraten.

Tristan stand auf der Straßenseite gegenüber vom Antiquitätenladen »Der silberne Drache« und ging seinen Plan noch einmal durch. Er hatte nur diesen einen Versuch, und trotzdem ging ihm der Geschmack von Sammis Kuss nicht aus dem Kopf.

Wenn er doch nur Zeit gehabt hätte, sie zu entkleiden und sie langsam und liebevoll zu lieben. Ihr Bild hatte sich in sein Gedächtnis gebrannt, genau wie ihre erste Liebesnacht.

Er konnte einfach seine Hände nicht von ihr lassen. Das war ein Problem, weil Ulrik und die Dunklen sie gegen ihn benutzen würden, wenn sein Plan schiefgehen sollte.

Kellan mochte den Dunklen standgehalten haben, als sie

Denae bedrohten und verletzten, aber Tristan war sich nicht sicher, ob er das auch schaffen würde. Er hatte als Krieger versagt, und irgendwie hatte er eine zweite Chance bekommen als Drachenkönig.

Würde er die auch verfehlen?

Tristan stieß sich von dem Gebäude, an dem er lehnte, ab und ging über die Straße, wich einem vorbeikommenden Wagen aus. Charon hatte ihm ein Hemd und ein Paar Schuhe überlassen, was es ihm erspart hatte, erst nach Dreagan zurückkehren zu müssen.

Er stieß die Tür auf, und über ihm ertönte eine Klingel, kündigte sein Kommen an. Er blickte sich im Laden nach Ulrik um.

Erst als er den Blick zum ersten Stock hob, entdeckte er ihn. Ulrik stand da und starrte mit einem gelangweilten Gesichtsausdruck zu ihm hinunter. Er trug seine langen Haare offen, was im Kontrast stand zu seinem maßgeschneiderten Anzug.

»Tritt dir die Schuhe ab. Ich möchte nicht, dass meine Fußböden schmutzig werden.«

Was erste Worte betraf, hätten diese kaum weiter von dem entfernt sein können, was Tristan erwartet hatte. Er kam der Aufforderung nach und trat sich die Schuhe auf der Fußmatte ab, während Ulrik das Buch in seinen Händen schloss und ins Regal stellte.

Tristan wurde ungeduldig, als Ulrik fortfuhr, das Bücherregal durchzusehen, in dem Erstausgaben und jahrhundertealte Bücher standen.

»Willst du einfach nur da stehen, oder hast du vor, mir zu sagen, was du willst?«, fragte Ulrik.

Tristan verkniff sich eine scharfe Antwort und atmete tief

durch. »Du warst es doch, der mich kontaktiert und mir angeboten hat, die Jagd auf Sammi abzublasen, wenn ich mich dir anschließe.«

Sekundenlang rührte Ulrik sich nicht. Dann drehte er sich langsam um und sah ihn an. »Und jetzt willst du mich beim Wort nehmen, nehme ich an.«

»Und wenn ich das täte? Steht das Angebot noch?«

Ulrik lehnte sich an das Geländer und musterte ihn. »Sammi bedeutet dir so viel, dass du Dreagan den Rücken kehren würdest?«

»Das tut sie.«

»Ein seltsamer Name für eine Frau, findest du nicht auch?«

»Ihr Name ist Samantha. Sie wird aber Sammi genannt.« Tristan machte eine wegwerfende Handbewegung. »Welchen Unterschied macht das schon? Steht das Angebot noch?«

Ulrik beugte sich weiter vor und stützte seine Unterarme auf das Geländer. »Du hast meine Frage nicht beantwortet, Drachenkönig.«

»Sie ist unschuldig. Du benutzt sie nur, um an Banan heranzukommen.«

»Und dennoch bist du derjenige, der jetzt vor mir steht.«

Tristan biss die Zähne zusammen. »Weil du mir einen Handel vorgeschlagen hast.«

»Sie ist nur eine Sterbliche. Warum solltest du alles aufgeben für sie?«

»Spielt das eine Rolle?«, entgegnete er. Tristan wusste nicht, warum Ulrik all diese Fragen stellte, aber er war es verdammt leid.

»Ein König verlässt Dreagan für eine Sterbliche. Con muss schäumen vor Wut. Ich bin erstaunt, dass er nicht versucht hat, dich einzusperren. Oder dich umzubringen.« Ulrik straffte sich und begann, die Treppe hinunterzusteigen. »Er wird dich gewiss beobachten lassen von einem seiner vielen Spione, auch jetzt, in diesem Moment.«

Tristan fragte sich, ob Sammi gerade mit Jane redete oder an ihn dachte, so wie er an sie dachte. »Ich weiß.«

»Du glaubst, dass ich mein Angebot wahr machen werde?«, fragte Ulrik, während er die unterste Treppenstufe erreichte. Er ging zu Tristan und blieb vor ihm stehen. »Nach allem, was Con dir bestimmt über mich erzählt hat, traust du mir immer noch?«

»Ich bin hier, oder nicht?«

Ulrik kniff seine goldenen Augen kurz zu. »Das bist du. Hat Constantine dich tatsächlich Kellans Bericht über das, was geschehen ist, lesen lassen? Oder hat er es vorgezogen, dir zu erzählen, was sich zugetragen hat?«

»Er hat es mir erzählt.«

»Das habe ich mir gedacht.« Ulrik steckte eine Hand in die Hosentasche, drehte sich um und trat hinter den Louis-XIV-Schreibtisch, den er ganz offenbar selbst benutzte.

Tristan versuchte seine Wut zu zügeln, als Ulrik einige Papiere zur Hand nahm und anfing, sie zu lesen. Auf seinem Schreibtisch lagen mehrere Handys nebeneinander. »Wirst du zu deinem Angebot stehen?«

Ohne aufzublicken, sagte Ulrik: »Wenn du glaubst, dass ich Sammi vor den Dunklen retten kann, irrst du dich.«

Einen Augenblick lang überlegte Tristan ernsthaft, ob er über den Schreibtisch hinweg seine Hände um Ulriks Hals schließen und ihn erwürgen sollte. Stattdessen riss er die Tür auf und stolzierte hinaus. Er hatte gehofft, dass Ulrik sein Wort halten würde, aber hundertprozentig damit gerechnet hatte er eigentlich nicht. Es wäre einfacher gewesen, aber es gab schließlich noch einen Alternativplan.

Er ging die Straße hinunter, weiter durch eine Gasse und bog dann in die nächste Straße ab. So ging er kreuz und quer durch die Stadt, bis er Fallon gefunden hatte.

»Es hat nicht geklappt«, verkündete er, während er auf ihn zutrat.

Fallon, der an einem Gebäude lehnte, richtete sich gerade auf. »Du wusstest vorher, dass das der Fall sein könnte. Dann also zurück nach Dreagan?«

»Zurück nach Dreagan.«

Ulrik kam aus der Hocke hoch auf dem Gebäude, vor dem sich Tristan mit keinem anderen als einem Krieger getroffen hatte, und zwar mit Fallon MacLeod. Interessant.

Er nahm den einsetzenden Nieselregen nicht wahr, der seine Kleidung durchnässte. Es sah so aus, als wäre Tristan entschlossen, bis zum Äußersten zu gehen, um Sammi zu retten.

»Eine Sterbliche«, sagte er laut.

Das musste ein Stachel in Cons Fleisch sein. Vier seiner Könige waren bereits mit Menschenfrauen verbunden.

Ulriks Lächeln war kalt und berechnend. Alles, was Con aufgebaut hatte, würde zerstört werden. Ulrik würde höchstpersönlich dafür sorgen. Das war er Constantine schließlich schuldig.

Er drehte sich um und sprang von Gebäude zu Gebäude zurück zu seinem Antiquitätenladen. Es gab vieles, wovon Con nichts wusste, egal, wie viele Spione er auf Ulrik ansetzte.

»Bald, alter Freund. Bald wirst du meinen Zorn zu spüren bekommen. Ich habe mich an dir für Jahrtausende voller Entbehrungen zu rächen.«

Sammi setzte sich und versuchte, still sitzen zu bleiben, aber alle paar Minuten musste sie wieder aufspringen.

»Du machst mich ganz nervös mit deiner Unruhe«, sagte Ian, der mit dem Rücken zu ihr am Fenster stand.

Sie hob hilflos die Hände. »Ich kann nichts dafür. Warum hast du dem zugestimmt? Warum ist Dani damit einverstanden, dass du dein Leben riskierst?«

»Weil es für Dunc... Tristan ist. Er hat mich darum gebeten.«

Sammi schüttelte den Kopf und wünschte, sie hätte ein sehr großes Glas Wein, Whisky oder was auch immer, um ihre Nerven zu beruhigen. Seit Tristan seinen Plan erklärt hatte, war sie das reinste Nervenbündel, und es wurde von Stunde zu Stunde schlimmer.

Es half auch nicht, dass sie wieder im Cottage waren. In dem Cottage, in dem sie eine wunderbare Nacht in Tristans Armen verbracht hatte und beim Aufwachen am nächsten Morgen hatte feststellen müssen, dass er gegangen war.

Sie schaffte es nicht einmal, das Schlafzimmer zu betreten. Es war zu schmerzhaft, das Bett mit seinen – nach ihrer gemeinsamen Liebesnacht – immer noch zerwühlten Laken zu sehen.

Ian wandte seinen Kopf zu ihr um. »Es ist ein guter Plan.«

»Ein Plan, der dich als Köder vorsieht.«

»Nur wenn Ulrik ihn nicht akzeptiert.«

Rhys hatte ihr die ganze Geschichte erzählt, wie Ulriks Geliebte, eine Menschenfrau, ihn hintergangen und ihre Leute dazu angestachelt hatte, Drachen zu töten. Die Könige hatten schnell reagiert und sie getötet, aber ohne Ulrik vorher zu informieren.

Laut Rhys war Ulrik damals wahnsinnig geworden. Doch

keiner wusste genau, ob er es geworden war, weil seine Geliebte getötet worden war oder weil sie ihn betrogen hatte.

Jedenfalls hatte Ulrik daraufhin seine Silbernen ausgeschickt, um Menschen zu töten, und nicht nur diejenigen, die Drachen jagten. Die Silbernen töteten unterschiedslos alle Menschen.

Das war der Moment, da Con und die übrigen Drachenkönige ihre Zauberkräfte vereint und Ulrik seiner Magie beraubt hatten. Er wurde dazu verdammt, als Unsterblicher auf der Erde zu wandeln, und zwar ohne all die Vorteile, die er als Drachenkönig genossen hatte.

Es war wirklich eine traurige Geschichte. In mancherlei Hinsicht konnte Sammi absolut nachvollziehen, warum Ulrik sowohl die Menschen als auch Con bestrafen wollte.

Dann jedoch erinnerte sie sich daran, dass er derjenige war, der jemanden geschickt hatte, um Daniel zu ermorden, ihren Pub zu zerstören und sie zu töten. Die Vorstellung, dass er sich auch noch mit den Dunklen verbündet hatte, war erschreckend.

Jetzt wusste sie, warum die Dunklen einen Drachenkönig wollten. Ulriks wegen.

Und gerade hatte ihm Tristan sich selbst – und Ian – auf dem Silbertablett serviert.

27

Im Handumdrehen war Tristan wieder zurück beim Cottage. Erneut sah er den Steinbau und die Glastüren vor sich, durch die er gegangen war, voller Verlangen nach Sammi.

Die Erinnerung an diese Nacht, die Leidenschaft, das Seufzen, die Lust, brachte sein Blut schon wieder in Wallung. Wie um alles in der Welt sollte er es aushalten, hier bei ihr zu sein, ohne seiner Begierde nachzugeben?

»Bist du sicher, dass du weißt, was du tust?«, fragte Fallon.

Tristan sah ihn an. »Du meinst, ob ich Ians Leben gefährden darf?«

»Ja. Er hat eine Frau, ein Zuhause. Ein Leben.«

»Und du glaubst, das ist mir nicht bewusst?«

»Nein, ich glaube, das ist es nicht. Ich glaube, du hast dich so vollständig auf die Angelegenheiten der Könige eingelassen, dass du alles opfern würdest, um am Ende zu siegen.«

Tristan sah den inoffiziellen Anführer der Krieger mit hochgezogenen Augenbrauen an. »Sag mal, Fallon, als ich angeblich dieser Duncan war, sind wir beide da gut miteinander ausgekommen?«

»Ja. Sind wir. Warum?«

»Weil ich mich schwer beherrschen muss, um dir nicht die Fresse zu polieren.«

»Das reicht«, sagte Ian, der aus dem Cottage zu ihnen trat.

Tristan sah ihn nur flüchtig an, wandte sich stattdessen Sammi zu. Sorgenfalten umgaben ihren Mund, und ihre graublauen Augen blickten ihn zweifelnd und unschlüssig an.

Er verstand genau, wie sie sich fühlte. Sein Plan würde funktionieren, aber das hieß nicht, dass er ihm auch nur ansatzweise gefiel. Es gab vieles, was er mit keinem von ihnen besprochen hatte, denn wenn sie es wüssten, hätte keiner dem Plan zugestimmt.

Ian blieb einen Meter vor Tristan stehen. »Wie lief es mit Ulrik?«

»Nicht so wie gehofft.«

Sammi stieß einen Seufzer der Erleichterung aus. »Er wollte dich nicht. Gott sei Dank.«

»Genau genommen hat er nicht gerade viel gesagt«, sagte Tristan, während er auf sie zuging. Er konnte einfach nicht anders. Sie zog ihn an, wie Blumen Bienen und Schmetterlinge anzogen.

Sie sah zu ihm hoch, legte ihre Hand auf seine Brust. »Jetzt beginnt das Warten, richtig?«

»Ich glaube nicht, dass wir lange warten müssen«, sagte Ian, der um sie herum ins Cottage zurückging.

Tristan musterte Fallon, der ihn zornig anstarrte. Fallon war wütend, dass er bereit war, Ians Leben zu riskieren. Seltsam, dass er nicht ebenso wütend auf Ian und dessen Bereitschaft dazu war.

»Wenn du etwas zu sagen hast, dann raus damit«, forderte Tristan Fallon auf.

Fallons dunkelgrüne Augen verengten sich gefährlich. »Ian ist einer von uns. Ihr Könige mögt ja locker mit eurem eigenen Leben umgehen, aber wir können das nicht. Du erinnerst dich vielleicht nicht mehr daran, wer du einst warst, aber der Rest von uns tut es, insbesondere der Mann, den du so leichtfertig als Köder benutzt.«

Kaum hatte Fallon die letzte Silbe ausgesprochen, als er auch schon verschwunden war. Tristan holte tief Luft und widmete sich wieder Sammi.

»Warum hast du mir nichts von Ian erzählt?«, fragte sie ihn leise.

Er zuckte die Achseln. »Wahrscheinlich aus dem gleichen Grund, aus dem ich ihn nicht sehen wollte.«

»Keiner kann sich vorstellen, was du durchmachst, also lass dir von niemandem einreden, dass du falsch gehandelt hast. Du musst entscheiden, was das Beste für dich ist. Du bist ein Drachenkönig, Tristan. Ich will damit nicht sagen, dass die Krieger nicht wichtig sind. Denn sie sind wichtig.«

»Ich weiß«, sagte er und ließ seine Finger in ihr seidiges welliges Haar gleiten. »Und vielen Dank.«

»Ich hätte nicht gedacht, dass du zurückkommen würdest.«

»Das hätte ich auch nicht tun sollen, aber ich musste dich sehen.«

Sie trat zurück und löste sich aus seiner Umarmung. »Es ist nicht nötig, dass du solche Dinge sagst. Ich weiß, dass du mich brauchst, um die Falle zu stellen.«

»Du glaubst, dass ich dir etwas vormache?« Er war derart verblüfft, dass er sie mit offenem Mund anstarrte.

»Dies ist nicht der richtige Zeitpunkt dafür. Viel Glück«, sagte sie und ging zurück ins Cottage, schloss leise die Tür hinter sich.

Es hätte weniger wehgetan, wenn sie die Tür zugeschlagen hätte, und dass sie das, was sie ihm unterstellte, so ruhig billigte, hätte ihn fast die Beherrschung verlieren lassen.

»Lass sie gehen«, meldete sich Ian hinter ihm zu Wort.

Tristan fuhr herum und erblickte Ian auf der Terrasse vor dem großen Schlafzimmer. Er sah noch einmal zur Tür, aber er wusste, wenn er jetzt Sammi hinterherginge, würde das nur noch mehr Schaden anrichten. Ian ließ seinen Blick schweifen. »Unglaublicher Ausblick. Jetzt verstehe ich, warum die Könige diesen Ort gewählt haben. Aber irgendetwas an diesem Cottage macht Sammi vollkommen irre. Zum Beispiel, dass sie andauernd in dieses Schlafzimmer blickt«, sagte er und wies mit dem Daumen über seine Schulter, »sagt vieles. Allerdings nicht halb so viel wie deine Reaktion, als du sie bei mir angetroffen hast.«

Tristan schluckte schwer. Was sollte er dem Mann sagen, der sein Zwillingsbruder war? Einem Mann, von dem er immer mal wieder Bruchstücke wahrgenommen hatte durch flüchtige Erinnerungen, die ihm wie Sand durch die Finger glitten?

»Du hättest ihre Reaktion sehen sollen, als sie mich das erste Mal sah. Sammi hielt mich für dich. Was immer du angestellt hast, um sie in die Flucht zu schlagen – es muss ein ziemlicher Hammer gewesen sein.«

»Ich tat es nur, um ihr Leben zu retten.«

Ian nickte geistesabwesend. »Doch es hat möglicherweise zerstört, was gerade zwischen euch beiden aufkeimte.«

»Wie kann ich sie in mein Leben lassen, wenn ich nicht

einmal weiß, wer ich bin? Bin ich Tristan, der Drachenkönig? Oder bin ich Duncan, der Krieger?«

»Warum kannst du nicht beides sein?«

Tristan öffnete schon den Mund, um zu antworten, schloss ihn aber schnell wieder. Konnte er beides sein, Drachenkönig und Krieger? Konnte er seine Vergangenheit als Zwilling akzeptieren und sich dennoch den Königen anschließen?

Ian rieb sich den Nasenrücken. »Ich erwarte nichts von dir. Ich wollte dich nur sehen. Ich war nicht da, als Deirdre dich getötet hat. Seitdem habe ich jeden Tag aufs Neue bedauert, dass ich im Schloss zurückgeblieben war.«

»Ich weiß nicht, wie ich ums Leben gekommen bin, und ich bin mir nicht sicher, ob ich es wissen will.«

»Es spielt keine Rolle. Nichts davon spielt noch eine Rolle. Es reicht, dass du jetzt hier bist. Ob du jemals deine Erinnerungen wiedererlangst oder nicht, ich fühle mich jedenfalls wieder vollständig, jetzt, da ich weiß, dass du noch lebst.«

Tristan blickte in die Augen, die von dem gleichen dunklen Braun waren wie seine eigenen. Ian hatte ihm einen Ausweg gewiesen, hatte es ihm freigestellt, ob er Kontakt pflegen wollte oder nicht, sobald das hier vorüber war. War es das, was er wollte? Er wusste es nicht genau. »Dieser Plan könnte mächtig in die Hose gehen.«

»Das könnte im Prinzip jeder Plan. Du darfst nur nicht vergessen, dass Dani dich zu Kleinholz macht, wenn mir irgendetwas zustößt«, sagte er lächelnd.

Aber Tristan konnte das Lächeln nicht erwidern. Er wusste, dass die Wahrscheinlichkeit, dass das Schlimmste eintreten könnte, hoch war. »Geh nach Hause zu deiner Frau.«

Ians Lächeln wurde von einem ungläubigen Gesichtsausdruck abgelöst. »Wie bitte?«

»Fallon hatte recht. Du hast eine Frau. Geh nach Hause zu Danielle.«

»Und was wirst du tun?«

»Was auch immer getan werden muss.«

Ian schnaubte. »Auch wenn das bedeutet, dass die Dunklen dich schnappen?«

»Auch dann.«

»Nein«, sagt Ian mit eisigem Zorn. »Ich war letztes Mal nicht an deiner Seite. Ich werde dich jetzt nicht im Stich lassen.«

Tristan blickte hinauf in den Himmel. Die Könige blieben auf Distanz zum Cottage, damit die Dunklen sich sicher wähnten und angriffen. »Wir werden auf keinen Fall zusammen auftreten. Die Dunklen dürfen nicht zwei von uns sehen.«

»Genau. Setz deinen Arsch in Bewegung.«

»Wenn du jetzt für mich einspringst, wird das die Vergangenheit nicht ändern.«

Ian verschränkte seine Arme vor der Brust und sah ihn gelassen an. »Ich bin unsterblich, du Arschloch.«

»Aber du hast nicht gesehen, wozu die Dunklen imstande sind. Unsterblichkeit führt nur dazu, dass die Folter in ihren Kerkern länger dauert. Jetzt, da Ulrik mich abgelehnt hat, ist mein Platz hier. Ich werde derjenige sein, der den Dunklen die Stirn bietet und sie fernhält von Sammi.«

»Ich haue nicht ab. Ich habe deinen Plan gebilligt. Lass uns ihn ausführen, damit Sammi bald dauerhaft in Sicherheit ist – und du sie dann ehrlich darum anflehen kannst, dir zu verzeihen.«

Tristan fielen keine weiteren Argumente ein, um Ian zu vertreiben. Er hasste es, dass er den Kerl mochte. Welche

Gründe er auch immer anführte, Ian hatte immer ein Gegenargument. Ihm blieb nichts anderes übrig, als sich damit abzufinden, dass Ian nicht gehen würde – und sich gründlich gegen die Dunklen zu wappnen.

Weil sie kommen würden.

»Bleib wachsam. Die Dunklen sind nicht wie irgendjemand von den Druiden, gegen die du gekämpft hast. Sie sind viel verschlagener, und sie tauchen auf, bevor du ihre Anwesenheit überhaupt wahrgenommen hast.«

Ian ließ die Arme sinken und nickte. »Noch etwas?«

»Sie sind große Angeber. Sie wollen einen Drachenkönig, also werden sie eine große Show abziehen bei ihrem Versuch, Sammi gefangen zu nehmen. Ich werde in der Nähe sein und eingreifen, bevor sie Sammi oder dich zu fassen kriegen.«

»Das hoffst du.«

Tristan blickte beiseite. Er hoffte es. Er konnte nicht zu nah beim Cottage bleiben, weil er sonst Gefahr lief, dass die Dunklen ihn und Ian sehen würden, aber er konnte sich auch nicht zu weit entfernen, weil er sonst vielleicht nicht rechtzeitig da wäre. Er ging ein großes Risiko ein, aber er war auch darauf vorbereitet, sie notfalls bis nach Irland zu verfolgen und diese Tunnel zu durchkämmen, um sie zu finden.

»Viel Glück«, sagte Tristan und wollte schon weggehen, als Ian seine Hand ausstreckte. Tristan blickte von seiner ausgestreckten Hand in sein Gesicht, bevor er Ians Unterarm fest mit seiner Hand umschloss.

Ians Hand packte seinen Unterarm genauso fest, und er lächelte. »Es ist schön, dass du wieder da bist, egal, ob du nun Duncan bist oder Tristan.«

Und damit machte Ian auf dem Absatz kehrt und ging zurück ins Cottage.

Tristan drehte sich um und wandte sich den Bergen zu und der zunehmenden Dunkelheit. Die Dunklen konnten jetzt jederzeit auftauchen, aber sie kamen am liebsten nachts. Es war kein Wunder, dass so viele Menschen sich vor der Dunkelheit fürchteten. Sie wussten, was sie mit sich brachte – die Dunklen Feen.

Rhi trällerte eine erfundene Melodie vor sich hin, als sie durch die Flure von Usaeils Palast schritt, einem prächtigen Schloss mit zweiunddreißig Räumen, das aus Granitblöcken an der Küste der Donegal Bay erbaut worden und von Gärten umgeben war, die bis zu den bewaldeten Hügeln reichten. Es war nicht der gewaltigste, riesigste Palast in der Feenwelt, aber er eignete sich hervorragend für ihre Königin.

Ihre gummibesohlten Bikerstiefel machten kaum ein Geräusch, als sie über das schwarz-weiße Schachbrettmuster des gefliesten Fußbodens ging. Usaeil hatte sie bereits mehrfach aufgefordert zu kommen. Als Angehörige der königlichen Wache brauchte Rhi schon einen sehr guten Grund, um eine Aufforderung ihrer Königin zu ignorieren.

Zu erklären, dass sie den Drachenkönigen half, würde ihr nicht gerade zum Vorteil gereichen. Andererseits hatten die Hellen Feen Freunde jetzt, da sich die Dunklen erhoben, durchaus nötig.

Nicht dass Rhi irgendeinen der Drachenkönige zum Freund haben wollte. Die Geschichte zwischen Rhi und den Königen reichte sehr lange zurück, und die Kränkungen waren sehr nachhaltig – auf beiden Seiten.

Sie beschuldigten sie, und umgekehrt beschuldigte sie die Könige, oder vielmehr hauptsächlich einen: Con.

Sie achtete nicht auf die Wandgemälde entlang des Korridors, die Szenen aus der Feenwelt zeigten. Sie war diesen Korridor schon zu häufig entlanggegangen, als dass sie ihnen noch besondere Aufmerksamkeit schenkte. Obgleich sie sich noch an das erste Mal erinnerte, als sie sie gesehen hatte. Die Gemälde sollten die Feen an ihre glorreichen Jahre erinnern, an eine Zeit, in der sie in allen Reichen, die sie aufsuchten, die Vorherrschaft hatten.

Eine Zeit, bevor die Dunklen die Hellen angriffen.

Alles, was die Feen errungen hatten, zerbrach so schnell, fiel auseinander wie Bauklötze, die von einem Kind umgeworfen wurden. Es zerfiel zu Staub, und ihre Macht verblasste so schnell wie die Weltmacht der Römer damals.

Sie kehrte ab und zu ins Feenreich zurück, aber nicht annähernd so oft, wie sie es einst getan hatte. Als ihre Familie gestorben war, hatte es nichts mehr gegeben, was sie nach Haus gezogen hätte.

Das, was für sie jetzt einem Zuhause noch am nächsten kam, war ihr Cottage, ihr Rückzugsort, den sie vor anderen Feen, Drachenkönigen, Druiden, Sterblichen und übernatürlichen Wesen jeder Art, die möglicherweise versuchten, sie zu finden, geheim hielt.

Es war ihr Zufluchtsort, ihr Heiligtum. Ihr Asyl.

Rhi näherte sich den Türen, die sie noch von ihrer Königin trennten. Kurz bevor sie sie erreichte, schwangen diese von allein auf. Das war einer von Usaeils unzähligen magischen Tricks. Sobald sie Usaeils ansichtig wurde, die auf einer kleinen Lederbank saß, den Ventilator sah, der ihr Haar wehen ließ, und die Scheinwerfer, die um sie herum aufgebaut waren, verdrehte Rhi die Augen. Sie setzte sich, wartete auf das Ende der Fotosession und darauf, dass ihre Königin sich ihr zuwenden würde.

Nur wenige wussten, dass Usaeil, gewissermaßen im Nebenberuf, ein berühmter Filmstar war. Diese Fotoaufnahmen, die gerade liefen, waren für irgendeine US-Zeitschrift, auf deren Titelbild Usaeil unbedingt wollte. Und wie es bei allem war, was ihre Königin wollte, setzte sie es durch.

Sobald Usaeil sie sah, scheuchte sie den Fotografen weg, der zufällig auch eine Fee war. Oh, wie wütend die Könige wären, wenn sie wüssten, wie tief die Hellen sich bereits auf das Leben der Sterblichen eingelassen hatten!

»Wo warst du?«, fragte Usaeil, stand auf und kam auf sie zu.

Rhi musterte die schwarze Lederhose und die weiße Seidenbluse, die weit geöffnet und so durchscheinend war, dass man einen sexy schwarzen BH sehen konnte. »Mir gefällt dein Outfit.«

»Danke, aber lenk bitte nicht vom Thema ab.« Ihre Königin seufzte. »Rhi, die Zeiten ändern sich für alle, sogar für die Sterblichen, obgleich sie es noch nicht ahnen.«

Rhi blickte auf ihre frisch lackierten Fingernägel in diesem angenehm warmen Braunton, der »Ich knete Sauerteig« hieß. Außerdem schmückte ein Design aus goldenen und schwarzen Wirbeln ihre Nägel. »Ich war den Königen behilflich.«

»Gut. Und du musst sie wieder aufsuchen, und zwar so schnell wie möglich.«

Rhi runzelte die Stirn, als sie ihre Königin prüfend musterte. Noch nie, nicht ein einziges Mal, hatte Usaeil sie aufgefordert, den Königen zu helfen. »Wie bitte?«

»Die Dunklen planen einen Angriff, und die Könige glauben, dass sie mit der Sache allein fertigwerden. Du und ich, wir beide wissen, dass das nicht der Fall ist. Also beweg dich, und erstatte mir auf jeden Fall Bericht, sobald die Angelegenheit erledigt ist«, befahl Usaeil, ging weg und rief schon wieder nach dem Fotografen.

Dergestalt ohne viel Federlesens entlassen, zögerte Rhi nur ganz kurz, bevor sie sich nach Dreagan teleportierte.

28

Nahe Cork, Irland …

Taraeth inspizierte seine Truppe, indem er vor ihren Reihen in der Großen Halle des Schlosses, das er vor Jahrhunderten erobert hatte, auf und ab schritt. »Es gibt da einen Drachenkönig, der denkt, er kann einen Handel machen, einen Drachenkönig, der denkt, dass er sein eigenes Schicksal bestimmen kann. Heute Nacht werden wir ihn uns in seinem Allerheiligsten schnappen, das er vor uns in Sicherheit wähnt, in Dreagan. Heute Nacht holen wir uns einen Drachenkönig!«

Die Halle erbebte unter den Jubelrufen seiner Männer. Nicht alle würde er auf diese wichtige Mission schicken, weil es noch andere Aufgaben zu erledigen gab, aber für den Einsatz in Dreagan hatte Taraeth die Besten ausgewählt.

»Wie dämlich müssen diese Könige sein, dass sie glauben, wir würden uns von ihrem kostbaren Dreagan fernhalten«, fuhr Taraeth fort, als seine Männer sich wieder beruhigt hatten. »Wir hatten schon einmal einen Drachenkönig in unserer Gewalt, und wir werden uns einen weiteren holen. Dieses

Mal wird es keine Flucht geben für den König, dessen Name Tristan ist.«

Taraeth wippte auf den Füßen, rollte auf seine Fersen ab und lächelte. Die Könige waren echte Dumpfbacken, dass sie die Dunklen nicht als gleichwertige Gegner betrachteten, aber Taraeth würde sie eines Besseren belehren und ihnen beweisen, wie falsch sie lagen.

Er hatte lange, lange Zeit gewartet, um gegen die Drachenkönige zurückzuschlagen nach ihrem Sieg über die Dunklen in den Feenkriegen. Die Könige dünkten sich allen anderen Wesen im Reich überlegen.

Aber das würde sich ändern.

Sie hatten Schwächen, und das waren vor allem ihre Gefährtinnen, allesamt Menschenfrauen.

Er hatte es seinem neuen Verbündeten anfangs nicht abgenommen, als der behauptete, die Könige zwingen zu können, seinem Willen zu folgen, aber genau das taten die Drachenkönige seit nunmehr zwei Jahren.

Das Einzige, womit niemand gerechnet hatte, war das Auftauchen eines neuen Drachenkönigs. Das tangierte ihn nicht weiter, aber sein Verbündeter war in höchstem Maße verblüfft gewesen.

Für Taraeth war es nur ein weiterer König, der besiegt werden musste. Jeder Feind konnte geschlagen werden, sobald er eine Schwäche offenbarte. Die Könige waren bisher stark und unbesiegbar gewesen.

Bis Cons Magie, die verhinderte, dass die Könige Gefühle für Menschenfrauen entwickelten, ihre Wirkung verlor und sie anfingen, sich zu verlieben.

»Die Könige sind nicht mehr so stark, wie sie einst waren. Sie halten sich selbst immer noch für die Mächtigsten in diesem Reich. Zeigen wir ihnen, wer hier demnächst die Herrschaft übernehmen wird!«

Die begeisterten Hochrufe der Dunklen waren ohrenbetäubend.

Aus seinem Augenwinkel nahm Taraeth wahr, dass Balladyn stumm und regungslos an der Wand lehnte. Es hatte nicht lange gedauert, den ehemaligen Hellen in einen Dunklen zu verwandeln. Die Vorstellung, dass keiner seiner Kameraden nach ihm suchte, hatte gereicht, um Balladyn ins andere Lager herüberzuziehen.

Ein Ass mehr in Taraeth' Ärmel. Balladyn war die Sorte Dunkler, mit der niemand sich gern anlegte. Das würde Tristan noch schnell genug lernen.

Taraeth gab Balladyn mit einer Kopfbewegung das Signal. Der Dunkle nickte seinen Männern knapp zu, und wie ein Mann marschierten sie aus der Großen Halle. Taraeth' andere Leutnants traten vor und verteilten Einsatzbefehle an einige der Männer, während andere die Nacht frei bekamen, um sich mit irgendwelchen hierher verschleppten sterblichen Frauen zu vergnügen.

Wieder andere würden das Schloss bewachen. Es war zwar unmöglich, dass Menschen selbiges überfielen, und jedes andere Lebewesen müsste erst mal den sorgfältig verborgenen Eingang entdecken. Da das allerdings nicht hundertprozentig auszuschließen war, hatten sie vorsichtshalber Wachen aufgestellt.

Taraeth rieb sich im Stillen die Hände. Er würde die Minuten zählen, bis Balladyn mit Tristan zurückkehrte.

Sammi versuchte zu lesen, aber sie war viel zu abgelenkt von dem Geschehen um sie herum, als dass sie sich auf ihre Lektüre hätte konzentrieren können. Erst als ihr klar wurde, dass sie dieselbe Seite bereits zum fünften Mal las, gab sie auf.

Aber sie konnte nicht einfach still dasitzen und nichts tun. Also griff sie nach ihrem iPad auf dem Tisch und suchte und fand Angry Birds Space. Es fühlte sich gut an, die kleinen Schweinchen umzuschubsen und in die Luft zu jagen. Ein paar Minuten lang hatte sie das Gefühl, sich wieder unter Kontrolle zu haben.

Aber nur allzu bald ließ dieses Gefühl nach. Sie legte das Tablet beiseite und seufzte. Ian spähte zu ihr hinüber, und ein leichtes Lächeln umspielte seine Lippen.

»Warten ist immer das Schwerste«, sagte er mitfühlend.

Sie ließ ihren Kopf gegen die Rückenlehne des Sofas sinken. »Ich glaube, du hast recht. Wir sollten die bösen Jungs auffordern, uns eine SMS zu schicken, um welche Zeit mit ihnen zu rechnen ist.«

Ian schmunzelte, trat vom Fenster zurück und ging zu dem Sessel ihr gegenüber. »Was wirst du tun, wenn all das hier vorüber ist?«

»Wie kannst du das fragen? Ich bin vollkommen durcheinander und frage mich, ob ich das überhaupt überleben werde.«

»Du wirst überleben. Daran darfst du nie zweifeln. Tristan wird nicht zulassen, dass dir irgendetwas zustößt.«

Sie befeuchtete sich die Lippen und hob den Kopf. »So wie du das sagst, klingt es, als ob wir das hier überstehen werden.«

»Ich könnte dir tagelang Geschichten erzählen von uns Kriegern und wie wir es geschafft haben, uns gegen die *Droughs* zur Wehr zu setzen und sie zu besiegen. Wir haben uns gegenseitig beigestanden, und wir haben aus Liebe zu unseren Frauen gekämpft. Es hat durchaus düstere Zeiten gegeben, und die Dinge hätten sich auch anders entwickeln können, und dennoch: Hier sind wir alle, und zwar zusammen mit unseren Frauen. Alle … bis auf Duncan.«

Die Trauer, die Ian immer so gewissenhaft zu kaschieren versuchte, wenn die Rede auf Tristan kam, war deutlich spürbar. »Er hat mit dir geredet. Er wird schon noch weiter auftauen. Es ist ja nicht so, dass Zeit bei euch beiden ein Problem wäre.«

»Stimmt«, sagte Ian lachend, beugte sich vor und stützte seine Unterarme auf seine Knie. Er verschränkte seine Hände und betrachtete sie nachdenklich. »Was ich dir vermitteln wollte, ist, dass man die Hoffnung nie aufgeben darf. Egal, wie schlimm es zu sein scheint, du musst an etwas glauben.«

»Wie an meine Schwester?«

Ians dunkle Augen begegneten ihrem Blick. »Oder an Tristan.«

Was Letzteren betraf, wusste Sammi nicht, ob sie das fertigbrächte. »Das ist ziemlich viel verlangt.«

»Warum? Weil er seine Gabe eingesetzt hat, um dir zu entlocken, was du für dich behalten wolltest, nur weil er dich retten wollte?«

Sie zuckte die Achseln und rutschte unbehaglich hin und her unter seinem sie eindringlich musternden Blick. »Ich gebe zu, dass ich anfangs sehr wütend war deswegen, aber das fällt mir zunehmend schwer, seit ich den Grund dafür kenne.«

»Warum stößt du ihn dann von dir?«

»Weil ich niemanden zu nah an mich heranlassen will.« Sammi konnte es nicht fassen, dass sie ihm das so leichten Herzens offenbarte. Sie hatte das noch niemandem gestanden, aber Ian hatte etwas an sich, was ihr ein Gefühl … der

Geborgenheit vermittelte, so als wäre er ein großer Bruder, der ihr Halt gab.

»Was ist passiert?«

»Meine Mutter ist gestorben. Wir waren immer füreinander da, es gab immer nur uns beide. Und dann war sie plötzlich einfach weg. Die Trauer ist immer noch frisch, und es tut immer noch schrecklich weh.«

»Genauso geht es mir, seit ich Duncan verloren habe. Diese Art von Nähe kennen nicht viele, aber als Zwilling verstehe ich genau, was du meinst. Den meisten fällt es schwer, das Ausmaß unserer Verzweiflung nachzuempfinden.«

»Du hast sie aber überwunden.«

Ian lächelte schwach. »Dani hat mir dabei geholfen. Ich wäre immer noch im Keller, wenn sie nicht in mein Leben getreten wäre. Sie gab mir etwas, worauf ich mich konzentrieren konnte, aber ich will dir weiß Gott nicht vormachen, dass es nicht beängstigend war, wieder jemanden zu lieben. Ich hätte sie möglicherweise weggestoßen, aber ich liebte sie zu sehr, um es auch nur zu versuchen.«

Liebe. Wieso drehte sich das Thema jetzt um diese Gemütsbewegung? Sammi hatte nie irgendetwas in der Richtung erwähnt, nie gesagt, dass sie sich verliebt hatte. Sie hatte nicht einmal gewusst, was Liebe bedeutete, da sie nie jemanden so nah an sich herangelassen hatte.

»Warum willst du Tristan keine Chance geben?«, fragte Ian.

»Weil ich nicht stark genug bin.« Sie lachte über ihre eigenen Worte. »Bin ich wirklich nicht. Der einzige Grund, warum ich den Tod meiner Mum überlebt habe, war mein Pub. Wir haben ihn gemeinsam gekauft, sodass ich alles getan habe, um ihn zu einem der besten zu machen.«

»Und jetzt existiert er nicht mehr«, sagte Ian leise. »Du

könntest etwas ganz Wunderbares verpassen. Hast du jemals daran gedacht?«

Jede verdammte Sekunde jeden Tages, aber sie dachte nicht daran, ihm das auf die Nase zu binden. Er würde ihr schließlich nicht alle ihre Geheimnisse entlocken, verdammt noch mal. »Für jeden von uns gibt es mehr als nur einen Menschen da draußen.«

»Wer auch immer dir das gesagt hat, hat dir großen Scheiß erzählt«, sagte Ian sauer. »Die Menschen, die so etwas behaupten, haben nie richtig geliebt, sie haben nie die andere Hälfte ihres Ichs gefunden.«

»Einige sind dazu bestimmt, allein zu bleiben.«

Er schüttelte den Kopf. »Nein, Mädchen. Das sind die Menschen, die Liebe nicht einmal erkennen, wenn sie direkt vor ihnen steht. Das sind diejenigen, die dem Glück ihren Rücken zukehren. Diejenigen, die zu große Angst vor Verletzungen haben. Wie kannst du wissen, was Liebe ist, wenn du nie verletzt worden bist?«

»Ich bin so verletzt worden, dass es für zehn Leben reichen würde«, sagte sie abwehrend.

Er runzelte nachdenklich die Stirn. »Jeder hat schon mal einen Verlust erlitten, Sammi. Das gehört zum Leben. Du tust dir selbst keinen Gefallen, wenn du dich derart abkapselst.«

»Ich weiß. Aber ich kann nicht anders.«

»Möchtest du es denn?«

Das war die Eine-Million-Euro-Frage, nicht wahr? Wollte sie zulassen, dass sie tiefe Gefühle für Tristan entwickelte – und sich wahrscheinlich in ihn verlieben würde?

Sie dachte daran, wie einfach es für sie gewesen war, auf ihn zuzugehen, sich von ihm umarmen und festhalten zu lassen. Dass sie seine Küsse genauso dringend zum Überleben brauchte wie Nahrung. Dass sie sich auf geradezu erschreckende Weise nach seinem Körper sehnte.

»Ich weiß es nicht.«

Ein Luftzug erfasste sie, und Sammi spürte, wie eine Hand ihren Mund zupresste und ihren aufsteigenden Schrei erstickte. Ian sprang mit wutverzerrtem Gesicht auf.

»Spar dir die Mühe«, sagte der Mann hinter ihr mit starkem irischen Akzent. »Wir sind deinetwegen gekommen, aber dieses hübsche kleine Ding nehme ich mit als meine Belohnung.«

Ian lachte. Sammis Augen wurden größer und größer, je länger er lachte. Sie fing schon an, sich zu fragen, ob er den Verstand verloren hatte, aber als sie bemerkte, dass die Dunklen sich gegenseitig skeptische Blicke zuwarfen, wurde ihr bewusst, was Ian bezweckte.

»Netter Versuch«, sagte Ian. »Ihr werdet nirgendwo hingehen mit ihr, und ich weiß auch genau, dass ich euch nicht begleiten werde.«

Sammi zuckte zusammen, als Rhi in dem Sessel, der neben Ian stand, sichtbar wurde. Sie saß lässig da, hatte die Beine übereinandergeschlagen und wippte mit einem ihrer in Stöckelschuhen steckenden Füße. Rhi trug eine enge weiße Cargo-Hose und ein gold-weißes Top mit einem Harlekin-Muster. Sie sah eher aus, als wäre sie bereit zu einem nächtlichen Streifzug durch irgendwelche Clubs, als zu einem Kampf.

»Da treffen wir uns also schon wieder, Balladyn«, sagte sie und ließ den Dunklen hinter Sammi nicht einen Moment aus den Augen.

Sammi nutzte die Gelegenheit und blickte hoch zu dem Mann. Ihr Herz schlug wie wild, als sie in ihm denjenigen wiedererkannte, mit dem sie im Laden zusammengestoßen war und dessen Gesicht sie im Fluss gesehen hatte. Dies war der Dunkle, der sie verfolgte?

Er hatte lange schwarze Haare, die von dicken silbernen Strähnen durchzogen waren. Seine Augen glühten rot, als er sich auf Rhi konzentrierte.

»Ich habe dich gewarnt, dass ich dich töten muss, wenn ich dir wieder begegne«, sagte er.

Rhi seufzte dramatisch auf. »Das hast du getan. Und da dies das zweite Mal ist, dass wir uns ... begegnen ... seit damals, wirst du erleben, wie wenig ich dir glaube.«

Einen Augenblick herrschte Schweigen, hundertprozentige Stille wie ... kurz bevor ein Hurrikan zuschlägt oder eine Bombe detoniert.

Und dann brach die Hölle los.

29

Tristan musste seine ganze Beherrschung aufwenden, um nicht Drachengestalt anzunehmen und das Cottage zu rammen. Denn erstens hätte er dabei Sammi verletzen können, und zweitens war da auch noch der Umstand, dass er die Dunklen Feen verwirren musste.

Er trat die Hintertür ein und stürmte ins Haus, wo er Rhi und eine Dunkle Fee in einen Zweikampf verwickelt sah. Jedes Mal, wenn der Dunkle versuchte, sie mit seiner Magie zu treffen, wehrte sie sie ab, schlug sie sie beiseite. Jedes Mal, wenn sie nach ihrem Schwert greifen wollte, kickte er es aus ihrer Reichweite.

Tristans Blick fuhr herum zu Ian, der Sammi hinter sich geschoben hatte, während er sich fünf Dunklen stellte, die zentimeterweise vorrückten und Magiestöße abfeuerten.

Da Ian als Krieger in der Lage war, Magie zu wittern, konnte er Sammi jedes Mal rechtzeitig warnen, sodass sie beide diesen Stößen ausweichen konnten.

Bisher hatte noch keiner Tristan wahrgenommen, und der war hin und her gerissen, ob er sich, wie geplant, bemerkbar machen oder gleich zu Sammi eilen sollte. Er hasste es, sie von Dunklen eingekreist zu sehen, aber wenn alles lief wie geplant, wäre sie das nicht mehr lange.

»Hat vielleicht jemand mich gesucht?«, brüllte er.

Die fünf Dunklen, die Ian und Sammi umringten, drehten ihre Köpfe zu ihm um und sahen mehr als irritiert aus. Ihm drehte sich fast der Magen um, als Sammi ihn ansah und er die unglaubliche Angst in ihren Augen bemerkte.

Er wollte sie in seine Arme schließen und weit weg fliegen mit ihr, sie außer Gefahr bringen. Wie dumm von ihm, zu glauben, dass er damit klarkäme, sie in solcher Bedrängnis zu sehen, auch wenn es nur vorübergehend und zu ihrer eigenen Sicherheit war. Wie unglaublich falsch lag er damit, zu glauben, dass er die Ruhe bewahren könnte in einer derartigen Situation.

Es war eine voreilige, leichtsinnige Idee gewesen. Er war so gespannt wie ein Trommelfell, fieberte mit jeder Faser seines Seins danach, seine wahre Gestalt anzunehmen und Sammi so zu verteidigen, wie nur ein Drache es konnte.

Die Blicke der fünf Dunklen schossen weiterhin zwischen ihm und Ian hin und her. Immerhin hatten sie fürs Erste ihren Angriff unterbrochen. Nur Rhi und ihr Gegner kämpften weiter, bis Rhi ihm einen kurzen Blick zuwarf und anfing zu lachen.

Das kurze Lachen verschaffte ihrem Feind die Möglichkeit, sie am Hals zu packen und gegen die nächstbeste Wand zu drücken, aber Tristan wusste, dass Rhi beileibe nicht überwältigt oder hilflos war.

Die roten Augen des Dunklen wandten sich von Rhi ab und sahen ihn an, bevor sie zu Ian weiterwanderten. »Was soll das?«, fragte er.

»Ich bin Tristan«, sagte Ian. »Wie könnt ihr es wagen, auch nur einen Fuß hier in Dreagan auf unser Land zu setzen?«

Tristan trat vor. »Nein. Ich bin Tristan. Ihr habt euch mir

gegenüber dafür zu verantworten, dass ihr in Dreagan eingedrungen seid und das Abkommen gebrochen habt.«

Rhi lachte immer noch, doch ihre silbernen Augen funkelten gefährlich. »Mir scheint, du hast dich in eine Zwickmühle manövriert, Balladyn.«

»Ich bin schon in vielen gewesen, Kindchen. Und auch aus dieser werde ich mich befreien.«

»Das wird nicht passieren.« Rhis Stimme war mit einem Mal hart, kalt und entschlossen.

Tristan wechselte einen Blick mit Ian. Rhys, Banan, Laith, Con, Phelan und Charon warteten nur auf sein Signal, das Cottage zu stürmen. Es war ausgeschlossen, dass die Dunklen irgendjemanden entführen könnten.

Balladyn umfasste Rhis Hals fester mit seinen Händen, schnürte ihr die Luft ab, aber sie hörte nicht auf, ihn anzufunkeln. Rhi kannte diesen Dunklen, und zwar offenbar sehr gut. Sie schien unendlich viele Geheimnisse zu haben.

»Wer hat jetzt vor, mir als Erster Rechenschaft abzulegen?«, verlangte Tristan zu wissen.

Balladyn gab ein leises, heiseres Knurren von sich, woraufhin keiner der Dunklen sich rührte. Balladyn musterte Tristan mit seinen roten Augen. »Wieso gibt es zwei von euch? Was für eine Zauberei ist das?«

»Kein Zauber«, sagte Ian. Er wies auf Tristan. »Ich weiß nicht, wer er ist. Aber ich bin derjenige, der dich töten wird.«

Tristan schnaubte verächtlich. »Ich werde ihn töten. Ich bin schließlich ein Drachenkönig.«

Balladyns Blick richtete sich auf Sammi. »Wir nehmen sie alle mit und finden das später heraus.«

»Nicht nötig«, widersprach einer der anderen Dunklen. »Die Könige tragen immer ein Drachen-Tattoo.«

Balladyn lächelte kalt und unbarmherzig. »Zieht eure T-Shirts aus.«

Tristan zog sich als Erster das T-Shirt aus. Ian folgte seinem Beispiel. Die Magie, die Con benutzt hatte, um die Tätowierung auf Ians Brust vorzutäuschen, war so gut, dass Tristan sich einen Moment tatsächlich fragte, wer der richtige Drachenkönig war.

»Ich bin das Gerede leid. Es wird Zeit zu kämpfen«, sagte Tristan. »Jeder Dunkle, der es wagt, Dreagan zu betreten, ist des Todes. Ihr habt das Friedensabkommen gebrochen. Wenn ihr Krieg wollt, dann sollt ihr Krieg haben.«

Balladyns Lächeln war so frostig wie die Arktis. »Oh, wir wollen definitiv Krieg, Drachenkönig, aber dieses Mal werdet ihr diejenigen sein, die dieses Reich verlassen.«

Tristan hatte genug gehört. Rhi zwinkerte ihm zu, um ihm zu signalisieren, dass sie bereit war. Mit einem lauten Brüllen ging Tristan auf den Dunklen los, der ihm am nächsten stand.

Entsetzt verfolgte Sammi den Kampf, der sich vor ihren Augen abspielte. Kaum hatte Tristan den Angriff eröffnet, als Ian einem Dunklen einen Faustschlag versetzte und sich rasch bückte. Als er wieder hochkam, hatte Ian Rhis Schwert in der Hand.

Was Rhi und Balladyn betraf, so belauerten sie sich immer noch gegenseitig und schlugen aufeinander ein, wobei sie gegen Möbel und Wände prallten.

Einen Augenblick später flog die Eingangstür auf, und Drachenkönige und Krieger strömten herein. Sammi lächelte, weil sie jetzt wusste, dass sie siegen würden.

Sie eilte schnell zu Laith und Phelan und stellte sich zwischen die beiden, während die anderen die Dunklen Feen angriffen. Sammi konnte die Magie, die sowohl die Dunklen als auch die Könige abfeuerten, zwar nicht sehen, aber die Luft war total elektrisch aufgeladen, und das konnte nur Magie sein.

Drei Dunkle, die tot am Boden lagen, hatte Ian erledigt, der Rhis Schwert schwang, als wäre es ein Teil von ihm. Er war jedoch nicht der Einzige, der ein Schwert führte.

Tristan hatte ebenfalls eins. Sie hatte keine Ahnung, wie, woher und wann er es bekommen hatte, aber es war wunderschön in seiner Schlichtheit. Die Klinge, die er führte, war glatt, der Griff mit Leder umwickelt und so breit, dass Tristan es beidhändig führen konnte.

Die Lage wandte sich sehr schnell zu ihren Gunsten. Sammi warf Laith einen Blick zu und sah, dass sich dessen Miene verfinstert hatte. »Was ist los?«

»Zwei weitere Dunkle sind hier.«

»Was?«, fragte sie erstaunt.

Dann sah sie die beiden. Aus den zwei Dunklen wurden schnell sechs und dann sogar zehn. Es war eine Falle gewesen, aber keine, die die Könige gestellt hatten. Diese hatten die Dunklen gestellt.

Sammi kam mit dem Zählen gar nicht mehr hinterher bei den vielen neuen Dunklen, die auftauchten. Laith ließ sie in Phelans Obhut zurück und schloss sich den anderen im Kampf an. Neben ihr ballte Phelan die Fäuste und knurrte, sehnte sich offensichtlich danach, sich ins dichte Kampfgetümmel zu werfen.

»Geh«, drängte sie ihn.

Er schüttelte den Kopf. »Ich kann dich nicht allein lassen.«

Kaum hatte er das ausgesprochen, veränderte seine Haut ihre Farbe und wurde golden, und goldene Krallen schossen aus seinen Fingerspitzen. Er gab einen langen, gefährlichen

Knurrlaut von sich und wich einem Magiestoß aus, bevor er dem angreifenden Dunklen die Kehle aufschlitzte.

Dessen Blut bespritzte Phelan und auch Sammi, aber das kümmerte sie nicht. Sie war in eine schützende Ecke zurückgewichen, und Phelan hatte sich vor sie gestellt, bereit, sie gegen den stetig nachrückenden Strom von Dunklen zu verteidigen.

Es dauerte nicht lange, bis Charon sich wieder zu ihnen gesellte, und die beiden hielten gemeinsam die Dunklen in Schach. Aber für jeden Dunklen, den sie töteten, rückten drei neue nach.

»Duck dich!«, rief Charon ihr zu.

Sammis Verstand war noch dabei, seine Aufforderung zu verarbeiten, aber ihr Körper reagierte instinktiv, wie von selbst. Ihre Beine knickten ein, und sie endete auf allen vieren auf dem Fußboden, während auf der Höhe, auf der eben noch ihr Kopf gewesen war, plötzlich ein schwelendes Loch in der Wand klaffte.

»Verdammt«, murmelte sie und beschloss, lieber dicht am Boden zu bleiben. Sie presste sich mit dem Rücken wieder in die Ecke und zog die Beine an.

Ihre Handflächen waren schweißnass, und ihr Mund war wie ausgetrocknet vor Angst. Sie suchte mit den Augen den Raum ab nach Tristan und entdeckte ihn, wie er gegen drei Dunkle auf einmal kämpfte mit einer Leichtigkeit, die sie eigentlich hätte beruhigen müssen.

Aber stattdessen machte diese sie noch nervöser, weil Tristan ihr in seinem Wüten wie ein Geistesgestörter vorkam. Er würde weiterkämpfen, bis niemand mehr übrig war. Er würde sich in Gefahr bringen, würde Dreagan in Gefahr bringen.

Im Deckengebälk ertönte ein lautes Knacken, so als wäre

es kurz davor, zu brechen. Schnell fand Sammi die Ursache dafür heraus. Es war Laith. Er hatte Drachengestalt angenommen, richtete sich auf – war wie eine Wand aus schwarzen Schuppen gegen die Dunklen.

Brüllend durchbrach er mit seinem Kopf erst die Decke und dann das Dach. Sein Schwanz fegte zwei Dunkle zusammen mit der linken Hälfte des Cottages weg. Sammi legte beide Hände schützend über ihren Kopf, als Schutt auf sie herunterregnete.

Kaum hatte Laith sich verwandelt, folgte Banan ihm. Schwarz stand neben Blau, und das Dach hatten die beiden damit völlig zerstört.

Bretter fielen neben Sammi zu Boden, und eins traf ihre Schulter. Erst dann blickte sie hoch und stellte fest, dass Phelan und Charon sich wie Schilde über sie gebeugt hatten, was der Grund dafür war, dass sie nichts weiter abbekommen hatte.

Charon knurrte wütend, als sein rechtes Bein nachgab und er auf sein Knie sank. Die Luft um ihn herum war noch aufgeladener, woraus Sammi schloss, dass er von einem Magiestoß getroffen worden war.

Der dafür verantwortliche Dunkle kämpfte jetzt mit Phelan. Sammi musterte Charons Bein und sah ein großes gezacktes Loch, das in die untere Hälfte seiner Jeans gebrannt war. Um die Brandwunde herum blutete seine Haut. Zu ihrer Verwunderung begann die Wunde direkt vor ihren Augen wieder zu heilen.

»Wenn unser Fleisch doch nur so schnell heilen würde wie das der Könige«, sagte Charon und zwinkerte ihr zu.

Er stand schon wieder auf den Beinen und kämpfte einen Moment später neben Phelan. Die Erkenntnis, wie verletzlich sie selbst im Vergleich war, traf Sammi wie ein Vorschlaghammer. Alle anderen Wesen hier außer ihr waren bis zu einem gewissen Grad unsterblich.

Ihr Leben könnte in Sekundenschnelle ausgelöscht werden. Ein Magiestoß von einem Dunklen würde sie höchstwahrscheinlich töten, wenn er sie traf. Und sie hatte nichts in sich, was eine derartige Wunde heilen würde.

Sie stand in einem Raum voller übernatürlicher Wesen, die unsterblich und mächtig waren. Sie bekämpften sich in einem Krieg, an dem sie nicht Teil hatte, einem Krieg, in den sie gegen ihren Willen hineingezogen war.

Aber jetzt, da das der Fall war, glaubte Sammi nicht, dass sie ihm einfach ausweichen, vor ihm weglaufen könnte. Wie könnte sie in die Welt der Sterblichen zurückkehren und sich eine neue Existenz aufbauen, wenn sie wusste, was in Dreagan vor sich ging?

Es würde nie einen Mann geben, der sich mit Tristan messen konnte. Er war wild und unerschütterlich, unbeirrt und grimmig – und sie konnte ihre Augen nicht von ihm abwenden.

Die rohe, ursprüngliche Kraft verblüffte und verwirrte sie.

Die brutale, archaische Stärke war erstaunlich und beeindruckend zugleich.

Seine große, unglaubliche Kraft ließ ihr Herz höher schlagen und erweckte ihre Seele, belebte sie.

Tristan war der Inbegriff eines schottischen Kriegers. Er war rücksichtslos und gnadenlos im Kampf.

Sie fühlte sich so im Einklang mit ihm, dass sie langsam aufstand, um auf ihn zuzugehen. Sie trat einen Schritt aus ihrer Ecke heraus, und von einem Moment auf den anderen änderte sich alles.

Vielleicht hätte Sammi besser allem im Raum mehr Aufmerksamkeit schenken sollen, als Tristan mit neuen Augen zu betrachten. Vielleicht hätte sie dann bemerkt, dass ein neuer Dunkler sich im Raum befand.

Jedenfalls packte ein Arm sie von hinten und legte sich um ihren Hals. Eine unbekannte, unsichtbare Kraft verhinderte, dass sie reden und Tristan oder wenigstens Phelan und Charon warnen konnte, dass ein Dunkler sie in seiner Gewalt hatte.

»Sieh mal einer an«, flüsterte eine tiefe, heisere Stimme ihr mit irischem Akzent ins Ohr. Der Mann lachte leise. »Ah, das war ja fast zu leicht. Sag mal, Schätzchen, weißt du, welcher der richtige Tristan ist?«

Sammi schüttelte den Kopf. Es spielte keine Rolle, was sie ihr antun würden. Sie hatte nicht vor, ihnen irgendetwas zu verraten.

»Egal«, flüsterte er und senkte seine Stimme noch ein wenig mehr. »Schon bald wird Tristan zu mir kommen. Weil ich nämlich das habe, was er will. Dich.«

Entsetzen, unerbittlich und kompromisslos, überwältigte sie. Sie hatte einen schrecklichen Fehler gemacht, einen, der ihr Ende bedeuten konnte. Ihr Blick fiel, vorbei an den Gruppen der Kämpfenden, auf das, was noch von dem Schlafzimmer übrig war.

Die weißen Bettlaken waren kaum noch zu erkennen unter dem herabgestürzten Dach. Aber in ihrer Vorstellung war das Bett sauber, und sie und Tristan lagen darauf, versunken in einem Kuss, während sie sich gegenseitig umschlangen und ihre Körper erforschten.

Das war das Letzte, was sie sah, bevor die schaurige, entsetzliche Dunkelheit sie einhüllte.

30

Der Dunkle, gegen den Tristan kämpfte, löste sich in Luft auf, bevor er ihm den tödlichen Hieb versetzen konnte. Das war einfach typisch für diese feigen Wichser, solche Tricks anzuwenden.

Tristan wirbelte herum, bereit, sich den nächsten Dunklen vorzuknöpfen, aber es waren nur noch die Krieger und die Könige da. Oder jedenfalls dachte er das, bis sein Blick auf Balladyn und Rhi fiel, die immer noch miteinander kämpften.

Dieses Mal hatte Rhi die Oberhand. Sie stand da, hatte ihm den goldenen Absatz ihres Schuhs auf die Kehle gesetzt und hielt ihm ihr Schwert an den Bauch. »Es ist vorbei, Balladyn. Ruf deine Dunklen zurück.«

Sein langsames, gemeines Lächeln weckte eine ungute Vorahnung in Tristan.

»Sieh dich um, Kindchen«, forderte Balladyn sie auf.

Rhi hielt inne, bevor sie aufschaute und sich umsah, Tristans Blick begegnete, ehe sie ihren Blick durch den Raum schweifen ließ. »Wohin hast du sie geschickt?«

»Wohin schon? Wir haben, was wir wollten, weswegen wir gekommen sind.«

Es schnürte Tristan das Herz ab, so als hätte jemand in seine Brust gegriffen und fest zugedrückt, und er bekam keine Luft mehr. Er wandte seinen Kopf zu der Ecke um, in der er Sammi zuletzt gesehen hatte, aber da war sie nicht.

Phelan und Charon drehten sich ebenfalls um, und ihr verblüffter Gesichtsausdruck sagte mehr, als Worte hätten ausdrücken können.

»Es stimmt«, sagte Balladyn.

Tristans Kopf fuhr herum zu dem Dunklen, der ihn mit seinen roten Augen anstarrte.

Balladyns Grinsen wurde breiter. »Wir haben sie, Drachenkönig. Wenn du sie zurückhaben willst, weißt du ja, wo du uns findest.«

Er teleportierte sich genau in dem Augenblick hinaus, in dem Rhi mit ihrem Schwert zuschlagen wollte. Die Klinge fuhr durch den Teppich und drang in den Holzboden, und Rhi fluchte laut.

Tristan wusste, was sie mit Sammi anstellen würden. Er wusste nur zu gut, was sie in den Tiefen des Verstecks der Dunklen Feen erwartete. Sein Plan war gewesen, sie zu beschützen.

Stattdessen war sie jetzt in der Gewalt seines Feindes.

Tristan warf seinen Kopf in den Nacken und brüllte laut vor Wut über seine Nutzlosigkeit. Sein Ungestüm.

Hoffnungslosigkeit bemächtigte sich seines Innersten, ergriff ihn wie eine eisige Welle, bis er total davon erfasst war und in ihr versank.

Es war einerseits pures Glück gewesen und andererseits sowohl Rhis Hilfe als auch Kellans schneller Auffassungsgabe zu verdanken, dass Kellan und Denae aus dem Gefängnis der Dunklen Feen hatten fliehen können. Zumindest hatte Tristan nun Rhi. Er hasste es, sie bitten zu müssen, an einen solchen Ort zurückzukehren, aber er hatte keine andere Wahl. Er musste Sammi dort herausholen.

Selbst wenn das bedeuten sollte, dass er ihren Platz einnehmen müsste.

»Es war alles eine verdammte Falle«, knurrte Ian.

Rhys sagte: »Wir waren uns unseres Erfolges viel zu sicher, verdammte Scheiße.«

»Woher wussten sie von unserem Plan?«, fragte Phelan.

Banan und Laith nahmen wieder menschliche Gestalt an, aber Tristan konnte seinen Blick nicht von der Stelle abwenden, an der er Sammi zuletzt gesehen hatte.

»Haben sie jemanden, der so lange unsichtbar bleiben kann wie Rhi und uns möglicherweise ausspioniert hat?«, überlegte Banan.

Laith knurrte. »Warum riskieren sie überhaupt, nach Dreagan zu kommen?«

Tristan hatte keine Antworten für sie. Er war viel zu aufgewühlt, war rasend vor Wut und Zorn darüber, derart versagt zu haben, alles so vermasselt zu haben, dass Sammi gefangen genommen werden konnte.

Irgendwie musste er sich zusammenreißen, um wie eine Maschine zu funktionieren und wieder einen kühlen Kopf zu bekommen, damit er tief in die Unterwelt eintauchen konnte, um sie zu finden.

Nur wie zum Teufel er das hinkriegen sollte, hatte er noch nicht herausgefunden.

Rhi glaubte nicht, dass sie jemals einen derart verzweifelten Mann wie Tristan gesehen hatte. Der Schock und die Verblüffung darüber, dass Sammi nicht mehr da war, waren ihm überdeutlich anzusehen.

»Tristan«, sagte Ian, der zu seinem Bruder ging. »Wir werden Sammi wiederfinden.«

Rhi spürte jemandes Augen auf sich und wandte ihren Kopf zu Phelan um. Sie, Phelan und Tristan waren unlängst in den Tunneln vor Taraeth' Festung gewesen, und Rhi wäre es durchaus recht gewesen, selbige nie mehr wiedersehen zu müssen.

Allerdings würde ihr das nun nicht erspart bleiben. Sie musste noch einmal zurück an diesen grauenhaften Ort, weil sie wusste, dass Tristan sie darum bitten würde. So gern sie ihm das verweigert hätte, sie konnte es nicht. Sie war eine Romantikerin, hatte eine große Schwäche für die Liebe.

Sammi und Tristan mochte es noch nicht bewusst sein, aber sie waren füreinander bestimmt. Genau, wie es einst sie und ihr Geliebter, der Drachenkönig, gewesen waren.

Ihre Liebe hatte nicht überlebt, aber Rhi würde alles tun, um Tristan und Sammi zu helfen.

Der Krieg hatte begonnen, und er würde Opfer fordern – das tat er immer. Rhi befürchtete, dass dieses Mal die Menschen mit hineingezogen werden würden.

Und das würde den Untergang der Könige bedeuten.

Das hieß allerdings nicht, dass die Hellen Feen den Dunklen dabei helfen würden, das Reich zu zerstören. Es würde einen weiteren Feenkrieg geben. Sie war es so leid, so leid, diejenige zu sein, die das, was sie gern getan hätte, aufschieben musste.

Es war im Interesse der Hellen, sich mit den Königen zu verbünden. Rhi wusste, dass sie ihre Königin dazu überreden könnte. Constantine war ein anderes Kapitel, aber andererseits wusste sie auch, wie sie diesem Problem aus dem Weg gehen konnte.

Sie würde mit den restlichen Drachenkönigen reden und sie dazu bringen, Constantine zu überzeugen. Wenn sie fragte, würde er nein sagen, einfach nur, um sie zu nerven, und für so etwas blieb einfach keine Zeit. Er war ein hochkarätiges Arschloch, aber in diesem Krieg ging es um mehr als ihre persönliche Abneigung gegen ihn.

Im Moment beschäftigte sie Balladyn ohnehin viel mehr. Rhi hatte geglaubt, dass es ihr schwerfallen würde, mit ihm zu kämpfen, angesichts ihrer gemeinsamen Geschichte. Es sollte eigentlich schwer sein, gegen jemandem zu kämpfen, den man als Bruder und Mentor betrachtet hatte.

Balladyn hatte es ihr jedoch leicht gemacht. Seine Sticheleien bezüglich ihres verlorenen Geliebten hatten nicht dazu geführt, dass sie die Ruhe verlor, was er hatte provozieren wollen und wie es früher der Fall gewesen wäre. Dieses Mal hatten sie dazu geführt, dass sie sich noch stärker konzentrierte.

Sie fuhr sich mit den Fingern durchs Haar, um es sich aus dem Gesicht zu streichen, wobei sich eine Strähne in ihrem Nagel verfing. »Verdammt«, murmelte sie, als sie sah, dass ihr Nagel abgebrochen und ihr neuer Nagellack an einigen Stellen abgeblättert war.

Ein netter langer Besuch in ihrem Lieblingsnagelstudio würde auf der Tagesordnung stehen, sobald Sammi wieder zusammen mit Tristan in den sicheren Gefilden des Herrenhauses von Dreagan wäre.

Das würde der problematische Teil werden. Die Dunklen würden anbieten, Sammi gegen Tristan auszutauschen. Und Tristan, der edle Narr, würde den Vorschlag annehmen.

Rhi spielte im Geiste verschiedene Szenarien durch, wie man sowohl Sammi befreien als auch Tristan aus den Fängen der Dunklen heraushalten könnte, aber jedes barg ein gewisses Risiko, und gleichzeitig müsste auch noch das Schicksal auf der richtigen Seite sein.

Und das Schicksal war alles andere als das.

Hinter ihr bewegte sich die Luft, und bevor Rhi sich umdrehen konnte, wurde ihr auch schon eine Klinge an die Kehle gesetzt. Sie erstarrte augenblicklich.

»Du hättest wachsam bleiben sollen. Ist denn nichts von dem, was ich dich gelehrt habe, in deinem Dickschädel haften geblieben, Kindchen?«, flüsterte Balladyn ihr ins Ohr.

Zu Rhis Überraschung war der Einzige, der sie anblickte, Con. Seine schwarzen Augen waren ausdruckslos, wirkten gleichgültig gegenüber der Tatsache, dass ein Dunkler sie in seiner Gewalt hatte. Da wusste Rhi, dass dies ihr Ende war.

Auch wenn sie rufen würde, auch wenn sie versuchen würde, sich zu befreien, würde Balladyn sie töten. Es gab nichts mehr, was irgendjemand noch tun konnte, um ihr zu helfen. Sie war restlos verloren.

Am meisten ärgerte sie, dass sie sich ihr Ende anders vorgestellt hatte. Mit Sicherheit eher mitten in einem Kampfgetümmel als durch eine schlichte Überrumpelung. Sie hatte sich wie ein dummes Kind verhalten und nicht aufgepasst.

»Darauf habe ich schon sehr lange gewartet«, flüsterte Balladyn.

Die Angst war einfach überwältigend. Rhi wollte leben! Sie atmete tief durch, wollte um Hilfe rufen, als Balladyn sie beide auch schon hinausteleportierte.

Im nächsten Augenblick fand sie sich im Dunkeln wieder. Bevor sie fragen konnte, was er vorhatte, verpasste Balladyn ihr einen Hieb in den Nacken, sodass sie auf die Knie sank.

Rhi fiel in eine Wasserpfütze, und sie musste würgen – der

Gestank war einfach grauenhaft. Dann wurde sie rau hochgezerrt und an den Hand- und Fußgelenken gefesselt.

»Das sind die Ketten von Mordare. Ich weiß, dass du von ihnen gehört hast und dir bewusst ist, was sie einer Fee anhaben können. Keine Magie der Hellen kann dich von ihnen befreien.«

Ihr war schwindelig, alles drehte sich vor ihren Augen, und sie konnte sich nicht mehr konzentrieren. Sie wollte Balladyn fragen, was er mit ihr vorhatte, aber sie brachte kein Wort über die Lippen.

»Jetzt bist du an der Reihe zu leiden, Kindchen«, sagte er höhnisch.

Dann herrschte nur noch Stille. Und Dunkelheit.

Was die schlimmste Hölle war für eine Helle Fee.

»Verdammt!«

Tristan zuckte bei Cons Ausbruch zusammen. Er zwang sich, Constantine anzusehen, und stellte fest, dass der König der Könige erregt auf und ab schritt.

»Wo zum Teufel ist Rhi?«, fragte Phelan verärgert. »Hast du sie weggeschickt, Con?«

Con blieb stehen und fuhr zu Phelan herum. »Nein. Sie wurde entführt. Von Balladyn. Wer ist dieser Scheißkerl überhaupt? Er nennt sie Kindchen, so als würden sie sich kennen.«

»Ich glaube, das tun sie auch«, sagte Phelan, dessen Miene sorgenvoll war, während er sich bückte und Rhis Schwert aufhob, das sie fallen gelassen haben musste.

Tristan holte tief Luft. »Es kann keinen Zweifel geben, dass sie sich kennen. Diese beiden kämpften miteinander, als hätten sie einen schon lange schwelenden Hass aufeinander.«

»Damit ist uns der Weg in die Lager der Dunklen versperrt«, sagte Charon.

Rhys hob einen Stuhl auf und kickte einen toten Dunklen beiseite. »Nicht unbedingt. Phelan kann einen Weg finden.«

»Und ich werde an seiner Seite sein«, verkündete Tristan.

Ian rieb sich die Brust, als sein Drachen-Tattoo verschwand. »Ich werde euch begleiten. Nicht zuletzt, um zu versuchen, sie wieder zum Narren zu halten.«

Tristan schüttelte schon den Kopf, bevor Ian den Satz beendet hatte. »Nein. Balladyn wusste, wer ich war. Er hat mich direkt angesehen. Dieser Trick wird nicht noch einmal funktionieren.«

»Was hast du Ulrik gesagt?«, wollte Banan wissen. »Hast du vielleicht aus Versehen etwas gesagt, was ihm deinen Plan hätte verraten können?«

»Auf keinen Fall. Ich habe sorgfältig darauf geachtet, dass sich die Unterhaltung ausschließlich um mich drehte.«

Laith versetzte dem kaputten Sofa einen Tritt, sodass er an einen schmalen Schrank herankam, aus dem er zwei Jeans holte. Er warf eine Banan zu und behielt die andere für sich. Nachdem er ein Bein in die Hose gesteckt hatte, sagte er: »Tristans Plan war solide. Sie hätten nur wissen können, was kommen würde, wenn sie irgendwie eingeweiht gewesen wären.«

»Nicht unbedingt«, widersprach Ian. »Sie waren echt verblüfft, als sie mich und Tristan sahen. Sie waren ahnungslos und wussten nichts davon.«

Con seufzte vernehmlich. »Was bedeutet, dass sie es vermutet haben und deswegen die zusätzlichen Dunklen als Rückendeckung in Reserve hatten, ähnlich wie wir. Verdammte Inzucht!«

»Ihr könnt so lange debattieren, wie ihr wollt, aber ich gehe jetzt auf die Suche nach Sammi. Ich kann sie nicht länger als nötig dort allein lassen«, sagte Tristan.

Cons Augen, schwarz wie Kohle und so kühl wie ein gähnender Abgrund, ließen ihn nicht los. »Du weißt, dass sie sie nicht gegen dich austauschen werden, egal, was sie gesagt haben.«

»Ich weiß. Genau wie ich weiß, dass ich dort dann nicht mehr herauskommen werde.« Es war ein Schicksal, in das er sich ergeben hatte.

Das erste Mal hatte er es als Krieger nicht gepackt, und als sich jetzt, da er ein Drachenkönig war, jemand auf ihn verlassen hatte, hatte er wieder versagt. Was die Nutzung zweiter Chancen betraf, machte ihm das so schnell keiner nach. Und deshalb war das jetzt seine Strafe.

Phelan trat vor. »Wir müssen uns nicht nur um Sammi kümmern. Sondern auch um Rhi. Balladyn hat sie aus einem bestimmten Grund geschnappt.«

»Und bestimmt ist es kein guter«, sagte Con wütend. »Ich weiß, was sie mit den Hellen anstellen. Ihr könnt Rhi genauso gut gleich vergessen. Wenn sie das überlebt, wird sie eine Dunkle sein.«

»Wenn?«, rief Ian empört. »Du scheinst ihr ja nicht viel zuzutrauen.«

Banan ging zur Eingangstür und beäugte das Ausmaß der Zerstörung. »Ihr Krieger habt nicht gesehen, wie sie eine Helle Fee brechen. Ihr wisst, was die Dunklen Sterblichen antun. Für eine Helle Fee ist es zehnmal schlimmer.«

»Ich denke nicht daran, sie so schnell aufzugeben«, sagte Rhys. »Sie hat uns geholfen, obgleich sie keinen Grund dazu hatte. Das Mindeste, was ich für sie tun kann, ist, nach ihr zu suchen.«

Charon nickte knapp. »Dem stimme ich zu.«

»Jetzt ist Eile geboten, Gentlemen«, sagte Con. »Ihr könnt von Glück sagen, wenn ihr auch nur eine von beiden findet. Ich komme mit euch.«

Wenn Con Phelan geköpft hätte, hätte Tristan nicht überraschter sein können.

Das letzte Mal, als es darum gegangen war, sich nach Irland einzuschmuggeln, waren nur er und Phelan losgezogen. Dieses Mal würden die Dunklen den vereinten Zorn der Könige und Krieger zu spüren bekommen.

31

Sammi erschauderte, schlang die Arme um ihren Brustkorb und presste die Augenlider fest zu. Ihr war eiskalt. Und sie war durchnässt. Wo war sie? Und was noch wichtiger war, warum hielt sie die Augen so fest geschlossen?

Dann kamen alle Erinnerungen wieder hoch, und zwar in grellbunten Farben. Ihr Herzschlag setzte kurz aus, und der Magen sackte ihr in die Kniekehlen. Sie zitterte, dieses Mal vor Panik und Entsetzen.

Die Dunklen hatten sie geschnappt.

Sie waren heimtückisch, bedrohlich. Abartig.

Sie waren die reinsten Schreckgespenster, Wesen, von denen alle Menschen instinktiv wussten, dass sie in den Schatten nur so darauf lauerten, zuzuschlagen. Sie waren Ungeheuer, Dämonen der Dunkelheit und verfügten über genug Zauberkraft, um absolut jeden Sterblichen auszulöschen.

Tristan hatte ihr erzählt, was sie Sterblichen antaten, und ihre lebhafte Fantasie führte ihr Dutzende Szenarien vor Augen, von denen sie wünschte, dass sie ihr gar nicht erst eingefallen wären.

Sammi konnte einfach nicht aufhören zu zittern. Das Entsetzen hatte sie so fest im Griff, dass ihr sogar die Zähne klapperten. Die schwindelerregende, unvorstellbare Verzweiflung und Angst entzogen ihrem Körper noch das klitzekleinste bisschen Wärme.

Und es gab keinen Hoffnungsschimmer weit und breit, dass es sich bei all dem nur um einen Traum handeln könnte. Wenn sie eine Überlebenschance haben wollte, musste sie sich also ihrer Umgebung stellen – egal, wie lähmend ihre Furcht war.

Sie öffnete die Augen und erwartete, sich in irgendeinem dunklen Gefängnis wiederzufinden. Stattdessen umgab sie ein grelles Licht, das sie derart blendete, dass sie erst mehrmals blinzeln musste, um sich daran zu gewöhnen. Sammi holte zittrig Luft und wünschte sich, dass ihr Herz aufhören würde, so heftig zu pochen.

Ein schneller prüfender Blick in die Runde ergab Folgendes: Der Raum war schmal, aber lang und hatte die Form eines Rechtecks. Es gab keine Fenster, nur Dutzende von Lampen, die frei im Raum zu hängen schienen, da sie die Decke nicht sehen konnte.

Und sie war allein.

Fürs Erste jedenfalls.

Sammi speicherte diese wenigen guten Neuigkeiten ab und hielt sich daran fest. Sie war keine Närrin. Sie hatten sie geholt, um an Tristan heranzukommen. Seine Aufgabe als Drachenkönig verpflichtete ihn dazu, ihr zu Hilfe zu kommen. Bis dahin würden die Dunklen sich mit ihr vergnügen.

Sie wünschte sich sehnlichst, dass Tristan nicht käme. Sie wollte zwar keinesfalls gern bei den Dunklen bleiben, aber sobald die ihr die Seele ausgesaugt hätten, würde sie den

Unterschied nicht mehr spüren. Und zumindest hätten sie dann keinen Drachenkönig.

Aber Tristan fühlte sich den Königen derart verbunden, dass er ganz gewiss seinen Verpflichtungen treu nachkommen und sie erfüllen würde.

»Wie ich sehe, bist du wach.«

Sammi zuckte zusammen, als Balladyn urplötzlich vor ihr stand. Sie hasste es, dass sie dazu fähig waren. Das bedeutete, dass sie permanent wachsam sein musste. Sie ließ dem Hass in sich freien Lauf. Er wärmte sie, vertrieb die Angst ein Stück weit, sodass sie wieder klar denken konnte.

»Dreckskerle«, murmelte sie.

Er hob eine Augenbraue, sein wunderschönes Gesicht hart wie Stein. »Wie bitte?«

Sie starrte ihn nur an, versuchte, sich durch seine roten Augen nicht noch mehr ängstigen zu lassen als ohnehin schon. Wenn man sich als Frau nicht an roten Augen störte, konnte man ihn durchaus für einen echten Knüller halten. Nicht nur, dass Balladyns Körper so groß und beinahe so perfekt geformt war wie Tristans, sondern er hatte auch noch das Gesicht eines Filmstars, war so ein Daniel-Craig-Typ, dem Frauen nur so hinterherhechelten.

»Provozier mich nicht«, warnte er sie mit seinem starken irischen Akzent. »Dieser Raum ist beleuchtet, aber ich kann das jederzeit ändern.«

Sammi hielt es für besser, ihre sarkastische Antwort hinunterzuschlucken. Sie war nicht mutig genug, um eine Dunkle Fee zu provozieren. Was wirklich bedauerlich war, weil sie einige tolle Retourkutschen parat hatte, die sie ihm nur zu gern an den Kopf geworfen hätte.

Niemand hatte sie je so geängstigt wie er, und allein dafür

hasste sie ihn. Hass und Furcht vermischten sich in ihr, bis sie nur noch ein einziges Angstknäuel war.

»Aufsässig.« Ein leichtes, teuflisches Lächeln umspielte seine Lippen. »Seltsam, weil die meisten Sterblichen sich uns gar nicht schnell genug an den Hals werfen können. Was macht dich so anders?«

»Ich weiß, was ihr seid.«

»Das wissen sie auch«, gab er zurück. »Taraeth wird dich bald aufsuchen. Wenn du nicht willst, dass du nackt ausgezogen wirst und sich jeder Dunkle, dem der Sinn danach steht, über dich hermacht, schlage ich vor, dass du deine scharfe Zunge hütest.«

Sammi schluckte und hasste es, dass es sogar in ihren eigenen Ohren so laut klang. Sie verachtete Schlägertypen, und genau das waren Balladyn und die Dunklen. Sie tyrannisierten, folterten. Schüchterten ein.

Er lächelte wissend. »Ihr Menschen seid so jämmerlich, zeigt aller Welt eure Gefühle. Warum, glaubst du, ist unsere Wahl auf euch gefallen?«

»Wir haben da ja wohl auch noch ein gewisses Mitspracherecht. Wir können uns euch verweigern.«

»Du kannst es ja versuchen. Bisher war diese Strategie nie sehr erfolgreich.«

»Denae hat es geschafft.« Sammi biss sich auf die Unterlippe, um ihr Lächeln zu verbergen, als sie sah, dass sie einen wunden Punkt getroffen hatte.

Er trat einen Schritt näher, beugte sich über sie, sodass sie ihren Kopf anheben musste, um ihm in die gefährlich verengten Augen zu blicken. »Wenn du am Leben bleiben möchtest, erwähne diesen Namen nicht vor Taraeth.«

Diese Warnung, in einem leisen, bedrohlichen Ton ausgesprochen, löste wieder Todesangst in ihr aus und lähmte sie erneut.

Sie wartete, bis er sich straffte und von ihr abwandte, bevor sie sagte: »Ihr habt einen Fehler gemacht, die Könige zu verärgern.«

»Es wurde Zeit, dass man ihnen mal die Schuppen zerzauste. Sie haben dieses Reich schon viel zu lange beherrscht.«

Und damit war er verschwunden, ließ Sammi zurück in diesem Raum mit ihren Gedanken. Sie blickte sich um. Sie fühlte sich exponiert wie eine Laborratte.

Alle vier Wände waren aus Stein, aber sie hatte das deutliche Gefühl, dass sie beobachtet wurde, so als ob eine der Wände nur ein Spiegel wäre, den sie aber nicht als solchen identifizieren konnte.

»Schweinehunde«, flüsterte sie.

Tristan knirschte mit den Zähnen, als Con ihm hinterherrief, er solle warten. Er schnaubte aufgebracht, hatte das Gefühl, dass jede Sekunde, die verging, ohne dass er sich auf dem Weg zu Sammi befand, eine war, in der sie ihr etwas antun, sie berühren und als Besitz der Dunklen brandmarken könnten.

Cons Blick fiel auf die Krieger. »Ihr habt euch zu einer großen Zielscheibe gemacht, indem ihr uns heute Nacht geholfen habt.«

»Na und?« Phelan zuckte die Achseln. »Ich werde nicht zulassen, dass sie Rhi gefangen halten. Sie hat mir geholfen. Jetzt werde ich für sie da sein und ihr helfen.«

Con atmete tief durch. »Phelan, du bist durch deine Abstammung halb Fee. Die Dunklen werden sich nicht allzu viel dabei denken, wenn du dich einmischst, aber Entsprechendes gilt für die anderen Krieger nicht.«

»Ich habe nichts dagegen, mich zur Zielscheibe zu machen, wenn das bedeutet, dass es Tristan hilft«, sagte Ian.

Tristan wusste jedoch, worauf Con zusteuerte. »Con hat recht. Vielleicht solltet ihr alle zurückkehren zu euren Frauen. Man kann nie wissen, was die Dunklen vorhaben.«

Charon lachte brüllend. »Dann kennen sie unsere Druidinnen aber schlecht.«

»Druiden und Feen haben nie gegeneinander gekämpft«, sagte Rhys nachdenklich. »Wer weiß, was alles passieren kann? Die Druiden sind stark.«

»Nicht so stark wie die Dunklen«, sagte Banan.

Laith zuckte die Achseln. »Sie werden ihnen schon standhalten, schätze ich.«

»Wir sollten alle warnen«, sagte Phelan, während er von Charon zu Ian blickte.

Tristan konnte nur mit Mühe an sich halten, während die drei sich die Zeit nahmen, um mit ihren Frauen zu telefonieren. Er war unglaublich angespannt, und er musste unbedingt ruhiger werden, sonst würde er Sammis Leben gefährden.

»Banan, kehre du zurück zum Herrenhaus«, sagte Con. »Du wirst bei Jane bleiben wollen, und je mehr Könige in Dreagan zurückbleiben, desto besser.«

Banan presste die Lippen zusammen. »Ich würde lieber mit nach Irland gehen, aber der Gedanke, dass Jane in die Hände der Dunklen fallen könnte, hält mich zurück.«

Tristan tauschte einen Blick mit Banan, mit dem sie sich schweigend etwas gelobten.

Als die Krieger ihre Anrufe beendet hatten, trat Tristan ins Freie, damit er genug Platz für seine Verwandlung hatte.

Er ließ keinem die Zeit, etwas zu sagen, ehe er Drachengestalt annahm, und dann senkte er den Kopf, damit Ian auf seinen Rücken klettern konnte. Sobald Ian sich gesetzt hatte, flog Tristan hinauf in den Himmel.

Einer nach dem anderen verwandelten sich Rhys, Con und Laith. Rhys trug Phelan, und Charon kletterte auf Laith. Con übernahm die Führung und informierte sie über ihre mentale Verbindung, dass sie in Richtung Irland fliegen und nach weiteren Dunklen Ausschau halten sollten.

Tristan musste Con nicht extra sagen, dass er sich beeilen sollte. Sie alle flogen, als ob das Ende der Welt nahte, als würde jemand sie in die Schwänze kneifen. Tristan konnte an nichts anderes denken, als dass er ein unglaublicher Dummkopf gewesen war, Sammi nach ihrer leidenschaftlichen Liebesnacht zu verlassen.

Sie hatte jede Menge Gefühle in ihm geweckt – von den Erinnerungen ganz zu schweigen. So turbulent und erschreckend das auch war, in seinem tiefsten Innern wusste er, dass er sich nach ihr auf eine Weise verzehrte, wie es noch bei keiner anderen Frau gewesen war.

Er wusste nicht, warum er ein Drachenkönig war, doch das spielte nun keine Rolle mehr. Er war ganz einfach ein König.

Und dennoch war er auch ein Krieger gewesen. Er konnte es nicht länger leugnen. Wie er vorhin neben Ian gekämpft hatte, war der Beweis dafür, denn jedes Mal hatte er instinktiv schon vorher gewusst, was Ian als Nächstes tun würde. Sie hatten gegen die Dunklen gekämpft, als ob sie so etwas alle Tage täten.

Dieser Grad an gegenseitiger Vertrautheit und der Fähigkeit, sich in den anderen hineinzuversetzen, war kein Zufall. Um das zu erreichen, musste man jemanden ein Leben lang kennen.

Tristan wusste nicht, wie eine Beziehung zu Ian funktionieren würde – oder ob sie überhaupt funktionieren konnte. Aber er war es ihnen beiden schuldig, es zu versuchen. Genauso, wie er alles in seiner Macht Stehende versuchen würde, um Sammi zu befreien.

Er dachte an ihr Lächeln und ihren scharfen Witz. Sie hatte jahrelang auf eigenen Füßen gestanden. Das hatte sie stark gemacht, stark genug, um eine wochenlange Flucht vor der Mafia zu überleben.

Oder vielmehr in Wirklichkeit vor Ulrik.

Das war eine bittere Erkenntnis. Ulrik hatte von Anfang an mit ihm gespielt. Die Tatsache, dass er zu ihm gegangen war, stieg Tristan wie Galle auf.

Ulriks Vergangenheit und was er damals getan hatte spielte keine Rolle mehr. Es ging jetzt um die Gegenwart und seine jüngsten Handlungen. Ulrik musste aufgehalten werden. Vielleicht war es richtig, dass Con ihn töten wollte.

Tristan konnte mit seinen superscharfen Drachenaugen die Küste Irlands erkennen. Sie waren jetzt ganz nah. Er hoffte, dass Sammi wusste, dass er zu ihrer Rettung eilen würde, dass er sie nicht alleinlassen würde mit den Dunklen.

Er flog schneller, Irland kam näher und näher. Tristan konnte Sammi beinahe schon fühlen.

Plötzlich spürte er ein lautes Surren in seinem Kopf. Es war wie ein weißes Rauschen. Tristan brüllte laut, als der Schmerz geradezu explodierte in seinem Schädel. Er versuchte, weiterzufliegen, aber er spürte, wie er zur Seite wegkippte. Und dann rutschte Ian ab.

Tristan versuchte, seinen Bruder aufzufangen, aber er griff immer nur ins Leere. Die elektrostatische Störung wurde stärker, der Schmerz unerträglich. Er erwartete, dass sein Schädel jeden Moment explodierte.

Und durch all das hindurch hörte er Gelächter. Ulriks Gelächter.

Erst zu spät wurde Tristan bewusst, dass er nicht länger flog, sondern fiel.

Im selben Moment, als Rhys es ihm durch ihre Verbindung zurief, flog Con tiefer, um Ian aufzufangen. Mit Ian in seiner Klaue konnte Con nur zusehen, wie Tristan ins Wasser stürzte.

»Was zur Hölle ist hier los?«, rief Phelan von Rhys Rücken.

Con senkte den Blick und sah, dass Ian das Wasser nach seinem Bruder absuchte. Die Tatsache, dass Tristan schnell gesunken war, war bedenklich. Drachen gehörten zu den besten Schwimmern. Viele Drachen hatten im Wasser gelebt.

»Bleibt ruhig«, sagte er zu Rhys und Laith.

Ian blickte zu ihm empor. »Wo ist Tristan? Warum versucht ihr nicht, ihn zu retten?«

Um ihm antworten zu können, hätte Con menschliche Gestalt annehmen müssen. Stattdessen setzte er Ian auf Laith' Rücken, legte seine Flügel an und ging in Sturzflug über.

Con schoss wie ein Torpedo ins Wasser und erspähte Tristans bernsteinfarbene Schuppen. Tristan schwebte dort in der Tiefe, war bewusstlos.

Es war nicht besonders schwer, Tristan zu erreichen, aber ihn aus dem Wasser zu ziehen war eine komplett andere Sache. Etwas hielt ihn fest, irgendein Zauber.

Con setzte seinen Schwanz, alle vier Gliedmaßen und seine gesamte beträchtliche Kraft ein, um Tristan loszureißen von dem, was ihn da festhielt. Sobald Tristan frei war, schwamm Con mit ihm nach oben, und kaum hatten sie die Wasseroberfläche durchbrochen, flog Con los, ohne sich die

Zeit zu nehmen, zu überprüfen, was hier versucht hatte, Tristan zu überwältigen.

Rhys und Laith schlossen zu Con auf und blieben neben ihm, einer zu seiner Linken, einer zu seiner Rechten. Con kochte vor Wut. Wie konnte es Ulrik wagen, einen der Könige anzugreifen? Hinter ihm war Ulrik schließlich her. Sein alter Freund war auch kurz davor, seinen Wunsch erfüllt zu bekommen.

Sobald diese Angelegenheit mit den Dunklen erledigt und Sammi gerettet war, würde Con tun, was er schon vor Tausenden von Jahren hätte tun sollen.

Er würde Ulrik umbringen.

Con schluckte seinen rasenden Zorn hinunter, als sie die Küste Irlands erreichten. Er legte Tristan auf dem erstbesten Stück Sandstrand ab und landete neben ihm. Rhys und Laith beeilten sich, es ihm nachzutun.

Ian war schon von Laith' Rücken gesprungen und zu Tristan geeilt, bevor Con sich verwandeln und menschliche Gestalt annehmen konnte. Der einzige König, der noch in Drachengestalt verblieb, war Tristan, und die Tatsache, dass er sich nicht gerührt hatte, beunruhigte Con ziemlich.

»Was ist passiert?«, fragte Rhys.

Con musterte Tristan. »Es kann kein Zufall sein, dass die Magie genau in dem Moment eingesetzt wurde, als wir Irland erreichten.«

»Wenn Tristan allein gewesen wäre …« Ian konnte den Satz nicht beenden, und er musste es auch nicht. Alle wussten genau, was er unausgesprochen gelassen hatte.

Phelan knurrte leise. »Das ist echt Scheiße.«

»Wenigstens wissen wir, wessen Schuld das ist. Ulriks«, verkündete Rhys.

Con rieb sich das Kinn, während er ihre Möglichkeiten erwog. »Je länger Tristan bewusstlos bleibt, desto länger haben die Dunklen Sammi in ihrer Gewalt.«

»Das wird er sich niemals verzeihen«, sagte Charon.

Das war genau das, was Ulrik wollte. Con dachte nicht daran, das den anderen auf die Nase zu binden. Ulrik war sein Problem, um das hatte er sich zu kümmern. Nur ihre Freundschaft hatte ihn damals zurückgehalten.

Viele, viele Jahrhunderte hatte er mit dem Bedauern darüber gelebt, dass Ulrik im wahren Sinne des Wortes kein Drachenkönig mehr war.

Jetzt lebte Con mit dem Bedauern darüber, dass er ihn nicht getötet und allen diese Probleme erspart hatte.

Con trat neben Tristan und legte ihm seine Hand auf den mächtigen Drachenkopf. Seine Magie war immer stark gewesen, und sie war noch stärker geworden, seit er der König der Könige geworden war.

Jetzt war diese Magie vonnöten, um Tristan aus seiner Bewusstlosigkeit zu wecken.

32

Cork, Irland

Kiril war bei seinem zweiten Glas eines ganz passablen irischen Whiskeys. Aber er sehnte sich nach einer Flasche Dreagan.

Genauso wie er sich wünschte, wieder in Dreagan zu sein.

Er hatte keine Ahnung, wie lange er in Irland bleiben würde, um die Dunklen auszuspionieren. Im Moment war er in dem Pub *An Doras.* Es würde die Dinge vereinfachen, wenn er jeden Abend hier aufkreuzte, aber es würde sie auch misstrauisch machen.

Also suchte Kiril regelmäßig noch zwei weitere Pubs auf. Nur um die Arschlöcher auf Trab zu halten.

Er schwenkte die Flüssigkeit in seinem Glas, während er sich zurücklehnte in seiner Nische. Der Pub war voll, voller als sonst, genau genommen. Eine deutlich spürbare Aufregung lag in der Luft. Doch worum es dabei ging, hatte er noch nicht herausgefunden.

Kiril schnappte etwas von einer Unterhaltung hinter ihm auf. Er hielt seinen Blick auf sein Glas gerichtet, konzentrierte sich aber ganz auf die Unterhaltung der beiden männlichen Dunklen.

»Hast du schon gehört?«

Jemand knurrte, und dann ertönte das Geräusch eines Glases, das auf den Tisch geknallt wurde. »Sie haben schon mal einen Drachenkönig geschnappt.«

Der Erste lachte. Das Geräusch ging Kiril schwer an die Nerven. Und der Typ hatte eine schrille, unangenehme Stimme. »Taraeth ist stärker, als du denkst.«

»Ihm hat eine Sterbliche den Arm abgeschlagen«, hielt ihm der zweite Mann grob entgegen.

»Ah, aber dieses Mal entkommt ihm der König nicht.«

Der Grobian knurrte wieder. »Das glaube ich erst, wenn er ihn hat.«

»Taraeth hat ihm eine Falle gestellt.« Das Gelächter wurde noch schriller. »Der Krieg hat begonnen. Wir werden dieses Reich in null Komma nichts zurückerobern.«

»Du siehst aus, als könntest du noch einen Whiskey gebrauchen«, ertönte eine Stimme neben Kiril.

Sein Blick fuhr hoch, und er starrte in die roten Augen eines Dunklen. Einige versuchten, ihre Augen zu verbergen, während andere sich einen Dreck darum scherten. Er nickte dem Dunklen zu, der das Glas Whiskey abstellte und sich ihm gegenüber in die Nische setzte. »Hab nichts dagegen.«

Der Dunkle lächelte. »Ich habe dich hier schon ein paar Mal gesehen. Ich heiße Farrell.«

»Kiril«, antwortete er. Sie hatten ihn also bemerkt. Aber ob sie auch wussten, dass er ein Drachenkönig war?

»Was hältst du von unserem Pub?«, fragte Farrell.

Kiril nahm einen Schluck. Er stellte das Glas zurück auf den Tisch, bevor er antwortete: »Ich finde ihn interessant.«

»Das ist kein irischer Akzent, den ich da höre. Sag, bist du Schotte?«

Kiril lächelte, wenn auch etwas angespannt. »Tut mir leid, dich enttäuschen zu müssen.«

Farrell lachte und lehnte sich zurück, machte es sich bequem. »Es gibt ein paar Schotten, die ab und an hierherkommen. Mit euch haben wir kein Problem. Es sind die verdammten Engländer, die uns gegen den Strich gehen.«

Kiril stimmte in sein Gelächter ein, aber er blieb wachsam. Wenn sie glaubten, einen König hopsnehmen zu können, konnten sie damit ihn meinen? Er musste sich besonders hüten, wenn er vorhatte, diesen Pub heute Abend lebend zu verlassen.

Farrell redete weiter, riss die Unterhaltung an sich, ließ sich über Irland, Cork und die Vorteile, ein Ire zu sein, aus.

Kiril nickte zustimmend zu etwas, was Farrell gesagt hatte, als er spürte, wie Con ihn über ihre mentale Verbindung kontaktierte. Er öffnete die Leitung zwischen ihnen, während er Farrell weiterhin ansah, der gerade von ihrem berühmten Kristall schwärmte.

»Die Dunklen haben Sammi geschnappt. Wir waren auf dem Weg nach Cork, als Tristan durch Magie überwältigt und aus dem Himmel geholt wurde.«

»Ich habe mir ein bisschen was an Waterford Kristall gekauft«, sagte Kiril zu Farrell. *»Wo seid ihr jetzt?«*

»In Irland. Rhys und Laith sind bei uns. Phelan, Charon und Ian sind auch mitgekommen.«

Krieger und Könige. Da kündigte sich ein echter Angriff an. *»Ist das wahr? Hat der Krieg begonnen?«*

»Ja. Pass auf dich auf, Kiril. Sie nehmen jeden aufs Korn, von dem sie annehmen, dass er ein König ist.«

Die Leitung war tot, und Kiril trank seinen Whiskey aus und griff nach dem Glas, das Farrell ihm hingestellt hatte. »Sag mal, Farrell, was hat das mit diesen roten Augen auf sich?«

»Das sind spezielle Kontaktlinsen. Die Frauen fahren höllisch darauf ab«, antwortete der Dunkle, wobei er sich über den Tisch beugte.

Kiril mochte wohl den Eindruck erwecken, als würde er aufmerksam zuhören, aber tatsächlich behielt er den Pub und die Gäste im Auge und hielt nach etwaigen Bedrohungen Ausschau. Die Könige brauchten ihn vielleicht, sodass er relativ bald in das Haus zurück wollte, das er sich hier genommen hatte.

Aber noch nicht.

»Ich werde eine Weile in Cork bleiben und ausgiebig Urlaub machen«, sagte Kiril.

Farrell grinste breit. »Dann müssen wir uns unbedingt öfter treffen.«

Das war genau das, was Kiril wollte. Er hatte möglicherweise endlich einen Zugang zu den Dunklen gefunden.

Tristan wachte abrupt auf, so als hätte ihm jemand eine Ohrfeige versetzt. Als er die Augen öffnete und Con über sich gebeugt sah, wusste er, dass genau das passiert war.

»Wird aber auch langsam Zeit, verdammt noch mal«, sagte Rhys brüsk.

Tristan setzte sich auf und stellte fest, dass er nackt und am Strand war. Er blickte hoch und begegnete Ians besorgtem Blick. »Was ist passiert?«

»Weißt du es nicht mehr?«, fragte Phelan.

Tristan schüttelte den Kopf und rieb sich den Nacken, der

irgendwie schmerzte. »Ich erinnere mich an ein merkwürdiges Geräusch in meinem Kopf, das unerträglich war.«

»Du bist gefallen«, informierte ihn Laith. »Ins Wasser. Con musste dich herausziehen.«

Tristan wusste nicht, warum alle so verstimmt wirkten. Na gut, er war also gefallen. Es gab schließlich Schlimmeres, es war ja nicht so, als wäre deswegen sein Leben gefährdet gewesen.

»Etwas hielt dich fest«, erklärte Con.

Das allerdings führte dazu, dass er erstaunt die Stirn runzelte. »Hielt mich fest?«

Con nickte ernst. »Es war Magie.«

»Wie lange war ich bewusstlos?«, fragte Tristan, während er aufstand.

Charon rammte lässig den Fuß in den Sand. »Ein paar Minuten.«

Alle versuchten, sich ganz normal zu verhalten, aber Tristan hatte den deutlichen Eindruck, dass etwas ziemlich Schlimmes mit ihm passiert war. Er wandte sich an Ian, von dem er wusste, dass er ihm die Wahrheit sagen würde. »Was ist wirklich passiert?«

»Du bist gefallen«, sagte Ian und blickte hinaus aufs Meer. »Con musste hinterhertauchen und dich herausholen, und genau wie er sagte, da war Magie am Werk. Sie hat dich in der Tiefe des Meeres festgehalten. Con hat dich befreit und dich hier an Land gebracht, aber du bist einfach nicht aufgewacht.«

Tristan rieb sich erneut den Nacken. Es war ein dumpfer Schmerz, so als hätte ihm jemand einen Schlag mit einem Baseballschläger versetzt. »Und weiter?«, drängte er.

»Con musste seine Magie einsetzen, um zu zerreißen, was dich im Griff hatte, damit du aufwachst.«

Cons Magie. Das bedeutete, dass, welche Art Magie auch immer gegen ihn verwendet worden war, diese Magie jedenfalls besonders stark war. Sein Blick fuhr herum zu Con. »Danke.«

»Sie wollen dich unbedingt auf die eine oder andere Art zu fassen kriegen«, sagte Con. »Wir werden das zu verhindern wissen.«

Laith schlug Tristan auf den Rücken. »Ganz genau. Also, können wir jetzt unsere nackten Ärsche endlich wieder in Drachengestalt verwandeln und diese Schwanzlutscher aufspüren?«

»Ich bin absolut scharf darauf, diesen Dunklen Feen in den Arsch zu treten«, sagte Rhys. »Je eher, desto besser.«

Phelan lächelte und nickte. »O ja. Setzen wir uns in Bewegung.«

Tristan blickte aufs Meer. Die mentale Verbindung wurde nur von Drachen benutzt, aber auch dann lag die Entscheidung bei jedem Einzelnen, ob er mit dem, der anrief, Verbindung aufnehmen und ihm zuhören wollte oder nicht.

Wer auch immer in seinen Kopf eingedrungen war, hatte es ohne seine Zustimmung getan. Diese Angreifbarkeit gefiel ihm nicht … oder sagen wir lieber, diese Schwäche. Er könnte dadurch den anderen Schaden zufügen, sie behindern.

»Nein«, sagte Ian, als er neben ihn trat.

Tristan sah seinen Zwillingsbruder an. »Was?«

»Du wirst kein Nachteil für sie sein im Kampf. Du weißt, was mit dir passiert ist, und du wirst es nicht noch einmal geschehen lassen.«

»Du scheinst ja unglaubliches Vertrauen in meine Fähigkeiten zu haben.«

Ian lächelte. »Habe ich auch. Ich kenne dich besser als

jeder andere. Du wirst es in den Griff kriegen und überwinden, so wie immer.«

»Dann lass uns aufbrechen.«

Ein Gedanke reichte, und schon war Tristan wieder in Drachengestalt, wobei er sein Bewusstsein dieses Mal total abschottete. Nachdem sich die Krieger wieder auf die Drachenkönige gesetzt hatten, erhob sich die Gruppe in den Himmel und flog in Richtung Cork.

Zu den Dunklen Feen.

Sammi hätte wissen müssen, dass man sie nicht in Ruhe lassen würde. Genau wie Balladyn gesagt hatte, stand Taraeth, der König der Dunklen, plötzlich vor ihr.

Er glaubte wahrscheinlich, dass er ihr, wenn er hoch über ihr aufragte, damit ihre Schwäche vor Augen führte. Sammi beschloss, auf dem Fußboden sitzenzubleiben. Die Dunklen nährten sich von ihrer Lebenskraft.

Außerdem würden sie auch keinen Verdacht schöpfen, wenn sie schwach und hilflos wirkte.

Sie beobachtete, wie Taraeth seine Schulter rieb, wo ihm der Arm abgeschlagen worden war. Sammi schickte stillschweigend in Gedanken einen Dank an Denaes Adresse, dass sie das vollbracht hatte.

Taraeth trug eine schwarze Lederhose und ein rot-schwarzes T-Shirt mit einem aufgedruckten Totenschädel. Alles in allem war er nur ein durchschnittlicher Typ, der seine Haare lang und rote Kontaktlinsen trug.

Nur wusste sie leider, wie tief er vom Bösen durchdrungen war.

»Ich mag deine Angst«, sagte Taraeth und musterte sie mit seinen roten Augen. »Das heißt, dass du von uns weißt.«

Sammi nickte langsam und senkte ihren Blick zu Boden. Aus den Augenwinkeln sah sie Balladyn links von sich und einen weiteren Dunklen rechts von sich stehen.

Es waren nur diese drei. Sammi hatte es schon mit größeren Kerlen in ihrem Pub aufgenommen, aber die waren betrunken und hatten auch nicht über Zauberkräfte verfügt. Sie konnte diese Dunklen nicht einfach frontal angreifen. Sie musste sich etwas anderes einfallen lassen, um mit ihnen fertigzuwerden.

Wenn du es überhaupt schaffst.

Sie brachte ihre innere Stimme zum Schweigen und konzentrierte sich auf das, was Taraeth sagte.

»Das muss ich den Königen lassen. Sie haben den Dreh raus, wie man sich hübsche Frauen sucht. Zu schade, dass diese Frauen dann immer bei mir landen. Ist dir klar, dass du jetzt mir gehörst?«

Sammi zuckte leicht zurück, als er ihr Kinn mit seinem Zeigefinger anhob. Wie kam es, dass er vor ihr hockte? Er musste sich schneller als der Wind bewegt haben. Sie war da deutlich im Nachteil, wenn sie die Bewegungen der Dunklen nicht mal sehen konnte.

»Tristan wird kommen, um dich zu holen, aber bis dahin wird es zu spät sein. Ich werde dich bereits für mich beansprucht und als mein Eigentum gezeichnet haben.«

Sie drehte ihren Kopf weg, um seiner Berührung zu entgehen, was aber nur dazu führte, dass er grob ihr Kinn packte und ihren Kopf wieder in seine Richtung zwang.

»Wie schaffen es die Könige nur, dass wir keine Wirkung auf euch haben?«

Sammi runzelte die Stirn. »Ich weiß nicht, was du meinst.«

»Erst Denae und jetzt du. Keine andere Menschenfrau hat

sich jemals von mir abgewandt. Es muss an irgendetwas liegen, was die Könige mit euch tun. Vielleicht kommt es durch irgendeine Magie, die sie einsetzen.«

Sammi versuchte, ihr Lachen zurückzuhalten, wirklich, sie versuchte es, aber dann platzte es aus ihr heraus wie aus einem Luftballon, den man aufstach. Und da sie einmal damit angefangen hatte, konnte sie einfach nicht mehr aufhören.

»Wir werden ja sehen, wer hier lacht, wenn ich dich nehme, während Tristan zusieht. Du wirst vor Lust schreien. Du wirst für mich schreien.« Er beugte sich näher zu ihr und flüsterte: »Du wirst mich darum anflehen, dass ich es dir besorge.«

Plötzlich war ihr das Lachen vergangen. Sammi bezweifelte nicht, dass Taraeth dazu fähig wäre, diese Drohung wahr zu machen. Diese Dunklen Feen waren sagenhafte Exemplare. Jeder Einzelne von ihnen.

Es war kein Wunder, dass Frauen vor ihnen auf die Knie fielen und die Dunklen um Sex anflehten. Sammi hätte möglicherweise das Gleiche getan vor Jahren, aber jetzt war sie eine andere.

Tristan.

Sie war anders wegen ihrer Zeit mit Tristan. Er hatte sie durch eine Welt geführt, in der es Drachen und Feen und Magie gab. Er hatte ihr zur Seite gestanden, sie gehalten, sie beschützt.

Und sie hatte ihn begehrt.

Das Verlangen war groß gewesen, die Sehnsucht überwältigend. Nur Tristan war fähig gewesen, ihr schmerzhaftes Verlangen zu stillen, sie auch körperlich zu befriedigen in einer nicht enden wollenden Liebesnacht.

»Wenn er kommt«, sagte sie.

Taraeth' Lächeln war kühl. »Er wird kommen. Die Drachenkönige sind dazu bestimmt, Menschen zu beschützen. Wie kann er das Bedürfnis, dich zu retten, ignorieren, dich, die Schwester der Gefährtin seines Freundes? Wenn er nicht kommt, wird Banan kommen. Letztendlich spielt es keine Rolle, welchen König ich in die Hände kriege.«

Er erhob sich und brachte mit einem gierigen Lächeln sein Hemd in Ordnung. »Mach dich bereit. Dies ist der Anfang des Endes der Drachenkönige.«

33

Die Dunkelheit barg keinen Schrecken für sie.

Diese Lüge wiederholte Rhi stillschweigend wieder und wieder. Tatsächlich aber fürchtete sie sich so sehr wie noch nie zuvor in ihrem Leben.

Keine Helle Fee war je nach einer Folterung durch die Dunklen zurückgekehrt, sodass niemand sagen konnte, was genau ihnen angetan worden war. Die Tatsache, dass keine zurückgekommen war, sagte jedoch alles.

Rhi dachte zurück an die Dutzende neuer Nagellacke, die sie kürzlich gekauft hatte. Da gab es den hellgrünen, der »Ungeheuer Grün« hieß, auf den sie ganz heiß war. Und »Herzen & Tussis«, ein helles Pink, das so was von perfekt zu ihr passte. »Cha-Ching Kirsche« würde einfach fantastisch zu ihrer neuen Bluse aussehen. Nicht zu vergessen der erstaunliche dunkelblaue Lack, der »Halt mir Suzi vom Leib« hieß und sie geradezu anflehte, sie möge ihn auftragen. Aber ihr Lieblingslack war ein dunkelroter mit dem Namen »Ich bin nicht wirklich eine Kellnerin«.

Sie musste hier raus, damit sie jeden Einzelnen aus ihrer neuen Sammlung ausprobieren konnte. Panik breitete sich in ihr aus, Verzweiflung erfasste sie. Sie hatte bisher keine Furcht gekannt, aber dieses hier ging weit tiefer als Furcht. Dies hier war reines Entsetzen. Ein Entsetzen, das dazu führte, dass ihr Herz wie wild pochte und ihr das Blut in den Adern gefror.

»Wie gefällt dir dein neues Zuhause, Kindchen?«

Sie versuchte, ihr Erschrecken zu kaschieren angesichts Balladyns viel zu naher Stimme. Er hatte sich an sie herangeschlichen, ohne dass sie es überhaupt bemerkt hatte. Das war nicht gut.

Ganz und gar nicht gut.

»Wenn du mich foltern willst, worauf wartest du dann noch?«, provozierte sie ihn mit einer Stimme, die, wie sie hoffte, selbstbewusster klang, als sie sich fühlte.

Sein Lachen war Unheil verkündend und jagte ihr Schauer über den Rücken. »Das kommt noch. Das bin ich dir schließlich schuldig.«

»Du bist es mir schuldig?« Sie fasste es nicht, dass er ihr die Schuld daran gab, dass er ein Dunkler geworden war. Sie war schließlich nicht diejenige gewesen, die ihn dazu getrieben hatte.

»O ja«, sagte er und gab seine Schadenfreude deutlich zu erkennen. »Darauf warte ich schon sehr lange. Jahrelang habe ich mir ausgemalt, was ich mit dir anstellen würde, hätte ich dich erstmal in meiner Gewalt. Dass es so weit kommen würde, hielt ich damals allerdings für unwahrscheinlich, da ich hörte, dass du in die Königliche Wache berufen worden warst. Aber ich hätte es wissen müssen. Du hast nie getan, was man von dir erwartete.«

»Was hattest du denn von mir erwartet?« Sie verachtete sich dafür, dass ihr diese Frage geradezu reflexhaft entschlüpft war.

»Du hast mich im Stich gelassen!«

Die Wände vibrierten geradezu, so heftig war sein Zorn. Sie zuckte zurück, wofür sie sich noch mehr verachtete.

Sie nahm seinen keuchenden Atem überall um sich herum wahr, sodass sie unmöglich sagen konnte, wo genau er stand. Er war ein Dunkler. Die Dunkelheit war ein Teil von ihm und gestattete es ihm, sie zu seinem Vorteil zu nutzen, weil er in ihr sehen konnte.

»Ich hatte gesehen, wie du fielst.« Ihre Stimme zitterte, und sie räusperte sich, hoffte, dass das ihre Angst ein wenig dämpfen würde. »Ich habe versucht, zu dir zu gelangen, aber man hielt mich zurück und sagte mir, du seist tot.«

»Und du hast dich nicht persönlich davon überzeugt?«

Sein rasender Zorn war verschwunden. Er war eisiger Gelassenheit gewichen.

Rhi wusste nicht, was sie mehr bekümmerte. Verschwunden war der Helle, der ihr Halt gegeben, sie getröstet hatte nach dem Tod ihres Bruders.

Verschwunden waren die Güte und das Lachen, die immer ein Wesenszug Balladyns gewesen waren.

Verschwunden war der Helle, der vor ihrem Zimmer Wache gehalten hatte, als sie ihren geliebten Drachenkönig verloren hatte.

Sie veränderte ihre Position, und das Geräusch der Ketten hallte laut in der Stille wider. »Wir waren mitten in einem Krieg. Als das Gefecht vorüber war, ging ich auf die Suche nach dir, aber dein Körper war nicht mehr da. Eine Zeit lang dachte ich, du wärst noch am Leben und verwundet. Ich habe überall gesucht.«

»Nicht überall.«

Rhi schloss die Augen. »Es ist mir nie in den Sinn gekommen, dass die Dunklen dich geholt haben könnten.«

»Aber das haben sie getan, und nie ist jemand ins Reich der Dunklen gekommen, um eine Helle Fee zu retten.«

Seine Worte waren ein doppelter Schlag, weil sie sie daran erinnerten, dass sie wirklich vollkommen allein war. Keine Helle Fee würde es wagen, in das Gebiet der Dunklen einzudringen.

»Also willst du mich aus Rache zu einer Dunklen machen?«, fragte sie.

Das leise Lachen, mit dem er ihr antwortete, war so eisig wie die Temperatur. »Oh, ich habe etwas anderes im Sinn. Vielleicht wirst du in ein paar Jahrhunderten zu einer Dunklen. Bis dahin möchte ich meinen Spaß mit dir haben.«

»Und wie willst du das bewerkstelligen?«

Das gespenstische Schweigen, das daraufhin einsetzte, erhöhte ihre bereits unglaubliche Anspannung.

»Balladyn?«

Wieder gab es keine Antwort. Er war verschwunden und hatte sie ihren eigenen Gedanken überlassen, sodass sie sich jetzt ausmalen konnte, auf welche Weise er ihr wehtun würde. Es gab viele Möglichkeiten.

Das allein reichte schon, damit sie am liebsten geweint hätte.

Sie allein zu lassen – in der Dunkelheit – hieß, dass sie die grausamste aller Foltern ertragen musste.

Tristan und die anderen landeten auf dem Feld, auf dem vor siebentausend Jahren ihre erste Schlacht gegen die Dunklen stattgefunden hatte. Er war nicht gerade glücklich darüber, wieder zurück in Irland zu sein. Es mochte ja ein schönes Land sein, aber ihm fehlte die wilde Schroffheit Schottlands.

Er nahm Menschengestalt an und musterte sorgfältig die Umgebung. Er konnte keinen Zugang zum Feenreich entdecken, genauso wenig wie irgendeine Dunkle Fee.

»Sie sind hier«, flüsterte Phelan.

Con stand aufrecht da, ungeachtet dessen, dass er nackt war. »Wo?«

»Schwer, das genau zu sagen.«

Tristan spürte, wie die Anspannung in ihm wuchs. »Siehst du irgendeinen Zugang?«

»Ich kann sechs sehen.« Phelan blickte Tristan an. »Jeder von ihnen könnte uns zu den Tunneln führen, in denen wir letztes Mal waren.«

»Oder anderswohin«, vollendete Tristan den Gedankengang für ihn.

Rhys legte die Stirn in Falten, und seine Augen wurden schmal. »Sie haben uns erwartet.«

Tristan blickte von Con zu Rhys und dann zu Laith. Die Dunklen wollten ihn haben. Wenn die anderen hierblieben, erhöhte sich die Chance für die Dunklen, dass sie einen zweiten König erwischten.

»Fliegt weg«, sagte Tristan zu ihnen. »Je weiter ihr entfernt seid von ihr, desto unwahrscheinlicher wird es, dass sie einen von euch in die Finger kriegen.«

Laith schnaubte laut. »Ich würde wirklich gern mal sehen, wie sie versuchen, einen von uns zu schnappen.«

Tristan behielt es für sich, dass er vorhatte, sich den Dunklen freiwillig auszuliefern. Er konnte bei ihnen überleben. Das konnte Sammi nicht. Und Jane würde es ihm nie verzeihen, wenn Sammi nicht zurückkam.

Rhys schüttelte heftig den Kopf. »Das kann doch wohl nicht dein Ernst sein!«

Tristan tat gar nicht erst so, als wüsste er nicht, was Rhys meinte. »Es gibt keine andere Möglichkeit, Sammi zu finden. Letztes Mal hatten wir Rhi. Nur durch sie haben wir Kellan und Denae gefunden. Seht euch um«, sagte er und breitete die Arme aus. »Rhi ist nicht hier. Wir müssen raten, welcher Zugang der Richtige ist. Der, den wir wählen, könnte uns überall hinführen. Wir könnten Wochen, wenn nicht Monate festsitzen. Wisst ihr, was in der Zwischenzeit mit Sammi geschehen kann?«

Rhys wandte sich ab und starrte wütend in die Ferne. Laith schüttelte weiter den Kopf. Der einzige König, der Tristan in die Augen blickte, war Con.

»So viel bedeutet sie dir?«, fragte der König der Könige.

Na und ob. Tristan wünschte sich nur, ihm wäre früher klar gewesen, wie tief seine Gefühle für Sammi waren. Eine Ahnung davon hatte er bekommen, als er sie mit Ian gesehen hatte. Seine Reaktion hätte für ihn ein Zeichen sein müssen, aber sogar da hatte er noch versucht, es zu ignorieren.

Wäre ihm doch nur bewusst gewesen, wie viel sie ihm bedeutete, dann hätte er sie besser beschützt. Der einzige Weg, wie er sein Versäumnis wiedergutmachen konnte, war, sie aus den Klauen der Dunklen zu retten.

»Ja, das tut sie«, antwortete er.

Cons Nasenflügel blähten sich, als er tief Luft holte und sie langsam wieder ausstieß. »Ich werde dich begleiten. Sie werden mich höchstwahrscheinlich verfolgen, was dir Zeit lässt, Sammi zu finden.«

»Bist du wahnsinnig«, fragte Laith wütend.

Con lächelte ein wenig schief. »Gut möglich.«

»Nein. Die Könige brauchen dich. Dreagan braucht dich«, widersprach Tristan.

Con sah ihn eigenartig an. »Jeder König trifft seine eigenen Entscheidungen. Ich habe meine getroffen.«

»Ich gehe mit Tristan«, sagte Ian. »Ich habe diesen weiten Weg nicht auf mich genommen, um alles nur von außen zu betrachten.«

Tristan nickte. »Ich hatte gehofft, dass du das sagen würdest.«

»Du kannst auch auf uns zählen«, sagte Charon und sprach dabei für Phelan mit.

Phelan schmunzelte und starrte auf irgendetwas zu seiner Linken. »Zumindest wissen wir dieses Mal, was alles in diesen verdammten Tunneln herumkreucht.«

»Meint ihr nicht, dass Taraeth seinen Standort gewechselt hat?«, fragte Tristan.

Cons Lächeln wurde kühl und berechnend. »Taraeth würde seinen Palast nur aufgeben, wenn er total zerstört wäre. Letztes Mal hat der Kampf hier stattgefunden.«

»Moment mal«, sagte Charon stirnrunzelnd. »Sind wir denn jetzt nicht in Taraeth' Reich?«

»Doch«, erwiderte Con. »Es ist nur versteckt. Die Erde bietet den Dunklen zwar genug Menschen, mit denen sie sich vergnügen können, aber das ist nicht alles, was sie brauchen.« Er schwenkte seinen Arm und wies auf ihre Umgebung. »Also sucht sich Taraeth einen Ort aus, der ihm zusagt, tarnt ihn durch Magie, sodass niemand ihn sehen kann, und dann trägt er die Schichten zwischen den einzelnen Bereichen Stück für Stück ab, bis ein Teil der Feenwelt sichtbar ist unter seinem Palast. Das verschafft ihm ein Machtzentrum, oder jedenfalls glaubt er das.«

Ian rieb sich nachdenklich die Stirn. »Wenn wir durch einen dieser Zugänge gehen, könnten wir also direkt in das Feenreich gelangen?«

»Unter Umständen«, sagte Rhys.

Laith wandte ihnen den Rücken zu. »Ich denke, jeder König sollte jeweils einen Zugang wählen, bis wir den finden, den wir suchen.«

»Zu riskant«, wandte Tristan ein. Er warf Phelan einen kurzen Blick zu. »Erinnerst du dich an den Zugang, den Rhi geschaffen hat?«

Phelan kniff die Augen zusammen. »Vielleicht kann ich ihn wiederfinden.«

»Gut. Suche nach ihm«, sagte Tristan und blickte dann zu Laith und Rhys. »Wir werden schwer zu kämpfen haben, dieses Mal, um aus den Tunneln zu entkommen. Die Dunklen haben mit Sicherheit Vorkehrungen getroffen, um das zu verhindern. Ihr beiden werdet uns Deckung geben, sobald wir herauskommen.«

Rhys schlug ihm kräftig auf die Schulter. »Und am besten kommst du zusammen mit Sammi raus.«

Tristan lächelte und ließ sie in dem Glauben, dass er das für machbar hielt. Er wusste, wie anstrengend es gewesen war für sie und wie viel Glück sie gehabt hatten, Kellan und Denae tatsächlich aus den Händen der Dunklen zu befreien.

Die Dunklen waren ihnen bis zum Schluss auf den Fersen geblieben, und nur mithilfe der Könige hatten sie dieses Scharmützel gewonnen.

Dieses Mal wären die Dunklen vorbereitet. Dieses Mal würden sie sie erwarten. Und dieses Mal gäbe es keinen Weg hinaus. Tristan hatte sich damit abgefunden. Er hoffte nur, dass die anderen es auch getan hatten.

»Ich glaube nicht, dass ich dich da zurücklassen kann«, flüsterte Ian, während sie zusahen, wie Rhys und Laith sich in Drachen verwandelten und in die Lüfte erhoben.

Tristan senkte den Blick. »Das musst du aber. Genauso wie du die anderen überzeugen und davon abhalten musst, mich befreien zu wollen.«

»Ich habe dich schon einmal verloren. Jetzt forderst du von mir, dich gehen zu lassen, nachdem ich dich gerade erst wiedergefunden habe? Du bist mein Bruder, egal, ob du ein Krieger oder ein König bist.«

Tristan blickte Ian in die Augen und lächelte grimmig. »Dieses Mal habe ich keine andere Wahl. Sammi braucht mich.«

»Ist es Liebe?«

»Ich weiß es nicht. Vielleicht. Ich muss ständig an sie denken, und ich finde es unerträglich, nicht bei ihr zu sein. Ich sehne mich nach ihren Berührungen und ihren Küssen, als gäbe es kein Morgen.«

Ian lächelte kläglich. »Ich glaube, dass du dich in die schöne Samantha verliebt hast. Nie hast du eine Frau so angesehen, wie du sie ansiehst.«

»Hatte ich … nie jemanden?« Tristan hatte Angst, diese Frage zu stellen, befürchtete, dass er eine Frau, die ihm wichtig gewesen war, hinterlassen hatte.

»Nie. Es gab Frauen, aber keine genoss deine volle Aufmerksamkeit oder Zuneigung. Ganz anders als Sammi.«

»Woher wusstest du, dass du Dani liebst?«

Ian lächelte allein bei der Erwähnung seiner Frau. »Als mir ein Leben ohne sie an meiner Seite sinnlos erschien. Aber wiederhole du nicht, was ich getan habe, sondern kämpfe um das, was zwischen dir und Sammi existiert. Hol sie dir, und liebe sie, Bruder.«

»Auch wenn ich nicht einmal weiß, warum aus mir ein König geworden ist?«

»Auch dann. Liebe muss man nicht verstehen. Dir ist eine zweite Chance gegeben worden. Willst du diese Chance auf ein Leben mit Sammi wirklich aufgeben und dich von den Dunklen gefangen nehmen lassen?«

Tristan wollte das nicht. Er wollte das Leben weiterhin genießen – und Sammi.

»Hört zu«, flüsterte Con leise Phelan und Charon zu, als er zu ihnen trat. »Die Dunklen warten. Sie haben nicht vor, sich auf irgendwelche Verhandlungen einzulassen.« Er wandte seinen Kopf und sah hinüber zu Tristan. »Wenn wir heute siegen wollen, brauchen wir einen Plan, auf den sie im Traum nicht kommen würden.«

34

Sammi hasste das Gefühl, eine nasse Jeans zu tragen. Es war ungefähr so eklig, wie durch Schlamm zu waten. Sie schauderte allein bei dem Gedanken daran.

Es war schwer, nicht an trostlose Dinge zu denken, wenn sie sich so elend und miserabel fühlte. Nasse Jeans, ein feuchtes Hemd, feuchte Haare und dazu die eisigen Temperaturen hätten vermutlich gereicht, um selbst einen Heiligen miese Laune bekommen zu lassen.

Und sie war alles andere als eine Heilige.

Aber wenigstens hatten ihre Gedanken sie von den Dunklen Feen abgelenkt. Die waren wirklich eine unglaubliche Schweinebande mit echten Terrormethoden, so viel war sicher. Sie lehnte ihren Kopf an die Wand und hasste es, dass sie so hilflos war. Aber was konnte eine Sterbliche schon ausrichten gegen die Magie der Feen?

Sammi erhob sich vom Boden und dehnte sich. Sie stöhnte auf, als sie fühlte, wie ihre Jeans an ihren Beinen klebte. »Igitt«, murmelte sie und zwang sich trotzdem dazu, durch den rechteckigen Raum zu gehen.

Hätte sie doch auch Magie, die sie den Dunklen Feen entgegenschleudern könnte, dann würde sie sich nicht so ausgeliefert und hilflos fühlen. Aber so, wie die Dinge lagen, fühlte sie sich wie ein Häftling im Todestrakt, der auf seine Hinrichtung wartete.

Sie betete, dass Tristan ihr zu Hilfe kommen würde, aber gleichzeitig hoffte sie, dass er es nicht täte. Es würde nichts Gutes dabei herauskommen, wenn die Dunklen einen Drachenkönig in ihre Gewalt bekämen. Genauso wenig, wie sie sich vorstellen konnte, dass Tristan so eingesperrt wäre wie sie.

Er würde sich danach sehnen, den Himmel zu sehen, und sich wünschen, wieder zu fliegen. Er war als Mann ein prachtvolles Exemplar der menschlichen Gattung mit seiner wie gemeißelten Gestalt, den festen Muskeln und der Tätowierung auf seiner Brust.

Aber als Drache, mit seinen bernsteinfarbenen Schuppen, die in der Sonne glitzerten, war er einfach fantastisch. Wie er zwischen den Bergen schwebte, sich mühelos vom Wind tragen ließ, die mächtigen Schwingen weit gespreizt.

Wie könnte man ein solches Wesen in die Dunkelheit verbannen? Wie könnte jemand wie er bei den Dunklen überleben?

Tristan war unsterblich, aber das hieß nicht, dass er nicht verletzt werden konnte. Dieser Gedanke ließ sie erschaudern. Seine Pflichttreue würde ihn zu ihr führen, und dann würde er an diesem grauenvollen Ort festsitzen.

»Liebst du ihn?«

Sammi schrie auf, ehe sie herumfuhr und Balladyn erblickte, der lässig an der Wand lehnte und sie beobachtete. Wieder einmal hatte er sie total überrascht, hatte sie sein Kommen nicht bemerkt. Wie sie das hasste. »Was?«

»Tristan? Liebst du ihn?«

»Du willst doch nur, dass ich Ja sage, damit du ihn gegen mich benutzen kannst.« Sie verdrehte die Augen. »Bitte. Ganz so naiv bin ich nun wirklich nicht.«

Sein Lächeln erreichte seine roten Augen nicht. Er hatte sich umgezogen und trug jetzt nur noch Schwarz – schwarze Jeans, schwarze Stiefel und ein schwarzes langärmeliges T-Shirt. Seine Haare trug er zurückgebunden, und der lange, schwarz-silberne Pferdeschwanz fiel ihm über den Rücken.

»Für jemanden, der meine Welt zerstören will, scheinst du aber viel von ihrer Mode zu halten«, stichelte sie. »Sind das Bed-Stu-Stiefel?«

»Antworte mir, Sterbliche.«

Seine Stimme war hart wie Granit, so gnadenlos wie die Arktis. Sammi erstarrte vor Furcht. Ihr erster Instinkt war, sich zu ducken und ihm alles zu sagen, was er hören wollte. Wobei es ohnehin zu ihrem Plan gehörte, ihn glauben zu lassen, dass sie Angst vor ihm hatte.

Was ihr ein Leichtes sein würde, weil es ganz einfach zutraf.

»Seine Macht hat mich schon verlockt«, sagte sie und hoffte, dass Balladyn ihr die Lüge abkaufte. Obgleich es nicht richtig gelogen war. Die Könige hatten etwas Faszinierendes an sich – und Tristan noch mehr als die anderen.

Balladyn kniff die Augen zusammen. »Es ist nicht klug, mich zu belügen.«

»Ich liebe nie«, platzte es aus ihr heraus. Tränen brannten ihr in den Augen, als die Wahrheit ihres Lebens sie wieder einholte und ihr ins Gesicht schlug.

Sie liebte nie und niemanden. Sie hatte nicht einmal Jane so nah an sich herangelassen, wie Jane geglaubt hatte. Sammi hatte ihre Anrufe angenommen, mit ihr gesimst und E-Mails mit ihr ausgetauscht, aber jedes Mal, wenn Jane wollte, dass sie sie besuchte, hatte Sammi eine Ausrede erfunden. Das Gleiche galt auch für die Gelegenheiten, bei denen Jane sie hatte besuchen wollen.

Sammi hatte sie mithilfe der Elektronik auf Distanz halten können. Aber es war schwieriger, wenn jemand vor ihr stand. Tristan hatte ihr das bewiesen. Sie hatte sich verdammt viel Mühe gegeben, ihn auf Armeslänge von sich zu halten.

Und war gescheitert.

Wenn die Dunklen begriffen, dass sie sich in den Drachenkönig verliebt hatte, würden sie das gegen sie beide benutzen. Sie war zwar nur eine schwache Sterbliche, aber sie konnte ihren Teil dazu beitragen, dass Tristan verschont blieb, indem sie die Dunklen glauben machte, dass es nur darum ging, dass ein König eine Menschenfrau beschützte.

»Du hast die Nacht in seinem Bett verbracht«, sagte Balladyn und unterbrach ihre Gedanken damit.

Sammi schlang ihre Arme um ihren Körper, um sich warm zu halten. »Es war nur eine Nacht. Das bedeutet gar nichts.«

»Doch. Das kann es.«

»Nicht bei mir. Nebenbei bemerkt, wenn er sich etwas aus mir machen würde, hätte er mich dann in Gefahr gebracht, vorhin im Cottage? Würde ein Drachenkönig, der eine Sterbliche liebt, sie auch nur in die Nähe eines möglichen Kampfes kommen lassen?«

Sie lächelte im Geiste, als sie sah, dass Balladyn die Stirn runzelte und zögerte, bevor er weitersprach. Sie hatte den Nagel auf den Kopf getroffen.

Aber schlimm war, dass sie jetzt dachte, wie recht sie mit ihren Worten womöglich hatte. Sie mochte sich ja in Tristan verliebt haben, aber er erwiderte ihre Gefühle vermutlich nicht.

Die Leere in ihr war wie ein gähnendes schwarzes Loch, das sie zu verschlingen drohte. Das gleiche Loch hatte sie beinahe verschlungen, als ihre Mutter gestorben war.

Dieses Mal würde sie nicht davor weglaufen können.

Diese Trostlosigkeit, diese Leere und … diese Trauer waren der Grund dafür, dass sie immer darauf geachtet hatte, niemanden an sich heranzulassen. Dieser Schmerz war einfach unerträglich.

»Du siehst, ich habe recht«, sagte sie, während ihr Herz in tausend Stücke zerbrach.

»Trotzdem rechnest du mit seinem Kommen.«

Es war keine Frage. Sammi legte ihren Kopf schräg und sah ihn an. »Die Hauptaufgabe der Drachenkönige ist es, die Menschen zu beschützen. Ist das nicht der Grund, warum es die Feenkriege gab? Er tut nur seine Pflicht als König. Nichts weiter.«

»Du lügst.«

»Du weißt, dass das nicht stimmt.«

Balladyn stieß sich von der Wand ab und kam langsam auf sie zu, ließ sie währenddessen nicht aus den Augen. »Deine Worte machen zwar Sinn, aber ich habe gesehen, wie er dich angesehen hat, als Taraeth dich entführte.«

»Ich bin Janes Schwester. Banan und Tristan haben mich bewacht. Für sie ist es nichts weiter als eine moralische Verpflichtung, sie sind es meiner Schwester schuldig.«

»Das behauptest du«, sagte er.

Er ging wieder um sie herum, sodass Sammi ihren Kopf drehen musste, um ihn im Auge zu behalten. »Warum sollte ich es nötig haben zu lügen?«

»Weil du ihn liebst?«

Sie zwang sich, zu lachen, obgleich ihr nicht danach war. »Oh, wie sehr du danebenliegst. Tristan bedeutet mir nichts. Er war nur jemand, der mein Bett wärmte, weil er mir gefiel.«

»Du könntest lügen.«

»Könnte ich, aber ich möchte nach Hause. Du machst mir Angst. Dieser Ort macht mir Angst. Meine Verbindung zu Jane und damit zu Dreagan hat zu meiner Verschleppung hierher geführt. Warum sollte ich mich da den Königen gegenüber auch nur zu irgendetwas verpflichtet fühlen? Ich schulde ihnen keinerlei Treue.«

Balladyn trat einen Schritt auf sie zu, kam ihr so nah, dass sie die Hitze seines Körpers spüren konnte. »Kellan hatte auch nichts Eiligeres zu tun, als seine Gefühle für Denae zu leugnen, und dennoch waren sie verbunden, waren Gefährten.«

»Ich bin nicht Denae, und Tristan ist nicht Kellan.« Ihr gingen langsam die Argumente aus. Wenn er ihr doch nur glauben würde und sie in Ruhe ließe! Sie wäre gern allein in ihrem Elend.

»Vielleicht.«

Sammi schaute an die Decke, bevor sie seinem Blick begegnete. »Hör zu. Ich weiß nicht, wie ich das noch deutlicher machen kann. Was willst du von mir?«

Bevor sie seine Absichten erraten konnte, schossen seine Hände vor und packten ihren Hinterkopf, während er seine Lippen auf ihre legte.

Der Kuss war nicht abstoßend, aber er brachte ihr Blut nicht in Wallung, ließ ihre Haut nicht kribbeln, erweckte in ihr keinerlei Bedürfnis, sich die Kleider vom Leib zu reißen und ihre Beine um ihn zu schlingen, wie es der Fall war, wenn Tristan sie küsste.

Balladyn beendete den Kuss schnell und blickte auf sie hinunter. »Du bist eine frigide Frau. Wenn Taraeth deinen Körper nicht zum Schmelzen bringt, werde ich meine Chance bekommen.«

Sammi war so schockiert, dass sie ihn nur anstarren konnte. »Ich werde mein Zuhause niemals wiedersehen, nicht wahr?«

»Niemals. Es ist gar nicht so schlecht hier unten. Du wirst dich noch schnell genug daran gewöhnen. So wie alle anderen auch.«

Sie versuchte mit aller Macht, ihre Atmung in den Griff zu bekommen, um ja nicht zu hyperventilieren. Das durfte auf keinen Fall geschehen. Sie wollte nicht, dass die Dunklen sie anfassten oder küssten, aber bei Balladyn klang es so, als hätte sie gar keine Wahl.

»Und das alles nur, weil ich die Könige kennengelernt habe?«, fragte sie in einem letzten verzweifelten Versuch in der Hoffnung, dass sie sie freiließen.

Er zog an ihren Haaren. »Zum Teil deswegen. Und dann ist da auch noch die Tatsache, dass du dich von mir abgewandt hast, als wir in dem Café zusammenstießen.«

Sie war fassungslos. »Wenn das nicht der Gipfel an Selbstüberschätzung ist. Erwartest du wirklich, dass alle Frauen dir zu Füßen fallen?«

»Das haben sie immer getan. Ich bin eine Fee. Wir haben nun mal Macht über sie.«

»Ich mache mir aus niemandem etwas, und ich liebe niemanden. Ich bin frigide, wie du es ausgedrückt hast. Da hast du deine Antwort. Einige Menschen sind dazu bestimmt, allein durchs Leben zu gehen. Ich bin eine davon.«

Er fuhr ihr mit einem Finger sanft über das Kinn. »Wir

werden ja sehen. Taraeth wird dich eine Weile behalten, so lange, bis er deiner überdrüssig ist. Wenn du das überleben willst, schlage ich vor, dass du ihn nicht zornig machst.«

Sie wollte gerade antworten, aber er war schon verschwunden. Sie ballte die Fäuste und rannte quer durch den Raum, wo sie ihren Kopf wieder und wieder gegen die Wand schlug.

»Ich gehöre nicht zu den Königen! Sie sind mir absolut gleichgültig!«

Tristan war direkt hinter Phelan, als sie durch den Zugang traten und sich im Tunnelsystem wiederfanden. Ian, Charon und Con folgten ihnen.

Sie hatten gerade erst ein paar Schritte getan, als Sammis Aufschrei, dass sie nicht zu den Königen gehörte, von den Tunnelwänden widerhallte.

Die Dunklen wussten, dass sie da waren, und sie wollten, dass sie das hörten. Ihre Worte taten weh, aber in diesem Augenblick konnte Tristan ihr das wirklich nicht zum Vorwurf machen oder gar übel nehmen.

Sie war halb wahnsinnig vor Angst, und jeder würde hier unten alles sagen, alles versuchen, um freizukommen. Sammi war noch nicht klar geworden, dass die Dunklen nie jemanden freiwillig gehen ließen.

»Sie klingt erschöpft«, flüsterte Ian.

Tristan ging dicht an der Tunnelwand in die Hocke. Es war wieder stockfinster, aber weder die Krieger noch die Könige hatten Probleme damit, im Dunklen etwas zu sehen. »Sie ist verängstigt.«

»Glaubst du, dass sie Rhi ebenfalls hier festhalten?«, fragte Phelan.

Tristan hatte darauf keine Antwort. Es war Rhi, die Phelan

gefunden hatte, als der noch nicht wusste, dass er aufgrund seiner Abstammung halb Fee war. Zwischen ihnen war eine starke Freundschaft entstanden, und Tristan war froh, zu sehen, dass sich jemand um sie sorgte.

Er würde sich genauso um Rhi sorgen, wenn es gerade nicht um Sammi ginge. So gern er Rhi auch finden würde, zuerst musste er Sammi befreien.

»Das kann man nicht wissen«, antwortete Con.

Charon blickte durch den Tunnel bis zu der Stelle, wo er sich in drei Tunnel teilte. »Wir decken mehr ab, wenn wir uns aufteilen.«

»Gebongt«, beeilte sich Phelan zuzustimmen.

Ian stieß Tristan an. »Wir übernehmen die linke Seite.«

Phelan und Charon grinsten einander an, und Charon sagte: »Wir nehmen die Mitte.«

»Dann übernehme ich die rechte Seite«, sagte Con zustimmend. »Ich kann mit Tristan Verbindung aufnehmen und er mit mir, aber es gibt keine Möglichkeit, Phelan und Charon wissen zu lassen, dass es Zeit wird zu verschwinden.«

Tristan sah Phelan an. »Con hat recht. Wir brauchen eine Methode, um miteinander zu kommunizieren.«

»Benutze Magie«, sagte Phelan.

Charon nickte zustimmend. »Genau. Hier unten in diesem Drecksloch wird der Unterschied spürbar genug sein, um zu wissen, dass es einer von euch ist.«

Con nickte knapp, straffte sich und eilte den Tunnel hinunter, um in dem Gang, der nach rechts abbog, zu verschwinden.

Zusammen erreichten die anderen vier die beiden weiteren Tunnel. Sie sahen einander stillschweigend an, bevor Charon seinen Arm ausstreckte. »Ob du nun Duncan oder Tristan bist und egal, ob du ein Krieger oder ein Drachenkönig bist, es war eine Freude, an deiner Seite zu kämpfen.«

Tristan klatschte erst Charon und dann Phelan ab, bevor sie sich trennten und jeweils zu zweit weitergingen.

Sammi – und die Dunklen Feen – warteten.

35

Schweigend liefen Tristan und Ian durch den Tunnel. Statt der grotesken, monströsen Tiere, gegen die Tristan und Phelan beim letzten Mal gekämpft hatten, war da diesmal absolut nichts.

Die Dunklen hatten Vorsichtsmaßnahmen getroffen und den Weg frei gemacht. Eine warnende Stimme in Tristans Kopf veranlasste ihn dazu, stehen zu bleiben und zu lauschen. Es herrschte Stille. Eine absolute, umfassende Stille.

Das letzte Mal hatte es alle möglichen Geräusche gegeben in den Tunneln, jedenfalls waren sie nicht so unheimlich still gewesen wie jetzt. Es machte ihn nervös, und er war nicht der Einzige. Ein Seitenblick auf Ian bestätigte ihm, dass der genauso angespannt war.

»Hier ist was faul«, sagte Ian im Flüsterton.

Tristan sah sich um und nickte. »Sie wissen, dass du kein König bist, aber ich glaube, ihnen ist nicht klar, dass du ein Krieger bist und ihre Magie wahrnehmen kannst.«

»Was hältst du davon?«, fragte Ian mit einem listigen Grinsen.

Es schien Tristan, als ob er und Ian schon immer zusammen gewesen wären. Und das lag nicht nur daran, dass Ian genauso aussah wie er. Es ging tiefer als das. Es war ein Gefühl, als wäre er ein Teil von Ian und Ian wäre ein Teil von ihm.

Es hatte keine weiteren Erinnerungsschübe gegeben, und vielleicht war das gut so. Er neigte dazu, solche Erinnerungsbruchstücke zusammenzufügen und zu versuchen, herauszufinden, was davor oder danach passiert war.

Tristan wies in den Tunnel vor ihnen. »Ich gehe voraus. Bleib du ein Stück zurück. Lass sie denken, dass ich allein bin.«

»Ich kann natürlich außer Sicht bleiben, klar, aber der Teil, dass du allein zu ihnen gehst, gefällt mir nicht.«

»Es gibt keine andere Möglichkeit.« Tristan seufzte und blickte hinunter auf seine Hände, Hände aus denen einst Krallen gewachsen waren und deren Haut sich hellblau gefärbt hatte. »Setze deine Kraft als Krieger ein, wenn die Zeit gekommen ist.«

»Und wann wird das sein?«

»Wenn sie sich weigern, Sammi freizugeben.«

Ian presste die Lippen zusammen. »Ich kann dir nicht ausreden, dass du dich ihnen auslieferst?«

»Es gibt keinen anderen Weg. Ich liefere mich ihnen nicht freiwillig aus. Ich werde kämpfen, aber letzten Endes geht es um Sammi. Bitte versprich mir, dass du sie hier herausschaffst.«

Einen Moment herrschte Schweigen, bevor Ian nickte. »Sieh zu, dass ich dir nicht hinterherlaufen und dich raushauen muss, Bruder.«

Bruder. Tristan spürte tief in seinem Inneren eine Wärme, die sich ausbreitete, zum Leben erwachte. Er war nicht länger nur ein Mensch. Er war zuallererst ein Drache. Er war Teil von etwas Großem und Mächtigem, von etwas Wichtigem.

Dennoch würde ein Teil von ihm immer ein Krieger sein, ein Mann, der einen Zwillingsbruder hatte, der seine Gedanken lesen und jede seiner Handlungen vorhersehen konnte.

Es war beglückend zu wissen, dass er Ian immer an seiner Seite haben würde. Er gehörte nicht nur zu Dreagan, er hatte auch Wurzeln in MacLeod Castle.

Die Drachenkönige und Krieger waren inzwischen enge Verbündeten geworden. Seine Verbindung zu beiden verstärkte nur, was bereits da war. Er wollte all das nicht aufgeben, um in einem Gefängnis der Dunklen zu verrotten, aber er sah keinen anderen Ausweg.

Und dabei erwarteten die Dunklen ihn nicht nur, sondern sie befanden sich auch noch auf ihrem eigenen Gebiet, und sie waren den Königen zahlenmäßig haushoch überlegen. Es war schlimm genug, dass Tristan sich den Drecksäcken anbieten wollte. Es musste nicht auch noch ein weiterer König dran glauben und gefangen werden.

Er wollte schon losmarschieren, als Ian ihn zurückhielt und fest an sich drückte. Sekundenlang war Tristan unfähig, sich zu rühren. Dann erwiderte er die Umarmung.

»Mach ihnen Feuer unterm Arsch«, sagte Ian, als er ihn freigab.

Es schnürte Tristan die Kehle zu, so tief waren seine Gefühle. Er bekam kein Wort heraus, sodass er nur gepresst lächelte und davoneilte.

Sammi zuckte schon bei dem kleinsten Geräusch zusammen. Sie war unglaublich schreckhaft und angespannt und konnte nicht verhindern, dass ihr Herz wie wild pochte und immer mal wieder aussetzte.

Es war wie in einem Grusellabyrinth, und sie konnte den Ausgang nicht finden. Es war zum Verrücktwerden. Sie dachte an Jane und führte sich noch einmal ihre Unterhaltungen vor Augen.

Dann war da Tristan. Sie hätte schwören können, dass er hinter ihr stand, als sie sich auf den Boden setzte und mit einer Schulter an die Wand lehnte.

Sie spürte seine Hitze, roch den Wind und die Kraft, die unmittelbar zu ihm gehörten. Er berührte sie sogar, zog sie an sich und hielt sie fest umschlungen.

Aber als sie ihren Kopf drehte, um ihn anzusehen, war sie ganz allein.

Stunden später – oder jedenfalls fühlte es sich wie Stunden an, obgleich es auch nur Minuten gewesen sein konnten – schloss sie die Augen und kam ein wenig zur Ruhe. Alles, was ihre Vorstellungskraft jetzt heraufbeschwor, waren Tristan und ihre heiße, leidenschaftliche Liebesnacht.

Seine Küsse hatten sie regelrecht benommen gemacht.

Sein Körper war das reinste Kunstwerk gewesen.

Seine Hände hatten sie liebkost, gereizt, bis sie sich gekrümmt hatte vor Lust.

Dann waren sie miteinander verschmolzen. Es war einer dieser perfekten Momente, in denen es schien, als existierte die Welt nur für sie.

Es war etwas ganz Besonderes gewesen, etwas Einzigartiges.

Außergewöhnliches.

Und wie eine Närrin war sie davor weggelaufen. Ach, wäre

sie doch nur zu ihm gelaufen und hätte sich in seine ihr Sicherheit versprechenden Arme gestürzt!

Wäre sie nur …

Das waren die Worte, die in ihren Grabstein gemeißelt werden würden. Sie war reserviert und kühl allen gegenüber gewesen, die ihr etwas hätten bedeuten können, nur weil sie den Schmerz, möglicherweise verlassen zu werden, nicht hatte aushalten wollen.

Wie viele Beziehungen hatte sie ausgelassen, die ihr das Leben hätten versüßen können? Wenn auch nur für einige Wochen? Wie viele Freundschaften hatte sie ausgeschlagen, bis keine mehr übrig war?

Jane würde nie erfahren, wie sehr Sammi sie als Schwester und Freundin brauchte. Sammi war egoistisch und unfreundlich gewesen während ihrer letzten Unterhaltung.

Jetzt würde Jane glauben, dass Sammi sie nicht liebte. Ihre eigene Schwester. Wie hatte Sammi Jane das nur antun können während all dieser Monate? Jane, diese liebevolle Seele, hatte sie trotzdem nie aufgegeben.

Und Sammi hatte ihr das damit vergolten, dass sie ihr einige hässliche Gemeinheiten an den Kopf geworfen hatte und vor den einzigen Menschen weggelaufen war, die für ihre Sicherheit hätten sorgen können. Wenn sie doch nur in dem Berg geblieben wäre, dann würde sie jetzt nicht hier in einem Kerker der Dunklen sitzen und sich fragen, ob das der Ort war, an dem ihr Leben enden würde.

Es war ein ernüchternder Gedanke, insbesondere da sie Jane furchtbar gern gesagt hätte, dass es ihr leidtat und dass sie, Sammi, die schlechteste Schwester überhaupt war. Jetzt würde es nie mehr die Gelegenheit geben, das gegenüber Jane wiedergutzumachen.

Und schlimmer noch: Sammi würde auch Tristan nie wieder in den Armen halten, nie wieder seine Lippen küssen und sich von ihm faszinieren lassen. Sie würde ihm nie sagen können, dass er es irgendwie geschafft hatte, ihren Schutzwall zu durchbrechen, und was sie für ihn empfand.

Dass sie wieder Liebe empfand.

Liebe. Das Wort war sowohl beängstigend als auch … beglückend. Es war erlösend und befreiend.

Es gab ihr Kraft und Hoffnung.

Es war eine Liebe, die sie nie erleben würde, eine Liebe, die sie nie kennenlernen würde.

Sammi öffnete die Augen. Sie war nicht länger in dem hell erleuchteten Raum. Sie war auf einem Berg, umgeben von Heidekraut. Über sich hörte sie ein Rauschen. Sie blickte hoch und sah Tristan über ihr schweben. Seine mächtige Drachengestalt verdeckte die Sonne, während er über ihr kreiste.

Sie lachte und sprang auf. In seinen apfelgrünen Drachenaugen lag so viel Gefühl. Es lag Liebe in ihnen und Glück.

Er landete, nahm menschliche Gestalt an. Sammi sog den Anblick seines herrlichen Körpers, seiner starken Muskeln und des schwarz-roten Tattoos auf seiner Brust in sich auf.

Sie lief auf ihn zu, ertrug es keine Sekunde länger, von ihm getrennt zu sein. Er lachte, als er sie mühelos auffing und in seine Arme schloss und sie begierig küsste.

Er hielt sie weiterhin fest umschlungen, während er sie ins Gras legte und ihr die Kleider vom Leib riss.

»Du bist mein«, flüsterte er, während er sie liebevoll betrachtete.

»Ja, ich bin dein. Für immer.«

Sammi zog ihn zu sich herunter für einen weiteren Kuss,

aber kurz bevor sich ihre Lippen trafen, löste er sich in nichts auf. Der Sonnenschein, die Heide und die Berge waren verschwunden, und zurück blieb nur der feuchte, kalte Raum.

Das war zu viel für sie. Sie schrie, sprang auf und hämmerte mit den Fäusten gegen die Wand, bemerkte gar nicht, dass ihre Knochen brachen und ihre Hände über und über blutig wurden.

Kiril trank seinen fünften Whiskey aus und stieß das Glas weg. Er hatte noch keine neuen Nachrichten erhalten von einem der Könige, seit sie in Irland gelandet waren und sich kurz bei ihm gemeldet hatten, und er wurde langsam kribbelig.

»Noch einen?«, fragte Farrell.

Kiril hob abwehrend die Hand und warf einen Blick hinüber zur Bar zu einer hübschen Brünetten, mit der er sich vorhin schon draußen unterhalten hatte. »Ich muss passen heute Abend.«

»Du willst doch nicht etwa schon gehen?«, fragte der Dunkle grinsend. »Hier geht nachher noch eine tolle Party ab.«

Da wusste Kiril, dass Farrell klar war, dass er einen Drachenkönig vor sich hatte. Was Kiril nicht wusste, war, ob Farrell auch wusste, dass er das wusste. Wie auch immer, Kiril musste extrem vorsichtig agieren und bei allem, was er sagte und tat, höllisch aufpassen.

Er rutschte aus seiner Nische und stand auf. »So sehr ich es bedaure, sie zu verpassen, ich bin anderweitig verabredet.«

Farrell stand ebenfalls auf. »Glaub mir, diese Party wird besser als alles, was du vorhaben könntest.«

Genau wie vorher abgesprochen, schlenderte die Brünette

zu ihnen herüber und umarmte Kiril. »Ich fühlte mich langsam einsam«, sagte sie und blickte zu ihm auf.

Kiril gab ihr einen heißen, längeren Kuss. »Ich sagte dir doch, ich gehe nicht ohne dich, Süße.«

»Willst du damit sagen, dass du hier mit mir die Zeit verplempert hast, während dieses hübsche Häschen gewartet hat?«, fragte Farrell und zwinkerte der Brünetten zu.

Kiril zog die Frau noch enger an sich, als er spürte, wie sie anfing, in Farrells Richtung zu tendieren. »Ich habe nur so lange gewartet, bis sie von sich aus kommt. Als sie gesehen hat, dass wir uns unterhalten, hat sie sich höflich zurückgehalten und gewartet.«

Farrell pfiff leise. »Erstaunlich. Dann will ich nicht länger eurer gemeinsamen Nacht im Weg stehen.«

Kiril schlenderte gemächlich aus dem Pub und verfrachtete die Brünette in seinen Wagen. Er musste sie mit nach Haus nehmen, da die Dunklen ihn beobachteten.

Wie gefühllos es auch klingen mochte, Kiril wollte nicht einmal den Namen der Frau wissen. Er achtete sorgfältig darauf, immer wieder eine andere Frau an seiner Seite zu haben, damit die Dunklen keine der Frauen, mit denen er zusammen war, anvisierten.

Das war die einzige Möglichkeit, die Sicherheit der Frauen zu gewährleisten und zugleich getarnt zu bleiben.

»Ich würde dir nicht empfehlen, jemals wieder in diesen Pub zu gehen«, sagte er zu der Brünetten, während sie wegfuhren.

Kiril blickte in den Rückspiegel und sah, dass Farrell vor der Eingangstür des Pubs stand und sie beobachtete. Sein nächster Schritt würde sein, dass er seinen neuen Freund zu sich einlud.

Er hasste es, sich mit den Dunklen Feen abgeben zu müssen, aber es würde sich lohnen, wenn es half, einen geplanten Aufstand der Dunklen im Keim zu ersticken.

»Ich mag diesen Pub«, sagte die Frau schmollend. »Die Männer lassen mich dort nie lange warten, bis sie mir einen Drink spendieren.«

Kiril fuhr noch schneller mit dem Mercedes SLS AMG durch die schmale Straße. »Wünschst du dir ein langes Leben mit einem Ehemann und möglicherweise Kindern?«

»Ja. Irgendwann.«

Es fiel ihm schwer zu glauben, dass die Einwohner von Cork tatsächlich so unwissend waren, was die Gegenwart der Dunklen betraf. Oder wussten die Menschen die Dunklen Feen und ihre Anziehungskraft gar zu schätzen?

»Du wirst nichts davon haben, wenn du wieder in den *An Doras* gehst.«

Er bog in seine Einfahrt ab und fuhr langsam über den Kiesweg, bis er vor seiner Haustür hielt. Kiril schaltete den Motor aus und blickte die hübsche Brünette an.

Er würde seinen Brüdern heute nicht zu Hilfe kommen können, nicht heute Nacht. Seine Arbeit war hier – und genauso gefährlich. Kiril konnte nur hoffen, dass sie sich wieder bei ihm meldeten und ihn auf den neuesten Stand brachten, während er seine Spionage fortsetzte.

Wenn er keine Möglichkeit fand, sich von dem abzulenken, was gerade um ihn herum vor sich ging, würde er unter Umständen etwas tun, was den Dunklen verdächtig vorkam. Es stand zu viel auf dem Spiel, um etwas derart Gedankenloses zu tun.

»Ich bin vollkommen ausgehungert«, sagte er zu der Brünetten.

Ihr Stirnrunzeln verschwand und wich einem Lächeln. »Ich bin auch ziemlich hungrig. Hast du vielleicht ein bisschen Käse im Haus?«

»Die Art von Hunger habe ich nicht gemeint.«

Ihr Lächeln wurde noch strahlender. »Wieso sind wir dann immer noch in deinem Wagen?«

36

Rhi spürte, wie ihre Kräfte sie allmählich verließen. Helle Feen waren Wesen voller Lebensfreude und Lebenslust. Und genau wie die Dunklen Tageslicht verkrafteten, konnten die Hellen Dunkelheit ertragen.

Nur dass dies nicht irgendeine Dunkelheit war. Auf diesem Ort lastete schwer das Böse, er war so voller Leid und Kummer, dass seine Mauern davon geradezu trieften.

Bei jeder anderen Gelegenheit hätte sie sich der Wirkung dieser Festung auf sie entziehen, sie ertragen können. Aber dieses Mal war anders. Dieses Mal hatte Balladyn sie mit den Ketten von Mordare gefesselt.

Sie galten eigentlich seit den Feenkriegen als verloren.

Genauso wie Balladyn eigentlich als tot galt.

Was von den vielen Dingen, die ihr berichtet worden waren, war noch alles falsch? Nicht dass sie irgendjemanden zur Rechenschaft ziehen könnte für diese Lügen. Sie würde an diesem Ort so lange leiden, bis sie entweder tot oder eine Dunkle geworden war oder bis in alle Ewigkeit.

Rhis dachte über das nach, was Balladyn zu ihr gesagt hatte. Er gab ihr die Schuld daran, dass er ein Dunkler geworden war. Vielleicht hätte sie in Taraeth' Festung eindringen und nach ihm suchen sollen, aber es war ihr einfach nie in den Sinn gekommen, dass Taraeth sich Balladyn geschnappt haben könnte.

Ihr früherer Mentor und Freund war nicht mehr derselbe. Balladyns Denkweise war jetzt eine total andere, war ihr vollkommen fremd geworden. Sein Gesicht mochte noch genauso aussehen wie früher, aber er war jetzt eine andere Fee.

Er war ein Dunkler, was bedeutete, dass er für sie verloren war.

Er war nicht der Erste, der ihr genommen worden war. Da waren ihr Vater, ihr Bruder, ihre Mutter … und am Schmerzlichsten von allen … ihr Geliebter.

Vielleicht hatte Balladyn recht, und sie trug die Schuld daran. Sie war der gemeinsame Nenner aller. Sie war diejenige, die zurückgelassen worden war, wenn man so wollte.

Der Gedanke, zu einer Dunklen zu werden, erschreckte sie. Sie würde lieber sterben, aufhören zu existieren, als zu erleben, dass ihre Welt zerbrach und sie zu etwas Bösem, etwas Monströsem wurde.

Ein lautes Quietschen ertönte in der Stille, kündigte Balladyns Kommen an. Rhi wandte ihren Kopf von der Tür ab. Sie konnte seinen Anblick nicht mehr ertragen.

»Du siehst gar nicht gut aus«, bemerkte er kalt. »Und ziemlich dreckig. Du hast immer todschick ausgesehen, Kindchen, so perfekt gestylt. Wie bemitleidenswert dein Anblick jetzt ist.«

Das Gewicht der Ketten von Mordare beschwerte ihre Arme, machte es ihr unmöglich, sie zu heben. Aber die Ketten an ihren Fußgelenken waren noch schlimmer.

»Fahr fort mit dem, was auch immer du mir antun willst, und halt einfach die Klappe«, sagte sie zu ihm.

Aber statt wütend zu werden und mit der Folter zu beginnen, wie er es beabsichtigt hatte, ging Balladyn vor ihr in die Hocke. »Du vergisst, wie gut ich dich kenne, Rhi. Hast du jemals gesehen, was mit den Hellen geschieht, wenn wir sie foltern?«

Das hatte sie nicht, und er wusste es.

Sein anmaßendes Grinsen wurde noch breiter. »Ich kann deine Furcht riechen. Die große Rhi, gefangen genommen von mir. Ich werde zu einer Legende werden, wenn ich aus dir eine Dunkle mache.«

»Ich dachte, du wolltest mich dafür bestrafen, dass ich dich im Stich gelassen habe. Mich zu einer Dunklen Fee zu machen ist keine ausreichende Strafe dafür.«

»Ich habe nicht gesagt, dass ich dich jetzt schon zu einer Dunklen machen will. Alles zu seiner Zeit, schon vergessen? Es besteht kein Grund zur Eile. Wir haben jede Menge … Zeit.«

Sie blickte zu Boden und auf die Wasserpfütze, in der seine Füße standen. Jahrhundertelang hatte sie um ihn, um die Fee, die er einst war, um den einstigen Freund, getrauert.

»Du warst ein Held aus Sicht der Hellen. Früher.« Sie lächelte, als sie bemerkte, wie er sich versteifte. »Ich habe Usaeil bei unserer letzten Zusammenkunft berichtet, dass du ein Dunkler geworden bist. Dein Name, einst in der Halle der Helden geehrt, wurde daraufhin getilgt.«

Für einen Moment herrschte Schweigen. »Als ob mich das kümmerte.«

»Ich glaube schon, dass es dir etwas ausmacht.« Sie hob ihren Blick zu ihm. »Ich weiß noch, wie geehrt du dich gefühlt hast und wie die Frauen um deine Aufmerksamkeit gebuhlt haben in der Hoffnung, dass du dein Augenmerk auf sie richtest und sie zu deiner Gefährtin machst. Ich weiß noch, wie du auserwählt wurdest, die Schwadron anzuführen. Unter allen Hellen hat die Königin dich mit den höchsten Ehren ausgezeichnet.«

»Hübscher Versuch, Kindchen. Du hättest auf eurem Familienanwesen bleiben, einen gut aussehenden Hellen heiraten und viele Kinder bekommen sollen.«

»Ich wollte nicht zurückgelassen werden. Ich habe mich geweigert, eine Fee zu sein, die nur auf Nachrichten von ihren Lieben und ihren Freunden aus dem Krieg wartet. Ich wollte über mein Leben selbst bestimmen.«

Er tippte mit einem Finger auf die Ketten. »Und du siehst, wohin dich das geführt hat. Zuerst hast du das Undenkbare getan und dich mit dem Drachenkönig verbunden. Hast du wirklich geglaubt, ihn als Geliebten zu haben, würde von Dauer sein, würde funktionieren? Hast du wirklich geglaubt, dass er bleiben würde? Bei dir?«

Seine Worte waren wie Dolche, die ihr in das wunde Herz drangen. Er wusste von allen am besten, wie sehr sie um ihren Geliebten getrauert hatte, wie sehr sie vergeblich versucht hatte, ihn zurückzugewinnen.

»Siehst du?«, fragte Balladyn. »Nach all diesen Jahrhunderten trauerst du immer noch um ihn. Weiß er das überhaupt? Hast du ihm gesagt, dass du ihn immer noch liebst? Vielleicht sollte ich es ihm sagen und ihn dann hierherbringen, damit er zusehen kann, wie du dich in eine Dunkle verwandelst. Ich wette, er würde dir nicht einmal helfen.«

»Du brauchtest jemanden, dem du die Schuld daran geben konntest, dass aus dir eine Dunkle Fee geworden ist. Ich war ein prima Sündenbock. Wenn ich nicht gewesen wäre, hättest du jemand anderem die Schuld zugeschoben.«

Balladyn beugte sich zu ihr vor, bis sie Nase an Nase waren. »Nur zwischen mir und dir gab es dieses gegenseitige Versprechen, einander nie im Stich zu lassen.«

»Nun sieh dir das nur an«, sagte sie und hob unter großer Anstrengung ihre Hand ein wenig an, wobei ihr der Arm zitterte vom Gewicht der Ketten. »Mein Nagellack ist abgeplatzt. So ein Mist. Das muss ich unbedingt in Ordnung bringen.«

Knurrend stand Balladyn auf und drehte sich um. Er stolzierte davon und kam dann noch einmal zu ihr zurück, als er seine Gefühle wieder unter Kontrolle hatte.

»Du willst die Folter, Kindchen? Ich habe eine für dich.«

Rhi sah, wie er seine Arme weit spreizte und eine schwarze Wolke, bedrohlich und so dicht, dass sie das wenige Licht in der Dunkelheit aufsog, zwischen seinen Händen entstand, mit der er dann direkt auf sie zielte. Sie biss sich in die Backe, schmeckte Blut und hielt mit aller Macht ihren Schrei zurück.

Die Wolke war erstickend, erdrückend. Sie traf sie mit ihrer ganzen ekelhaften, schwarzgrauen Masse, klatschte gegen ihren Körper, warf sie hin und her, von einer Wand gegen die andere.

Und jedes Mal, wenn sie versuchte, ihre Magie aufzurufen, sorgten die Ketten von Mordare dafür, dass ein Stromstoß ihr ins Hirn schoss.

Phelan kroch zusammen mit Charon langsam durch die Tunnel. Ein Teil der Tunnel war so niedrig, dass sie auf allen vieren kriechen mussten, um voranzukommen. Andere Bereiche wiederum waren hoch genug, dass die Könige Phelans Einschätzung nach dort sogar in Drachengestalt hätten aufrecht stehen können.

Charon stieß seinen Arm an, um ihn auf etwas aufmerksam zu machen. Phelan blickte zu der schmalen Öffnung in der Wand. Er erspähte Constantine, der selbstsicher und lässig durch die Tunnel lief, als hätte er das schon viele Male zuvor getan.

»War es ein Zufall, dass er den rechten Tunnel gewählt hat?«, fragte Charon.

Phelan sah Con hinterher, bis dieser außer Sichtweite war. »Er sucht möglicherweise nach Rhi.«

»Du hast mir doch selbst gesagt, dass sie einander hassen.«

Das stimmte. Wollte Con wirklich Rhi retten? Oder wollte er dafür sorgen, dass sie nie gefunden wurde?

Phelan presste die Lippen zu einem Strich zusammen. »Verdammt.«

»Sobald wir Sammi aufgespürt haben, fangen wir an, nach Rhi zu suchen.«

»Wir hätten Broc mitbringen sollen«, murmelte Phelan, während er weiterkroch.

Es spielte keine Rolle, ob Con Rhi hasste oder nicht, sie würde auf keinen Fall hier zurückbleiben, wenn Phelan auch nur ein Wörtchen mitzureden hätte. Egal, wie sehr Con sie hassen mochte, Rhi würde gerettet werden.

Tristan war nicht überrascht, als er um die Ecke bog und Balladyn erblickte, der dort an der Wand lehnte und einen langen Grashalm zwischen seinen Zähnen auf und ab wippen ließ.

Sobald Balladyn ihn entdeckte, lächelte er. »Ich wusste, dass du kommen würdest. Aber natürlich hast du ganz schön lange gebraucht, um uns zu finden.«

»Jetzt bin ich hier.«

»Bist du.«

»Führ mich zu Sammi.«

Balladyn gluckste und straffte sich. »Alles zu seiner Zeit. Ich muss zugeben, dass ich überrascht bin, dass du dich uns freiwillig überlässt im Tausch gegen eine Menschenfrau.«

»Aber nur, wenn Sammi tatsächlich hier ist.«

Balladyn legte spöttisch seine Hand aufs Herz. »Du beleidigst mich zutiefst, Drachenkönig.«

»Und du strapazierst meine Geduld, Dunkler.«

»Ich glaube, wir beide wissen genau, dass es sinnlos ist, die hübsche Sammi wieder in eure Welt freizulassen. Sie hat Sex mit uns gehabt. Sie wird nie wieder dieselbe sein.«

Tristan wusste, dass es schwer werden würde, seine Gefühle für Sammi zu verbergen, aber er hatte nicht erwartet, dass er schon so früh auf die Probe gestellt werden würde. Sein rasender Zorn drängte ihn dazu, Balladyn anzugreifen, und er musste sich unglaublich beherrschen, um Zurückhaltung zu wahren. »Du konntest einfach nicht die Pfoten von ihr lassen, wie?«

»Sie hat wirklich sehr verführerische Lippen«, antwortete Balladyn und lächelte genüsslich. »Sag mir, Drache, warum bist du wirklich hier?«

»Ich trage die Verantwortung für sie. Es war mein Fehler, dass sie euch in die Hände gefallen ist.«

Balladyn schüttelte ungläubig den Kopf. »Sie ist nur eine Sterbliche. Du lässt dich freiwillig von uns einsperren wegen einer Menschenfrau? Hat Kellan nicht ausreichend erklärt, wohinter wir her sind?«

Tristan wusste natürlich Bescheid. Kellan hatte Kenntnis von dem, was die Dunklen wollten. Nur dachten die Dunklen irrtümlich, dass alle Könige wüssten, welches Geheimnis Kellan hütete. Sie würden sehr bald die Wahrheit erfahren.

»Wie ich sehe, hat er es getan«, sagte Balladyn und warf den Grashalm weg. »Bist du bereit, uns diese Auskunft zu geben?«

»Bist du bereit zu sterben?«

»Welch eine Zuversicht. Sich mit dir zu streiten wird noch dreimal besser, als sich mit Sammi Wortgefechte zu liefern.«

»Und Rhi.«

Balladyns Lächeln wurde hinterhältig und verschlossen. Er wandte sich ab, ohne zu antworten. »Komm jetzt, Drache. Es wird Zeit, dass du Sammi siehst.«

Tristan musste nicht hinter sich blicken, um zu wissen, dass Ian da war. Tatsächlich konnte er sehr exakt wahrnehmen, wo er sich gerade befand – Ian klammerte sich mit Händen und Füßen an die Decke des Tunnels.

Keiner blickte jemals nach oben.

Tristan schickte Con eine kurze Botschaft und ließ ihn wissen, dass er jetzt bei Balladyn war und zu Sammi geführt wurde. Von Con kam keine Antwort, aber das musste nichts weiter bedeuten. Man konnte nicht wissen, womit Con es im Moment gerade zu tun hatte.

Tristan folgte Balladyn durch eine Tür und durch ein Labyrinth von Fluren und ein Dutzend weitere Türen. Schließlich blieb Balladyn vor etwas stehen, was wie eine Wand aussah, aber als Tristan genauer hinschaute, sah er, dass es ein Spiegel war.

»Sie weiß nicht, dass es ein Spiegel ist«, erklärte der Dunkle. »Für sie ist es schlicht eine Wand.«

Tristan wusste, dass jetzt gleich die entscheidende Probe für ihn kam. Die Dunklen wollten wissen, ob er sich wirklich etwas aus Sammi machte, und wenn er auch nur die kleinste

Gefühlsregung zeigte, irgendein Zeichen der Entrüstung von sich gab, wären er und Sammi verloren.

Er sah Balladyn unverwandt in die Augen, während der Dunkle ihn mit verschlagenem Blick musterte. »Sieh hin«, forderte Balladyn ihn auf.

Tristan nahm sich fest vor, seine Gefühle unter Kontrolle zu halten, und drehte sich langsam zum Spiegel um. Zuerst sah er nichts außer einigen Dunklen Feen, die dort herumstanden.

Dann sah er einen nackten Fuß. Erst da wurde ihm bewusst, dass dort eine Frau auf dem Boden lag, umringt von Dunklen. Zwei der Dunklen traten ein Stück beiseite und ermöglichten Tristan einen flüchtigen Blick auf einen Dunklen, der auf der Frau lag und es mit ihr trieb.

Sammi.

Es war Sammi. Er würde ihre rotblonden, welligen Haare immer und überall erkennen. Ihr Gesicht konnte Tristan nicht sehen, aber das war auch nicht nötig. Balladyn würde ihn zu niemand anderem als zu Sammi führen.

Sie stöhnte, ihre Beine schlangen sich um den Dunklen, als er in sie eindrang. Die anderen zogen sich schnell aus, warteten darauf, dass sie an die Reihe kamen.

»Anders als Denae begehrte Sammi uns. Sie flehte uns an. Immer wieder. Wir hungern sowohl nach dem fleischlichen Vergnügen als auch nach der Hoffnung, die den Sterblichen innewohnt. Seltsam. Sammi hatte ziemlich wenig Hoffnung in sich, die Taraeth ihr entziehen konnte, aber ihr Körper war willig.«

Es war Tristan unerträglich, noch eine Minute länger zuzuschauen, aber genauso wenig konnte er seinen Blick abwenden. Tiefe Qual und Trostlosigkeit erfüllten ihn.

Er war zu spät gekommen. Er hatte sich zu viel Zeit gelassen. Er hatte sie im Stich gelassen, obgleich er ihr versprochen hatte, es nicht zu tun.

Sammi hatte so lange durchgehalten, wie sie konnte. Tristan machte ihr keine Vorwürfe. Er machte sich Vorwürfe.

»Peinigt es dich, sie so zu sehen, nachdem du mit ihr geschlafen hast?«

Tristan atmete tief durch. Ihn überkam eine eisige Ruhe, und er konzentrierte seinen ganzen Hass und seine Verzweiflung auf eine Person, nämlich auf Balladyn, und in ihm begann ein Plan zu reifen, wie er diese Dunkle Fee töten würde.

»Jede Frau, die ihr in den Klauen habt, ist ein schmerzlicher Anblick für mich. Ihr saugt ihnen ihre Seele aus, sodass sie nie wieder zurückkehren können zu ihren Familien.«

Balladyn zuckte die Achseln. »Bisher hat sich noch keine beschwert.«

Tristan wollte sich schon abwenden, als er ein kleines Tattoo, offenbar ein Herz, außen am Fußgelenk der Frau entdeckte. Er hatte jeden Zentimeter von Sammis Körper gesehen. Nirgends trug sie solch eine Tätowierung.

Er wirbelte herum zu Balladyn. »Das ist nicht Sammi. Wo ist sie?«

37

Als Balladyn ihn nur angrinste, statt zu antworten, hätte Tristan ihm liebend gern die Fresse poliert. Es war alles nur ein Trick gewesen, aber warum?

»Bist du sicher, dass es nicht deine Sammi ist?«

»›Deine‹ ist wohl der falsche Ausdruck«, sagte Tristan in gelangweiltem Tonfall. Er durfte seinen Zorn nicht zeigen, so gern er es auch getan hätte. »Und Sammi trägt keine Tätowierungen. Bring mich zu ihr. Sofort.«

»Wie du willst«, sagte Balladyn und machte auf dem Absatz kehrt.

Tristan blieb dicht hinter ihm. Kein weiterer Dunkler folgte ihnen, was seine Anspannung noch erheblich steigerte. Die Dunklen hatten offenbar einen Plan. Sie versuchten nicht, ihn in einen Raum zu sperren oder zu fesseln. Noch nicht.

Aber das würde noch kommen. Seine Wachsamkeit ließ nicht eine Sekunde nach, nur weil er wie ein Gast behandelt wurde. Die Dunklen wollten etwas von ihm. Sie würden es zwar nicht bekommen, aber sie würden es bestimmt versuchen.

Während sie den Korridor entlanggingen, musterte Tristan seine Umgebung. Die Beleuchtung war gedämpft, die Möblierung opulent, um nicht zu sagen protzig.

Der Ort war makellos sauber, aber nichts konnte die Wolke von Üblem, die die Dunklen umgab, vertreiben. Sie lebten von Menschen, entzogen ihnen Liebe, Hoffnung und Glück – und zurück blieben nur eine leere Hülle und ein unersättlicher Hunger nach Sex mit den Dunklen.

»Es gefällt dir nicht«, sagte Balladyn, dessen irischer Akzent jetzt stärker hervortrat – ein kleiner Hinweis darauf, dass er wütend war.

Tristan zuckte die Achseln, als Balladyn ihn über seine Schulter hinweg anblickte, während sie um eine Ecke bogen. »Es entspricht nicht gerade meinem Geschmack.«

»Ich meine nicht die Möblierung, Drache.«

»Und ich rede nicht über diesen Ort, Dunkler.«

Balladyn blieb stehen, drehte sich um und sah Tristan an. »Wie fühlt es sich an, der neueste König zu sein? Haben deine Brüder dir von all ihren Eroberungen erzählt? Wie steht es mit ihren Niederlagen?«

»Ich weiß genug. Und ihre Geschichte war lang.«

»Abertausende von Jahren. Du bist ein Narr, wenn du glaubst, dass sie irgendetwas Gutes bewirkt haben.«

Tristan entgegnet mit ruhiger Stimme: »Die Menschen sind immer noch auf der Erde, oder? Das wäre sicher nicht mehr der Fall, wenn euresgleichen die Herrschaft übernehmen würde, wie ihr es wollt.«

»Die Menschen sind nichts weiter als Vieh. Sie zerstören das Reich mit der Sorglosigkeit von Kindern. Und dennoch verteidigt ihr sie. Sie haben eure Drachen gejagt, sie einen nach dem anderen erlegt.«

»Das haben sie getan. Und was werdet ihr tun mit den Sterblichen?«

Balladyns Lächeln war die pure Bosheit. »Wir werden sie einen nach dem anderen zur Strecke bringen.«

»Und ihr wollt, dass die Könige tatenlos danebenstehen und zuschauen?«

»Ihr solltet uns dankbar sein, dass wir tun, was keiner von euch fertigbrächte. Welches Wesen einer Gattung verbannt schon seine eigenen Artgenossen, nur um undankbare, unhöfliche, eitle, selbstsüchtige, gemeine, zerstörerische Wesen zu schützen? Nur die Drachenkönige. Ihr seid euch selbst entfremdet.«

»Ihr habt diese ganze Mühe auf euch genommen, erst Kellan und nun mich zu fangen, nur um uns zu bitten, euch bei eurem Vorhaben nicht länger im Weg zu stehen? Das glaube ich nicht.«

Balladyn ging weiter, jetzt aber langsamer. Er wartete, bis Tristan zu ihm aufgeschlossen hatte, bevor er fortfuhr: »Natürlich nicht. Es gibt da etwas, was wir suchen.«

»Und mit all eurer Magie könnt ihr es nicht finden?«

»Nein«, sagte Balladyn tonlos. Er bedeutete Tristan, nach rechts zu gehen. »Die Könige haben es versteckt.«

Tristan blickte Balladyn mit ausdrucksloser Miene an, während der ihn forschend musterte. Er hatte keine Ahnung, welche Absichten der Dunkle verfolgte, aber er würde fürs Erste mitspielen. »Dafür gibt es einen Grund.«

»Es wurde versteckt, bevor Constantine König der Könige wurde. Es wurde versteckt von dem allerersten König der Könige und wird seither von all seinen Nachfolgern geschützt.«

Tristan zerbrach sich den Kopf, was das wohl sein könnte,

aber er hatte keinerlei Vorstellung, worum es sich handeln könnte. »Warum wollt ihr es?«

»Hast du dich jemals gefragt, wie Con König der Könige geworden ist?«

»Er war der Stärkste von allen.«

Balladyn schüttelte den Kopf. »Ulrik war stärker, aber Ulrik wollte nicht über alle anderen herrschen. Er wollte, dass jeder König für sich herrschte. Aber ich sollte der Reihe nach erzählen. Ich war bei Con. Weißt du, wie ein Drachenkönig zum König der Könige wird?«.

»Natürlich.«

»Wirklich?«, fragte Balldyn skeptisch. »Es gab vier Könige vor Con, und jeder hat nur sehr kurze Zeit geherrscht.«

»Sie wurden jeweils von einem anderen Drachenkönig herausgefordert.«

Balladyn blieb vor einer Tür stehen. »Genau. Frag Con, was er getan hat, um als Nächster an der Reihe zu sein.«

Tristan hasste es, dass Balladyn versuchte, ihn an Con zweifeln zu lassen. Soweit er wusste, leistete Con gute Arbeit als Anführer der Drachenkönige und Hüter Dreagans.

Aber wie viel wusste er von Cons Vergangenheit? Die anderen wussten darüber Bescheid und sorgten sich nicht weiter darum. Während Tristan als Neuer ahnungslos war.

Ulrik hatte die ersten Zweifel in ihm gesät, und Balladyn verstärkte sie noch mit seinen Worten.

Verdammt, aber er hasste den Argwohn, der jetzt in ihm aufstieg. Con und die anderen hatten ihn willkommen geheißen in Dreagan. Sie hatten ihm gezeigt, was es hieß, ein Drachenkönig zu sein.

Aber keiner war perfekt. Jeder machte Fehler.

Da war Con keine Ausnahme.

»Zeig mir Sammi«, verlangte Tristan erneut.

Balladyn nickte und öffnete die Tür. Sie schwang auf, und Tristan erwartete, dass Sammi auf ihn zu gelaufen käme oder er zumindest ihre Stimme hören würde.

Stattdessen sah er, dass sie auf dem Rücken mitten im Raum schwebte, und ihre wundervolle Haarpracht bewegte sich wie in einem leichten Wind.

Rasender Zorn explodierte in ihm, und gleichzeitig ergriffen ihn eine unglaubliche Angst und Beklemmung.

»Was habt ihr ihr angetan?« Wie er es schaffte, nicht zornig zu klingen, war ihm schleierhaft.

Balladyn betrat den Raum und ging zu ihr, ging gemächlich um sie herum, bis sie zwischen ihnen beiden war. »Wir hatten keine Wahl.«

»Erkläre mir das.« Tristan folgte ihm, blieb aber vor Sammi stehen. Sie sah friedlich aus, so als würde sie nur schlafen.

Doch er wusste es besser.

»Sie hat den Verstand verloren. Sie hat sich selbst verletzt. Sie hat sich jeden einzelnen Knöchel in beiden Händen gebrochen. Als wir sie beruhigen wollten, geriet sie noch mehr außer sich. Wir konnten sie nur entweder in diesen Zustand versetzen oder …«

Tristan sah ihm über ihren Körper hinweg in die roten Augen. Der Dunkle musste seinen Satz nicht beenden. Tristan wusste genau, welche andere Möglichkeit sie gehabt hätten. Er war sich nicht sicher, warum sie das nicht getan hatten.

»Es war ein Zeichen des guten Willens«, sagte Balladyn.

Tristan hatte gewusst, dass es dazu kommen würde, nur hatte er es nicht so bald erwartet. »Was wollt ihr? Ich biete mich euch bereits im Gegenzug dafür an, dass ihr die Sterbliche freilasst.«

»Ich will wissen, wo das ist, was wir suchen.«

»Und wenn ich das nicht weiß?«

»Dann wecke ich Sammi auf und gestatte den Dunklen, sich über sie herzumachen. Du hast gesehen, was mit der anderen Sterblichen lief. Kannst du dir vorstellen, wie sie es mit ihr treiben werden? Mit einer Frau, die mit einem Drachenkönig geschlafen hat?«

Tristan betrachtete Balladyn plötzlich mit anderen Augen. Der Dunkle war schlau, und er setzte auf Tristans Gefühle für Sammi, um zu bekommen, was er wollte.

Tristan wollte nichts weiter, als Sammi in seine Arme reißen und wie der Wind mit ihr verschwinden. In ihrem jetzigen Zustand konnte sie ihn weder sehen noch hören. Was ein Vorteil sein konnte.

Er könnte auch seine Theorie überprüfen und einfach abhauen, aber es war unwahrscheinlich, dass er sehr weit kommen würde. Außerdem war er gekommen, um sich für sie anzubieten. Er konnte seinen Entschluss nicht wieder rückgängig machen.

»Wie lautet deine Entscheidung, Drachenkönig? Verrätst du mir den Ort?«, drängte Balladyn ihn.

»Du verlangst zu viel.«

»Ist es so schwer, der Vernichtung der Menschheit zuzustimmen?«

Tristan schickte einen Hilferuf an Con durch ihre mentale Verbindung, während er Balladyn antwortete: »Ja, das ist es. Es ist unsere Aufgabe, sie zu beschützen.«

»Hast du Sammi gefunden?«, fragte Con.

»Ja. Sie halten sie tief in ihrem Palast gefangen. Klinke dich in meine Standortkoordinaten ein, dann wirst du uns finden.«

»Wie geht es ihr?«

»Sie haben Magie eingesetzt, um sie in einen tiefen Schlaf zu versetzen. Balladyn behauptet, sie sei verrückt geworden und sie hätten keine andere Wahl gehabt. Er droht damit, sie aufzuwecken und sie den Dunklen zu überlassen, wenn ich ihm nicht etwas Bestimmtes verrate.«

Ein lautes Schnauben war von Con zu hören. *»Und was soll das sein?«*

»Er will wissen, wo das ist, was er sucht. Etwas, wovon er behauptet, dass es die Könige der Könige lange vor deiner Zeit versteckt haben.«

Auf seine Erklärung folgte Schweigen. Das beunruhigte Tristan, auch wenn er so tat, als würde er Balladyns Lamento über die Menschheit zuhören.

»Du weißt, was er sucht«, sagte Tristan und sprach damit das Offensichtliche aus. Er hasste es, dass Con ihm nicht hinreichend vertraute, um ihm zu sagen, worum es ging.

»Ja.«

»Aber du wirst es mir nicht sagen.«

»Tristan, du musst verstehen, dass nur wenige Könige davon wissen. Kellan weiß davon, weil er unsere Geschichte festhält. Ich weiß es, weil ich der König der Könige bin.«

Das ergab Sinn, und Tristan fühlte sich besser, da er nicht als Einziger absichtlich außen vor gelassen worden war. *»Worum handelt es sich?«*

»Um etwas, wovon du hoffen solltest, dass es ihnen nie in die Hände fällt. Es gibt einen Grund dafür, dass es versteckt gehalten wird, Tristan.«

»Ich muss ihm etwas anbieten, damit er Sammi eventuell gehen lässt.«

Es gab eine lange Pause, bevor Con sagte: *»Ich kümmere mich darum.«*

»Nun?«, drängte Balladyn. »Gibst du mir, was ich haben will, oder soll ich meine Artgenossen hereinrufen?«

Tristan wollte ihm schon eine Lüge auftischen, wo der Gegenstand sein könnte, als laute Rufe durch den Palast schallten. Balladyns Augen wurden schmal, als er um Sammis schwebenden Körper herum zur Tür rannte.

»Es ist Constantine!«, brüllte ein Dunkler ihm im Vorbeilaufen zu.

Balladyn wirbelte herum und funkelte Tristan an. »Ist das ein Trick?«

»Willst du mich oder willst du Con?«

»Ich werde euch beide kriegen«, knurrte Balladyn, verließ den Raum und ließ die Tür hinter sich vernehmlich ins Schloss fallen.

Tristan drehte sich um und streckte die Hand nach Sammi aus. Er zögerte, denn er wusste nicht, welche Art von Magie die Dunklen Feen angewandt hatten, um sie in diesen Zustand zu versetzen.

Mit einem frustrierten Knurren nahm er sie schließlich auf beide Arme und zog sie an sich. Im selben Augenblick löste sich die Magie, die sie in ihrem Bann gehalten hatte, und ihr Körper wurde schlaff.

Seine Wut wurde noch größer, als er wahrnahm, wie feucht ihre Kleidung war. Sie war durchnässt gewesen und hatte gefroren, und die Dunklen hatten nichts dagegen unternommen. Er warf einen kurzen Blick auf ihre Hände und sah, dass sie blutverkrustet waren. Hatten die Dunklen ihre gebrochenen Knochen geheilt? Er bezweifelte es. Mit noch größerer Sorge erfüllte ihn Balladyns Behauptung, dass sie verrückt geworden sei.

Man konnte nicht wissen, was die Dunklen ihr gezeigt

oder was sie mit ihr angestellt hatten. Eine Sterbliche, und wäre sie auch so stark wie Sammi, war nur bis zu einem bestimmten Grad belastbar, bevor sie durchdrehte.

Tristan wandte sich zur Tür, als die gegen die Wand prallte und Ian im Türrahmen stand. Seine hellblaue Haut, die der ihm innewohnende Gott erzeugt hatte, leuchte gespenstisch.

»Du hast sie gefunden.« Sein Bruder lächelte ihn erleichtert an. »Con hat sich den Dunklen gezeigt. Die sind jetzt hinter ihm her.«

Tristan eilte zu Ian. »Aber bestimmt nicht lange. Balladyn will uns beide haben. Er wird bald zurückkommen.«

»Er wird aber nicht damit rechnen, dass du entwischen konntest«, sagte Ian und grinste listig.

»Was hast du getan?«

Ian hob seine blassblaue Hand mit den langen hellblauen Krallen, während sie durch den Gang liefen. Sein Lächeln entblößte seine hervorstehenden Reißzähne, und seine Augäpfel waren von demselben blassen Blau wie seine Haut. »Ich verfüge zwar nicht über Magie, aber ich kann sie wahrnehmen. Die der Dunklen, oder genauer gesagt Balladyns, ist interessant. Seine Magie zu entschlüsseln war, wie ein Türschloss zu knacken.«

»Das ist ja eigenartig. Die Dunklen können verhindern, dass wir Drachenkönige uns in Drachen verwandeln. Wie kommt es, dass ihre Magie bei dir nicht wirkt?«

»Das habe ich nicht behauptet.« Ian zwinkerte ihm zu. »Die Dunklen sind schlimmer als die *Droughs*, gegen die wir gekämpft haben.«

Sie wechselten keine weiteren Worte, während Ian vor Tristan herlief und nach Dunklen Ausschau hielt, die sich möglicherweise näherten. Aber die Gänge waren völlig frei von

Dunklen Feen. Tristan hoffte nur, dass Con ihnen entkommen würde. Er wollte ungern nach Dreagan zurückkehren und gestehen müssen, dass der König der Könige von den Dunklen gefangen gehalten wurde.

»Warte«, sagte Tristan und stoppte Ian. Als der ihn ansah, legte Tristan ihm vorsichtig Sammi in die Arme. »Such die anderen, und verschwinde von hier. Wenn ich weiß, dass Sammi in deiner Obhut ist, kann ich so mit den Dunklen kämpfen, wie ich es möchte.«

»Du folgst Con.«

»Ja, tue ich.«

Ian nickte ernst. »Sei vorsichtig.«

»Gib auf sie acht, Bruder«, bat Tristan, bevor er sich umdrehte und eilig verschwand.

38

Ian setzte die Schnelligkeit seines Gottes ein, um in Rekordzeit aus dem Palast zurück in den Tunnel zu gelangen. Dass die Dunklen damit beschäftigt waren, sich Con zu schnappen, statt die Flure zu patrouillieren, kam ihm dabei sehr zupass.

Sobald Ian wieder im Tunnel war, schlug er denselben Weg zurück ein, auf dem sie auch hergekommen waren. Er war erst zwanzig Schritte weit gekommen, als er auf ein riesiges Ungeheuer stieß, das einem Wurm ähnelte. Es kroch durch den Tunnel und reckte dabei seinen Kopf in die Höhe, so als ob es schnüffeln würde.

Ian versteckte sich in einer engen Felsennische und beobachtete, wie die Kreatur langsam vorwärtskroch. Sobald sie ihn passiert hatte, verließ er die schützende Nische und setzte seinen Weg fort, aber vorsichtiger als zuvor. Wer konnte schon wissen, was ihn als Nächstes erwarten mochte.

Er hielt Sammi eng an sich gedrückt und wünschte sich die ganze Zeit, bei Tristan zu sein, an seiner Seite zu kämpfen. Aber Tristan hatte ihm aufgetragen, jemanden zu retten, jemanden, der ihm wichtig war, nämlich Sammi.

Ian musste Sammi hier herausschaffen und zu den anderen Drachenkönigen bringen. Sobald er das getan hätte, könnte er Tristan zu Hilfe eilen. Er hatte seinen Bruder schon einmal verloren und ihn wie durch ein Wunder wiederbekommen. Er wollte ihn nicht ein zweites Mal verlieren, jedenfalls nicht, wenn er es verhindern konnte.

Ohne weitere Vorkommnisse erreichte er den Haupttunnel, wo sie sich in drei Gruppen aufgeteilt hatten. Ian hatte gerade den nächsten Schritt getan, als er grob an beiden Armen gepackt und zur Seite geschoben wurde.

Ians Blick fiel auf Phelan und, als er sich umwandte, auf Charon. Charon legte einen Finger an seine Lippen und wies über seine Schulter.

Dort erspähte Ian ein Tier, das er nicht genau erkennen konnte. Es lag auf dem Rücken, alle zwölf Beine gekrümmt. Aber wenn es tot war, warum waren sie dann so leise und vorsichtig?

»Wir haben das Kleine getötet«, flüsterte Phelan.

Das darauf folgende Gebrüll des Muttertiers, als es sein totes Junges fand und mit der Schnauze anstieß, war ohrenbetäubend.

»Wir müssen hier raus«, sagte Ian leise zu den anderen.

Charon wies mit dem Kinn auf Sammi. »Wo ist Tristan?«

»Bei Con.«

Phelan unterdrückte den Gott in sich, sodass seine goldene Haut und die Klauen verschwanden und auch seine Augen wieder ihre normale Farbe annahmen. »Was ist mit ihr passiert?«

»Sie haben Magie benutzt«, erklärte Ian.

Phelan ließ eine einzelne Klaue aus seiner Hand wachsen, ritzte sich damit das Handgelenk auf und ließ ein paar Tropfen seines Blutes in Sammis Mund fallen. Ian wartete ungeduldig. Da Phelan halb Fee war, konnte sein Blut alles heilen, allerdings niemanden wieder zum Leben erwecken.

Ian konnte nur hoffen, dass es auch gegen die Magie der Dunklen Feen wirken würde.

»Verdammt«, brummte Charon, als sich nichts änderte bei Sammi. »Warum ist da dieses Blut an ihren Händen?«

Phelan zuckte die Achseln. »Wir bringen sie zurück zu den Drachenkönigen.«

Charon lächelte, als er Phelan anblickte. »Sieht so aus, als würden wir jetzt das Muttertier töten müssen.«

»Packen wir's an«, sagte Phelan, während er auf das Ungeheuer zuging und dabei den urzeitlichen Gott in seinem Innern entfesselte.

Ian konnte nichts weiter tun, als zuzusehen, wie der nun goldhäutige Phelan und der entsprechend kupferhäutige Charon gemeinsam das Wesen bekämpften. Obgleich sie zu zweit waren, dauerte es länger, als er erwartet hatte, was bewies, wie bemerkenswert widerständig die Tiere aus der Feenwelt waren.

Endlich sah Ian das Muttertier neben ihrem Jungen niedersinken, und schon eilte er mit seinen Freunden weiter zu dem Ausgang aus dem Feenreich. Es blieb ihnen keine Zeit, sich Gedanken darüber zu machen, was als Nächstes kommen könnte, oder sich zu fragen, wo Tristan und Con blieben.

»Dort«, sagte Phelan und zeigte nach vorn. »Das ist der Ausgang.«

Ian konnte es kaum erwarten, hindurchzugehen und die Feenwelt hinter sich zu lassen. Aber kurz bevor sie den Ausgang erreichten, wurden sie von einem Dutzend Dunkler Feen umringt.

Um Con zu finden, musste Tristan nur den Massen Dunkler Feen folgen, die durch den Palast zur Großen Halle rannten. Tristan schlängelte sich durch bis zur Brüstung der umlaufenden Galerie im ersten Stock und spähte hinunter in die Mitte der Halle, wo Con lässig in einem Sessel saß, so als wäre er ein ganz normaler Gast.

»Constantine«, sagte Taraeth, während sich die Menge vor ihm teilte, als er auf Con zutrat.

Con sah wie ein König aus, auch wenn er nur eine zerrissene, ausgeblichene Jeans trug. »Taraeth. Ich hatte mich schon gefragt, wie lange es wohl dauern würde, bis du zu mir kommst. Als wir uns das letzte Mal begegnet sind, habe ich dir die Narbe in deinem Gesicht verpasst. Danach habe ich nichts weiter als deinen hässlichen Arsch gesehen, während meine Drachenkönige deine restlichen Dunklen niedergemetzelt haben.«

Tristan entdeckte Balladyn auf der gegenüberliegenden Seite der Halle. Er beugte sich, ähnlich wie Tristan, über die Brüstung der Galerie. Balladyn sah eher amüsiert als wütend aus, genau wie die anderen Dunklen.

»Ja, aber wer herrscht jetzt über die Dunklen?«, höhnte Taraeth.

Con warf einen kurzen Blick auf Taraeth' fehlenden Arm. »Ein Dunkler, dem eine Sterbliche mit einer von den Hellen geschmiedeten Klinge den Arm abgeschlagen hat.«

»Sie wird dafür büßen.«

»Das ist mehr als unwahrscheinlich. Sie ist inzwischen Kellans Gefährtin. Sie sind miteinander verbunden, Taraeth. Du weißt, was das heißt.«

Der Dunkle fauchte, seine roten Augen funkelten zornig. »Tristan habe ich bereits. Und jetzt auch noch dich.«

Cons Lachen bewirkte, dass die Dunklen sich unbehaglich rührten. Ihre Besorgnis verriet Tristan, wie sehr sie sich vor Con fürchteten.

»Mich hast du nicht«, erwiderte Con.

Taraeth breitete seine Arme weit aus. »Du bist in meinem Palast, Drachenkönig, umringt von meinen Männern. Und ob ich dich habe.«

»Tatsächlich?«

»Du weißt, dass das stimmt. Du kannst uns nicht entkommen.«

Con erhob sich langsam. Wie ein Mann wichen alle Dunklen einen Schritt zurück. Tristan grinste. Die Dunklen mochten ja eine große Klappe haben, aber sie fürchteten die Drachenkönige, und ganz besonders Con.

»Bist du da?«, hörte er Cons Stimme in seinem Kopf.

»Ich beobachte dich. Du ziehst gerade eine ziemliche Show ab.«

»Wo ist Sammi?«

»Bei Ian. Ich habe Rhys und die anderen vorgewarnt, dass sie sie in Kürze erwarten können.«

»Aber wir wissen nicht, ob sie es geschafft haben.«

»Wartest du deswegen? Vertraue mir. Ian wird Sammi hinausschaffen.«

»So sehr vertraust du einem Krieger?«

»Er ist mein Bruder«, antwortete Tristan.

»Dann sehen wir zu, dass wir von hier verschwinden.«

Mit einem Aufschrei stürzte sich Charon auf die Dunklen Feen, dicht gefolgt von Phelan. Ian wich einem Magiestoß aus, als ihm klar wurde, dass er nicht kämpfen konnte, solange er Sammi trug. Aber ebenso wenig konnte er sie einfach auf die Erde legen.

Ein lautes Krachen ertönte und gleich danach das unmissverständliche Brüllen eines Drachen. Ian blickte auf und entdeckte Rhys im Tunnel, dessen gelbe Schuppen hell leuchteten in der Dunkelheit, während er sich auf seine Hinterbeine erhob und die Dunklen mit seinen Pranken wegfegte.

Hastig griffen die Dunklen Rhys in der Absicht an, ihn dazu zu zwingen, wieder menschliche Gestalt anzunehmen. Aber da könnte Ian Abhilfe schaffen.

Er übergab Sammi Phelan. »Bring sie hier raus. Rhys und ich werden dir so schnell wie möglich folgen.«

Phelan widersprach nicht, sondern arbeitete sich vor bis zum Ausgang, den Rhys mit seinen Drachenkräften von allen Dunklen freihielt. Ian baute sich vor Rhys auf und setzte die Zauberkraft seines Gottes ein, um alles an Magie abzublocken, was auf Rhys einprasselte. Er fing die Magie auf und schleuderte sie zurück auf die Dunklen.

Auf diese Weise gelang es ihnen gemeinsam, das Blatt zu ihren Gunsten zu wenden. Charon schlug noch zwei Dunklen die Köpfe ab, bevor er Phelan durch die Öffnung hinaus folgte.

»Verschwinden wir!«, rief Ian Rhys zu.

Rhys bewegte sich rückwärts, und Ian blieb vor ihm und wehrte weiterhin die Magiestöße ab und leitete sie um. Sobald sie draußen waren, riss Charon Ian zu Boden, während Laith sich aus dem Himmel auf alle Dunklen stürzte, die versuchten, ihnen zu folgen.

Ian rappelte sich auf und rannte zu der Stelle, wo Phelan Sammi ins Gras gelegt hatte. Die Sonne ging gerade auf, und ihre goldenen Strahlen beleuchteten das Grün.

Phelan hatte den Gott in sich wieder unterdrückt und redete auf sie ein. Und als Ian näher kam, sah er, dass Sammi die Augen aufgeschlagen hatte. Schnell zog Ian seine Klauen und Reißzähne ein, während seine Haut und seine Augen wieder ihre normale Farbe annahmen.

»Alles ist gut«, sagte Phelan beruhigend. »Du bist in Sicherheit, Sammi.«

Sie blickte von Phelan zu Ian. »Das passiert hier jetzt nicht wirklich.«

»Doch, Mädchen, das tut es.« Ian lächelte, während er ihr half, sich aufzurichten. »Sieh hin. Du bist draußen an der frischen Luft.«

»Das war ich vorher auch«, sagte sie, während ihre Stimme schriller wurde und sie versuchte, von ihm abzurücken.

Phelan hielt sie mühelos zurück und blickte Ian an. Ian atmete tief durch und packte Sammi an der Schulter. »Du bist wirklich frei, Sammi. Tristan ist auf der Suche nach dir hineingegangen und hat dich gefunden. Er hat mich gebeten, dich hinauszubringen.«

»Wo ist Tristan?«, fragte sie und sah sich um. Sie wirkte immer noch verstört, aber ihre Erregung legte sich langsam.

»Er ist Con zu Hilfe geeilt.«

Sie runzelte die Stirn. »Con?«

»Con ist mitgekommen, um Tristan dabei zu helfen, dich zu befreien«, erklärte Phelan. »Wir alle sind mitgekommen. Sieh dich um, Mädchen.«

Als hätte sie gerade erst das Kampfgeschehen bemerkt, weiteten sich Sammis Augen, und ihr blieb der Mund offen stehen. »Verdammt.«

»Komm«, sagte Ian und half ihr auf die Füße. »Wir müssen dich hier wegschaffen.«

Sie riss sich von ihm los. »Nicht ohne Tristan.«

Ian ließ sich das einen Moment durch den Kopf gehen.

Tristan liebte diese Frau, aber liebte sie ihn auch? »Warum nicht?«

»Weil … weil ich ihn sehen muss.«

Das war nicht gerade ein Liebesbekenntnis, aber es war klar, dass sie etwas für seinen Bruder empfand. Ian vermutete, dass Sammi es nicht gewohnt war, ihre Gefühle zu äußern, und würde sie es doch jemals tun, dann wahrscheinlich nur Tristan gegenüber.

Die Dunklen rückten näher, und dieses Mal war es Sammi, die nach Ians Arm griff. Phelan gab ihr auf der anderen Seite Flankenschutz, als ein Dunkler es schaffte, die Reihen der Könige zu durchbrechen.

»Glaubst du wirklich, dass du mich festhalten kannst?«, fragte Con Taraeth.

Der König der Dunklen grinste spöttisch. »Auf diesen Tag habe ich schon lange gewartet. Du hast viele Feinde, König der Könige, einige sogar innerhalb deiner eigenen Reihen.«

Tristan sah, wie Con selbstsicher lächelte. Und er packte den Dunklen neben sich, brach ihm das Genick und schleuderte ihn über die Brüstung der Galerie. Das führte dazu, dass die anderen unten erschrocken auseinanderfuhren, sodass ihr Kamerad hart auf den Fliesen landete.

Balladyn, der ihm gegenüberstand, maß ihn mit seinen roten Augen. Tristan lächelte, als er sah, wie die Erkenntnis in der Miene des Dunklen aufblitzte. Unter ihnen standen sich inzwischen Con und Taraeth gegenüber.

Alle Bewohner des Palasts der Dunklen waren unschlüssig, konnten sich nicht entscheiden, ob sie Con angreifen oder Taraeth die Sache im Zweikampf austragen lassen sollten.

Tristans Aufmerksamkeit wurde von dem Geschehen unten

abgelenkt, als Balladyn auf der gegenüberliegenden Seite auf die steinerne Brüstung sprang und dann mit einem Satz durch die Große Halle und Tristan direkt vor die Füße.

»Du hast einen meiner Männer getötet«, sagte Balladyn.

Tristan zuckte die Achseln. »Du hast Sammi gefangen genommen.«

Sie ersparten sich jedes weitere Wort, während Balladyn zum Angriff überging. Er rammte Tristan mit seiner Schulter und versetzte ihm mehrere Magiestöße in den Bauch.

Tristan traf Balladyn zweimal mit seinem Knie ins Gesicht und schlug ihn nieder. Aber statt am Boden zu bleiben, wich der Dunkle weiteren Schlägen aus und kam wieder auf die Füße.

Balladyn knurrte und griff erneut an. Dieses Mal wich Tristan einem Magiestoß aus, wurde aber von der Faust des Dunklen am Kopf getroffen.

Tristan wich seitlich aus und rammte Balladyn seinen Ellenbogen ins Gesicht, bevor er ausholte und ihm einen Schwinger auf die Nase verpasste.

Aus den Augenwinkeln nahm Tristan goldene Schuppen wahr, als Con sich in einen Drachen verwandelte.

»Du entkommst mir nicht!«, brüllte Balladyn, der sich das Blut abwischte und erneut auf Tristan losging.

»Du wirst das, was du suchst, niemals finden«, versprach ihm Tristan.

Balladyn lächelte kalt. »Irgendwann wird es einer von euch verraten. Das ist immer so.«

»Und du dachtest, ich würde derjenige sein?«

Zwei Magiebälle entstanden in Balladyns Händen. »Das glaube ich immer noch. Du bist der neueste König, Tristan, du hast nicht die Bindungen, die die anderen haben.«

»Dann hast du dich geirrt.«

Tristan versetzte Balladyn in dem Moment, in dem der Dunkle seine Magie auf ihn abfeuerte, einen Tritt in die Brust. Er konnte dem einen Ball ausweichen, aber der andere traf ihn in die Seite, versengte schmerzhaft seine Haut.

Das Durcheinander und das Geschrei von unten zogen alle Aufmerksamkeit auf sich, als Con mit seinem Schwanz peitschte und Feuer spie. Im Nu erfüllte dichter Rauch die Große Halle und nahm allen die Sicht.

Tristan hielt sich die Seite und blickte sich suchend nach Balladyn um. Dann sah er den Dunklen auf sich zukommen. Er spürte, wie sich der Drache in ihm unbedingt befreien wollte. Doch just bevor er sich verwandeln konnte, packte jemand ihn am Arm und riss ihn mit sich.

»Wird Zeit, dass wir abhauen«, sagte Con lächelnd, während er nackt durch den Korridor raste.

Tristan blickte zurück über seine Schulter. Er sollte Balladyn jetzt töten, aber er wollte zu Sammi und sich davon überzeugen, dass es ihr gut ging.

Außerdem war der Krieg mit den Dunklen weit davon entfernt, vorbei zu sein.

Er fing gerade erst an.

39

Sammi hätte gern in Ruhe den wunderschönen Drachen – der eine gelb, der andere pechschwarz – zugesehen, wie sie mit ihren schwindelerregenden Flugkünsten die Dunklen Feen abwehrten.

Das Adrenalin hielt sie aufrecht, aber sie war sich immer noch nicht sicher, ob dies die Wirklichkeit oder nur ein weiteres Fantasiegebilde war. Sie brannte darauf, Tristan zu berühren, ihre Hände über seine warme Haut gleiten zu lassen und die Kraft und Stärke seiner Muskeln zu spüren.

Während sie zusah, wie sich der Kampf entfaltete, war es, als sei sie nur eine Betrachterin von außen: Immer größere Massen von Dunklen quollen scheinbar aus dem Nichts hervor. Sie erinnerten sie an Ameisen, da ihre Zahl unerschöpflich zu sein schien.

Die Drachen hielten die meisten Dunklen zurück, und die wenigen, die an ihnen vorbeikamen, wurden sofort von Ian, Charon und Phelan erledigt. Die drei kämpften Seite an Seite, als hätten sie jahrelange Übung darin.

Ihre Kampfweise war brutal, ihre Angriffe unbarmherzig.

Ihr Umgang mit den Dunklen gnadenlos.

Sie waren Krieger. Unsterbliche aus den Highlands mit urzeitlichen Göttern in sich. Sammi bewunderte Phelans goldene Haut und Klauen und Charon mit seiner kupferfarbenen Haut und den dicken Hörnern, die auf der Höhe seiner Schläfen aus seinem Schädel ragten.

Dann wanderte ihr Blick weiter zu Ian. Seine Haut war blau. Es war ein helles, aber lebhaftes Blau. Seine Klauen waren etwas dunkler gefärbt. Er drehte sich um, und sie erhaschte einen Blick in seine Augen. Sie hatten dieselbe Farbe wie seine Haut, aber seine Augen waren durchgängig blau, von einem Ende bis zum anderen, hatten keine Iris.

Die Krieger mochten sich zwar nicht in Drachen verwandeln können, aber sie konnten es locker mit den Dunklen aufnehmen und hielten ihnen stand.

Phelan knurrte tief und laut, als er einem Feind auswich, den sie nicht genau erkennen konnte, und dann versenkte er blitzschnell seine goldenen Krallen in der Kehle des Dunklen.

Es war eine brutale Szene, aber Sammi konnte ihre Augen trotzdem nicht abwenden.

Plötzlich drehten alle Dunklen Feen, die mit den Drachen kämpften, ihre Köpfe um und blickten hinter sich. Sammi sah nichts außer Landschaft, aber offenbar sahen die Feen mehr.

»Da ist ein Zugang, Mädchen«, erklärte ihr Ian, der ihre Verblüffung bemerkte.

Ein Zugang. Natürlich. Sie erinnerte sich daran, dass Tristan von den Zugängen zum Feenreich gesprochen hatte.

Sie sah, wie die Dunklen jetzt gegen etwas kämpften, was sich hinter ihnen im Zugang befand. Und dann trat ein nackter Mann heraus, gefolgt von Tristan.

Sammi drohten die Knie weich zu werden, und sie hielt sich nur mit Mühe aufrecht. Tristan kämpfte an der Seite des nackten Mannes, der auf dem Rücken ein Drachen-Tattoo trug, aber er suchte gleichzeitig die Umgebung mit seinen Augen ab.

Bis sein Blick auf sie fiel.

Es blieb keine Zeit für Worte, denn schon verwandelte sich der nackte Mann – Con – in einen prächtigen, goldenen Drachen. Einen Moment später ließ auch Tristan seinen Drachen frei.

Die Dunklen, die es jetzt mit vier Drachenkönigen und drei Kriegern zu tun hatten, waren bald zurückgetrieben. Sammi hatte angenommen, dass sie weiterkämpfen würden, aber Ian packte sie bei der Hand und floh mit ihr.

Im nächsten Augenblick schoss Tristan aus der Luft herab und ergriff sie beide mit seinen Pranken. Sammi spähte hinab auf die schnell entschwindende Erde und sah, dass auch Charon und Phelan aufgesammelt worden waren und mit den Königen wegflogen.

Erst als sie die Hitze von Tristans Schuppen und den Wind um sich herum spürte, wusste sie, dass sie tatsächlich den Dunklen entkommen war. Irgendwie hatte Tristan es geschafft, sie zu befreien.

Umgeben von Wolken, waren sie verborgen vor der Welt unter ihnen. Sie bettete ihren Kopf in Tristans Pranke und schloss die Augen, ließ ihren Tränen freien Lauf. Da Tristan so schnell flog, könnte sie jederzeit behaupten, dass der Wind ihr die Tränen in die Augen getrieben hatte. Es musste schließlich keiner wissen, wie groß ihre Angst gewesen war – und immer noch war.

Sie hatte sich entsetzlich gefürchtet vor dem Bösen und dem Grauen in den tiefsten Tiefen der Festung der Dunklen Feen.

Aber auch vor den Gefühlen, die sie nie wieder hatte zulassen wollen, vor der Liebe.

Sie liebte Tristan von ganzem Herzen, mit ihrem ganzen Wesen. Aus tiefster Seele.

Sie war ganz und gar von Liebe durchdrungen, ganz von ihr erfüllt. Sie konnte nicht mehr vor ihr fliehen. Sie war da, war in ihrem verwundeten Herzen erblüht wie ein zartes Pflänzchen.

Sammi wusste nicht, was passieren würde, wenn sie zurück waren in Dreagan. Würde sie sich trauen, Tristan ihre Gefühle zu offenbaren? Vielleicht war es besser, sie nicht zu zeigen. Aber wie sollte sie dann jemals erfahren, ob er etwas für sie empfand, wenn sie ihm ihre Gefühle verschwieg?

Sie kniff die Augen zu und wünschte sich, den Mut zu haben, ihm alles zu sagen, unabhängig davon, was er für sie empfinden mochte. Er war ein Drachenkönig – gebieterisch, eindrucksvoll und mächtig. Wie sollte sie jemals in seine Welt passen?

Und hätte sie überhaupt den Mut dazu?

Ihre zunehmende Liebe sagte ihr, dass sie ihn hatte. Riet ihr, den Versuch zu wagen.

Sie musste eingeschlummert sein, weil sie plötzlich aufwachte, als Tristan rasch an Höhe verlor. Sammi schlug die Augen auf, hob den Kopf und sah unter sich die Berge Dreagans, die sie lieben gelernt hatte. Einer nach dem anderen schwebten die Drachen hinunter, landeten in einem Tal, wo die anderen auf sie warteten.

Sammi sah Jane zwischen Cassie und Elena stehen. Alle starrten hinauf zu ihnen. Sie blickte zu Ian hinüber, der sie beobachtete. Er nickte ihr zu, so als ob er ihr Mut machen wollte, ihr sagen wollte, dass alles gut werden würde.

Ihr fiel auf, dass Tristan in der Luft verharrte, während die anderen bereits gelandet waren, die Krieger abgesetzt und menschliche Gestalt angenommen hatten. Man warf ihnen Hosen zu, und sogar von hoch oben vernahm sie die Jubelrufe wegen dieser weiteren Runde, die an die Könige gegangen war.

Und dann landete auch Tristan. Zuerst setzte er Ian ab. Sammi sah, wie Dani zu ihrem Ehemann lief und ihn abküsste, während er sie fest in seine Arme schloss.

Sammi bekam Beklemmungen, als sie sich fragte, ob sie wohl jemals auch so eine enge Beziehung haben würde. Vielleicht war sie viel zu beschädigt dafür.

»Sammi!«, rief Jane und kam auf sie zugerannt.

Erst in dem Moment bemerkte Sammi, dass Tristan sie absetzen wollte. Seine Klauen hatten sich geöffnet, ließen sie frei. Sie wollte sich umdrehen und ihn ansehen, kam aber nicht dazu, weil Jane sie schon in die Arme schloss.

»Geht es dir gut, ist alles in Ordnung?«, fragte Jane, als sie zurücktrat und sie prüfend musterte. »Was haben diese Arschlöcher dir angetan?«

Sammi würde Jane später alles erzählen, sie würde sich auch bei ihr entschuldigen für all die hässlichen Dinge, die sie gesagt hatte, aber zuerst musste sie mit Tristan reden. Sie drehte sich um und sah, dass er immer noch in Drachengestalt verharrte. Seine apfelgrünen Augen betrachteten sie forschend.

Alle Gespräche erstarben, was Sammi aber gar nicht registrierte. Sie verstand nicht, warum sich Tristan nicht verwandelte. Ihr Herz begann wild zu hämmern vor Panik. War dies seine Art, ihr Lebewohl zu sagen?

»Gib nicht auf«, flüsterte Ian ihr zu. »Er braucht dich

genauso sehr, wie du ihn brauchst. Ihr fürchtet euch beide. Wer tut den ersten Schritt?«

Das war eine berechtigte Frage. Tristan wartete auf ihre Reaktion, und sie traute sich nicht, etwas zu sagen oder zu tun. Aber sie wollte nicht länger allein durchs Leben gehen. Sie wollte jemanden, mit dem sie ihr tägliches Leben lebte, jemanden, der sie in den Armen hielt, wenn sie sich einen Film ansahen, jemanden, mit dem sie lachen konnte, den sie lieben konnte.

Sie wollte, dass Tristan bei ihr war, wenn sie abends schlafen ging. Und sie wollte ihn sehen, wenn sie morgens die Augen öffnete. Sie wollte wissen, dass sie sich jederzeit auf ihn verlassen konnte – und ebenso wollte sie für ihn da sein.

Sammi trat einen Schritt auf Tristan zu. »Geh nicht«, bat sie.

Sekunden wurden zu Minuten, während sie einander schweigend anstarrten, bevor er die angehaltene Luft ausatmete. Im nächsten Augenblick stand er vor ihr in all seiner Pracht, und sein Drachen-Tattoo schien sich auf seiner Brust zu bewegen.

»Es tut mir leid«, sagte er. »Ich hätte dich nie in Gefahr bringen dürfen. Du hättest nie im Cottage sein dürfen.«

»Wie hätten wir sonst die Dunklen dorthin locken können?«

»Ich habe versagt.«

»Pläne können immer auch misslingen. Jetzt bin ich hier dank dir.«

Er wandte den Blick ab. »Mit knapper Not. Haben sie … haben sie dich berührt?«

»Balladyn hat mich geküsst.«

Tristans Augen verengten sich zu Schlitzen. Seine Stimme wurde gefährlich tief, als er nachfragte: »Das hat er getan?«

»Ich bin froh, dass er es getan hat.« Sie sah, wie er leicht zusammenzuckte. »Weil es mir vor Augen geführt hat, welche Wirkung deine Küsse auf mich haben. Ich sehne mich sogar dann nach dir, wenn du direkt neben mir stehst. Alle meine Sinne sind auf dich gerichtet und von dir erfüllt.«

»Ich bin immer noch dabei, meine Rolle als Drachenkönig auszufüllen und herauszufinden, warum ich ein Drachenkönig geworden bin. Ich habe einen Zwillingsbruder und eine Vergangenheit, an die ich mich nicht erinnern konnte, bis ich dich berührt habe.«

»Du bist ein Drachenkönig geworden, weil du von Grund auf gütig bist, ein edles Wesen hast und loyal bist. Und auch, weil du unglaublich anständig und ein beeindruckender, meisterlicher Kämpfer bist. Wer auch immer dich zu einem Drachenkönig gemacht hat, sieht dich so, wie ich dich sehe.«

Sammi verdrängte ihre Angst und trat noch einen Schritt näher. »Du erschreckst mich, Tristan. Die Art, wie du mich berührst, wie du mich küsst. Nichts kann ich vor dir verbergen. Du hast es geschafft, dass ich mich den Dingen stelle. Du hast mir alles eröffnet … einfach alles«, sagte sie und machte eine umfassende Handbewegung. »Es ist überwältigender und beängstigender, als ich sagen kann. Was ich an diesem schrecklichen Ort bei den Dunklen erlebt habe, wird für immer in mein Gedächtnis eingebrannt bleiben. Doch dann denke ich an dich. Ein Teil von mir drängt mich, wegzulaufen und zu vergessen, dass du meine Schutzmauern niedergerissen hast.«

»Und der andere Teil?«, fragte er leise.

Sie schluckte, ihre Kehle war wie zugeschnürt, die Emotionen schienen sie zu überwältigen. In seinen braunen Augen konnte sie eine Zukunft sehen. Diese mochte vielleicht nur Wochen oder Monate dauern, aber sie würde wunderbar sein.

Sammi trat zögernd noch einen Schritt vor, bis sie ganz nah vor ihm stand. »Der andere Teil bittet mich, zu bleiben und mich auf dich einzulassen. Dir zu sagen, dass ich dich liebe. Mit dir in den Himmel zu schweben und mich dem zu stellen, was auf uns zukommt.«

Nun war er es, der den letzten Schritt tat. Er verschränkte seine Finger mit ihren. »Du fliegst gern, nicht wahr?«

Sie blinzelte verwirrt. Sie wusste nicht, was sie erwartet hatte, was er sagen würde. Wobei … Das stimmte nicht. Sie hatte gehofft – oder vielmehr gebetet –, dass er sagen würde, dass er sie auch liebte.

Dann sah Sammi das Lächeln in seinen Augen und schmunzelte. »Von allem, was ich gesagt habe, ist nur das bei dir angekommen?«

»Nun ja, ich kann dafür sorgen, dass wir jede Nacht fliegen«, sagte er mit einem Augenzwinkern. »Nebenbei bemerkt, würde ich nur die Frau, die ich liebe, mitnehmen.«

Das Schluchzen blieb ihr in der Kehle stecken, als er sie an sich riss. Sie schmiegte ihr Gesicht an seinen Hals und spürte die warmen Tränen, die ihr über die Wangen liefen. Vor Freude hätte ihr das Herz zerspringen können.

Noch vor wenigen Stunden hatte sie geglaubt, sterben zu müssen. Jetzt lag sie in den Armen des Mannes, den sie liebte, des einzigen Mannes, der es fertiggebracht hatte, den Schutzwall um ihr Herz zu durchbrechen.

Endlich schien es so, als würde ihre Welt sich zum Guten

wenden, als hätte sie nur darauf gewartet, dass Tristan in ihr Leben trat.

»Ich kann ohne dich nicht leben«, sagte Tristan. »Ich möchte es nicht einmal versuchen.«

Er umfasste ihren Kopf mit beiden Händen, während er zurücktrat und ihr in die Augen sah. Sanft wischte er ihr mit seinen Daumen die Tränen ab und küsste sie liebevoll.

»Ich weiß nicht, was die Zukunft angesichts des beginnenden Krieges für uns bereithält, Sammi, aber ich werde alles dafür tun, dass du bei mir bleibst.«

»Ich werde nirgendwo anders hingehen. Ich weiß jetzt endlich, wohin ich gehöre«, sagte sie lächelnd, während sie spürte, wie Friede sich in ihr ausbreitete. »Nämlich zu dir.«

»Gott sei Dank, dass es dir endlich klar geworden ist«, sagte er und küsste sie leidenschaftlich.

Er riss ihr geradezu die Kleider vom Leib, ehe er sie hochhob und in die Arme schloss, und als sie ihre Beine um ihn schlang, konnte sie seine Erregung spüren.

Sie warf den Kopf zurück und blickte in den klaren, blauen Himmel, als ihre Körper sich verbanden und sie sich vor Wonne auflösten.

40

Zwei Tage später …

In den frühen Morgenstunden schmiegte sich Tristan an seine Frau. Die Sonne ging gerade erst auf über den Bergen, ihr rot-orangenes Licht fiel durch die Fenster über dem Bett.

Seine Frau. Er konnte es immer noch nicht fassen, dass sie zugestimmt hatte, seine Gefährtin zu werden. Zuerst hatte die ganze Sache Sammi ziemlich verwirrt, aber Jane hatte sie schnell beruhigt.

Es war ein etwas heikler Moment gewesen, als Sammi erfahren hatte, dass die Gefährtin eines Drachenkönigs keine Kinder bekommen konnte, und Tristan hatte kurz befürchtet, dass sie ihre Meinung ändern würde. Aber sie hatte ihm versichert, dass sie nichts lieber wollte, als mit ihm verbunden zu sein.

Con hatte keinen so großen Aufstand wie bei Kellan und Denae gemacht, aber glücklich war er auch nicht gerade gewesen. Er hatte sich stundenlang mit Sammi in sein Büro zurückgezogen. Worüber auch immer die beiden gesprochen hatten, es hatte ihn wohl zufriedengestellt. Sammi hatte jedenfalls gestrahlt, als sie endlich herauskam.

Tristan fuhr mit dem Daumen über das Drachenauge, das jetzt in ihre Haut tätowiert war. Alle Gefährtinnen trugen solch ein Tattoo, sobald sie ihr Gelübde abgelegt hatten in der heiligen Kammer in der Tiefe des Berges.

Er strich sanft über die rot-schwarze Tätowierung, immer noch erstaunt darüber, dass Sammi jetzt tatsächlich die Seine war.

Plötzlich flackerte eine Erinnerung in ihm auf. Er stand neben Logan, einem anderen Krieger, während sie versuchten, die Isle of Eigg zu erreichen. Wyrrn, die haarlosen, gelbhäutigen Wesen, die ungefähr kindergroß waren, umringten sie.

Deirdre hatte diese Scheusale erschaffen. Er wollte Logan eine Warnung zurufen, aber bevor er die Worte herausbekam, füllte sich die Luft mit *Drough*-Magie, und er erstarrte, konnte sich nicht mehr rühren.

Dann tauchte Deirdre auf. Sie war umwerfend schön, bis auf das Böse in ihr, das ihr bodenlanges Haar und ihre Augen weiß gefärbt hatte.

Wie er diese Druidin hasste.

Er versuchte, sich aus ihrer Umklammerung zu befreien, aber ihre Magie war zu stark. Logan versuchte, sie mit Worten umzustimmen, aber Deirdre ließ sich von seinen Argumenten nicht überzeugen.

Und dann verriet sie ihm Logans Geheimnis. Logan war zu ihr gekommen, um ein Krieger zu werden. Er war fassungslos, total sprachlos, als er das Bedauern in Logans Augen erkannte.

Doch hatte er geglaubt, dass Deirdre es dabei bewenden lassen würde, belehrte sie ihn eines Besseren. Aus dem Augenwinkel sah er etwas Kastanienbraunes aufblitzen. Malcolm.

Er hatte den Sterblichen immer gemocht, aber jetzt war

Malcolm ein Krieger, der Deirdres Befehle ausführte. Er verstand nicht, wie Malcolm so etwas tun konnte, nachdem er so lange auf MacLeod Castle gelebt hatte.

Da befahl Deirdre Malcolm, ihm den Kopf abzuschlagen.

Er spähte kurz hinüber zu Logan, bevor er sich auf Malcolm konzentrierte. Malcolms kastanienbraune Augen waren ausdruckslos, als er zu einem weiten Schlag ausholte und seinen Arm niedersausen ließ.

Tristan fuhr im Bett hoch und atmete schwer, während die Erinnerung an seinen Tod als Krieger im so klar vor Augen stand, als wäre es gerade eben passiert.

»Tristan?«, fragte Sammi, die sich neben ihn kniete. »Was ist los? Was ist passiert?«

»Ich habe mich erinnert, wie ich als Krieger gestorben bin.«

Wortlos beugte sie sich zum Nachttisch hinüber und griff nach ihrem Handy. Sie gab eine Nummer ein und sagte: »Er erinnert sich wieder daran, wie er gestorben ist.«

Tristan hörte Ians Stimme, aber er konnte nicht verstehen, was er sagte. Dann warf Sammi das Handy beiseite und schloss ihn in die Arme.

»Ian kommt. Er hatte mich gebeten, ihn anzurufen, sobald du dich daran erinnerst.«

Tristan streichelte ihr rotblondes Haar, was ihm half, sein rasendes Herz zu beruhigen. Ein Freund hatte ihn getötet. Logan hatte sein dunkles Geheimnis vor allen Kriegern verborgen. War es nun an ihm, Tristan, die Krieger über Logan aufzuklären? Das glaubte er nicht. Diese Last hatte Logan zu tragen, nicht er.

Es klopfte an der Tür, und beide fuhren zusammen. Sammi sprang aus dem Bett und griff nach ihrem Morgenmantel, während sie barfuß zur Tür tapste.

Tristan erhob sich langsamer. Er blickte sich in dem Cottage um. Es war vorgesehen, dass sie eine ganze Woche für sich allein hier haben sollten, bevor sie zurückkehrten nach Dreagan, aber sie waren erst ein paar Tage hier.

»Tristan?«, sagte Ian.

Mit dem Rücken zur Tür zog Tristan sich eine Jeans über. »Ich hätte nie gedacht, dass ich ermordet wurde.«

»Damit muss ich jeden Tag meines Lebens fertig werden«, meldete sich eine neue Stimme zu Wort.

Tristan fuhr herum und sah Malcolm vor sich. Dessen – nun blaue – Augen waren voller Reue. Der Malcolm, den er in seiner Erinnerung gesehen hatte, war kalt, gefühllos und hart gewesen.

Aber der Malcolm, der jetzt vor ihm stand, war ein anderer Mann. Daran bestand kein Zweifel.

»Es tut mir leid, Dun... Tristan«, sagte Malcolm. »Ich weiß, dass es nicht wiedergutmacht, was ich getan habe, aber ich wollte dir persönlich sagen, dass ich Deirdre nur gefolgt bin, weil sie versprochen hatte, Larena dann nichts anzutun. Ich ... ich wollte sie nur schützen. Ich wusste doch nicht, dass Deirdre mich zwingen würde, dir den Kopf abzuschlagen.«

Larena. Die einzige weibliche Kriegerin und Cousine von Malcolm war mit Fallon verheiratet. Tristan erinnerte sich jetzt an immer mehr Einzelheiten.

»Das hätte Malcolm beinahe umgebracht«, sagte Ian.

Sammi drängte sich an beiden Männern vorbei. »Wie bist du damit fertiggeworden?«

Malcolm lächelte, als er sagte: »Mit Evies Hilfe. Evie ist meine Frau.«

»Ich weiß.« Tristan schluckte und konzentrierte sich auf

Malcolm. »Ich war da, um den Kriegern in ihrem letzten Kampf gegen Jason Wallace beizustehen.«

Malcolm zuckte zusammen und seufzte vernehmlich. »Deswegen kam ich mir noch schäbiger vor. Nach dem, was ich dir angetan hatte, zu erfahren, dass du es warst, der mir geholfen hat, Evie zu retten. Ich habe ein Leben, das ich nicht verdiene.«

»Deirdre war ein Miststück«, sagte Tristan.

Ians Augen weiteten sich. »Du erinnerst dich jetzt an alles?«

Tristan schüttelte den Kopf und war dankbar, dass Sammi seine Hand hielt. »Nein. In gewissen Abständen tauchen lediglich gewisse Erinnerungsfetzen auf. Aber ich weiß, dass ich ein Krieger war. Ich weiß, dass ich dein Zwillingsbruder war. Nur jetzt bin ich ein Drachenkönig.«

»Du bist immer noch mein Zwillingsbruder«, korrigierte Ian ihn grinsend.

Malcolm räusperte sich. »Tristan, ich habe kein Recht, dich das zu fragen, aber glaubst du, dass du mir jemals verzeihen kannst?«

Tristan blickte Ian an, der Malcolm auf die Schulter klopfte. Sein Zwillingsbruder hatte Malcolm seinen Anteil an dem Geschehen offenbar bereits verziehen. Warum sollte Tristan nicht das Gleiche tun? Außerdem hatte er das Gefühl, dass Malcolm genug gelitten hatte unter Deirdre.

»Ich verzeihe dir«, sagte er.

Die Erleichterung in Malcolms Miene war es wert. Tristan würde sich zwar für immer an seinen Tod erinnern, aber Malcolm hatte es für seine Familie getan.

Tristan wusste, was das bedeutete. Er würde alles tun für Sammi und Ian und auch für Dani. Sie gehörte jetzt ebenfalls zu seiner Familie. Genau wie Jane und Banan.

»Da war noch ein Krieger bei mir, nämlich Logan«, sagte Tristan.

Ian wechselte einen Blick mit Malcolm. »Ja. Deinen Tod mitanzusehen und nichts dagegen tun zu können hat Logan einen ziemlichen Schock versetzt. Er hat uns daraufhin sein Geheimnis gebeichtet. Jenes, das Deirdre dir schon verraten hatte.«

»Ist jetzt alles geklärt?«, fragte Fallon, der unvermittelt hinter Malcolm und Ian auftauchte.

Malcolm sah ihn an.

»Ja«, erwiderte Tristan.

Ian schob alle anderen hinaus. »Lassen wir jetzt die Jungvermählten allein.«

Eine Sekunde später war Fallon samt den anderen mittels Teleportation aus dem Cottage verschwunden, und Tristan sank auf die Bettkante, während Sammi vor ihn trat und ihm ihre Hände auf die Schultern legte. »Geht es dir wirklich gut?«

Er zuckte die Achseln, löste den Gürtel ihres Morgenmantels und betrachtete ihren wunderbaren Körper. Er beugte sich vor und küsste eine ihrer rosigen Brustwarzen, spürte, wie sie hart wurde unter seinen Lippen.

»Ich bin bei dir und halte dich in meinen Armen«, sagte er, bevor er ihre Knospe tief in seinen Mund einsog.

Sie stöhnte, als er ihr den Morgenmantel von den Schultern streifte und ihn zu Boden fallen ließ. Er umarmte sie und sank mit ihr aufs Bett, rollte sie auf den Rücken. Dann hob Tristan seinen Kopf und lächelte sie an.

»Du wirst noch einmal mein Tod sein«, sagte sie, ebenfalls lächelnd, und blickte ihn mit ihren taubenblauen Augen voller Verlangen an.

»Dann sterben wir gemeinsam, Liebste, weil unsere Leben, unsere Seelen miteinander verbunden sind.«

»Mein Gott, wie sehr ich dich liebe«, sagte sie und fuhr ihm mit ihren Fingern durchs Haar.

»Nicht annähernd so sehr, wie ich dich liebe.«

Sie sagten kein Wort mehr, ließen sich von ihrer Leidenschaft überwältigen. Das Verlangen, sich zu vereinigen, sich aufzulösen, war alles, was zählte.

Das und die Übereinstimmung, nach der sie gesucht und die sie gefunden hatten.

Epilog

Kiril wollte seine diebische Freude nicht zu offen zeigen, während er seinen irischen Whiskey im *An Doras* trank. Am Ende hatten die Drachenkönige eine weitere Runde gegen die Dunklen Feen gewonnen.

Wie viele sie noch gewinnen würden, blieb dahingestellt, aber nach der Stimmung im Pub zu urteilen, waren die Dunklen stinkwütend. Wütend darüber, dass ein weiterer Drachenkönig ihnen durch die Lappen gegangen war, und wütend, weil Taraeth sein Versprechen wieder nicht gehalten hatte.

Kiril konnte es kaum erwarten, mit Con zu reden. Der König der Könige hatte echt Nerven, einfach in den Palast der Dunklen zu stolzieren. Andererseits hätte Kiril auch nicht weniger an Mut von Constantine erwartet.

Plötzlich wurden allgemeine Überraschung und Erstaunen spürbar im Pub. Kiril verharrte ruhig auf seinem Stuhl und tat weiterhin uninteressiert, während er versuchte, etwas von den Unterhaltungen aufzuschnappen.

Was mochte der Grund dafür sein, dass die Dunklen plötzlich so aus dem Häuschen gerieten?

Eine weibliche Dunkle Fee klatschte jetzt in die Hände und

begann wie verrückt zu lachen, als ob ihr größter Feind getötet worden wäre.

»Ich kann es nicht glauben«, sagte eine männliche Stimme hinter Kiril.

Kiril konnte sich leider nicht nach dem Sprecher umsehen, aber die Erregung in dessen Stimme war unüberhörbar.

»Was kannst du nicht glauben?«, erkundigte sich eine tiefere männliche Stimme, die leicht gelangweilt klang.

»Balladyn hat Rhi gefangen genommen!«

Kirils Magen verkrampfte sich. Sie hatten Rhi in ihrer Gewalt? Warum hatte ihm das keiner der Drachenkönige erzählt?

Um ihn herum wurden Rufe laut, während sich die Neuigkeit im Pub verbreitete. Wie es schien, hatte Rhi zahlreiche Feinde unter den Dunklen, und es gab viele, die ihren Tod wollten.

Aber dazu würde es nicht kommen, solange Kiril da ein Wörtchen mitzureden hätte.

Ulrik verbarg sich in einer Felsnische und wartete, bis die Schritte verklangen. Er legte den Kopf in den Nacken und blickte an dem Berg empor, den er früher betreten hatte, ohne sich hineinschleichen zu müssen.

Viele der in den Stein geritzten Drachenfiguren hier hatte er geschaffen, aber das schien für keinen von ihnen eine Rolle zu spielen.

Für seine Feinde.

Diese Verräter.

Ulrik löste sich aus den Schatten und hielt sich dicht an der Wand, während er die Höhle betrat. Wut erfüllte ihn, wie immer, wenn er seine Silbernen vor sich sah, eingesperrt wie irgendwelche wilden Tiere.

Aber wenigstens waren sie in Schlaf versetzt. Er ging langsam zu dem riesengroßen Käfig und ließ seine Hand über die silbernen Schuppen seiner Drachen gleiten.

Sie konnten ihn nicht mehr hören, würden ihn möglicherweise nicht mehr als ihren König erkennen, aber sie würden für immer ein Teil seines Herzens sein. Bis zu dem Tag, an dem er seine Rolle als Drachenkönig wiedererlangen und Rache an Constantine üben würde.

Auf diesen Tag wartete er schon sehr, sehr lange. Und er schien nun näher denn je.

»Bald, meine Lieben«, flüsterte er, während er von einem zum anderen ging und sie streichelte. »Bald werden wir wieder hoch am Himmel fliegen.«

Er konnte nicht länger bei ihnen verweilen. Mit einem Anflug von Enttäuschung eilte er zurück zum Höhleneingang, um nicht entdeckt zu werden. Als er die Höhlenöffnung erreicht hatte, hielt er inne und blickte noch einmal zurück.

Er lächelte, als er sah, dass einer der Silbernen seinen Kopf in seine Richtung gedreht hatte.

Sie erkannten ihn doch noch immer.

»Bald, Con. Sehr, sehr bald wirst du für das, was du getan hast, büßen.«

Danksagung

Großen Dank schulde ich meiner wunderbaren Lektorin Monique Patterson und allen bei SMP, die an der Produktion dieses Buches beteiligt waren. Ihr seid spitze!

Und meiner Agentin, Louise Fury, die mich auf Trab hält. Ich verneige mich vor meinem Team – Melissa Bradley, Stephanie Dalvit und Leah Suttle. Worte können nur unzureichend ausdrücken, wie sehr ich euch alle schätze.

Mein spezieller Dank gilt meiner Familie für ihre nie endende Unterstützung.

Und natürlich meinem Mann, Steve. Für alles! Ich liebe dich, Sexy!

Coreene Callahan

Feuer

Die erfolgreiche Paranormal-Romance-Serie aus den USA: Erotisch, düster, heiß

978-3-453-31457-3

Tödliches Verlangen
978-3-453-31457-3

Verborgene Sehnsucht
978-3-453-31458-0

Gefährliche Begierde
978-3-453-31459-7

Verhängnisvolle Liebe
978-3-453-31590-7

Leseprobe unter **www.heyne.de**

HEYNE

J. R. Ward

BLACK DAGGER

LEGACY

Die große neue Serie aus der Welt von BLACK DAGGER

Noch schöner, noch heißer, noch gefährlicher – die Bruderschaft der BLACK DAGGER bekommt frisches Blut

978-3-453-31777-2

Leseprobe unter **www.heyne.de**

HEYNE